JANE AIVEN

New Start in LIVINGSHIRE

ROMA

VAJON

New Start in Livingshire

FSC
www.fsc.org
MIX
Papier aus verantwortungsvollen Quellen
FSC® C014138

Originalausgabe bei VAJONA Verlag GmbH

Druck und Verarbeitung:
FINIDR, s.r.o.
Lípová 1965
737 01 Český Těšín
Czech republic

Lektorat: Désirée Kläschen
Korrektorat: Désirée Kläschen und Susann Chemnitzer
Umschlaggestaltung: VAJONA Verlag GmbH unter Verwendung von Motiven von rawpixel
Satz: VAJONA Verlag, Oelsnitz

VAJONA Verlag GmbH
Carl-Wilhelm-Koch-Str. 3
08606 Oelsnitz

ISBN: 978-3-98718-260-0

Für alle, die täglich gegen Dämonen kämpfen.

Dämonen des Selbstzweifels, der Selbstfindung,
der chronischen Erkrankung, der Sucht,
der Depression und gegen den Dämon Krebs.

Die Playlist zum Buch

Prolog

Dunkel und schwer legt sich die Decke über mich und nimmt mir die Möglichkeit, zu sehen und zu atmen. Die Kälte bohrt sich wie Nadelstiche in meine Haut und schmerzt so sehr, dass ich mich hin- und herdrehe, hin- und herwende, um den Schmerz abzuschütteln, obwohl mir bewusst ist, dass es nicht klappen kann. Wild strample ich mit den Beinen und versuche, mich nach oben zu kämpfen. Dahin, wo es hell ist. Dahin, wo es Rettung und Hoffnung gibt. Aber egal, wie sehr ich mich bemühe, ich bewege mich nicht von der Stelle und fühle mich wie auf einer endlos wirkenden Straße ins Nirgendwo. Eine Hand packt mich am Unterarm und ich erschrecke so sehr, dass ich den Mund öffne und salziges Wasser schlucke.

Ich muss hier raus.

Jetzt.

Sofort.

Schnell!

Die Hand zieht mich aus dem Wasser, ich schnappe hektisch nach Luft und reiße die Augen auf. Mein Dad hievt mich über die Reling zu sich auf das Boot. Ich nehme die großen Lettern an der Seite wahr – *Infintiy*.

Heißt unser Boot *Infinity*?

Als ich festen Boden unter meinen nackten Füßen spüre, lasse ich mich erschöpft nach hinten fallen und lege mich auf den Rücken, huste und drehe mich direkt auf die Seite, um das Salzwasser auszuspucken, das ich geschluckt habe. Aber es schmeckt gar nicht salzig, im Gegenteil. Es schmeckt süß. Nach Erdbeeren und Sahne.

Plötzlich kommt mir alles unwirklich vor.

Ich sehe in das Gesicht meines Dads und merke, dass er einen Anzug mit Krawatte trägt statt einer Badehose.

»Dad, was …«, stottere ich ihm entgegen und sehe mich auf dem Boot nach Mom um, »… tust du hier?«

»Dir das Leben retten, Schätzchen.«

Er lächelt auf mich herab und hält mir die Hand hin.

»Deine Mom und ich vermissen dich. Komm schon.«

Ich starre wie paralysiert auf die Hand, die mir immer die vertraute Wärme spendet und mich hält, tröstet und mir über Haare und Rücken streicht.

»Mom?«

Panisch rappele ich mich auf und drehe mich um meine eigene Achse. Das Schaukeln um mich herum hat aufgehört und das Boot bewegt sich nicht mehr sanft mit den Wellen des Ozeans, sondern liegt brach auf einem Sandbett.

»Was zur ….« Ich lasse den Fluch unbeendet und starre meinen Dad an, der mich immer noch anlächelt und mir geduldig die Hand hinhält.

»Sie wartet schon auf uns«, flüstert er und nickt mit dem Kopf in die andere Richtung.

Bevor ich eine Frage stellen kann, merke ich, dass er immer mehr verblasst, bis er sich ganz auflöst.

Und ich schreie.

1 – Ivy

Schreiend setze ich mich auf und blicke durch einzelne Haarsträhnen in die Dunkelheit, die mich umgibt. Ich atme keuchend ein und aus, versuche mich und meinen hämmernden Puls zu beruhigen, indem ich die Augen für einige Sekunden schließe und in Gedanken langsam bis fünf zähle, dann die Luft kurz anhalte und noch länger wieder ausatme. Als ich bei acht angekommen bin, öffne ich die Augen und erkenne nun die Umrisse der Möbelstücke in der Dämmerung – den Schrank, meinen Schreibtisch, Regale mit Büchern, aus denen unendlich viele Zettel und kleine bunte Papierstreifen herausragen. Ich nutze sie, um die Stellen schnell wiederzufinden, die mich beeindrucken, die mir etwas bedeuten und mich zum Nachdenken anregen. In diesem Moment beruhigen sie mich, denn ich fühle mich wieder sicher und verdränge die Bilder vor meinem geistigen Auge. Die Bilder des Albtraums, der mich seit Jahren begleitet. Die Bilder vom Boot, von meinem Vater, von den Wassermassen um mich herum.

Ich reibe mir mit beiden Handflächen über mein Gesicht, um klarer zu sehen, und werfe einen Blick auf mein Handy, das auf dem Nachttisch neben mir liegt – 5:16 Uhr. Wenigstens ist es fast schon Zeit, aufzustehen. Die Angst vor der Uhrzeit ist größer als die Angst vor dem Traum selbst. Ich hasse es, nachts wach zu liegen, im eigenen Angstschweiß, und nicht mehr in den Schlaf zu finden, weil mich die Bilder nicht loslassen wollen. Die Bilder meiner eigenen Vergangenheit in verzerrter und abstruser Form.

Ich stehe auf und drehe meine langen fast weißblonden Haare zu einem Knoten am Hinterkopf, bevor ich die Jalousie hochziehe und meinen Blick wie jeden Morgen über die Hinterhöfe von

Hartford schweifen lasse. Als kleines Kind hatte ich es geliebt, wach zu werden und direkt auf Wasser zu blicken. Mittlerweile bin ich froh, dass mir diese Aussicht erspart bleibt. Der Blick auf die Wasseroberfläche versetzt mich nicht mehr in Panik, aber macht nach wie vor etwas mit mir und meiner Seele. Die eigenen Eltern mit nur fünf Jahren bei einem Bootsunglück zu verlieren, war traumatisierend und schmerzt auch mit vierundzwanzig Jahren immer noch. Aber die Tatsache, dass ich dieses Unglück als Einzige überlebt hatte, grenzt an ein Wunder, das ich viele Jahre einfach nicht akzeptieren wollte.

Über meinem Schreibtisch hängt ein Wandkalender, auf dem ich jeden abgeschlossenen Tag mit einem Kreuz markiere. Es symbolisiert Belohnung und Motivation zugleich: Belohnung dafür, dass ich einen weiteren Tag geschafft habe, und Motivation deswegen, weil ich sehe, wie viele Tage noch vor mir liegen. Tage, die ich nutzen will. Auch wenn mir das passierte, was für die meisten Menschen ein wahrgewordener Albtraum ist, so bin ich dankbar für alles, was ich habe. Für das, was aus mir geworden ist, und dafür, dass ich Zeit habe. Denn Zeit ist kostbar. Sie läuft durch die Sanduhr des eigenen Lebens und verrinnt irgendwann vollständig, aber wir merken es erst, wenn nur noch wenig Sand übrig ist.

»Guten Morgen, mein Herz.«

Valéria sitzt am Küchentisch, vor ihr eine Tasse Tee und die Zeitung. Ein Anblick, der sich mir fast täglich bietet, sofern ich nicht die Frühschicht im Krankenhaus habe und sie vor mir aufgestanden ist. Der Rosenkranz daneben gehört genauso zu ihr und ihrer Geschichte wie die Albträume zu meiner.

»Guten Morgen«, antworte ich und gehe die drei Schritte rückwärts zu ihr zurück, um ihr zuerst einen Kuss auf den Scheitel zu geben, bevor ich mir Kaffee in eine Tasse einschenke. Dann lasse ich mich auf dem Stuhl neben ihr nieder und inhaliere den Dampf, der aus der Tasse aufsteigt, bevor ich trinke.

»Bist du bereit, Leben zu retten?«

Sie sagt es mit einer Mischung aus Stolz und der notwendigen Ernsthaftigkeit, gekrönt mit einem Schmunzeln, das ich erwidere.

»Bereit schon«, sage ich und drücke die Stelle an meiner Nasenwurzel zusammen, wobei ich kurz die Augen schließe, weil ich mich daran erinnere, welches Gespräch heute noch ansteht. »Aber man lässt uns oft nicht. Das System ist das Problem, verstehst du?«

Sie nickt und tätschelt mir die Hand. Ich blicke auf die Falten, die ihr Handrücken zeigt, und denke daran, wie mit der Zeit immer mehr und mehr von ihnen dazugekommen sind und wie wenige Falten da waren, als ich ihre Hand das erste Mal gehalten habe.

»Ich weiß«, sagt sie dann und schnauft. »Aber du tust täglich dein Bestes. Und das zählt.«

Ich muss an Miles denken, den sechsjährigen Jungen auf Station 5B, der die günstige Variante einer Magensonde bekommen hat, die ihm regelmäßige Operationen im Abstand von wenigen Jahren beschert, und das nur, weil seine Versicherung nicht mehr zahlt. An Irina, die mit ihren Eltern in einer Sozialwohnung am Stadtrand lebt und gar keine Versicherung hat und daher nur notfallmäßig versorgt wird. Ich habe Monate damit verbracht, einen Spendenlauf des Krankenhauspersonals zu organisieren, den ich aber noch durch den Vorstand bringen muss. Wenn ich an das Gespräch heute denke, wird mir fast schon schlecht. Es muss einfach klappen. Ich bin Krankenschwester geworden, weil ich Menschen helfen möchte. Weil ich ihnen in den dunkelsten Zeiten ihres Lebens eine Hand reichen will und ihnen Mut machen kann, dass sie das durchstehen. Aber die Bürokratie rollt uns Steine in den Weg und hat mir in der Vergangenheit schon so oft Möglichkeiten verbaut, die vieles hätten besser machen können.

»Lass es auf dich zukommen, corazón.«

Corazón – Herz. Valérias spanischer Kosename für mich, seit wir uns kennen. Sie sagte es damals zu dem kleinen Mädchen, das verängstigt und verstört darauf gewartet hat, aus dem Albtraum zu erwachen, der keiner war. Und sie sagt es heute zu der jungen Frau, die ich geworden bin, die immer wieder von Albträumen heimgesucht wird.

Sie steht auf, während sie sich auf der Tischplatte abstützt. Als sie zum Badezimmer geht, erinnere ich mich an die Tabletten, die sie morgens einnimmt, und eile hinterher.

»Lass mich das machen«, sage ich sanft und nehme ihr die Pillenschachteln aus der Hand, um nach Medikamentenplan einzelne Tabletten aus den Blistern zu drücken und ihr auf dem kleinen Tablett anzurichten, das wir dort deponiert haben. Währenddessen kommt sie auf das Gespräch zurück.

»Das Leben als Krankenschwester in der Notaufnahme ist sicher alles andere als einfach, als *fácil*, Ivy.«

Dass sie immer wieder Wörter ihrer Herkunftssprache untermischt, ist wie eine Umarmung für mich und ich fühle mich geborgen, weil es schon immer so war. Seit sich unsere Wege gekreuzt haben.

»Ich will einen Unterschied machen, verstehst du?«, erkläre ich ihr mit gestikulierenden Händen, reiche ihr das angerichtete Tablett und lasse Wasser in das Glas laufen, das auf der Anrichte steht. Dann lehne ich mich an den Türrahmen, während ich meine Ziehmutter beobachte, wie sie die Tabletten schluckt und anschließend das Glas in einem Zuge leert.

»Ich will Menschen helfen, ohne an der Bürokratie zu scheitern. Ich will mehr, Valéria. Außerhalb dieser Schichten passiert nichts in meinem Leben. Nichts Schicksalsträchtiges oder Filmreifes, verstehst du?«

»Muss es denn so sein?«

»Valéria …« Ich rolle mit den Augen und gehe zurück zur Küche, um mir einen Joghurt und Apfel aus dem Kühlschrank zu holen, die ich mit ins Krankenhaus nehmen werde.

»Ich meine ja nur …«, ergänzt sie und folgt mir, um wieder am Tisch Platz zu nehmen.

Während ich zurück in mein Zimmer gehe, um meine dunkelblaue Arbeitskleidung zu holen, ruft sie mir durch den Flur nach: »Dein Leben ist alles andere als langweilig!«

Ich strecke den Kopf aus der Tür, die ich offen gelassen hatte.

»Das sage ich auch nicht.«

»Nó?«

»Nein«, sage ich fest, während ich beladen mit Kleidungsstücken ins Bad zurückkehre, wo wir gerade eben noch die Tabletten gerichtet haben. »Ich sage nur, dass da noch mehr möglich sein muss. Man muss mehr tun können, als in Schichten im Krankenhaus Leben zu retten.«

Als ich beginne, meine Zähne zu putzen, merke ich, dass sie wieder da ist. Sie greift nach dem Inhalator, der neben den Zahnputzbechern griffbereit steht, und benutzt ihn. An Tagen wie heute, im Hochsommer, wenn es schon früh morgens so warm in der Wohnung ist, macht ihre Lunge besonders Probleme. Valéria ist auf der Liste für ein Spenderorgan, aber ihr hohes Alter und die höhere Dringlichkeit bei Patienten, denen es schlechter geht als ihr, lassen sie darauf warten. Als Krankenschwester weiß ich, dass die Chancen bei fast null stehen, dieser Geschichte zu einem Happy End zu verhelfen, und ich bin mir sicher, dass Valéria das auch weiß und bereits ihren Frieden damit gemacht hat. Aber noch ist es nicht so weit und wir verdrängen beide erfolgreich die Zeichen der Zeit und des Schicksals.

Vielleicht ist es unsere eigene Geschichte, die von Valéria und mir, die mich so denken lässt, die mich so geprägt hat, dass ich mehr will. Mehr tun möchte, um zu helfen. Die Geschichte eines kleinen Mädchens aus dem Heim, das von einer kinderlosen spanischen Ordensschwester aufgenommen und vom ersten Tag an geliebt wurde. Bis heute.

Ich verstaue die Zahnbürste und den Becher im Schrank vor mir und greife nach Valérias rechter Hand.

Sie wartet einen Moment, nickt dann einsichtig und tätschelt meine Wange. Ihr Lächeln wärmt mich und ich fühle diese

Dankbarkeit, dass sich unsere Wege vor all den Jahren gekreuzt haben.

»Ich warte auf eine Eingebung. Auf ein Ereignis. Vielleicht heute.«

Ich muss über meine eigenen Worte und den aufgesetzten Optimismus lachen.

»Aber jetzt muss ich mich für die Schicht fertig machen.«

Ich drücke ihr einen schnellen Kuss auf die Wange und schließe die Tür zum Bad.

Gähnend öffnete ich den Joghurt und rührte ihn mit einem Löffel durch. Ada summt ein Lied und wirkt fröhlicher denn je. Obwohl bei ihr das Glas immer halb voll statt halb leer ist, ist ihre gute Laune heute selbst für ihre Verhältnisse auffällig.

»Du hast anscheinend eine grandiose Nacht gehabt«, ziehe ich sie auf und beobachte sie. Sie grinst und winkt ab.

»Nein … Also ja, hatte ich«, sie lacht mich an und ich weiß, dass sie keine Witze macht. »Aber das ist es nicht.«

Sie grinst über ihrer Brotbox, aus der sie ein Sandwich herausholt und genüsslich hineinbeißt. Dunkles Brot mit Avocado-Scheiben, gewürzt mit Zitrone, Salz und Pfeffer. Wie jeden Morgen, wenn wir gemeinsam die Schicht antreten. Es gehört zu meiner Freundin wie der Rosenkranz zu Valéria. Kombinationen, die mir seit Jahren bekannt sind und einen sicheren Rahmen bieten.

»Was ist es denn?«, hake ich nach und führe den Löffel zum Mund, bekleckere mein Oberteil und fluche leise, während ich versuche zu retten, was zu retten ist.

Ihr Lächeln schwindet und sie sieht mich etwas zu ernst an. »Ich kann es noch nicht sagen«, sagt sie und mich beschleicht ein komisches Gefühl. »Aber ich verspreche dir, du bist die Erste, der ich es sage, wenn ich noch ein paar Dinge geklärt habe.«

»Okay«, damit gebe ich mich zufrieden.

Weil ich ihr vertraue.

Weil das in Ordnung ist, auch wenn man sich sonst restlos alles erzählt.

»Du siehst müde aus«, sagt sie zu mir und zeigt mit dem Zeigefinger abwechselnd auf meine beiden Augen.

Ich lächele matt und lasse den Löffel in den Becher vor mir fallen.

»Tolles Kompliment«, antworte ich.

»Wieder der Traum?«

Ich nicke und beginne langsam und nachdenklich zu essen.

»Immer wieder dieser Traum.«

»Was sagt deine Therapeutin dazu?«

Ich zucke die Schultern und lasse den Blick geradeaus aus dem Fenster gleiten. Von der Nordseite des Krankenhauses kann man über den Rest der Stadt blicken. Man sieht den Kirchturm und das Rathaus, das Verkehrschaos weiter unten auf den Straßen, und wenn man weit genug blickt, sieht man die Kronen der Weidenbäume, die den See einrahmen, *Hartford Lake*. Obwohl der Unfall auf dem Meer passiert ist, erinnert er mich an meine eigene Geschichte und versetzt mir einen Stich in der Brust. Mein Feind, das Wasser. Ein Feind, dem ich aus dem Weg gehe und keinen Platz in meinem Leben einräume. Die Gedankenblitze zu dem Traum, der mich immer wieder aufsucht, bringen mich dazu, den Joghurt doch wieder zu verschließen und zurück in den Kühlschrank zu stellen. Ich schlage die Tür etwas zu fest zu, dabei fällt eine der USA-Postkarten herunter, die Ada immer ans Schwesternzimmer des Krankenhauses schickt, wenn sie und Gus eine ihrer Rundreisen machen. Sie hat sich vor Jahren in das Land der grenzenlosen Möglichkeiten verliebt und einen richtigen Narren daran gefressen. Seitdem sparen die beiden sich von Urlaub zu Urlaub. Ich hebe die Karte mit dem berühmten *Las Vegas*-Schild auf und befestige sie wieder mit dem Magneten an der Kühlschranktür.

»Sie sagt, mein Unterbewusstsein verarbeitet damit das, was

passiert ist«, beantworte ich ihre Frage und ziehe meine Turnschuhe aus, um in meine weißen Arbeitsschuhe zu schlüpfen, die hinten offen sind.

»Nach all den Jahren träumst du immer noch diesen Traum«, fasst Ada zusammen und bindet ihre wilde Lockenmähne zu einem straffen Zopf am Hinterkopf. »Sieht sie keine Möglichkeit, dir dabei zu helfen, es … zu verarbeiten? Ich meine, ist das nicht der Grund, weshalb sich Menschen gerade nach traumatischen Ereignissen in Therapie begeben? Um mit diesen Dingen fertigzuwerden und … die Seele zu erleichtern?«

Ich antworte nicht und schlage auch die Tür meines Spinds etwas zu fest zu. Nicht, weil ich wütend auf meine langjährige Freundin und Arbeitskollegin bin. Sie kennt mich, meine Geschichte, die Geschichte von mir und Valéria und was uns zusammengeführt hat. Sie weiß, was ich denke, träume und fühle. Sie, Valéria und sonst niemand. Und das ist gut so. Ich habe nicht vor, die Liste zu erweitern. Mehr vertraute Menschen gibt es in meinem Leben nicht. Nachdem meine Eltern durch den Unfall ums Leben gekommen sind, wurde ich einen Tag später allein auf dem Boot gefunden, das auf dem Ärmelkanal im Wasser trieb. Ich kann mich nicht mehr daran erinnern, was zwischen dem Verschwinden meiner Eltern in den Tiefen des Wassers und der Rettungsaktion passiert ist. Es ist wie ein schwarzes Loch, das einen Teil meiner Gedanken und meiner Erinnerung auszulöschen scheint, und ich bin mir nach all den Jahren immer noch unsicher, ob das gut oder schlecht ist. Ich will mich erinnern, weil ich weiß, dass gerade diese ungeklärten Dinge mir die Albträume bescheren. Und meine Abneigung gegen Wasser, das ich vor dem Unfall so sehr geliebt habe.

Damals so sehr geliebt. Heute umso mehr verhasst.

Nach der Rettungsaktion wurde ich in ein Kinderheim in Hartford gebracht, weg von der Küstenstadt, die vorher mein Zuhause gewesen war. Es gab keine Verwandten. Keine Großeltern, Onkel oder Tanten. Es hatte nur meine Eltern und mich gegeben und die Psychologin vor Ort meinte, es wäre besser, mich nicht in einer Stadt am Meer unterzubringen, da das Wasser ein ständiger Trigger meiner Gefühle und meiner Angst sein würde. An meinem ersten Tag im Heim lernte ich *Valéria Sanchéz* kennen. Sie war eine der Ordensschwestern und die Frau, die sich in mein Herz kämpfte, bis ich nicht mehr abblocken konnte und ihr eines Tages schluchzend um den Hals fiel, als sie auf ihrer Geige für mich spielte. Unsere Geschichte endete damit, dass sie mich adoptierte und mir ein liebevolles Zuhause schenkte, in dem wir immer noch wohnen. Nach all den Jahren.

Eigentlich ist das falsch. Damit endete unsere Geschichte nicht, damit hat sie damals begonnen.

»Ivy!«

Adas Stimme reißt mich aus den Gedanken und bringt mich in den Pausenraum des *Hartfort Belle Rock Memorial* zurück. Ich schrecke zusammen und blicke in ihr Gesicht, wie sie ungeduldig am Türrahmen steht und die Arme verschränkt. Ihr Temperament kommt immer dann durch, wenn sie sich aufregt oder ungeduldig ist. Aber bei Gus, ihrem Ehemann, ist sie wie Wachs. Man sieht förmlich ihrem Gesicht an, wie sie sich verändert in seiner Nähe und ganz weich wird.

Weich, entspannt, ruhig.

Ihre Stirn liegt in Falten und ich weiß, dass ich ihr etwas geben muss, damit sie sich beruhigt. Sie macht sich Sorgen, und obwohl sie mich oft nervt mit unendlichen Fragen dieser Art, bin ich dankbar, dass sie Teil meines Lebens ist. Ich hole tief Luft und sage ihr die Wahrheit.

»Sie sagt, ich soll aufs Wasser.«

»Aufs Wasser? Wie –«

Ich unterbreche sie kurzerhand, um zu erklären, was Dr. Mooley erst vor zwei Wochen wie ein Mantra wiederholt hat.

»Sie sagt, ich kann dieses Trauma nur überwinden, indem ich dorthin gehe, wo die Angst herkommt. Aufs Wasser eben.«

Ada holt Luft und ich kann sehen, dass sie Ängste und Einwände loswerden will, und komme ihr zuvor. Ich lege ihr als Stoppzeichen beide Hände auf die Schultern, sodass sich ihr Mund direkt wieder schließt. Die Uhr über der Tür zum Schwesternzimmer zeigt 7:02 Uhr an. Wir sind bereits zu spät dran und ich spreche schneller als gewöhnlich, um nicht noch später zu meiner Schicht in der Notaufnahme zu kommen.

»Es muss nicht das Meer sein, es muss nicht dort sein, wo … es damals passiert ist. Und sie kann mich begleiten, wenn ich das versuchen will. Sie sagt …«

Betreten blicke ich auf meine Schuhe.

»Willst du es denn versuchen?«

Adas Augen suchen in den meinen nach Ehrlichkeit, nach der Wahrheit. Sie kennt mich so gut, dass sie weiß, wie oft ich Dinge sage, nur, um Menschen zum Schweigen zu bringen, um sie zu beruhigen. Vielleicht ist das Teil unseres Jobs. Krankenschwestern sagen zu oft, dass alles gut wird. Dabei können wir das zu diesem Zeitpunkt meist noch gar nicht wissen.

Lügen ist gegenüber Valéria und Ada zwecklos, also versuche ich es erst gar nicht.

»Ich … weiß es nicht. Ehrlich gesagt. Aber ich weiß jedenfalls, wie und wo ich es angehen kann, wenn ich es möchte. Und mit wem.«

»Ich kann auch mitkommen, wenn du mich brauchst. Das weißt du, Ivy.«

Ich nicke und küsse ihre rechte Wange.

Meine Art, ihr zu danken, dass sie da ist.

Auf dem Weg zur Notaufnahme läuft eine Pflegekraft an uns vorbei und zwinkert uns zu. Ada kichert wie ein kleines Mädchen und krallt sich regelrecht in meinen Oberarm, den sie umschlungen hält. Sie dreht sich nach ihm um und ich mich durch ihre Körperdrehung gezwungenermaßen auch.

»Der ist süß«, flüstert sie mir zu.

»Und du bist verheiratet«, ermahne ich sie spielerisch und hebe grinsend den Zeigefinger.

»Sei nicht albern.« Sie haut mir freundschaftlich auf den Arm, »ich denke dabei an dich!«

Ich pruste los und lege ihr meine Hand auf den Kopf, durchwühle ihr Haar und dann lachen wir beide.

»Glaub mir, ein Mann ist gerade das Letzte, was ich in meinem Leben brauche.«

2 – Blake

»So eine verdammte Scheiße!«

Ich lasse das Messer fallen. Als es klirrend zu Boden geht, verteilen sich kleine Blutspritzer auf den weißen Kacheln um mich herum. An meiner Hand breitet sich ein warmes Gefühl aus und das rote Rinnsal bahnt sich seinen Weg über meine Finger. Ich greife nach dem Handschuh, den ich hätte tragen sollen, und presse ihn auf die Wunde.

»Spinnst du, Mann?«, Sam schnappt sich das Plastikteil und wirft es zu Boden. Dann läuft er zur Wand, wo ein Waschbecken befestigt ist, holt einige Tücher aus dem Spender und bringt sie mir. »Du wirst 'ne Infektion kriegen, wenn du das alte Ding draufdrückst. Da sind ja noch Fischinnereien dran.«

Ich ignoriere ihn und presse die Tücher auf den Cut, während ich versuche, eine dunkle Haarsträhne aus meinem Gesichtsfeld zu schütteln.

»Wenn Tony das sieht, flippt er aus«, raunt er mir zu und sieht sich um. »Du darfst dir keinen Schnitzer erlauben. Nicht in deiner Position, Mann.«

»McBoyd!«

Als Tonys Stimme mit italienischem Akzent durch die Halle dröhnt, sieht er mich mit hochgezogenen Augenbrauen an, als wollte er mir sagen, dass er mich gewarnt hätte. Bevor ich etwas erwidern kann, tritt er vor uns und zeigt auf die Tücher an meiner Hand, die sich mittlerweile vollgesogen haben. Ich hab mich nicht an die Vorschrift gehalten und das Sicherheitsprotokoll vernachlässigt, mal wieder. Und ich weiß, wie empfindlich mein Chef ist, was das angeht.

»Wie ist das passiert, heilige Scheiße!« Während er spricht, kaut er Kaugummi und zeigt abwechselnd von meiner verletzten Hand auf mich, dann auf Sam, als hätte er etwas damit zu tun. Der hebt abwehrend die Hände und bückt sich nach dem Messer, das zu unseren Füßen liegt.

»Hast du wieder die Handschuhe ausgezogen? Du weißt, wie wichtig Hygiene in einer Fischfabrik ist. Wenn das Gesundheitsamt hier auftaucht, dich ohne Handschuhe und Haube auf dem Kopf sieht, war's das. Willst du mich ruinieren?«

Obwohl er sich übertrieben aufspielt, kann ich ihn sogar verstehen. Diese Fabrik hier, Fisch und dessen Verarbeitung, ist sein Leben. Damit verdient er seine Brötchen und er ist verantwortlich dafür, dass es läuft, dass das Geld stimmt, das er uns allen auszahlt und mit dem er schließlich nach Hause geht. Deshalb muss ich hier funktionieren, wie jeder andere Mitarbeiter auch. Doch genau das ist es, was ich nicht will. Ich will zurück zur Werft und spüre das an jedem einzelnen Tag, an dem ich hier Fische zerlege und für den Weitertransport verpacke. *Jeden fucking Tag.*

»Mister Castillano, ich …« Bevor ich mich erklären kann, klingelt und vibriert mein Handy in der Hosentasche. Ich breche meinen Satz ab und schließe die Augen. Das kann alles nicht wahr sein, was hier passiert. Tony Castillano dreht uns den Rücken zu, fährt sich mit beiden Händen über das Haarnetz auf seinen schwarzen, nach hinten gegelten Haaren, stemmt dann die Hände in die Hüften und ruft italienische Schimpfwörter vor sich hin. Auch wenn ich ihn nicht verstehe, bin ich mir sicher, er nennt mich gerade einen Wichser, ein Arschloch, das seine Existenz gefährdet. *Komm runter, Tony.* Aber ich spreche die Gedanken nicht aus. Ich darf diesen Job auf keinen Fall verlieren. Einen Job, den ich nicht machen möchte. Den ich aber machen muss, um endlich wieder das tun zu können, was ich liebe. Ich versuche das Handy herauszufischen, merke aber, dass ich den Druck nicht von der Wunde nehmen sollte. Also lasse ich es sein. Aber ich weiß, dass es Teddy ist, der mich zu erreichen versucht. Er und unser jüngerer Bruder Hugo sind die Einzigen, die diese Nummer haben. Sie sind auch die Einzigen, die von uns übrig geblieben sind.

»Mister Castillano, wenn Sie mich heute zehn Minuten früher gehen lassen, kann ich Blake ins Krankenhaus fahren. Das muss genäht werden. Ich kann die Zeit morgen dranhängen.«

»Du *wirst* die Zeit morgen dranhängen, Axeter!«, ruft er uns zu und läuft rückwärts von uns weg, während er mich ansieht und mit dem Finger auf mich zeigt. »Und du musst die Stunden aufholen!«

Während er in die Hände klatscht und seinen Rundgang durch die Halle fortsetzt, stecken Sam und ich unsere Zeiterfassungskarten in den Automaten an der Wand neben dem Ausgang.

In Sams Auto schiebe ich Kuscheltiere und einige Spielzeuge vom Sitz und lasse mich auf das Polster fallen.

»Hier.« Er wirft mir ein Geschirrhandtuch zu, das er von der Rückbank gefischt hat. Mit gerunzelter Stirn wickle ich es langsam um meine Hand, und bevor ich fragen kann, antwortet er bereits.

»Als Vater von drei Kindern fährt man alles Mögliche durch die Gegend. Ich wohne fast in diesem Auto.«

»Du siehst deine Kinder nur alle zwei Wochen, Sam.«

»Autsch«, flüstert er und sieht mich geschockt an.

»Sorry, das war …« Ich breche ab und versuche mich anzuschnallen. Die Scheidung war für ihn alles andere als leicht und ich will kein Arsch sein. Ich selbst habe keine Kinder und kann mir nicht einmal vorstellen, welche zu haben. Geschweige denn, welche zu haben und sie so selten sehen zu können. Erst seit zwei Wochen sehe ich Hugo wieder, den ich als kleinen Bruder bezeichne, der aber so groß ist wie ich, nur um einiges jünger. Da er erst zwanzig Jahre alt ist, habe ich wie auch Teddy das Gefühl, ihn beschützen zu müssen. Weil er *er* ist und wir das Unglück einfach magisch anziehen. Er und ich. Und das verbindet uns und macht uns zu denen, die wir wirklich sind.

Während Sam den Motor startet, um in Richtung Krankenhaus

zu fahren, ziehe ich das Handy aus meiner Hosentasche und sehe mehrere Anrufe in Abwesenheit – Teddy. Ich wähle die Rückruftaste und stelle den Lautsprecher an.

»Hey, was gibts? Alles okay mit Hugo?«

Teddy schnauft und ich kann hören, dass *nicht* alles okay ist.

Fuck.

»Wo ist er?«

Meine Stimme ist wie ein Messer, das niedersaust. Angst überkommt mich.

Sam wirft mir einen Blick zu. Er kennt die Geschichte, aber nicht alle Einzelheiten. Als wir uns in der Fabrik kennenlernten, habe ich mich damit zurückgehalten, Dinge aus meiner Vergangenheit zu erzählen. Dinge, die so viel preisgeben, dass ich, dass *wir Brüder* angreifbar sind. Irgendwann hat sich das geändert. Aber Sam weiß noch längst nicht alles. Und ich bin mir sicher, dass er auch eigene Geheimnisse bewahrt. So wie jeder Mensch.

»Er schläft seinen Rausch aus.«

Ich lege die verletzte Hand gegen meine Stirn und schließe die Augen. Das ist ein Albtraum und ich habe das Gefühl, wir steuern gerade auf einen Abgrund zu.

»Du verarschst mich, Ted«, raune ich ins Telefon und schlage dann wütend auf das Armaturenbrett vor mir.

»Hey, Mann«, zischt Sam mir zu und ich hebe entschuldigend die Hände hoch.

»Nein, er … hat meinen teuren Whiskeyvorrat geplündert. Keine Pillen oder irgendeinen anderen Scheiß.«

»Wenigstens das …«, murmle ich und fahre mir übers Gesicht.

»Er schläft seinen Rausch aus«, wiederholt Teddy und ich kann im Hintergrund ein Geräusch hören, das sich anhört, als ließe er sich auf die Ledercouch im Wohnzimmer fallen. »Das gibt uns wenigstens Zeit.«

»Wofür?« Ich muss lachen, obwohl mir nicht zum Lachen zumute ist. Es ist eher ein Ausdruck von Verzweiflung. Unser kleiner Bruder Hugo ist drogenabhängig und Zeit ist das, was er nicht hat. Zeit ist das, was er und wir so dringend brauchen, um ihn clean zu bekommen, und auf der anderen Seite ist es genau das, was gerade sein schlimmster Feind ist: Denn mit der Zeit kommt er auf dumme Gedanken und katapultiert sich und damit auch uns in die nächste Situation, aus der wir nur schwer herauskommen. Fast schon stelle ich mir selbst die Frage, wieso Hugo immer wieder Scheiße bauen muss, aber dann beantworte ich sie mir direkt. Weil er gebrochen ist. Es ist das Leben, das ihn so weit gebracht hat. Ich fasse mir mit Daumen und Zeigefinger an die Nasenwurzel und drücke zu, um den aufkommenden Kopfschmerz zu ersticken. Aber ich merke, dass er wie eine Welle angerollt kommt.

»Um darüber nachzudenken, wie wir es anpacken. Alleine schaffen wir es nicht, Blake, und du weißt es so gut wie ich.«

Ich weiß, dass er recht hat, und nicke, obwohl er mich nicht sehen kann.

»Er hat mich angebettelt, Blake.«

Ich weiß, was er damit meint, und frage nicht nach.

»Er hat die Schublade ausgeleert, in der sich mein Tablettenvorrat befindet. Aber mehr als Aspirin und Hustenstiller ist hier nicht zu holen.«

»Was hat er gesucht, weißt du das?« Ich versuche das alles zu verstehen. Ich habe noch nie Drogen genommen, und wenn ich Hugo sehe, bin ich froh, dass das so ist. Sie haben aus ihm einen anderen Menschen gemacht und in solchen Phasen erkenne ich ihn nicht wieder. Und plötzlich macht sich dieses Gefühl in meiner Brust breit, dass ich etwas unternehmen muss, etwas für ihn tun muss. Etwas, das es besser und erträglicher macht.

»Irgendwas, das es für ihn besser macht. Irgendeinen Scheiß, was weiß ich … *Fuck*« Ted klingt, als würde er aufgeben und resignieren.

»Wir reden, wenn ich zu Hause bin. Wir können ihn nicht hängen lassen.«

»Das habe ich nicht gesagt«, ergänzt Ted leise.

»Ich komme, so schnell ich kann. Lass ihn nicht aus den Augen.«

Ich lege auf, Sam biegt in die Straße des *Hartford Belle Rock Memorial Hospital* ein und parkt rückwärts in die Parklücke gegenüber des Eingangs.

»Danke fürs Fahren.« Unsere Fäuste berühren sich freundschaftlich und ich steige aus. Sam hebt die Hand. Als ich auf der gegenüberliegenden Straßenseite angekommen bin, ruft er mich durch das geöffnete Fenster.

»Wie kommst du nach Hause? Klingt nicht so, als könne dich jemand abholen.«

Da hat er nicht ganz unrecht. Ted kann Hugo nicht allein lassen, nachdem er sich willenlos betrunken hat und kurz davor ist, sich wieder einen Schuss zu setzen oder Tabletten einzuwerfen. Er hat wirklich alles durch, und wenn wir eins gelernt haben, dann, dass er eigentlich nicht mehr alleine im Haus am See bleiben kann. Zumindest vorerst nicht. Dieses ständige Abhauen, Wiederkommen oder Von-Teddy-und-mir-zurück-zum-Haus-gebracht-Werden scheint seit den wenigen Wochen, in denen Hugo dort wohnt, ein ständiger Begleiter zu sein, und wir wissen beide, dass das kein Zustand ist.

»Ich nehme mir ein Taxi.«

Er will etwas sagen, dann nickt er nur und hebt noch einmal kurz die Hand, bevor ich mich umdrehe und durch die Drehtür ins Krankenhaus verschwinde. Und als ich den Schildern zur Notaufnahme folge, kommen Teddys Worte wie ein Echo zurück zu mir – etwas, das es für ihn besser macht. Etwas, damit wir nicht mehr das Gefühl haben, auf einem Laufband zu rennen und nicht vorwärts zu kommen, weil es sich genau so anfühlt. An mir läuft eine Krankenschwester vorbei und trägt mehrere Schachteln in den Händen.

Fuck. Teddy hat recht. Er ist kein Arzt. Ich bin kein Arzt. Aber ich weiß, wo wir etwas bekommen, sodass es für Hugo einfacher ist.

3 – Ivy

Stationsschwester Margret verteilt die anstehenden Aufgaben. Ich nehme eines der Klemmbretter mit Blankoformularen und Stift entgegen, die sie in der Runde verteilt, und rolle mit den Augen. Ich liebe meinen Job, ich liebe es, wenn Menschen nach einem Aufenthalt im *Belle Rock Memorial* das Krankenhaus verlassen und »Danke für alles« sagen. Ich liebe es, wenn sie wieder den Sinn des Lebens sehen, und ich liebe es, wenn hier neues Leben willkommen geheißen wird. Aber ich hasse die Bürokratie, die hinter alldem steht. Die Formulare, die Akten, die Rechnungen und Mahnungen an Menschen, die sich bereits erfolgte Behandlungen kaum leisten können.

»Das habe ich genau gesehen, Schwester Ivy«, spricht sie mich direkt an, »aber auch das muss gemacht werden.«

Ich nicke und zwinge mich zu einem Lächeln. Ada stößt mir den Ellbogen in die Seite und wir verkneifen uns ein Lachen. Am anderen Ende des Gangs öffnet sich mit einem lauten Geräusch die Flügeltür und zwei Sanitäter schieben einen Mann auf einer Bahre durch den Flur. Er hält sich mit beiden Händen den Kopf. Auf ein Zeichen wird er in einen der Behandlungsräume geschoben. Einer der Sanitäter ist Gus, Adas Ehemann. Sie haben sich in diesem Krankenhaus kennen und lieben gelernt, noch bevor Ada hier angefangen hatte zu arbeiten. Seitdem ist sie überzeugt davon, dass dieser Ort dem Herzen all das gibt, was es braucht. Ada lächelt ihm zu und er zwinkert.

»Ada, Mary, Sie gehen zu unserem neuen Patienten in die Sieben.« Sie macht mit ihren Armen Bewegungen, um alle von sich zu scheuchen und in den Dienst zu entlassen, bis nur noch ich übrig bleibe. »Und Sie, Schwester Ivy, gehen in die Drei. Führen Sie das Erstgespräch, bis ein Arzt kommt.«

Während sie ebenfalls auf den Raum mit der leuchtenden Sieben zusteuert, rufe ich ihr hinterher.

»Um was geht es in der Drei?«

»Finden Sie es heraus!«, ruft sie mir über die Schulter zu, ohne sich umzudrehen.

Auf dem Weg zum Behandlungszimmer spiele ich mit der Klammer am Klemmbrett und lasse sie mehrmals auf die Unterlage aufkommen. Das monotone Geräusch und der Rhythmus beruhigen mich irgendwie und in meinen Gedanken formt sich eine Melodie dazu, die ich aus dem Radio kenne. Mit der rechten Hand greife ich nach der Klinke und öffne die Tür. Und dann flattern die unzähligen Formulare, die diese Klammer bis eben noch zusammengehalten hat, nach unten. Sie segeln regelrecht sanft gen Boden und verteilen sich dort auf den weißen Fliesen des Behandlungszimmers. Im ersten Moment bin ich wie paralysiert, weil es mich an die Wellen des Meeres erinnert.

»Ich bin gleich bei Ihnen«, murmle ich, ohne aufzusehen, und mache mich daran, die Papiere wieder aufzusammeln und zu ordnen.

Die Formulare sind schuld daran, dass ich ihn zuerst gar nicht sehe. Die unzähligen weißen Seiten, die sanft von links nach rechts auf den Boden fallen und dann dort darauf warten, wieder aufgesammelt zu werden. Sie haben mir den Moment, ihn wahrzunehmen, genommen. In der Notaufnahme weiß man nie, was einen hinter der Tür erwartet. Wer dort sitzt und auf Hilfe wartet. Ich bin stets auf alles vorbereitet, wenn ich eine dieser Türen öffne. Aber darauf nicht. Wer hätte damit rechnen können, dass die Begegnung am heutigen Tag mein ganzes Leben verändern würde?

Ich richte mich auf und dann sehe ich ihn. Mein erster Blick auf ihn fühlt sich wie ein Stich an und ich weiß nicht, warum. Genau genommen ist es kein Stich, es ist das Gefühl, von einer auf die andere Sekunde nicht mehr atmen zu können. Er raubt mir schlichtweg die Möglichkeit dazu.

Er sitzt auf einem der beiden Stühle, die sich am Ende des Raumes befinden, und hält ein Küchenhandtuch um seine Hand gewickelt, das rot eingefärbt ist. Er blutet. Strähnen seines dunklen Haars fallen in seine Stirn und er sieht mich aus diesen grauen Augen an. Graue Augen, die an einen Wolkenbruch erinnern. An etwas, das sich am Himmel zusammenbraut und einen so sehr einnimmt, dass man nicht wegsehen kann. Augen, die mich regelrecht festhalten. Trotz der warmen Temperaturen trägt er ein schwarzes Longsleeve und eine schwarze Jeans, die an den Knien aufgerissen ist. Der einzige Kontrast, den ich wahrnehme, sind die weißen Schnürsenkel in den dunklen Sneakern.

»Hi. Ich … habe mich verletzt. Es hört nicht auf zu bluten.«

Seine Stimme und das dunkle Vibrieren, das ich darin hören kann, lösen einen Schauer aus und erinnern mich an das Gefühl von Fingerspitzen, die vorsichtig und langsam über meinen Rücken fahren. Ich räuspere mich, um den Gedanken und die Bilder in meinem Kopf zu verdrängen.

»Darf ich mal sehen?«

Ich setze mich auf den Stuhl vor ihm, und als er sich bewegt, kommt diese Duftwelle zu mir herüber, die meinen Blick direkt wieder auf seinen richtet – er riecht erdig und erinnert mich an Momente im Frühjahr. Gott, dieser Geruch hat schon etwas Betörendes und ich komme mir bei dem Gedanken mehr als total dämlich vor. Aber ich kann nichts gegen das Gefühl machen, das es in mir auslöst.

Erde und nach Minze. Ich kann ihn fast schmecken, obwohl das totaler Blödsinn ist.

Er wickelt seine Hand aus dem Handtuch, das auf der Innenseite bereits rot eingefärbt ist. Der Stoff klebt leicht an der verletzten Stelle fest und er zieht Luft durch die Zähne, als er die

Wunde vorsichtig freilegt. Der Schnitt sieht tief aus, und als ich sehe, wie sich direkt frisches Blut an die Oberfläche drückt, springe ich auf und hole einige Wundkompressen und ein Kühlpad aus dem kleinen Kühlschrank an der Wand.

»Das muss eventuell genäht werden«, sage ich mechanisch und schalte sofort alle Gedanken und Gefühle ab, die mich noch vor wenigen Minuten beschäftigt haben. Ich schalte den Autopiloten ein, der mich im Krankenhaus stets begleitet, wenn Entscheidungen mit einem klaren Kopf getroffen werden müssen. So wie jetzt.

»Aber vorher müssen wir die Blutung stillen«, beschließe ich, ziehe Handschuhe an und desinfiziere die Wunde mit einem Spray, bevor ich erst die Kompressen, dann das Kühlpad aufdrücke.

Er hebt den Kopf und sieht mich direkt an. Und ich konzentriere mich darauf, zu atmen.

»Drücken Sie ein wenig«, weise ich ihn an und will meine Hand zurückziehen, als er seine auf meiner ablegt und ich dem Blick nun nicht mehr ausweichen kann, weil es sich wie eine Aufforderung, fast schon wie eine Ermahnung anfühlt. Langsam ziehe ich meine Hand unter seiner hervor. »Der … Druck und die Kälte ziehen die Blutgefäße zusammen. Das soll sich später ein Arzt ansehen.«

»Später?« Fast klingt es, als hätte er es eilig. »Ich hatte auf jetzt gehofft. Wie lange dauert das denn?«

Sein Bein beginnt auf- und abzuwippen und er blickt sich suchend im Raum um. Mich beschleicht ein seltsames Gefühl. Irgendetwas stimmt nicht.

»Wir müssen zumindest ein wenig warten, ansonsten kann der Arzt keine richtige Naht machen. Wir können …« Ich greife nach dem Klemmbrett und Stift. »… in der Zeit die Formalitäten klären. Dann haben wir das bereits erledigt. Bitte nennen Sie mir Name, Anschrift und Ihre Versicherung … Ich bin übrigens Ivy.«

Erst jetzt fällt mir ein, dass ich mich nicht vorgestellt habe, und schieße die Info schnell hinterher. Ich erwarte, dass er mir seinen Namen nennt, aber das tut er nicht.

»Können wir das später erledigen? Die Hand schmerzt. Kann ich etwas gegen die Schmerzen haben?«

Irritiert halte ich einen Moment inne und lege dann das Klemmbrett wieder ab. Ich hebe kurz die Kompressen an und kontrolliere den Blutfluss, der sich zum Glück schon verlangsamt hat. »Okay«, antworte ich ihm und gehe zum Medikamentenschrank, den ich mit meinem Schlüssel öffne. »Ich gebe Ihnen Ibuprofen gegen die Schmerzen und die Entzündung. Wie ist Ihnen das überhaupt passiert? Wir müssten eventuell eine Tetanusspritze geben, um …«

»Haben Sie nichts Stärkeres als Ibuprofen?«

Ich halte inne und mustere ihn. Während meiner Ausbildung habe ich viel über die Anzeichen von Schmerz beim Menschen gelernt – verzerrtes Gesicht, Schweißausbrüche, Unruhe, Tränen, Panik. In seinem Gesicht kann ich nichts davon erkennen.

»Ibuprofen sollte genügen«, antwortete ich und greife in ein leeres Fach, indem die Schmerztabletten aufbewahrt werden. Kurz schließe ich die Augen und atme durch. Wer auch immer die letzte Schicht gestern Nacht hatte, hat seinen Job nicht ordentlich erledigt und die Bestände nicht aufgefüllt. Das Fach daneben ist zwar prall gefüllt mit weiteren Schmerzmitteln, die jedoch nur von Ärzten verabreicht werden dürfen. Ich ziehe einige Blister heraus und sehe nach, ob sich eine Packung leichtes Schmerzmittel dazwischen verirrt hat.

»Geben Sie mir einfach etwas davon«, sagt er von seinem Stuhl aus und beäugt mich, wie ich die Blister nacheinander wieder zurücklege.

Ich drehe mich um und verschränke die Arme.

»Sagen Sie mir endlich, wie das passiert ist.«

Langsam verliere ich die Geduld und mich beschleicht mehr und mehr das Gefühl, dass hier etwas nicht so ist, wie es scheint.

Gleichzeitig fühle ich diese Anziehung, die er auf mich ausübt, und sträube mich dagegen.

Als er schweigt, weiß ich, dass ich so nicht weiterkomme.

»Warten Sie hier«, ermahne ich ihn und gehe Richtung Tür. »Ich sehe nach, wo der Arzt bleibt.«

Auf dem Gang herrscht Durcheinander. Ich sehe Ada, die mit schnellen Schritten neben einer Bahre herläuft und eine Infusionsflasche nach oben hält.

»Was ist hier los?«, frage ich und laufe einfach mit.

»Autounfall auf der M270. Ein Reisebus ist durch die Leitplanke gedonnert.«

Als sie es ausspricht, ist mir bereits klar, dass ich so schnell keinen Arzt finden werde, der mit mir kommt. Und auch, dass hier mehr helfende Hände benötigt werden.

»Ich komme sofort!«, rufe ich ihr nach und hechte wieder zurück zu den Behandlungsräumen.

Es wird ihm nicht gefallen, wenn er hört, dass sich sein Aufenthalt hier verlängern wird oder er in das nächste Krankenhaus außerhalb fahren muss. Ich bereite mich auf eine Konfrontation vor und betrete mit klopfendem Herzen Raum Nummer drei.

»Es tut mir leid, aber ich schätze, Sie …« Ich breche meinen Satz ab, als ich in das leere Zimmer blicke. Er ist weg.

Dann sehe ich den offenen Medikamentenschrank, den ich noch vor wenigen Minuten durchforstet habe, und suche panisch in meiner Hosentasche nach dem Schlüsselbund. Aber ich finde ihn nicht.

»Scheiße!«

Der Schlüsselbund liegt auf der Anrichte, wo ich ihn vorhin liegen gelassen habe. Ich laufe schnell zu dem Vorrat an der Wand und durchsuche die Kästchen, in denen die unterschiedlichen Tabletten wie Schmerzmittel einsortiert sind.

Waren.

Sie sind leer.

Panik macht sich in mir breit, weil ich weiß, dass ich schuld bin.

Ich habe einen Fehler gemacht, der Folgen haben wird. Niemals darf jemand vom Krankenhauspersonal die Schlüssel irgendwo ablegen, außer im Pausenraum. Niemals dürfen wir Patienten den Zugang zu Medikamenten ermöglichen.

»Scheiße!«, entfährt es mir ein weiteres Mal und ich lasse mich an der Wand bis zum Boden herabsinken, um mich zu sammeln.

»Ich werde meinen Job verlieren«, murmle ich und stütze den Kopf in die Hände. Ich weiß weder, wie er heißt, noch, wo er wohnt. Ich weiß gar nichts über ihn. Nur dass er mich von Anfang an belügen wollte und betrogen hat. Aus Wut auf mich selbst drücken sich einige Tränen an die Oberfläche und fallen auf meine dunkelblaue Arbeitskleidung. Als ich den Blick hebe, sehe ich etwas Schwarzes unter dem Medikamentenschrank liegen.

Ich beuge mich herüber und greife danach. Es ist ein Geldbeutel, der wohl zuvor niemandem aufgefallen war. Ich öffne ihn und blicke in *sein* Gesicht. Es ist der Geldbeutel von *Blake McBoyd* – dem Mann mit den fast schon grauen Augen.

Mein Beeper zwingt mich, das Portemonnaie einzustecken und nicht weiter zu durchsuchen. Der Notfallcode auf dem kleinen Bildschirm erinnert mich an den Unfall des Reisebusses und ich renne aus dem Zimmer in den Flur zurück, wo das Chaos herrscht. Ich schalte den Autopiloten wieder an und funktioniere nur noch. Während ich in einem Automatismus den Anweisungen von Ärzten folge, Wunden versorge, gemeinsam mit Ada und anderen Schwestern Patienten zum Röntgen und zum CT bringe, fühle ich den Geldbeutel, der sich im Inneren meiner Hosentasche bei jedem Schritt ein wenig mehr gegen mein Bein drückt.

Ich habe den Namen und die Adresse. Ich weiß, wer er ist. Und ich weiß, wo ich ihn finde.

Ich arbeite zwei Stunden länger, was in diesem Job keine Seltenheit ist. Mein Termin mit dem Vorstand fand demnach nicht statt und wurde verschoben. Aber all das gehört zum Krankenhausalltag – Notfälle fragen nicht nach Schichtplänen und sie fragen nicht nach privaten Terminen. Sie treffen alle mit voller Wucht und hinterlassen ein Durcheinander, Erschöpfung, Müdigkeit. Aber auch oft ein gutes Gefühl, wenn es ein Happy End gibt. Man vergisst die Zeit und alles um sich herum und erledigt eine Aufgabe nach der anderen. Bis der Trubel abnimmt und man das Gefühl hat, alles normalisiert sich wieder. An Tagen wie diesen rufe ich Valéria kurz an und gebe ihr Bescheid. Nicht weil ich das muss, sondern weil ich hören möchte, dass alles okay ist. Dass es ihr gut geht. Sie ist achtzig Jahre alt und die Menschen, die uns nicht kennen, denken, sie sei meine Großmutter. Aber es ist nicht der Zahn der Zeit, der mich beschäftigt. Vielmehr ihr Gesundheitszustand. Mir fällt es schwerer, den Gedanken zuzulassen, als Valéria selbst. Vielleicht, weil sie alles ist, was ich habe, und sie mir dieses neue Leben ermöglicht hat. Mir stets Liebe, Wärme und Fürsorge geschenkt hat. Mit einundsechzig Jahren noch ein Kind zu adoptieren und dann einen Teenager großzuziehen, wenn andere ihren Ruhestand genießen, verdient besonderen Respekt und Hochachtung. Und vielleicht war es gerade das, was mich immer davon abgehalten hat, unvernünftige oder für Teenager typische Dinge zu tun, die ihr Sorge bereiten könnten.

Völlig erschöpft verlasse ich mit Ada das *Belle Rock Memorial* durch die verglaste Drehtür. Im Augenwinkel nehme ich Gus wahr, der sich anschleicht und Ada von hinten die Hände über die Augen legt. Sie lächelt sofort und berührt seine Finger, bleibt mit ihm im Weg stehen und dreht sich um, um ihn zu küssen. In Momenten wie diesen fehlt mir das Gefühl, nicht alleine zu sein. Wenn ich die beiden betrachte, fühle ich, dass sie zusammengehören. Sie gehören zusammen, und obwohl es Männer in meinem Leben gegeben hat, hatte ich nie das Gefühl, meinen Gegenpol gefunden zu haben.

»Ich bin völlig erledigt.«

Gus gähnt, legt seinen Arm um Ada und wir treten in die Hitze nach draußen, die uns nach Stunden in einem voll klimatisierten

Gebäude noch härter trifft. Es fühlt sich an wie ein wärmendes Feuer und beruhigt mich. Feuer ist das Element, das konträr zu Wasser ist. Vielleicht mag ich deshalb alles, was Wärme spendet – den Sommer, die Sonne, Lagerfeuer, Kerzenschein, Wärmflaschen und eine geöffnete Backofentür. All das gibt mir Sicherheit.

»Ich auch«, antwortet Ada und stimmt in sein Gähnen mit ein. »Ich brauche nur noch ein Glas Wein, eine Pizza und die Couch.«

»Mehr nicht?« Gus küsst sie und sie kichern beide vor sich hin.

»Zeit für mich zu gehen«, murmle ich und lege meiner Freundin eine Hand auf die Schulter.

Beide winken mir, während ich zur Bushaltestelle laufe. Ich brauche vier Stationen, bis ich in der Straße angekommen bin, in der ich mit Valéria wohne. Viele, die hören, dass ich mit meiner alten Adoptivmutter in einer gemeinsamen Wohnung lebe, fragen, wieso ich nicht ausziehe und mir eine eigene Bleibe suche. Das tun sie, weil sie unsere Geschichte nicht kennen. Valéria gibt mir alle Freiheiten, die ich brauche, und schränkt mich nicht ein. Im Gegenteil. Sie ermutigt mich, auszugehen und Freunde zu treffen und hat vor langer Zeit aufgegeben, mich dazu zu bewegen, ein ganz eigenes Leben in einer modernen Stadtwohnung zu führen.

Während der Busfahrt hole ich den Geldbeutel hervor, den ich bisher wie einen Schatz verborgen in meiner Hosentasche getragen habe. Erst jetzt merke ich, dass ich Ada nichts von dieser Begegnung erzählt habe, und ich weiß nicht, wieso. Sie würde mich nicht verurteilen, auch nicht für Fehler, die ich begehe. Aber ich habe das Gefühl, dieser Fremde und ich, Blake McBoyd und ich, haben eine Rechnung offen, die ich zuerst begleichen muss, bevor ich sie einweihe, was sich an diesem Tag ereignet hat.

Du hast heute einen großen Fehler gemacht, ein Fehler, der dich deinen Job kosten kann.

Die innere Stimme ist plötzlich so präsent, dass ich zusammenzucke. Ich habe meinen Schlüssel mit Zugang zu allen Räumlichkeiten und Medikamentenvorräten bei einem Patienten gelassen, der die Situation ausgenutzt und sich bedient hat und dann abgehauen ist.

Was, wenn etwas passiert und ich zur Rechenschaft gezogen werde, weil ich den Vorfall nicht gemeldet habe? Aber wenn ich ihn gemeldet hätte, hätte man mich dann direkt entlassen? Oder hätte man mich nur abgemahnt?

Das Gedankenkarussell nimmt volle Fahrt auf und treibt mich regelrecht in den Wahnsinn. Ich lege meine Stirn an die kühle Scheibe und versuche, mich selbst zu beruhigen. Ja, ich habe einen Fehler begangen, aber dieser Typ auch. Er hätte nicht an den Medikamentenschrank gehen dürfen, Schlüssel hin oder her. Es ist nicht sein Recht. Ich bin fast etwas beruhigt, dass die Angst und Unsicherheit der Wut Platz machen, die sich an die Oberfläche kämpft. Die Gedanken begleiten mich, bis ich den Schlüssel ins Schloss stecke und Valérias und meine Wohnung betrete.

Man kann den Fernseher hören und die eingespielten Lacher der Sitcom, die sie regelmäßig schaut. Ich schlüpfe aus meinen Schuhen, lasse die Tasche auf den Boden daneben gleiten und gehe durch den Flur zum Wohnzimmer, vorbei an dem breiten Rahmen an der Wand, in dem ein Bild von Jesus am Kreuz hängt und vor dem stets eine Kerze brennt. Nur zur Nacht oder wenn wir beide außer Haus sind, löschen wir das Feuer. Valéria hat ihr ganzes Leben Gott gewidmet, darin nie Platz für einen Mann gehabt, aber für so unendlich viele Kinderseelen, die sie im Kinderheim umsorgt, umarmt und denen sie Liebe geschenkt hat. All diese Kinder hat sie nicht vergessen und ihnen einen Platz in ihrem Herzen und an der Wand unseres Flurs reserviert. So finden sich um die Darstellung von Jesus' Kreuzigung zahlreiche Bilderrahmen in unterschiedlichen Größen und Formen, mit abgesplittertem Holz und abgeplatztem Lack, die an all diese Kinder erinnern, die schon längst erwachsen sind und sich ein eigenes Leben aufgebaut haben. Aber ich weiß, wie bedeutend

Valéria diesbezüglich war, und das macht mich stolz auf die Frau, die mich gerettet hat. Vielleicht ist das auch der Grund, weshalb ich nicht von ihr loskomme – ich fühle eine unendliche Liebe zu ihr, aber habe auch das Gefühl, dass all das Pflichtbewusstsein und die Dankbarkeit dieser Seelen an unserer Wand auf meinen Schultern lasten und es meine Aufgabe ist, dies bis an Valérias Lebensende auszudrücken.

Aber ich will das tun.

Und muss es tun.

Ich betrete das Wohnzimmer und sehe sie strickend auf der Couch sitzen, den Blick auf den Bildschirm gerichtet.

»Hi, Valéria.« Ich drücke ihr einen Kuss auf den Scheitel und lasse mich erschöpft in den Sessel neben ihr fallen.

Sie lässt ihre Stricknadeln ineinandergleiten und wirft mir einen kurzen Blick zu.

»Hattest du nach der Arbeit noch einen Drink?«

»Schön wär's.« Ich gähne und reibe meine Augen. »Ich habe Überstunden gemacht. Ein Unfall …«

»Natürlich.« Sie wendet sich abrupt in meine Richtung und legt ihr Strickzeug ab. »Der Bus. Wie geht es dir und wie geht es den Menschen, die eingeliefert wurden, mein Herz, mi corazón?«

Ich erzähle ihr die Kurzversion der Ereignisse und Zusammenhänge, über die sie nur den Kopf schütteln kann. Auch für mich hören sich die Dinge im Nachhinein immer an, als stammten sie aus einem Film.

Nach einer kurzen Sprechpause findet sie die Worte wieder.

»Du hättest dir heute Morgen nicht ein spannenderes Leben wünschen sollen, schätze ich.«

Ich erinnere mich an unsere Diskussion und muss schmunzeln. Dabei stütze ich den Kopf auf mein Handgelenk und spiele mit einer meiner hellblonden Haarsträhnen, die ich gedankenverloren mustere.

»So hatte ich das nicht gemeint.«

»Das weiß ich doch.«

»Im Kühlschrank steht etwas zu essen, wenn du Hunger hast.«

Sie zeigt auf den Zugang zur Küche und nimmt ihre Arbeit wieder auf.

»Ich habe keinen Hunger, ich bin unendlich müde.«

»Geh schlafen, mein Herz.«

Ich stehe auf und küsse sie auf die Stirn.

Im Bad fällt mir auf, dass triefend nasse Wäsche in einem Wäschekorb liegt und die Maschine daneben leer und geöffnet ist.

»Was ist mit der Waschmaschine los?«, rufe ich aus der Tür den Flur hinunter.

»Ich glaube, sie hat den Geist aufgegeben«, ruft Valéria zurück und muss husten, bevor sie weiterspricht. »Ich beauftrage morgen einen Klempner.«

»Kommt nicht infrage! Ich schaue sie mir zuerst an!«

Ich habe die letzten Jahre einige unserer Haushaltsgeräte selbst repariert, was uns Geld und Nerven gespart hat. Angefangen hat alles mit einem defekten Rollladen im Wohnzimmer, den ich mit Videoanleitung ausgebaut habe. Seitdem versuche ich mein Glück und bis auf den Kühlschrank konnte wirklich alles mithilfe des Internets, Anleitungsvideos und bestellten Ersatzteilen selbst fixen.

Sie lässt sich auf den Deal ein, aber ich muss ihr versprechen, damit bis morgen zu warten. Wieder einmal bin ich dankbar für ihre Hartnäckigkeit. Das Letzte, was ich heute gebrauchen kann, ist die Reparatur einer Waschmaschine. Mein Kopf fühlt sich paradoxerweise voll und leer zugleich an und ich brauche dringend eine Pause. Schlaf. Ruhe. Ich stelle mich unter die Dusche und schamponiere meine Haare. Als das Wasser über meinen Körper prasselt, rieche ich Erde und Minze.

Dunkelgraue Augen, die in meinen Blick eindringen und mich halten. Dunkle Haarsträhnen, die sein Gesicht einrahmen.

Ich schnappe nach Luft und reiße die Augen auf, drehe das

Wasser ab und schüttle die Gedanken von mir. Aus irgendeinem Grund ist es mir unangenehm, dass er so eine betörende Wirkung auf mich hat.

Weil er mich anlügen wollte.

Weil er mir wahrscheinlich etwas vorgespielt hat.

Aber die Wunde war echt, der Cut war da und ich versuche mir einen Reim darauf zu machen, was das Ganze soll. Mit noch feuchtem Haar lasse ich mich in Shirt und Unterhose auf mein Bett fallen. Immer wieder muss ich an die Verletzung denken und daran, was aus der Wunde wird, wenn sie niemand ordentlich versorgt. Wenn sie eitert, sich entzündet und sich womöglich eine Sepsis entwickelt. Ich habe das Gefühl, meine eigenen Gedanken erdrücken mich mehr und mehr. Wieso denke ich überhaupt darüber nach, wie es diesem Typen geht? Er hat es verdient, dass sich das Ganze rächt, dass es ihm schlecht geht und er leidet. Im selben Moment, in dem die Gedanken mich heimsuchen, schüttle ich sie wieder von mir ab. Das stimmt nicht. Es ist mir nicht egal und ich weiß es.

Das Tablettenfach, das er geleert hat.

Ich werde meinen Job verlieren.

»Scheiße, scheiße, scheiße«, fluche ich flüsternd vor mich hin und merke, wie sich mein Puls beschleunigt und ich nervös werde.

Bitte nicht jetzt.

Seit meiner Kindheit begleiten mich Panikattacken. Aber die Abstände dazwischen haben sich vergrößert und heute als erwachsene Frau weiß ich dank Dr. Mooley, wie ich mit ihnen umgehen kann. Trotzdem hasse ich die Momente, in denen sie mich heimsuchen. Ich atme langsam ein und zähle bis fünf, halte die Luft an und atme doppelt so lange wieder aus. Das wiederhole ich ein paar Mal und spüre schon, wie ich mich nach wenigen Minuten entspanne. Als ich wieder klar denken kann, hole ich erneut den Geldbeutel hervor und öffne ihn. Erstmals sehe ich die einzelnen Fächer durch. Bisher hatte ich nur den Ausweis gesehen, der in einem durchsichtigen Fach ist. Mich beschleicht ein schlechtes Gewissen, das persönliche Hab und Gut eines Fremden zu inspizieren.

»Du wolltest mich bescheißen. Es ist mein gutes Recht zu wissen, mit wem ich es zu tun habe«, sage ich zu dem Foto auf dem Ausweis. Es ist, als wollte ich mich selbst bestätigen, herumschnüffeln zu dürfen.

Im hinteren Teil befinden sich einige Geldscheine, in den Einsteckfächern sind Kundenkarten verschiedener Geschäfte einsortiert und eine Kreditkarte. Der Name Blake McBoyd ist allgegenwärtig.

»Ein Betrüger bist du nicht«, murmle ich gedankenverloren und fahre mit meinen Fingerspitzen durch die Fächer mit diversen Karten. Plötzlich setzt mein Herz einen Moment aus. Ich erinnere mich an das, was ich im Behandlungszimmer bereits gesagt hatte.

Tetanus. Eine Tetanusspritze.

Wann war seine letzte Impfung?

Mein Autopilot schaltet sich ein, die Impfung muss alle zehn Jahre aufgefrischt werden, um einen ausreichenden Schutz zu bieten. Und da die meisten Menschen nicht wissen, wann ihre letzte Tetanusimpfung war und Ärzte auf Nummer sicher gehen wollen, verabreicht man in der Notaufnahme meist eine Spritze. Denn macht man es nicht, kann es verheerende Folgen haben.

»Shit.«

Ich stehe auf und schlüpfe in Shorts, stecke den Geldbeutel ein und fasse einen Entschluss – ich fahre zu dieser Adresse, mache meinen Job und verlange eine Erklärung. Das ist das Mindeste.

»Ich muss noch mal los, ich habe etwas Wichtiges vergessen«, erkläre ich im Flur auf dem Weg nach draußen.

»Ich komme zurecht, mein Herz«, antwortet Valéria und mich beschleicht ein schlechtes Gewissen, obwohl ich weiß, dass sie es so meint, wie sie es sagt. »Bis morgen.«

»Kann ich das Auto nehmen?«

Sie lacht.

»Also ich habe nicht mehr vor, damit heute zu einer Party zu fahren, wenn du das meinst.«

Ich stimme mit ein, greife den Schlüsselbund von der Anrichte und ziehe die Tür hinter mir zu.

Das Auto ist in der Seitenstraße geparkt. Ich steige ein und fahre zum Krankenhaus.

4 – Blake

»Ted!«

Ich reiße die Tür zum Haus auf und renne fast in meinen Bruder, der mit schwarzen Latexhandschuhen im Flur steht. Hinter ihm steht ein Mann, der den rechten Unterarm in Folie eingewickelt hat. Die Haut darunter ist von einem roten Schleier überzogen. Ted hat im Keller seines Hauses ein eigenes Tattoostudio, und obwohl es gar nicht mein Haus ist und ich froh sein kann, dass er mich vorübergehend hier wohnen lässt, nervt es mich, dass er seine Kunden viel zu oft durch den Haupteingang ein und aus gehen lässt statt über die Kellertreppe auf der Hinterseite. Ted und der Typ klatschen sich ab und mein Bruder zieht die Handschuhe aus, die Brille vom Gesicht und reibt sich über die Stoppeln, was ein kratziges Geräusch erzeugt.

»Hey«, begrüßt er mich und ich kann sehen, wie müde er ist.

»Hey. Kannst du mir das Geld für das Taxi leihen? Ich habe meine Brieftasche wohl in der Fabrik liegen gelassen.«

Stirnrunzelnd zieht er einige Geldscheine aus der Schublade neben uns und wirft aus dem Fenster in der Küche einen Blick auf das Taxi, das mit laufendem Motor wartet.

»Sag mir bitte nicht, du hast dich betrunken.«

»Bullshit.« Ich hebe meine verletzte Hand an, die ich immer noch in das vollgeblutete Küchenhandtuch gewickelt habe. »Arbeitsunfall. Mein Auto steht bei Castillano's.«

Ich sprinte mit dem Geld in der Hand nach draußen und bezahle den Taxifahrer. Als ich zurückkomme, runzelt Ted die Stirn und beäugt meine Hand.

»Du solltest einen Arzt draufschauen lassen.«

»War der Plan, aber als der Busunfall reinkam, war die Hölle los. Ich bin gegangen.«

Dass der eigentliche Grund für meinen schnellen Abgang die Medikamente sind, die ich mir in die Hosentaschen gestopft habe, erzähle ich nicht. Ich weiß, dass ich der Letzte bin, der sich solche Fehltritte erlauben kann, aber in dem Moment hab ich die Chance ergriffen. Für Hugo. Mittlerweile weiß ich nicht einmal, ob das eine gute Idee war, weil keiner von uns Ahnung hat, wie man diese Medikamente überhaupt dosiert und ob wir ihm damit mehr schaden, als zu helfen. Außerdem bin ich geliefert, wenn die Krankenschwester mich verrät, und Teddy wird mich umbringen.

Er kommt auf mich zu und wirft einen Blick unter das Handtuch. Die Wunde hat wenigstens aufgehört zu bluten, aber ich würde lügen, wenn ich sagen würde, es schmerze nicht. Ich kann meinen Puls bis in die Fingerspitzen der Hand fühlen, die ganz warm ist.

»Verbandsmaterial findest du im Studio. Brauchst du Hilfe?«

Ich schüttle den Kopf. Er kann die Rolle des großen Bruders nicht ablegen, klopft mir auf die Schulter und wirft die ausgezogenen Handschuhe in den Mülleimer in der Küche.

»Ich bin in der Garage und packe die neue Ware aus, wenn du mich suchst. Hugo schläft seinen Rausch aus. Lass uns später sprechen.«

»Pass auf das Boot auf!«, rufe ich ihm hinterher, weil ich Angst habe, dass er die alte Lady beschädigt, die in der Garage zur Restauration geparkt ist. Wasser ist mein Element, Boote sind mein Ding und irgendwie fühlt es sich gut an, die Zeit damit zu füllen, die ich habe, bis ich wieder auf einer Werft arbeiten kann.

»Entspann dich! Ich werde sie nicht anfassen!«, ruft er mir hinterher und geht durch den Hintereingang nach draußen.

Unter der Dusche lehne ich meinen Kopf gegen die Wandfliesen, schließe die Augen und atme einfach nur. Mit der gesunden Hand stütze ich mich ab, die verletzte hängt nach unten. Ich lasse das Wasser über meinen Kopf, mein Gesicht und meinen Nacken laufen. Kaltes Wasser. Weil es mich beruhigt und mir Sicherheit gibt. So viel mehr, als Wärme es je könnte. Und dann taucht ihr Gesicht vor meinem inneren Auge auf und ich hebe meinen Kopf an, öffne die Augen, aber kann durch das Wasser kaum etwas erkennen.

Ivy.

Die Krankenschwester aus dem Bell Rock Memorial.

Ihr Gesicht, eingerahmt von weißblondem Haar.

Ich schüttle den Kopf und Wassertropfen fliegen gegen die Kacheln. Dann steige ich aus der Dusche und werfe einen Blick in den Spiegel über dem Waschbecken. Ich kann mich nicht daran erinnern, wann ich das letzte Mal an eine Frau so gedacht habe wie eben. Weil dafür gerade kein Raum ist und ich mein Leben auf die Reihe kriegen muss. Weil ich mir einen Platz zurückerkämpfen muss. Ich will meinen alten Job wieder, ich brauche eine eigene Bleibe, aber kann Teddy mit Hugo nicht alleine lassen. Das bin ich ihm schuldig. Eine Frau hat hier gerade keinen Platz. Damit verbanne ich sie in Gedanken aus meinem Kopf und versuche, meine Hand so gut es geht zu verbinden.

5 – Ivy

Im Krankenhaus werfe ich Verbandszeug in meine Tasche und greife mir eine der Tetanusspritzen aus dem kleinen Kühlschrank, bevor ich direkt wieder verschwinde, ehe mich jemand sieht und mir Fragen stellt. Mein Navi bringt mich zur Adresse, die auf Blake McBoyds Ausweis steht. Als ich den Motor abstelle, lasse ich meinen Kopf auf das Lenkrad fallen und seufze.

»Das darf doch nicht wahr sein«, flüstere ich gegen das warme Leder, das an meiner Stirn klebt, als ich den Kopf erneut hebe. Strähnen meines Haares haben sich aus dem Dutt gelöst und fallen in mein Gesicht. Immer noch feucht vom Duschen.

Auf der rechten Seite mache ich ein in die Jahre gekommenes Haus aus. Es wirkt, als hätte es die besten Zeiten hinter sich und könnte einen neuen Anstrich vertragen. Abgelegen steht es fast schon verlassen im Grünen, weil kein anderes Haus zu sehen ist. Aber das ist nicht das, was mich unruhig werden lässt. Einige Meter vor mir endet der Weg, auf dem ich gefahren bin. Ich stehe fast vor dem See der Stadt.

Hartford Lake.

Ich sehe die unberührte Wasseroberfläche in der dunklen Abenddämmerung. Gräser, die den See einrahmen und sich sanft im Wind hin- und herbewegen. Was für viele Menschen ein Ort der Entspannung und Romantik ist, ist für mich eine Erinnerung an das, was mein Leben in eine komplett andere Richtung gelenkt hat. Ich merke, wie mein Herz schmerzt, und versuche mich zu erinnern, wann ich das letzte Mal einen See aufgesucht habe. Ich kann mich nicht erinnern. Ich versuche mich auf das Mantra zu konzentrieren, das Dr. Mooley mir in unendlich vielen Sitzungen vorgebetet hat.

Ich muss nicht heute den entscheidenden Schritt tun. Alles ist ein Anfang.

Ich muss nicht heute den entscheidenden Schritt tun. Alles ist ein Anfang.

Ich muss nicht heute den entscheidenden Schritt tun. Alles ist ein Anfang.

Einatmen. Ausatmen.

Ich schließe die Augen, während ich diese beiden Sätze immer wieder vor mich herplappere, und reibe meine schwitzigen Hände aneinander.

»Alles ist ein Anfang«, sage ich zu mir selbst.

Gedankenblitze vor meinem inneren Auge.

Die glitzernde Wasseroberfläche, das Schaukeln des Bootes und meine Eltern, die an der Reling stehen. Dann sehe ich mich alleine in der sengenden Hitze auf dem Deck liegen. Ich mit Chester im Arm. Ein Hasen-Kuscheltier, das mir ein Trost sein sollte, weil ich nie ein richtiges Haustier hatte. Ich habe diesen gottverdammten Hasen geliebt.

Ich zucke zusammen, als mich das Kreischen eines Vogels in die Realität zurückholt.

»Was mache ich eigentlich hier?«, flüstere ich zu mir selbst und bin in Versuchung, den Schlüssel im Schloss zu drehen und einfach wegzufahren.

Weg von hier.

Weg vom Wasser. Vom *Hartford Lake.*

Ich wische mir den Schweiß von der Stirn und lehne mich zurück.

Das Klopfen kommt von der Seite und lässt mich hochfahren.

An meiner Scheibe steht ein Mann mit Millimeterschnitt und Dreitagebart. Er zieht seine Sonnenbrille ab und legt eine Hand zwischen seine Stirn und meine Fahrerscheibe, um ins Auto sehen zu können. Er ist groß und muss sich ziemlich nach unten bücken.

»Ist alles in Ordnung?«

Ich atme durch und werfe einen Blick in den Rückspiegel, bevor ich die Scheibe ein kleines Stück herunterfahre. Ich sehe wirklich fertig aus und ich habe das Gefühl, die Strapazen der letzten Stunden, die Schicht, die Überstunden, der Busunfall, die Begegnung mit diesem Mann und jetzt der See tun ihr Übriges. Ich brauche dringend Schlaf.

»Ja, ja, … es ist alles in Ordnung«, stammle ich und zwinge mich zu einem Lächeln. »Danke.«

»Hierher verirrt sich selten jemand. Badegäste sind nur auf der anderen Seite, weil das hier ein Privatgrundstück ist, Miss.«

Zum zweiten Mal fühle ich mich an diesem Tag wie diejenige, die betrügt. Ich komme mir vor wie eine Einbrecherin und völlig fehl am Platz. Nervös knete ich meine Finger.

»Es tut mir leid, ich … bin kein Badegast.« Fast schon muss ich hysterisch darüber lachen, als ich es ausspreche. Er muss mich für eine Verrückte halten.

Dann fasse ich mir ein Herz.

»Ehrlich gesagt suche ich jemanden«, fange ich vorsichtig an zu sprechen. »Einen Blake McBoyd. Mein Navi hat mich zu dieser Adresse hier gelotst.«

Einen Augenblick schweigt er und sieht mich stirnrunzelnd an.

»Kommen Sie«, sagt er dann und tritt einige Schritte vom Auto weg. »Ich begleite Sie.«

Er zeigt auf das Haus in unmittelbarer Nähe.

Das Blockhaus im Grünen am Ufer des *Hartfort Lake.*

Während ich neben ihm zum Haus laufe, versuche ich dem See im Hintergrund keine Aufmerksamkeit zu schenken.

Weil ich der Sache nicht noch mehr Raum geben will.

Weil ich mich sortieren muss. Weil ich mich auf das konzentrieren will, was gleich passieren wird.

Dabei habe ich keine Ahnung, was das eigentlich bedeutet.

»Ich bin Teddy«, sagt er und sieht mich an, als wir die knarzenden Holzstufen der Veranda nach oben steigen, bis wir vor der Haustür stehen. Neben der Tür steht ein alter Schaukelstuhl und ich fühle mich wie in einem Film, der von den letzten Tagen des Sommers handelt und diese Geschichte erzählt.

»Ivy«, antworte ich ihm und umfasse die Tragegurte meiner Tasche fester.

»Willst du länger bleiben, Ivy?«, fragt er lachend und zeigt auf meine Tasche.

Ich erinnere mich an die Utensilien, die ich im Krankenhaus zusammengepackt habe, und den Grund, weshalb ich hier bin. Nicht nur wegen der Medikamente, nicht nur wegen des Geldbeutels. Auch, weil ich eine Aufgabe beenden möchte. Ihn vor einer Infektion oder gar Sepsis bewahren will, obwohl er das gar nicht verdient hat. Aber Krankenschwestern und Ärzte behandeln nicht nur Menschen, die es verdient haben, dass man sich um sie kümmert. Wir behandeln alle – auch Diebe. Wir machen hier keinen Unterschied. Das gehört zum Job.

Aber er bringt mich mit seiner Frage zum Schmunzeln, das erste Mal, seit ich mich von Ada und Gus am Krankenhaus verabschiedet habe. Bevor ich etwas erwidern kann, beugt er sich nach vorne und klopft mit der Hand einige Male laut gegen die Holztür, die leicht nachgibt.

»Blake!«

Doch es bleibt still und wir warten vor verschlossener Tür. Teddy beginnt in seinen Hosentaschen zu suchen.

»Ich habe den Schlüssel vergessen und die Hintertür zugezogen …«, sagt er mehr zu sich selbst als zu mir und beugt sich auf die Seite, um durch ein gekipptes Fenster zu spähen.

»Blake!«

Ich versuche, eins und eins zusammenzuzählen und die Puzzleteile zu einem großen Ganzen zusammenzufügen.

»Du wohnst auch hier?«

»Mir gehört das Haus«, sagt er dann und klopft erneut mehrmals gegen die Tür.

»Hugo!«

»Wer ist Hugo?«

Er hält kurz inne, bevor er einen Schritt zurückgeht und einen Blick nach oben wirft. Dort befindet sich ein Gaupenfenster. Er legt Zeige- und Mittelfinger zwischen die Lippen und erzeugt einen lauten Pfeiflaut.

Im Hintergrund schrecken zwei Enten auf und ich fahre herum.

»Unser Bruder. Der Jüngste von uns.«

»*Unser* Bruder?« Ich drehe mich in seine Richtung. Langsam habe ich das Gefühl, den Faden zu verlieren.

»Blake, Hugo und ich sind Brüder«, sagt er und geht die Stufen weiter herunter bis ins Gras. »Ich schaue hinten nach, ob dort ein Fenster offen ist.«

Ich sehe ihm nach, wie er um die Ecke verschwindet. Kaum ist er außer Sichtweite, wird die Haustür mit einem Ruck aufgerissen.

Blake McBoyd, der Mann mit den grauen Augen, steht mit tropfnassen Haaren vor mir und ist völlig außer Puste.

Obwohl ich wusste, dass ich ihn wiedersehen würde, trifft es mich wie ein Schlag. Zwischen seinen Lippen hängt lose eine unangezündete Zigarette, die sich löst, als er den Mund etwas öffnet, und zu Boden fällt.

Er erkennt mich. Wasser tropft von den Strähnen seines Haares auf sein Longsleeve und den Holzboden. Er wirkt abgehetzt und geschockt, mich zu sehen.

»Was … tust du hier?«

In mir macht sich eine Mischung aus Empörung und Ärger breit, aber die Aufregung weicht nicht. Sie verstärkt sich, wenn ich ihn ansehe.

Was denkt er sich eigentlich dabei?

»Was *ich* hier tue?«, wiederhole ich seine Frage und klinge fast schon wie ein trotziges Kind. »Wenn du mich nicht so ausgenutzt und die ganzen Medikamente gestohlen hättest, dann …«

Ich zische es ihm wütend entgegen, aber bevor ich meinen Satz beenden kann, greift er nach meinem Arm und zieht mich hastig zu sich in den Hauseingang. Und da stehen wir dann einander gegenüber. So nah, dass sich unsere Oberkörper berühren und mich seine Nähe und der Geruch, den ich schon im Krankenhaus bei ihm wahrgenommen habe, völlig benebelt und mir den Verstand raubt.

Erde und Minze.

Er sieht sich hektisch nach links und rechts um, wirft dann einen Blick ins Haus die Treppe nach oben.

»Nicht so laut«, sagt er und bleibt dann mit seinem Blick auf mir hängen, sieht mir in die Augen und fleht mich stumm an.

»Wo ist Teddy?«, fragt er leise und erinnert mich somit daran, dass wir nicht alleine sind.

»Hinter dem Haus«, antworte ich flüsternd.

Er lässt meinen Arm los und es ist fast so, als löste er damit den Moment zwischen uns auf.

»Was tust du hier?«, wiederholt er seine Frage.

Ich hole mit einem Handgriff seinen Geldbeutel aus dem Außenfach meiner Tasche hervor und drücke ihn gegen seine Brust. »Hier«, sage ich und fühle, wie die Wut wiederkommt, »den hattest du wohl vergessen, als du schnell wegmusstest heute Morgen.«

Er greift danach und berührt meine Fingerkuppen. Kleine Blitze fahren durch meinen Körper und für den Bruchteil einer Sekunde habe ich das Gefühl, als spürte er sie auch. Der Zorn bringt mich dazu, meine Hand wegzuziehen und die Arme zu verschränken.

»*Du* hattest ihn?« Blake stößt erleichtert Luft aus.

»Er lag im Behandlungsraum auf dem Fußboden. Unter dem Medizinschrank, der jetzt fast leer geräumt ist. Was hast du dir dabei gedacht? Bist du wahnsinnig? Das ist Dieb…«

»Wo warst du? Ich rufe und klopfe seit einer gefühlten Ewigkeit.«

Teddy ist zurück und steht auf der Veranda. Er beäugt uns argwöhnisch.

»Willst du unseren Gast nicht richtig reinbitten? Oder wollt ihr hier stehen bleiben«, sagt er und geht an uns beiden vorbei ins Haus.

Als Teddy außer Sichtweite ist, beugt Blake sich zu meinem Ohr und flüstert mir zu. So nah, dass ich seinen Atem spüren kann.

»Kein Wort zu Teddy über das, was heute Morgen passiert ist.« Dann legt er eine Hand auf meinen Arm. »Bitte.«

Die Wut ist noch da, aber ich spüre in diesem Moment, wie sie weniger wird. Vielleicht ist es die Situation an sich. Vielleicht Blakes bloße Anwesenheit oder seine Berührung. Egal, was es ist, ich weiß, dass ich ihm den Gefallen tun werde. Auch wenn ich das nicht tun müsste. Aber ich weiß auch, dass er mir eine Erklärung schuldig ist. Und als sich unsere Blicke treffen, bevor wir Teddy ins Innere des Hauses folgen, kann ich sehen, dass er das auch weiß.

»Ich hatte meinen Geldbeutel wohl im Krankenhaus verloren und …«

Blake verstummt und betrachtet mich.

Wir sind in der Küche des Hauses. Teddy lehnt mit dem Rücken an der Arbeitsplatte und trinkt aus einer Flasche Bier, während ich an einer Limo nippe und Blake im Türrahmen steht, so, als wollte er gleich wieder aufbrechen. Ich sehe ihn an und warte darauf, dass er seinem Bruder erklärt, woher wir uns kennen und wie ich zu seinem Geldbeutel komme.

»Mir fällt erst jetzt auf, dass ich gar nicht deinen Namen kenne«, sagt er und runzelt die Stirn.

Da ist sie wieder, die Wut in mir.

»Doch«, schieße ich hinterher, »ich habe ihn dir in der Notaufnahme gesagt.«

Teddy sieht zu Blake und verschränkt mit gerunzelter Stirn die Arme vor der Brust.

»Das ist ein weiterer Grund, wieso ich hier bin«, ergänze ich und zeige auf seine Hand, die mittlerweile mehr schlecht als recht verbunden ist. Ich stelle meine Tasche auf dem Küchentisch ab, um die Utensilien herauszuholen, die ich aus dem Krankenhaus für die Versorgung mitgebracht habe. »Egal, was im Krankenhaus passiert ist, lass mich das richtig behandeln.«

Als ich es ausspreche, erinnere ich mich an seine Bitte und fühle mich schuldig. Ich kann förmlich spüren, wie sich Teddys Körperhaltung verändert. Er wirkt angespannt.

»Was ist hier los?«

Ich habe keine Ahnung, wieso er auf einmal so angriffslustig ist, aber die Luft im Raum ist plötzlich so dick, dass man sie fast schneiden kann.

Blake wirft mir einen wütenden Blick zu.

Ein wütender Blick aus dunkelgrauen Augen, die mich durch immer noch feuchte Haarsträhnen anstarren. So grau wie ein Wolkenbruch, kommt es mir in den Sinn und ich muss mich zusammenreißen, um mich nicht ablenken zu lassen.

»Außerdem brauchst du eine Tetanusspritze und …«

Teddy stellt die Bierflasche mit einem lauten klirrenden Geräusch auf der Arbeitsplatte ab, was mich schweigen lässt. Wieso habe ich das Gefühl, er ist wütend?

»Kann ich dich kurz sprechen?«, sagt er zu Blake und bewegt sich bereits Richtung Ausgang. »Oben!«

Der Zusatz bestätigt mein Bauchgefühl. Er ist aus irgendeinem Grund sauer und es wirkt so, als wollte er Blake die Leviten lesen. Sein Blick fängt meinen wieder ein und er knallt beide Handflächen auf den Küchentisch, bevor er aufsteht und seinem Bruder die knarzende Holztreppe nach oben folgt. Für den Bruchteil einer Sekunde überlege ich, so zu handeln wie er heute Morgen: Einfach zu gehen. Zu flüchten. Ich fühle mich unwohl. Blake ist wütend auf mich, und obwohl ich nichts Falsches getan habe, komme ich mir mittlerweile wie diejenige vor, die einen großen Fehler begangen hat, als sie sich in das Leben dieser Brüder einmischte. Aber wenn ich jetzt gehe, war es das. Ich weiß tief in meinem Inneren, dass ich ihn dann nie wiedersehen werde, und meine innere Stimme schreit und tritt förmlich aus, als ich diesen Gedanken fasse. Also lasse ich sofort los und verwerfe den Plan. Außerdem ist da diese Neugier. Dieser Teil von mir, der wissen will, warum er das getan hat. Weshalb hat er die Notaufnahme Hals über Kopf verlassen, bevor ich ihn behandeln konnte? Wieso hat er den Medikamentenschrank geplündert und warum führt sich sein Bruder Teddy so seltsam auf, was Blakes Besuch in der Notaufnahme angeht?

Ich sehe mich in der Küche um und mein Blick bleibt auf einer Postkarte hängen, die mit einem Magneten am Kühlschrank befestigt ist. Ich stehe auf, um den Spruch lesen zu können, der dort geschrieben steht, und mir nimmt es fast die Luft zum Atmen – *das kalte Wasser wird nicht wärmer, wenn du später springst.*

Wasser.

Ich blicke aus dem Küchenfenster und auf den See, der immer dunkler und bedrohlicher wird, je mehr das Tageslicht schwindet. Die Postkarte, der Ausblick. Ich muss hier raus.

Hektisch werfe ich das Verbandszeug samt Spritze in die Tasche zurück und laufe damit aus der Küche. Im Flur lehne ich mich gegen die kühle Wand und schließe die Augen. Ich habe das Gefühl, alles dreht sich und habe Angst, einfach umzufallen.

Ich nehme Stimmen wahr und realisiere dann, dass es Teddy und Blake sind, die oben miteinander sprechen. Ich will sie nicht belauschen, aber ich kann mich nicht vom Fleck bewegen, weil sich meine Beine wie Pudding anfühlen, und so rutsche ich langsam an der Wand entlang, bis ich auf dem Boden sitze. Im dunklen verlassenen Flur verharre ich und lausche der Diskussion, die sich oben abspielt.

»Du bist ein Idiot, Blake.«

»Weil ich das nicht mehr mit ansehen kann? Ich tue wenigstens etwas im Vergleich zu dir!«

»Du tust etwas im Vergleich zu mir?«

Es ist Teddy, der ein verächtliches Lachen ausstößt.

»Ich will nur helfen, Ted, okay?«

»Das will ich auch!«, zischt Teddy und schnauft. »Ich habe dich hier aufgenommen, damit du dein Leben wieder auf die Reihe kriegen kannst. Ich habe Hugo hier aufgenommen, dass …«

»WIR haben Hugo hier aufgenommen. Wir haben uns beide dazu entscheiden, vergiss das nicht, Bruder.«

Ohne darauf einzugehen, fährt Teddy fort.

»Du kannst so etwas nicht auf eigene Faust machen. Was, wenn sie dich anzeigt, Blake?«

Sie – damit war wohl ich gemeint. Er hat Teddy anscheinend die Wahrheit gesagt.

»Das wird sie nicht.«

Ich kann die Unsicherheit in Blakes Stimme heraushören und irgendwie ärgert es mich, dass er denkt, er wäre raus aus der Nummer. Sicher davor, sich der Verantwortung für sein Fehlverhalten stellen zu müssen.

»Was, wenn sie es doch meldet?«

Ich höre etwas auf Holz knallen. Es wirkt wie ein Schlusssignal für weitere Spekulationen.

»Dann ist es so!« Blake schreit fast schon, drosselt dann aber wieder seine Lautstärke. »Wenn sie es unbedingt will, wird sie es tun.«

»Du weißt, welche Konsequenzen das für dich haben wird.«

Stille. Niemand sagt mehr etwas. Ich öffne die Augen und fühle mich besser, obwohl mein Gedankenkreisen volle Fahrt aufgenommen hat und ich mir wie eine ausgehungerte Löwin vorkomme, der man immer und immer wieder nur einen kleinen Brocken Fleisch hinwirft.

Wo bin ich hier hineingeraten?

»Und jetzt lass sie das ordentlich verarzten. Eine Infektion ist das Letzte, was wir gebrauchen können.«

Als ich das Knarzen der Stufen höre, stehe ich abrupt auf und schlüpfe zurück in die Küche. Zwischen meiner Rückkehr und Teddys und Blakes Betreten des Erdgeschosses liegen nur Sekunden und ich habe Angst, sie könnten mir ansehen, dass ich Teile des Gesprächs mitgehört habe.

»Danke für den Geldbeutel und …«. Blake stellt sich mir gegenüber und verschränkt die Arme vor der Brust »… dass du extra hergekommen bist. Vor allem hierfür.«

Er hebt leicht die verbundene Hand an und ich beäuge skeptisch seinen selbst angelegten Verband.

»Darf ich es mir ansehen?«, frage ich vorsichtig.

In mir macht sich wieder diese Wut auf mich selbst breit, weil ich nicht verstehe, wieso es mir wichtig ist, mit ihm zu sprechen. Wieso will ich wissen, was mit ihm los ist? Wieso wir uns begegnet sind und was das alles zu bedeuten hat?

»Ich wäre dir dankbar.«

Das sind die ersten freundlichen Worte, die er zu mir sagt, und es ist, als öffne er damit eine Tür.

»Dann setz dich«, sage ich und will die Tasche erneut ausräumen.

»Nicht hier.« Er legt seine Hand um den Tragegriff der Tasche, die er mir abnimmt, und berührt dabei für einen Moment meine Finger.

Dann geht er aus der Küche und wartet im Flur.

»Hier unten ist der perfekte Ort dafür.«

»Unten?«

Blake läuft bereits seitlich an der Treppe vorbei, als ich ihm schließlich folge. Auf der Rückseite befindet sich eine weitere Treppe, die ins untere Stockwerk führt. Während er schon die Stufen hinabsteigt, bleibe ich weiterhin auf dem Treppenabsatz stehen. Hätte ich diese Szene in einem Film gesehen, wären sämtliche Alarmglocken bei mir angegangen und hätten die Frau gewarnt, die dabei war, einem fremden Mann, der sie am gleichen Tag belogen und bestohlen hatte, in den Keller eines abgelegenen

Hauses zu folgen, wo sie vermutlich nicht einmal Handyempfang hatte.

Ich habe keine Ahnung, wieso ich ihm trotzdem folge und die Treppe in den Keller hinabsteige. In dem Moment, als ich die ersten Stufen nehme, fühlt es sich an, als sei er ein Magnet, der so eine Macht über mich hat, dass ich nicht anders kann, als ihm zu folgen. Gepaart mit meiner Neugier und dem Entschluss, in Erfahrung zu bringen, was Blake in seine Situation brachte und was es mit den McBoyd-Brüdern auf sich hat, werfe ich meine Vernunft und meine Zweifel über Bord, schalte die Alarmglocke aus und folge ihm.

»Wo sind wir hier?«

Während Blake vorgeht und Lichter anknipst, drehe ich mich um meine eigene Achse, um alles in Augenschein zu nehmen.

»Das hier«, sagt er, stellt meine Tasche auf einer Liege ab und nimmt Platz auf einem Rollhocker, der davor steht, »ist Teddys Studio. Ich glaube, hier findest du alles, was du brauchst.«

An der rechten Wand sind Schränke mit vielen kleinen Schubladen angebracht. Sie erinnern mich an die im Krankenhaus und wieder suchen kurze Blitzlichter von Blakes Aktion von heute Morgen meine Gedanken heim. Als wollte ich wieder die Schutzmauer um mich herum errichten, verschränke ich die Arme vor der Brust und gehe langsam durch den Raum. An der Wand sind Bilder angebracht, die viel Haut offenbaren. Haut, die wahre Kunstwerke zeigt. In Farbe, in Schwarzweiß. Groß und auffällig, klein und schlicht. Hier findet sich alles.

»Ist das ein … Tattoostudio?«

Ich bleibe vor dem größten gerahmten Bild stehen und bewundere die Schönheit, die es offenbart: Der nackte Rücken einer Frau, übersät von zahlreichen Narben.

»Teddy ist Tätowierer. Das Studio gehört ihm.«

Ich trage keine Tattoos und hatte nie das Bedürfnis, mir eines stechen zu lassen. Zu groß war meine Angst, wie dieses in vielen Jahren aussehen könnte.

Die Haut der Unbekannten vor mir an der Wand trägt einen Spruch in geschwungenen Lettern, und als ich ihn lese, setzt mein Herz für einen Moment aus – wenn du durch Wasser gehst, will ich bei dir sein. Und wenn du durch Ströme gehst, sollen sie dich nicht ersäufen. Wenn du ins Feuer gehst, wirst du nicht brennen, und die Flamme wird dich nicht versengen.

Ein Klirren im Hintergrund lässt mich zusammenschrecken.

Blake befüllt eine Nierenschale mit Tupfern und einer Sprühflasche auf dem Schrank.

Er kann nicht ahnen, dass mich dieser Bibelspruch triggert. Dieses Haus am See beschwört meine Vergangenheit immer wieder herauf und ich frage mich mittlerweile, ob es vielleicht sogar Schicksal ist, dass sich Blakes und meine Wege auf so skurrile Art und Weise kreuzen. Es ist, als schreit alles nur danach, dass ich nicht mehr vor dem weglaufe, was mich vor langer Zeit gebrochen hat.

»Brauchst du noch etwas?«

Er rollt mit der gefüllten Nierenschale in den Händen zur Liege herüber und sieht mich wartend an. Ich blicke von seinem Gesicht zu der verbundenen Hand und schalte den Autopiloten an.

»Wir haben alles, was wir brauchen«, sage ich und setze mich ihm gegenüber auf einen zweiten Hocker. »Lass uns anfangen.«

Ich verabreiche Blake zuerst die Tetanusspritze, um nicht noch mehr Zeit zu verlieren. Die Wunde selbst sieht nicht gut aus. Die Hand ist rot und heiß und ich bin mir unsicher, ob sich das Ganze bereits infiziert hat. Ich spüle die Wunde und desinfiziere sie so gut wie möglich. Als ich das Verbandsmaterial erneuere, spricht er das erste Mal, seit wir einander so gegenübersitzen.

»Ist das überhaupt noch notwendig? Die Blutung hat doch längst aufgehört.«

»Ich werde dir ein paar Klammerstreifenpflaster draufkleben.

Es hilft der Wunde, schneller abzuheilen und sich besser zu verschließen. Um es nähen zu lassen, ist es jetzt ohnehin zu spät.«

Die Stille zwischen uns nimmt so viel Raum ein, dass ich mich unwohl fühle. Ich möchte etwas sagen, vor allem möchte ich Antworten, die er mir immer noch schuldet. Mir bewusst, dass er gefangen ist in der Situation und mir nicht ausweichen kann. Ich hebe den Blick und sehe direkt in seine dunkelgrauen Augen. *Wolkenbrüche am Horizont*. Scheiße, was ist los mit mir? Wieso denke ich an ein Gewitter und Platzregen, wenn ich ihn ansehe? »Sag mir, was du mit den Medikamenten vorhast, die du gestohlen hast.«

Er hält meinem Blick stand und es dauert einen Moment, bis er antwortet.

»Ich wollte mich selbst versorgen, ist das nicht offensichtlich?«

Er nickt Richtung Hand, die auf der Liege vor uns ruht.

»Du lügst.«

»Woher willst du das wissen?« Es wirkt, als wäre er angriffslustig und ich bereit, mich zu verteidigen. Ich kann die Spannungen so stark wahrnehmen, dass sich ein Schauer über meiner Haut ausbreitet.

»Ich weiß es einfach. Hierfür hätte dir starkes Ibuprofen gereicht. Du hast das Morphin genommen. Wofür?«

Er antwortet nicht mehr, sondern bewegt langsam die Finger der Hand. »Fang an«, sagt er dann monoton und nickt in die Richtung der Utensilien, die ich bereitgelegt habe.

Ich warte einen Moment, weil ich hoffe, er überlegt es sich noch einmal anders und sagt mir die Wahrheit. Aber das passiert nicht. Also beuge ich mich tiefer über die Wunde und beginne langsam und so behutsam wie möglich mit meiner Arbeit. »Das wird etwas unangenehm sein«, erkläre ich ihm wie jedem anderen Patienten im Krankenhaus. Behutsam nehme ich die Feuchtigkeit um die Wunde herum mit dem Tupfer auf, bevor ich den ersten Klammerstreifen mit einer Pinzette positioniere.

»Wolltest du es verticken? Verkaufen an Kids auf der Straße?«

Ich sehe ihn nicht an, als ich es ausspreche.

»Das denkst du, ja?« Er schnauft, nachdem er es ausgesprochen hat.

Ich sehe auf und unsere Blicke treffen sich.

»Ich weiß nicht, was ich denken soll. Ich kenne dich nicht. Du bist ein Fremder, heute in mein Leben geschneit und hast mich an meinem Arbeitsplatz bestohlen. Vielleicht hast du dir diese Wunde ja sogar selbst zugefügt, um an die Medikamente zu kommen. Das war vielleicht alles ein abgekartetes Spiel und ich bin blöd und bewahre dich hier vor einer Infektion. Zu blöd, dass du deinen Geldbeutel …«

Abrupt höre ich auf zu reden, als ich seine Hand auf meiner fühle, und lasse die Pinzette für einen Moment ruhen. Ich habe mich so in Rage geredet, dass ich schneller atme und mein Herz damit beschäftigt ist, das Blut viel zu schnell durch meinen Körper zu pumpen.

»Das stimmt nicht«, sagt er und sucht in meinem Blick nach einem Funken Hoffnung, dass ich ihm Glauben schenke. Sein Blick wechselt von links nach rechts und wieder zurück.

»Was stimmt dann?«, sage ich fast schon wütend und mustere ihn, als hoffte ich darauf, die Antwort von seinem Gesicht ablesen zu können. »Sag es mir!«

»Ich hatte einen Arbeitsunfall.«

»Das sagtest du schon im Krankenhaus.« Ich schnaufe und setze meine Arbeit fort. »Die Erklärung reicht mir nicht.«

Er hält kurz inne und zu meiner großen Überraschung gibt er mir mehr. Er erzählt mir, wie es zu dem Cut kam. Dass er in einer Fabrik angestellt ist, die frisch gefangenen Fisch verarbeitet, und er mit einem Messer abgerutscht ist und sich geschnitten hat.

Innerlich feiere ich still den Triumph, ein Stückchen mehr erfahren zu haben, aber genauso schnell ebbt die Freude ab, weil ich plötzlich das Gefühl habe, er erzählt mir das ganz bewusst, um nicht mehr über die Tabletten und den Vorfall sprechen zu müssen.

Ich beende meine Arbeit und verbinde die Wunde frisch, um zu verhindern, dass sich Dreck hineinsetzt. Während ich den Mullverband wieder und wieder um seine Hand wickle, die unter dem weißen Stoff verschwindet, fasse ich einen Entschluss.

Einen Entschluss, ihn dazu zu bringen, mir die Wahrheit sagen zu müssen.

Und ich bin nicht bereit, einen Kompromiss einzugehen.

»Hör zu«, beginne ich und fixiere das Ende des Verbands. Dann verschränke ich die Arme und sehe ihn kampflustig an. »Entweder du sagst mir jetzt die Wahrheit, wofür diese Tabletten sein sollen, oder …«

Ich schweige und überlege, ob ich den Schritt wirklich gehen will. Aber er ahnt, was ich sagen möchte.

»Oder was?«

Es klingt nicht mehr kampflustig, er wirkt eher verzweifelt. Als merke er, dass es keinen Ausweg mehr gibt und er ehrlich zu mir sein muss. Zu mir, der Fremden aus dem Krankenhaus, die ihm hinterhergefahren ist, um ihn zu verarzten und vor Schlimmerem zu bewahren.

»… oder ich melde den Vorfall. Ich habe … Teile eures Gesprächs gehört vorhin. Ich weiß nicht, was in deinem Leben los ist, aber ich weiß, dass eine Anzeige wohl das Letzte ist, was du gebrauchen kannst. Aber du lässt mir keine Wahl.«

Sein Blick bricht mich ein Stück und ich sehe, dass er mit sich ringt. Er sieht auf einmal unendlich traurig aus und ich bereue es, ihm die Pistole auf die Brust gesetzt zu haben. Aber wir kommen anders nicht weiter. Ich habe das Gefühl, ihm helfen zu müssen. Helfen zu wollen. Aber das kann ich nicht, wenn er mir nicht die Wahrheit sagt. Ich habe mich vor langer Zeit für ein Leben entschieden, das weitere Menschenleben retten soll. Vielleicht hat uns das Universum an diesem Tag ganz bewusst zueinander geführt und ich denke darüber nach, was passiert wäre, wenn eine andere Krankenschwester an meiner Stelle in Zimmer Nummer drei gegangen wäre, um ihn zu behandeln. Würde eine andere

Frau jetzt hier im Keller der McBoyd-Brüder sitzen und ihn versorgen?

Ich fahre zusammen, weil ich das Gefühl habe, eine Art von Eifersucht zu spüren, die völlig an den Haaren herbeigezogen ist.

»Okay …«, flüstert er schließlich und nimmt die verbundene Hand von der Liege. »Okay.«

Ich warte. Mein Herz hämmert gegen meine Rippen. Unsere Blicke sind aneinandergeheftet und ich sehe, wie seine Lippen versuchen, Worte zu formen.

»Sag es mir …«, flüstere ich ihm entgegen.

Blake schweigt.

Und dann spricht er drauflos. Er flüstert mir die Worte ebenso entgegen und mich überkommt sofort ein schlechtes Gewissen, weil ich fühle, dass sich ein weicher Kern in dieser Hülle verbirgt.

»Es ist für Hugo. Er … braucht etwas, sonst weiß ich nicht, wie lange wir ihn davon abhalten können, wieder die falschen Dinge mit den falschen Leuten zu tun.«

»Du beschaffst ihm Drogen?«

Es ist kein Vorwurf. Ich versuche, die Fragezeichen in meinem Kopf zu beseitigen und die Puzzleteile zu einem Ganzen zusammenzusetzen.

»Das Haus gehört Teddy, wir beide … Hugo und ich …« Er gestikuliert mit seinen Händen und streicht sich eine Strähne aus dem Gesicht. »Wir wohnen vorübergehend hier. Hugo hat … ein Drogenproblem, aber damit ist jetzt Schluss. Er muss einen Entzug machen. Wir … helfen ihm dabei.«

»Hier?«, sage ich etwas zu laut und energisch. »Dafür gibt es Einrichtungen mit medizinischer Betreuung, die er brauchen wird, wenn er wirklich abhängig ist. Ihr könnt nicht auf eigene Faust …«

»Das geht nicht!«, unterbricht er mich energisch. »Hugo kann in kein Krankenhaus und in keine Einrichtung. Er vertraut niemandem. Nicht mehr.«

Als ich nachfragen will, kommt er mir zuvor.

»Frag nicht weiter. Wir … sind immer noch zwei Fremde.«

Schnaubend stehe ich auf und laufe mit verschränkten Armen auf und ab. Ich weiß jetzt, wieso er die Medikamente gestohlen hat, und obwohl er mich anlügen kann, glaube ich ihm. Aber es ärgert mich, dass er meine eigenen Worte benutzt und es nun so wirkt, als wäre er mir nichts schuldig und ich lediglich wissbegierig. Aber da ist immer noch meine Berufung. Und sein Blick, als er über seinen Bruder Hugo gesprochen hat, lässt mich nicht los. Dann wirft er mir eine Info vor die Füße, die alles verändert.

»Er ist im Heim groß geworden und wurde herumgereicht. Nach einer Zeit bei einer Pflegefamilie kam er wieder zurück und so ging das immer weiter.«

Ich drehe mich zu ihm um und kann durch diese beiden Sätze so gut fühlen, wieso sein Bruder der geworden ist, der er heute ist. Obwohl ich Hugo noch nicht einmal gesehen habe. Nicht jeder hat das Glück, in einer hoffnungslosen Welt einen Menschen wie Valéria zu finden, die einem eine ganz neue Chance bietet.

Wenn Hugo ein Heimkind war wie ich, kennen wir einander vielleicht besser, als Blake ahnt.

»Wo ist er?«, frage ich und gehe zum Treppenaufgang.

Blake folgt mir und macht die Lichter im Studio aus.

»Oben im Gästezimmer, wo wir ihn einquartiert haben. Er … schläft.«

»Was hast du ihm gegeben?«, frage ich und mich überkommt Panik.

Ich weiß, was passieren kann, wenn eine Person zu viel Morphium einnimmt. Durch meine Arbeit in der Notaufnahme kenne ich mich leider mit Überdosen und dem *goldenen Schuss* aus.

Da ich abrupt auf der ersten Stufe stehen bleibe und Blake dies zu spät merkt, stößt er fast gegen mich und bleibt nur Zentimeter vor mir stehen. Da ich nicht auf der gleichen Stufe stehe, sind wir fast gleich groß und ich halte die Luft an.

»Nichts«, flüstert er und schüttelt leicht den Kopf. »Er hat die Gunst der Stunde genutzt und sich über Teddys Whiskeyvorrat hergemacht. Er ist völlig abgeschossen.«

Minze und Erde. Wie eine Wolke umhüllt mich sein Geruch und betört mich regelrecht.

»Alles, was ich eingepackt habe, ist noch da. Du … kannst es nachzählen und … natürlich mitnehmen.«

Es wirkt wie ein Friedensangebot und ich bin erleichtert. Nicht dass er mir die Tabletten aushändigen will, sondern dass das Ganze keine weiteren Folgen für Hugo haben wird. Dass Blake kein Dealer ist, der auf seinen eigenen Profit oder Vorteil bedacht ist.

Erst jetzt kommt mir ein Gedanke, den ich ohne nachzudenken ausspreche.

»Wenn Hugo im Heim aufgewachsen ist und ihr … Brüder seid, dann …«

Ich lasse den Satz unbeendet. Es ist auch nicht notwendig, es auszusprechen. Blake weiß, was ich fragen will.

»Er ist der Jüngste von uns und … hat es am wenigsten gut verkraftet.«

Teddy, Blake und Hugo McBoyd sind im Heim aufgewachsen.

Genau wie ich.

Paradoxerweise fühle ich von diesem Moment an eine Verbindung zu den drei Brüdern und mein Ärger auf Blake verpufft einfach. Ich will mein Geständnis anschließen und ihm sagen, dass ich all das kenne. Dass ich selbst früh ins Heim gekommen bin und weiß, was die Umstände mit einem jungen Menschen machen können. Aber dazu kommt es nicht.

»Blake?«

Teddys Stimme dringt zu uns und löst wie ein scharfes Messer den Blick und den Moment auf, als wir die Treppe nach oben gehen. Er wartet im Flur auf uns und reicht mir ein Glas Wasser, als ich neben ihn trete. Erst jetzt merke ich, welchen Durst ich habe, und leere es in einem Zug.

»Wie sieht es aus?«, fragt er und zeigt auf Blakes frisch verbundene Hand.

Ich erzähle ihm von der Versorgung der Wunde und spreche direkt aus, was ich mir in Gedanken schon zurechtgelegt habe.

»Ich werde morgen wiederkommen, mir die Wunde noch mal ansehen und frisch verbinden. Außerdem würde ich gerne Hugo sehen.«

»Hugo?«

Blake runzelt die Stirn und bewegt wieder seine Finger, die aus dem Verband herausschauen. Es ist wie ein Automatismus. Es wirkt, als wollte er sich jederzeit vergewissern, dass seine Hand immer noch funktioniert.

»Ich muss sichergehen, dass es ihm gut geht und … dann sehen wir weiter.«

Teddy lehnt sich mit verschränkten Armen an den Türrahmen und betrachtet die Szene, die sich gerade zwischen mir und Blake abspielt.

»Wir sehen weiter?«, Blakes Gesichtszüge versteinern sich und ich weiß, dass es ihm nicht gefällt, was ich sage. Aber ich bin nicht bereit, darüber zu debattieren.

»Falls es ihm so schlecht geht, dass er einen Arzt braucht, …«

Erstmals mischt sich Teddy ein und ergreift das Wort.

»Ich habe gerade nach ihm gesehen. Er schläft noch. Aber … es geht ihm gut. Den Umständen entsprechend.«

Ich ziehe die Augenbrauen nach oben, weil ich innerlich darüber lachen muss, dass Laien ständig denken, über medizinische Grundkenntnisse zu verfügen und sich ein Urteil bilden können. Er scheint es mir anzusehen und erklärt seine Aussage.

»Er atmet ganz regelmäßig und sein Puls ist langsam und gleichmäßig. Er ist … ansprechbar, aber … mehr auch nicht.«

Blake geht einen Schritt auf mich zu und steht nur wenige Zentimeter von mir entfernt. Mir bleibt die Luft weg und ich versuche, ihm den gleichen strengen Blick zuzuwerfen, den er mir gibt.

Minze & Erde.

Ich halte kurz den Atem an, um mich weiter auf die Diskussion zwischen uns konzentrieren zu können.

»Du kannst nicht einfach hierherkommen und alles auf den Kopf stellen!«

Ich ziehe die Luft ein und gehe noch ein Stückchen weiter auf ihn zu. Teddy löst sich vom Türrahmen und tritt zwischen uns. Er legt Blake eine Hand auf die Schulter.

»Blake …«

Es klingt wie eine väterliche Ermahnung an einen Hitzkopf.

»Ich bin diejenige, die alles auf den Kopf stellt? Wer ist ins Krankenhaus gekommen und hat Medikamente gestohlen, sich selbst in Gefahr gebracht? Und mich! Das ist während *meiner* Schicht passiert. Weißt du überhaupt, was das für mich heißen kann?!«

Dann krame ich in meiner Tasche nach dem Autoschlüssel und gehe Richtung Eingangstür. Dort drehe ich mich zu den beiden Brüdern um, die mich wortlos ansehen.

»Ich komme morgen wieder und schaue nach deiner Hand *und* nach eurem jüngeren Bruder. Ansonsten muss ich den Diebstahl melden. Es liegt bei dir.«

In mir trommelt meine innere Stimme und lässt eine regelrechte Tirade los. *Ich muss wissen, was hier los ist, was ihr verheimlicht. Was es mit Blakes Vergangenheit auf sich hat und wer Hugo ist.*

Blake holt Luft und setzt an, um mir zu antworten. Aber Teddy kommt ihm zuvor und ich kann sehen, wie er mit den Fingern seiner noch aufgelegten Hand Druck ausübt. Blake schließt daraufhin den Mund und seine Antwort bleibt unausgesprochen.

»Bis morgen. Und … danke, Ivy.«

Ich nicke ihm kurz zu und würdige Blake keines Blickes. Dann öffne ich die Tür und laufe mit schnellen Schritten zum Auto, bemüht, den See neben mir nicht zu beachten und mich nicht von der einen in die nächste Katastrophe zu katapultieren. Ich setze mich hinter das Lenkrad und atme mit geschlossenen Augen tief ein und aus. Es fühlt sich an, als führen meine Gefühle Achterbahn: Meine Neugierde, mehr über die Brüder zu erfahren, mein Mitgefühl für Hugo, der mir aber völlig unbekannt ist. Diese Anziehung zu Blake, der mich jedoch in den Wahnsinn treibt, weil er sich im Recht fühlt. Mein Aufenthalt hier am See, was eigentlich ein echter Meilenstein für mich ist.

Mittlerweile ist es fast dunkel und die Uhr im Auto zeigt zweiundzwanzig Uhr an. Ich lege meine Stirn auf dem Lenkrad ab.

»Was mache ich hier nur«, flüstere ich mir selbst zu und mein inneres Ich schweigt, während es mich kopfschüttelnd mustert.

Minze & Erde.

Egal, wie wütend er mich vor einigen Minuten mit seinem Vorwurf gemacht hat, ich kann nichts gegen die Wirkung tun, die er auf mich hat. Aber sobald seine Verletzung gut abgeheilt ist und ich mich von Hugos Wohl überzeugt habe, wird Blake aus meinem Leben wieder verschwinden. Und in dieser Zeit muss ich herausfinden, welches Geheimnis die McBoyd-Brüder umgibt.

Als ich den Kopf hebe und den Motor starten will, schrecke ich zusammen und mir entfährt ein kleiner Schrei. Blake steht neben meiner Fahrertür und blickt ins Auto. Ich warte einen Moment, dann öffne ich das Fenster.

»Hab ich etwas vergessen?«

Ich versuche, so emotionslos wie möglich zu klingen, was alles andere als einfach ist.

»Nein, du nicht …«, beginnt er und geht in die Knie, damit wir auf Augenhöhe sind. »Eher ich. Das eben … tut mir leid.«

Ich sehe in seine Augen und warte, was noch kommt. Was er mir noch sagen will.

»Ich … hätte das nicht sagen sollen. Ich weiß, dass ich derjenige bin, der dein Leben heute durcheinandergebracht hat und …« Er hält erneut inne und zupft an dem Stoff seines Oberteils. »… ich muss mich bei dir bedanken dafür, dass du das auf dich nimmst und hierherkommst, um mich zu versorgen und … jetzt noch bereit bist, nach Hugo zu sehen. Das … müsstest du alles nicht tun. Im Gegenteil.«

Erst jetzt fällt mir auf, dass er genau wie heute Morgen im Krankenhaus bei den hochsommerlichen Temperaturen ein Longsleeve trägt, und ich frage mich, wieso. Ich kann seinen Oberkörper sehen, wie er sich unter dem eng anliegenden Stoff abzeichnet. Und das kann definitiv nicht der Grund dafür sein, wieso er ihn versteckt.

»Okay …«, antworte ich vorsichtig und weiche seinem tiefen Blick aus. »Bis morgen, Blake.«

Ich starte den Motor, aber als ich meine Hände auf das Lenkrad lege, greift er ins Innere des Autos und legt seine rechte Hand über meine, um mich zu stoppen.

Die Berührung.

Seine Hand auf meiner.

»Wieso … tust du das, Ivy?«

Es ist das erste Mal, dass er meinen Namen ausspricht und mich damit wieder in die Rolle der hilflosen Ivy katapultiert, deren Ärger augenblicklich verpufft. Ich halte seinem Blick stand und seufze, bevor ich ihm ehrlich antworte.

»Hugo und ich sind uns … gar nicht so unähnlich. Ich schätze, ich hatte einfach nur mehr Glück im Leben als er.«

Blake sucht meinen Blick, nickt und stellt keine Frage. Dafür bin ich ihm in diesem Moment mehr als dankbar.

»Okay«, sagt er stattdessen und entzieht mir seine Nähe, indem er die Hand auf die Wagentür legt und kurz dagegen klopft, bevor er aufsteht und sie zum Gruß hebt. Ich lächle matt, schalte die Scheinwerfer an und fahre vom Waldgrundstück am See in Richtung Stadt. Zurück in das Leben, das Valéria mir ermöglicht hat. Weg von dem Leben, das mich ebenso hätte erwarten können wie Hugo McBoyd.

Ich sehe Blake im Rückspiegel dort stehen und mir nachblicken. Er bewegt sich nicht vom Fleck, bis ich mit dem Auto um die Ecke biege.

Wolkenbrüche und Gewitter. So grau sind diese Augen und halten mich und meine Gedanken fest.

In dieser Nacht träume ich wieder von dem Boot, das mein Leben für immer verändert hat. Sonnenstrahlen, die das Deck in warme Töne tauchen, und ein weißes Segel, das bauchig gespannt ist und dem Wind trotzt. Aber diesmal bin ich kein kleines Mädchen. Ich bin, erwachsen. Wie immer falle ich und durchbreche die Wasseroberfläche, tauche ein ins tiefe und dunkle Nass, sehe mich selbst, wie ich immer tiefer sinke, meine Haare, die im Wasser eine Eigendynamik entwickeln und sich sanft mit jeder Bewegung meines Körpers hin- und herbewegen. Dann greift eine Hand nach mir und zieht mich wie immer rettend nach oben. Ich durchbreche die Wasseroberfläche und hole so tief Luft wie möglich.

Ich werde gerettet.

Aber diesmal ist es nicht mein Dad, der mich auf das Boot zurückholt.

Es sind dunkelgraue Augen, die mich ansehen, als ich die meinen öffne und meine Lungen immer und immer wieder gierig mit Luft fülle.

Es ist Blake McBoyd, der mich rettet.

6 – Blake

Nachdem Ivy weggefahren ist, gehe ich direkt in die Garage, die an Teddys Haus grenzt, und beginne, die Holzpaneele abzuschleifen. Ich muss meine Gedanken beruhigen und mich beschäftigen, um nicht völlig durchzudrehen. Ich habe das Segelboot einem Typen abgekauft und damit vor einigen Wochen ein Schnäppchen gemacht. Ich mache die Soundbox im Regal an, die mit meinem Handy gekoppelt ist. Die Töne von *BRKN LOVE* dröhnen zu laut aus dem Lautsprecher, aber es fühlt ich gut an und ist genau das, was ich jetzt brauche. Ich will gerade gar nichts denken. Nicht an Hugo und das Problem, vor dem wir immer noch stehen und über das ich mit Teddy und ihm dringend sprechen muss. Nicht an das *Castillano's* und die Fische, die ich dort auf Zeit verarbeite. Nicht an Ivy, die mich nicht loslässt, seit ich sie das erste Mal gesehen habe. Fast schon wütend reibe ich das Schleifpapier über das Holz, obwohl ich nicht weiß, weshalb genau ich wütend bin. Die Holzspäne fallen zu meinen Füßen und bedecken den Boden. Meine verbundene Hand lasse ich hängen und muss fast über meine eigenen Gedanken lachen, dass ich Ivy keinen Grund geben will, noch wütender auf mich zu sein, als sie es ohnehin schon ist. Stupide Arbeiten sind gut, um zu entspannen, um Spannung abzubauen. Sie sind das Einzige, was meinen Kopf freikriegt.

Eine Hand auf meiner Schulter lässt mich hochschrecken und ich greife reflexartig um mich herum, fasse nach breiten Schultern vor mir und will sie Richtung Wandregal drücken.

»Hey, hey, hey!« Teddy hebt abwehrend die Hände und schreit mir die Worte entgegen, um den Song zu übertönen. Ich lasse ihn sofort los und fahre durch mein Haar, während er die Soundbox ausstellt. Es ist augenblicklich still in der Garage und wir sehen uns an. Er mit aufeinandergepressten Lippen und ich keuchend.

»Scheiße, tut mir leid, Ted.«

Ich brauche mich nicht zu erklären, niemand kennt mich so gut wie mein großer Bruder. Niemand kennt all die Geheimnisse und diese dunklen Momente, die mich begleiten.

»Schon okay, ich … hatte gerufen, aber …« Er zeigt auf mein Handy, die Playlist ist noch geöffnet.

Wir stehen voreinander und sehen uns an, dann fahre ich abschließend mit einem Tuch über die Stelle am Boot, die ich zuvor bearbeitet hatte.

»Was willst du damit machen, wenn es fertig ist?«

»Verkaufen«, antworte ich prompt. »Sobald Hugo so weit ist, muss ich irgendwo neu anfangen.«

Er nickt nachdenklich und wir schweigen uns an, bis er sich räuspert und das Gespräch wieder aufnimmt.

»Was meinst du, kriegen wir das hin?«

»Mit Hugo?«, frage ich nach, obwohl ich weiß, dass der Entzug noch nicht einmal begonnen und sich unser jüngerer Bruder schon willenlos betrunken hat.

»Ich habe keine Ahnung. Aber er wird in keine Einrichtung gehen. Und wenn wir nicht bereit sind, ihm zu helfen, das Ganze hier durchzuziehen, dann …«

»Ich weiß, Teddy. Ich weiß das doch«, unterbreche ich ihn und drücke mir die Faust auf die Stirn, presse die Augen zusammen und flehe eine höhere Macht an, mir einen Einfall zu senden. Einen Einfall, der all das möglich macht, erleichtert und uns dreien einen Neustart ermöglicht.

»Wir versuchen es und … sehen, wo es uns hinführt. Aber Blake …« Er sieht mich fast schon mahnend an. »Keine Alleingänge mehr.«

Er spielt auf die Aktion im Krankenhaus an, auf meinen Versuch, Medikamente mitgehen zu lassen, die Hugo diesen Entzug erleichtern könnten. Kein Arzt der Welt würde ihm Medikamente für diesen Selbstversuch verschreiben. Es ist die einzige Möglichkeit gewesen, da dranzukommen. Aber ich weiß, dass es einfach eine bescheuerte Idee war, die mir in diesem Moment in den Kopf kam, und ich nicht weiter nachgedacht habe. Und das ist typisch für mich. Teddy ist der ältere, ruhigere von uns. Ich bin impulsiv und treffe Entscheidungen oft unüberlegt und zu schnell. Wie die Entscheidung, die mein Leben komplett verändert, auf den Kopf gestellt und für einige Zeit die Pausetaste gedrückt hat. Aber ich bereue nicht, was ich getan habe. Denn es war für Hugo, um ihn zu schützen, und erst jetzt und hier merke ich, dass ich gerade wieder solch eine Entscheidung traf, als ich Ivy hintergangen habe.

Es ist, als könnte Ted in meinen Kopf schauen, als er das Thema wechselt.

»Was ist mit der Krankenschwester?«

Ich lege nebenbei ein neues Schleifpapier ein, obwohl es gar nicht nötig ist, aber ich habe das Gefühl, mich beschäftigen zu müssen. Ted kennt mich zu gut und ich will ihn nicht ansehen, während ich über sie rede. Weil es sich anfühlt, als würde ich etwas zugeben, wogegen ich mich selbst noch sträube. Ich kann und will dieser Sache nicht noch mehr Bedeutung zuschreiben. Das hat einfach keinen Platz in meinem noch chaotischen Leben und jede Frau würde die Flucht ergreifen, wenn sie wüsste, was meine Vergangenheit der letzten Jahre geprägt hat.

»Was soll mit ihr sein? Ich weiß genauso viel wie du.«

»Blake.«

Ich halte inne, als er meinen Namen sagt.

»Haben wir jetzt nicht gerade andere Probleme als Frauen?«

Ich werde wütend, weil ich weiß, dass er recht hat. Da ist etwas und der Moment, als sie vorhin in der Tür stand und ich sie regelrecht ins Haus gezogen habe, hat sich in meinem Kopf festgesetzt und verselbstständigt sich fast schon. Während ich das neue Schleifpapier zu fest und zu schnell über das Holz schiebe, hebt Ted abwehrend die Hände.

»Komm schon, was ist los mit dir?«

Ich halte kurz inne und werfe das Schleifpapier schließlich hin. Und dann antworte ich, als hätte er mich gefragt, ob ich mit ihr ausgehen will.

»Das geht einfach nicht. Wie soll ich ihr erklären, weshalb wir in dieser Situation sind? Wie soll ich vor einem fremden Menschen rechtfertigen, was ich getan habe, ohne verurteilt zu werden?«

»Deswegen musst du dich nicht wie ein Arschloch verhalten.«

Der Satz trifft mich, weil es stimmt. Sie hätte anders handeln und mein Leben wieder komplett über den Haufen werfen können, wenn sie mich angezeigt hätte. Aber das hat sie nicht. Im Gegenteil. Sie kam hierher, um mir meinen Geldbeutel zu geben. Und will sich Hugo ansehen. Vielleicht ist es nicht die schlechteste Option, ihn mit einer Krankenschwester zusammenzubringen.

Teddys und mein Blick treffen sich und ich sage etwas, das völlig aus dem Zusammenhang gerissen ist.

»Sie ist im Heim großgeworden, Ted.«

»Was?!«

Ich nicke und gehe zum geöffneten Garagentor, das den Blick auf den See freigibt. Teddy tritt neben mich und wir stehen Seite an Seite in seiner Garage vor dem Segelboot, das ich restauriere, um den Booten wieder näher zu sein, als ich es durch den Übergangsjob in der Fischfabrik von Castillano gerade kann. Einen Moment schauen wir schweigend auf die Wasseroberfläche. Es beruhigt mich, weil es das Element ist, das Feuer vernichten kann. Feuer – das Element, das unser Leben damals von heute auf morgen zerstört hat. Der Grund, weshalb ich bin, wie ich bin, und der Grund für Entscheidungen, die alles verändert haben.

»Kennen wir sie?«

Ich schüttle stumm den Kopf und hebe dann meine verbundene Hand an, betrachte sie und bewege die Finger, als wollte ich mich vergewissern, dass alles funktioniert wie vor dem Unfall. Als

Teddy mir antwortet, habe ich das Gefühl, er könne meine Gedanken lesen.

»Weißt du …« Er legt mir eine Hand auf die Schulter und klopft leicht darauf, was sich beruhigend anfühlt. »Du musst sie nicht gleich heiraten. Du könntest es … langsam angehen lassen. Erst einmal kein Arschloch sein und der Rest … ergibt sich vielleicht oder auch nicht. Gehe es locker an, Blake. Du hast es verdient, glücklich zu sein. Hör auf, dich für etwas zu bestrafen, was du mit der besten Absicht getan und wofür du gebüßt hast.«

Ich erwidere nichts und lasse das so stehen. Als es klingelt und sich ein Kunde für Teddy ankündigt, geht er zurück ins Haus.

»Hast du ein Auge auf Hugo, wenn er aufwacht? Ich bin erst einmal mit dem Rückentattoo beschäftigt, schätze ich.«

Ich nicke ihm zu und schließe das Garagentor, um ebenfalls ins Haus zu gehen. Es rastet mit einem Ruck und einem lauten Geräusch ein und versperrt die Sicht auf *Hartfort Lake.*

7 – Ivy

»Wie hat es sich angefühlt?«

Ich sitze im Sessel vor Dr. Mooley und spiele gedankenverloren mit den Fransen meines weißen Häkeltops, die über den Bund meiner Shorts fallen. Einige morgendliche Sonnenstrahlen dringen durch die Jalousien, die bereits heruntergelassen wurden, um der Hitze Einhalt zu gebieten.

Sie ist die Erste, der ich von den gestrigen Ereignissen erzähle. Ich erzähle ihr alles, die ganze Geschichte. Von der ersten Begegnung im Krankenhaus, dem Diebstahl und meinem Besuch am See. Von der Wunde, von Hugo und von Blakes Erzählungen. Ich erzähle von dem Gefühl, das ich gespürt habe, als ich mit dem Auto vor dem See stand. Von der Hilflosigkeit und dem Unwohlsein.

»Das ist trotzdem ein Schritt in die richtige Richtung, Ivy.«

Sie notiert einige Stichworte auf ihrem Block und zieht dann die Brille ab. »Wir sollten dort ansetzen.«

»Ansetzen?«

»Sie haben es geschafft, sich an einem See aufzuhalten. Anscheinend verbinden Sie auch etwas Positives mit diesem Ort. Sonst wären Sie gar nicht in der Lage gewesen, dortzubleiben. Das ist ein echter Meilenstein. Vielleicht ist der *Hartford Lake* die Lösung.«

Ich spiele weiter mit den Fransen und höre ihr zu. Ich weiß, was sie meint, und ich kenne den Grund, weshalb ich dortgeblieben bin.

»Wären Sie dazu bereit?«

»Wozu genau?«

Sie legt den Block auf dem Tisch vor uns ab.

»Dass wir mit dem See arbeiten. Wir … könnten ein paar Sitzungen dort abhalten. Was denken Sie?«

»Ich weiß nicht.«

Die Unsicherheit ist wieder da und in dieser Situation, hier und jetzt, fühle ich mich erneut ratlos.

»Was machen die Albträume?«

Ich schaue Dr. Mooley an, die mich über ihre Brille hinweg ansieht, regelrecht mustert.

»Wie immer. Sie suchen mich regelmäßig heim. Das heißt … immer wieder dieser eine Traum.«

Sie nickt nachdenklich und blickt auf ihre Armbanduhr, während sie sich erhebt. Die Zeit ist um und ich stehe ebenfalls auf, um zur Tür zu laufen. Diese Sitzung kam eher einer Zusammenfassung der Ereignisse der letzten Tage gleich und weniger einer Therapiesitzung bei einer Psychologin. Obwohl ich weiß, dass sie recht hat, wenn sie von einem Meilenstein spricht, fühle ich mich jetzt gar nicht mehr so, als wäre ich einen riesigen Schritt vorwärtsgegangen.

Als wir an der Tür stehen und ich einen Schritt auf den Flur setze, drehe ich mich noch einmal um.

»Das heißt, eine Veränderung gab es. Letzte Nacht.«

Sie runzelt die Stirn und verschränkt die Arme. Eine stumme Aufforderung, mehr zu erzählen.

»Es war wie immer. Das Boot, das Wetter. Mein Sturz ins Wasser und die Hand, die mich nach oben holt und rettet.«

»Was war anders, Ivy?« Dr. Mooley zieht ihre Brille ab und beobachtet mich, während ich antworte.

»Es war nicht mein Dad, der mich aus den Fluten rettete«, sage ich und blicke sie direkt an. »*Er* war es.«

»Wer?«

»Blake McBoyd«, sage ich und lehne mich an den Türrahmen gegenüber. »Er hat mich zurück aufs Boot geholt.«

»*Er* hat Ihnen das Leben gerettet?« Sie zeigt mit dem Finger Richtung Fenster auf der gegenüberliegenden Seite, als würde er dort stehen.

Ich nicke stumm. Ich weiß, wie verrückt das alles klingen muss. Aber wenn ich eine Sache gelernt habe in den letzten Jahren, nach all den Psychologen, Sitzungen und Versuchen, mich gegen die Vergangenheit und ihre Geister zu wehren, dann ist es, dass ich ehrlich sein muss und jedes Detail wichtig sein kann, um mich zu lesen.

Sie schweigt und betrachtet mich genau.

»Was soll das bedeuten?«, frage ich direkt und rechne mit keiner wirklichen Antwort. Es wirkt wie eine rhetorische Frage, weil ich mir sicher bin, dass es keine Antwort darauf geben kann und mir mein Unterbewusstsein einen Streich spielt. Einen Streich, der durch den Geruch von Minze und Erde heraufbeschworen wird. Stattdessen sagt sie etwas ganz anderes, das mich nicht mehr loslassen wird.

»Ivy«, beginnt sie ernst und zieht erneut die Brille vom Gesicht, mit der sie dann beim Reden gestikuliert, »wenn sich der Traum, den Sie seit einer Ewigkeit immer und immer wieder genauso träumen, ganz plötzlich ändert, dann könnte das der Schlüssel sein.«

»Der Schlüssel?«

»Blake McBoyd. Er könnte der Schlüssel sein. Weshalb auch immer.«

Die Worte von Dr. Mooley hallen wie ein Echo in meinen Gedanken wider.

Blake McBoyd könnte der Schlüssel sein.

Blake McBoyd könnte der Schlüssel sein.

Blake McBoyd könnte der Schlüssel sein.

Erst als ich Valérias und meine Wohnung betrete und die Geigentöne höre, verstummt die Stimme in meinem Kopf und ich muss lächeln. Ich schleiche mich vor bis ins Wohnzimmer, vorbei an dem kleinen Jesus-Schrein und den zahlreichen Bildern der Kinder, die Valéria an der Wand unseres Flures unvergessen macht. Ich stelle mich in den Türrahmen und sehe sie mit dem Rücken zu mir, ihren Kopf leicht zur Seite geneigt, weil das Kinn auf der Geige aufliegt. Sie steht vor dem offenen Fenster und spielt. Ich schließe die Augen und lausche der Musik, die mich durch eine schwierige Phase meiner Kindheit und meiner ganzen Jugend getragen hat. Diese Geige war der erste Zugang, den ich zu Valéria hatte. Der erste Zugang überhaupt, nachdem ich ins Heim gekommen war. Valéria spielte uns Kindern vor und schaffte es so, ohne Fragen oder aufgezwungene Gespräche Kontakt zu verlorenen Seelen zu knüpfen. Die Geigentöne sind heute noch wie eine Umarmung für mich und machen etwas mit mir. *Es ist die Sprache der Engel, corazón*, hat sie immer zu mir gesagt und in meiner kindlichen Vorstellung war es nicht nur eine Violine, sondern hunderte, die da spielten. Engel, die dieses Instrument nutzten, um Kindern Halt zu geben. Halt, Zuversicht und schöne Momente.

Die letzten Töne verstummen und sie dreht sich um. Sie lächelt und ich gehe zu ihr, um ihr einen Kuss auf die Stirn zu geben.

»Wunderschön«, murmele ich zufrieden, »das war …«

»… wie immer«, murmelt sie und tätschelt meinen Oberarm. »Wie war es bei Dr. Mooley?«

»Wie immer«, antworte ich und wir müssen beide grinsen.

Ich habe ihr noch nicht von den Ereignissen des gestrigen Tages erzählt und werde auch nichts vom veränderten Traum sagen. Ich will sie nicht verunsichern oder ängstigen. Und solange ich nicht mehr weiß, werde ich es dabei belassen.

»Komm, setz dich«, fordert sie mich auf und klopft auf den Küchenstuhl neben ihrem, wo sie platz genommen hat. »Erzähl mir von gestern Abend. Bring etwas *salsa* in das Leben einer alten kranken Frau.«

Sie lacht, und bevor ich sie rügen kann, endet das in einem

Hustenanfall und ich reiche ihr einen der Inhalatoren, die wir in jedem Zimmer der Wohnung deponiert haben, sodass Valéria immer schnell einen zur Hand hat, auch wenn ich nicht da bin, um zu helfen.

Ich nehme neben ihr Platz und reibe über ihren Rücken. Besorgt betrachte ich die gebeugte Frau, die vor mir sitzt und versucht, ruhig zu atmen. Situationen wie diese häufen sich und ich weiß, dass wir nichts weiter tun können, außer die Medikamente zu nehmen und zu warten. Hoffen, dass es doch noch ein Spenderorgan gibt, auch wenn ich weiß, dass die Chancen gleich null stehen. Aber die Hoffnung keimt immer wieder in mir auf und wird gestützt von Parolen, die Valéria mir selbst als Kind eingeredet hat – *alles wird gut. Wenn es nicht gut ist, ist es nicht das Ende. Alles hat einen Sinn und oft erkennen wir diesen erst später.*

»Gehts wieder?«

»Wir waren bei gestern Abend«, sagt sie angestrengt und ignoriert meine Frage wie üblich. Ich weiß, dass sie lieber Geschichten von mir und aus dem Krankenhaus hört, als ihre eigene Krankengeschichte zum Thema zu machen. Es ist zwecklos, erneut zu fragen, also gebe ich auf und kräusle tadelnd die Lippen, bevor ich ihr antworte.

»Ich muss dich enttäuschen«, beginne ich lachend. »Es war kein Date, ich hatte wirklich etwas vergessen und musste noch etwas … im Krankenhaus erledigen.«

Das war nur eine halbe Lüge.

»Muss ziemlich wichtig gewesen sein, wenn du doch noch mal ins Krankenhaus gefahren bist. Das machst du sonst nicht.«

Ich zucke mit den Schultern und schenke uns zwei Gläser Wasser ein. Sie greift nach ihrem Rosenkranz, der in der Tischmitte liegt, und reibt die Perlen daran der Reihe nach zwischen Daumen und Zeigefinger.

»Das war es auch«, sage ich und sehe gedankenverloren geradeaus.

Sie bemerkt es sofort und fragt mich weiter aus.

»Ist er Arzt?«

»Was?!« Bevor sie antworten kann, schließe ich diese Möglichkeit direkt aus. »Um Gottes willen, Valéria, nein!«

»Es war nur eine Frage …«, schmunzelt sie.

Ich werfe einen Blick auf die Uhr am Herd. Es ist fast Zeit für Valérias Siesta, die sie täglich macht. Ein Andenken an Spanien.

»Ich muss gleich noch mal los«, erkläre ich ihr und halte ihre Hände in meinen. »Kann ich dich alleine lassen?«

»Jetzt oder für immer?«

Sie sagt es nicht ernst, sondern grinst dabei. Und ich weiß, dass sie nichts lieber hören würde, als wenn ich Letzteres bejahen würde, ihr sagen würde, dass ich ausziehe und mein ganz eigenes Leben lebe.

»Nur für jetzt natürlich«, sage ich und sie legt den Rosenkranz auf dem Tisch vor uns ab.

»Ivy.« Ihre Stimme klingt ernst. Sie dreht sich in meine Richtung und rückt ein Stück näher an mich heran. »Versprich mir eine Sache.«

Ich rolle die Augen, weil ich weiß, was jetzt kommt.

»Ich lebe doch, Valéria, sieh mich an.« Ich breite kurz die Arme zum Symbol aus. »Mach dir keine Sorgen. Ich erlebe genug und versauere sicher nicht in dieser Wohnung mit dir.«

Das ist die Zusammenfassung ihres Appells, den sie mir wie gewöhnlich mit auf den Weg gibt.

»Ivy. Hast du nicht selbst gesagt, du willst mehr? Es war erst gestern. Oder irre ich mich?«

Ich kann hören, dass es ihr ernst ist und nicht nur so dahergesagt.

Ich schweige und sehe sie an.

»Versprich mir, dass du ein neues Leben anfängst, wenn ich nicht mehr bin. *Corazón, por favor*. Mehr verlange ich nicht.«

»Valéria.«

Meine Stimme klingt fast schon schmerzverzerrt. Ich drücke

mich vor Gesprächen dieser Art, auch wenn sie geführt werden müssen, und ich weiß, dass Valéria das braucht. Sie braucht Klarheit bezüglich der Dinge, die danach passieren sollen. Das Leben in ein Davor und Danach einzuteilen, ängstigt mich. Und vor allem bin ich wütend auf die Welt, dass sie sich vermutlich ganz normal weiterdrehen wird, wenn Valéria nicht mehr ist.

»Verkauf diese alte Wohnung und alles, was dazugehört«, weist sie mich an und lässt keine Einwände zu. »Behalte nur drei Dinge von mir. Die, die dir wirklich etwas bedeuten. Und der Rest ist hier drin.«

Sie berührt mit ihrer rechten Hand meinen Brustkorb. Ich kämpfe gegen den Kloß in meiner Halsregion und gegen die Tränen, weil sich das wie ein Abschied anfühlt und es mich traurig macht, dass sie sich mehr um mich und meine Zukunft sorgt als um sich selbst. Ich hole Luft und will etwas erwidern, aber sie stoppt mich direkt mit ihrer Hand.

»Lass uns das nicht jetzt ausdiskutieren. Mir … ist es nur wichtig, das jetzt loszuwerden. Gib einer alten Frau ein Versprechen, Ivy. Bitte. Ich weiß, du willst mich nicht allein lassen. Aber wenn ich nicht mehr bin, hält dich hier nichts mehr. Versprich es mir.«

Ihre Hände greifen fester nach meinen und ich schrecke förmlich zusammen, weil ich realisiere, wie viel Kraft sie aufbringen kann. Seufzend gebe ich mich geschlagen.

»Okay«, flüstere ich ihr entgegen. »Ich verspreche es dir.«

Sie lächelt glücklich und lehnt sich zurück.

»Aber noch bist du da und dafür bin ich mehr als dankbar.«

Sie greift nach ihrem Rosenkranz und steht auf. Ich begleite sie in ihr Schlafzimmer, lasse die Jalousie herunter und reiche ihr eine dünne Tagesdecke. Sie seufzt zufrieden und ich habe das Gefühl, dass sie bereits schläft, als ich noch einmal einen Blick in ihr Zimmer werfe, bevor ich die Waschmaschine im Bad in Augenschein nehme.

Ich öffne sämtliche Klappen, lasse Wasser ab und reinige das Flusensieb. Dann sehe ich den Schlauch, der nicht korrekt am

Wasserhahn an der Wand angeschlossen ist, muss schmunzeln und drehe ihn fest auf die Vorrichtung. Die Wäsche im Wäschekorb lege ich noch einmal in die Maschine. Als ich den Knopf drücke, leuchtet das Licht auf.

»Wer sagt es denn«, sage ich zufrieden zu mir selbst und beobachte, wie sich die Trommel langsam zu drehen beginnt. Dann verlasse ich die Wohnung, um zum Haus am *Hartford Lake* zu fahren.

Während ich von meinem Auto aus zum Haus laufe, konzentriere mich auf meine Schritte und auf Dr. Mooleys Mantra. Übungen, die mich seit Jahren begleiten. Dinge, die mich in Krisensituationen sprichwörtlich vor dem Ertrinken retten. Immer und immer wieder.

Teddy öffnet mir die Tür und bittet mich wortlos herein. Er hat das Handy am Ohr und ich kann gedämpft die Stimme wahrnehmen, die auf ihn einredet. Er geht um die Ecke, um weitertelefonieren zu können. Ich stehe im Flur und sehe mich um. Das Haus wirkt fast schon verlassen. Neben dem Spiegel vor mir hängt ein Bild von einem Boot. Blake steht dort an Deck und hisst ein Segel. Es trifft mich wie ein Schlag und ich bemühe mich, die Flashbacks nicht zuzulassen, die sich in solchen Momenten immer einen Weg an die Oberfläche suchen. Wie Blitze sehe ich Bilder vor mir, die ich durch Blinzeln und leichtes Kopfschütteln loszuwerden versuche.

Ich schnappe nach Luft und konzentriere mich auf meine Atmung. Dann blicke ich in den Spiegel. Es kommt mir vor, als fiele die Maske, die ich gefühlt trage, wenn ich den Leuten antworte, dass alles okay sei, sobald sie nach meiner Vergangenheit fragen. Mir bleibt fast die Luft weg. Ich fühle mich wie im falschen Film und als Schachfigur des Schicksals – wie kann das sein, dass ich nach allem, was mir widerfahren ist, einem Mann über den Weg laufe, der einen Teil der Geschichte mit mir gemein hat und doch so konträr ist?

Er liebt das Wasser. Er fährt Boot. Ich hasse die See. Ich habe seit damals keinen Fuß mehr auf ein Deck gesetzt.

»Tut mir leid, dass du warten musstest.«

Teddy ist zurück und ich schrecke zusammen, weil ich ihn nicht habe kommen hören.

»Alles in Ordnung?«

Ich sehe ihn an und nicke, schlucke schwer und setze die Maske wieder auf. Ich kann keinem Fremden erzählen, was mich nach all den Jahren immer noch nicht schlafen lässt. Es ist ehrliches Interesse von Teddy, aber ich kann ihm mein Innerstes nicht auf einem Tablett servieren. Der Autopilot übernimmt.

»Alles in Ordnung. Wo ist Blake? Ich sehe mir zuerst seine Wunde an und verbinde sie neu.«

Teddy beäugt mich noch einen Moment kritisch. Als unsere Blicke sich treffen, habe ich das Gefühl, dass wir beide ohne Worte verstehen, dass jeder von uns sein Päckchen zu tragen hat und wir nicht immer ehrlich zueinander sein können. Jedenfalls noch nicht.

Dann zeigt er mit einer Hand zur Kellertreppe.

»Braucht ihr mich? Ich muss noch mal telefonieren und einen Termin umlegen.«

»Nein, geh ruhig«, antworte ich und mache mich auf den Weg nach unten.

Das Tattoostudio liegt dunkel und verlassen im Kellergeschoss. Blake ist nicht hier.

»Blake?«

Ich rufe ihn zögernd, weil es etwas Vertrautes hat, sich beim Namen zu rufen, obwohl man sich unter diesen Umständen kennengelernt hat, wie wir beide. Aber es kommt keine Antwort. Stattdessen kann ich Geräusche hören, die an Ketten erinnern, die geschüttelt werden. Ketten, die in Bewegung sind, und dumpfe Schläge dazwischen. Auf der anderen Seite des Ganges befinden sich zwei weitere Räume, in die ich einen Blick werfe. Im zweiten Zimmer sehe ich Blake mit dem Rücken zu mir, wie er mit Hand und Fuß auf einen ledernen Boxsack einschlägt. Bei jedem Aufprall rasseln die Ketten, mit denen der Sack an der Decke aufgehängt ist. Das Geräusch, das ich wahrgenommen habe. Für einige Sekunden betrachte ich ihn, wie er, trotz der heißen Temperaturen wieder im Longsleeve, den Sack bearbeitet. Aber dann realisiere ich, was er da tut, und gehe mit schnellen Schritten auf ihn zu.

»Was tust du da? Bist du wahnsinnig?«

Er reagiert nicht und schlägt erneut auf den Boxsack ein. Ich fasse ihn am Arm und er fährt herum, erschrocken und völlig außer Puste. Mit den Fingern zieht er zwei Stöpsel aus den Ohren und ich nehme die Musik wahr, die aus ihnen dröhnt.

Er konnte mich gar nicht hören.

»Was?« Er atmet schnell und fährt sich mit der gesunden Hand durchs Haar, das verschwitzt ist.

»Was du hier tust? Bist du verrückt?« Ich zeige wütend auf seine bandagierte Hand, die jedoch unversehrt wirkt. »Du darfst damit auf keinen Fall Sport machen und schon gar nicht boxen! Du bist von allen guten Geistern verlassen. Tust du eigentlich immer, was du willst?«

Wir stehen uns einen Moment gegenüber und ich schnaufe nun ebenfalls, weil ich wütend wegen seines Leichtsinns bin.

Wir stehen dort und schnaufen, beide. Beruhigen uns ohne Worte und halten dem Blick des anderen stand. Zu dem Geruch von Minze und Erde hat sich noch eine weitere Komponente gemischt und ich kann ihn selbst riechen. Einige Wissenschaftler sagen, dass wir den natürlichen Körpergeruch von bestimmten Menschen anziehender finden als den anderer. Eine These, die ich immer belächelt habe.

Bis jetzt.

Ich schließe die Augen und sammle mich kurz. Bevor ich weitersprechen kann, erklärt er sich.

»Beruhige dich«, sagt er und zeigt mir seinen Verband. »Ich

habe nur die andere Hand benutzt. Aber das gehört zu meinem Tag dazu und … ich kann damit nicht für einige Wochen aufhören. Ich … brauche das.«

Schweigen. Blicke.

Wieso fühle ich diese Sehnsucht, wenn ich ihn ansehe, die sofort in Wut umschlägt, weil er mich in den Wahnsinn zu treiben scheint?

»Okay, schön …«, murmle ich und gehe in Richtung Tür. »Dann lass mich die Hand ansehen.«

Er folgt mir ohne Widerworte in Teddys Tattoostudio, wo wir uns an der Liege einander gegenübersetzen.

»Tut es noch weh?«

Ich beäuge die Wunde und besprühe sie erneut mit Desinfektionsmittel. Sie sieht nicht schlimmer aus als gestern, im Gegenteil. Die Hand ist nicht mehr rot und anscheinend hat er sie gekühlt, da die Entzündung deutlich zurückgegangen ist.

Er schüttelt den Kopf und ich mache mich daran, einen neuen Verband anzulegen.

»Was sagst du, Frau Doktor?«

Ich halte kurz inne und sehe ihn an.

»Ich bin Krankenschwester, keine Ärztin.«

»Ich weiß.«

Der Schlagabtausch zwischen uns lockert die Situation etwas auf und ich bin ihm sogar dankbar dafür, dass er damit begonnen hat. Ich nutze die Gelegenheit und spreche ihn auf das Bild im Flur an.

»Ihr habt ein Boot?«

»Woher weißt du das?«

Obwohl ich mich auf seine Hand konzentriere, spüre ich seinen Blick auf mir.

»Ich habe das Bild gesehen. Das unten im Flur neben dem Spiegel.«

Er nickt.

»Genauer gesagt habe ich zwei. Ich habe mir einen Traum

erfüllt, das erste gekauft und den Bootsführerschein gemacht. Das zweite steht in der Garage … Bin dabei, es zu restaurieren. Wieso fragst du?«

Einen Traum erfüllt.

Dein Traum ist mein Albtraum.

Ich schüttle den Kopf und winke ab.

»Nicht so wichtig.«

Dann klopfe ich mit beiden Händen auf meine Oberschenkel als Zeichen dafür, dass wir hier fertig sind.

»Okay, dann …« Ich halte kurz inne und stehe auf. »… würde ich jetzt gerne Hugo sehen. Wo ist er?«

Er atmet hörbar aus und verschränkt die Arme.

»Er ist oben.«

Blake bleibt sitzen und wirkt nicht, als würde er gleich vorausgehen und mich zu seinem Bruder bringen. Also bleibe ich ebenfalls stehen und verschränke meine Arme wie er. So leicht kommt er mir nicht davon. Wir haben einen Deal und ich werde mich daran halten. Koste es, was es wolle. Ich erinnere ihn an unsere Abmachung.

»Ich bin hergekommen, um …«

»Ich weiß«, unterbricht er mich und steht nun doch auf. Dann geht er Richtung Kellertreppe und knipst bereits das Licht in Teddys Tattoostudio aus, obwohl ich noch im Raum stehe und den Müll noch nicht entsorgt habe. »Komm schon, ich bringe dich nach oben.«

»Ich will allein mit ihm sprechen, geht das?«

»Ich weiß nicht, ob das eine gute Idee ist. Er kennt dich nicht und …« Blake macht eine Sprechpause und versperrt mir mit dem Arm den Weg ins Zimmer. »Er vertraut Fremden nicht.«

Ich lasse die Türklinke los, die ich bereits umklammert habe, und lehne mich gegen den Türrahmen. Teddy kommt die Treppe nach oben und stellt sich zu uns in den Flur.

»Was ist los?«

»Sie will allein mit Hugo reden.«

Er verschränkt die Arme und zuckt mit den Schultern.

»Ich weiß nicht, ob das eine gute Idee ist, Ted.«

»Lass es uns probieren. Was haben wir zu verlieren?«

Ich nutze die Chance, die Teddy mir gerade ermöglicht, und springe auf den Zug auf.

»Eben, es gibt nichts mehr zu verlieren. Er hat doch anscheinend schon alles verloren. Sonst wäre er nicht in der Situation, in der er ist. Ich will nur sehen, ob es ihm gut geht, und ... die Lage einschätzen können. Das ist alles.«

Teddy und Blake werfen sich einen Blick zu und ich setze noch einen drauf.

»Ich will nur helfen.« Ich gestikuliere, während ich spreche. »Ich habe mit vielen Süchtigen gearbeitet und viel gesehen. Ich kann einschätzen, was ihr tun könnt, um ihm zu helfen.«

Schweigen. Teddy scheint kein Problem damit zu haben, aber Blake ringt sichtlich mit sich. Ich ignoriere alle Signale der Ablehnung, die er gerade sendet, und greife nach seiner bandagierten Hand. Es ist für ihn wie für mich selbst ein Schock, dass ich das tue. So stehen wir vor Hugos Zimmertür und blicken uns direkt an. Und diese Berührung trifft mich einfach, was unerklärbar ist, weil ich diesen Mann kaum kenne und er ein großes Rätsel für mich ist.

»Bitte, komm schon«, flüstere ich, »lass mich mit ihm reden und sehen, was passiert. Ich will nur helfen, Blake.«

Suchende Blicke, die über mein Gesicht zu wandern scheinen. Es fühlt sich fast schon wie eine Berührung an.

»Okay.«

Mehr sagt er nicht. Dann gibt er mir den Weg frei und ich betrete das Zimmer von Hugo.

Ein junger Mann sitzt in einem abgedunkelten Raum auf einem alten knarzenden Holzstuhl am Gaupenfenster, an das Teddy gestern noch sein Pfeifen gerichtet hat.

»Bist du eine Psychologin oder so was?«

Er dreht sich nicht zu mir um und überrumpelt mich mit der Reaktion. Bevor ich nachhaken kann, klärt er mich auf.

»Ich habe euch reden hören. Vor der Tür. Dich und Blake.«

Er trägt ein loses Achselshirt und zerrissene Jeans, die mehr aus Löchern und Fäden bestehen als aus zusammenhängendem Stoff. In regelmäßigen Abständen zieht er die Nase hoch.

»Nein, ich …«, antworte ich zögernd, weil ich gar nicht weiß, wie ich mich ihm vorstellen soll, »bin keine Psychologin. Ich bin … Ivy.«

Ich finde es passender, einfach meinen Namen zu nennen, statt zu sagen, dass ich Krankenschwester bin. Ich kann noch nicht einschätzen, welche Erfahrungen das sind, von denen Blake gesprochen hat, und will nicht direkt eine Mauer zwischen uns bauen. Ich weiß, dass Hugo erst zwanzig Jahre alt und somit jünger als Blake und Teddy ist, aber er wirkt fast schon jugendlich. Er ist schmal und ich kann eine Tätowierung in seinem Nacken erkennen. Es ist ein Kreuz und ich frage mich, ob Teddy es unter Hugos Haut verewigt hat. Dann muss ich an Valéria denken und ihren Rosenkranz und es gibt mir komischerweise genau den Schub, den ich so dringend brauche. Valéria – der Geige spielende Engel, der so viele Kinder vor dem seelischen Zerfall gerettet hat. Aber ich muss meinen eigenen Weg finden, mir Zugang zu ihm zu verschaffen.

»Deine Brüder machen sich Sorgen um dich«, beginne ich vorsichtig. »Sie möchten dir helfen, wissen aber nicht genau, wie.«

»Und du weißt es?«

Noch immer dreht er sich nicht zu mir um und ich fühle mich seltsam, mit dem Rücken eines Fremden zu sprechen.

»Sagen wir mal so … ich …« Nervös knete ich meine Hände

und gehe vorsichtig zwei Schritte in seine Richtung. »Ich habe etwas Erfahrung mit den Dingen, die dir passiert sind.«

»Haben Ted und Blake eine Ex-Süchtige angeschleppt?«

Er lacht höhnisch und ich kann heraushören, wie verletzt er ist. Weshalb auch immer. Hugo ist eine gebrochene Seele, die nicht so viel Glück im Leben hatte wie ich.

»Nein«, antworte ich und stehe nun fast hinter ihm. »Aber ich bin auch im Heim aufgewachsen und kann verstehen, dass dich deine Vergangenheit nicht loslässt.«

Und damit schaffe ich es ganz unbewusst, den Schalter umzulegen, denn Hugo dreht sich um und sieht mich erstmals an.

Kurze Zeit später sitzen wir beide auf ein paar Kissen auf dem Boden, mit dem Rücken gegen die Wand gelehnt und sprechen miteinander. Ich stelle ihm keine Fragen und fordere nichts von ihm, ich biete ihm an, von mir zu erzählen, was mir nicht leichtfällt. Ständig unterbreche ich mich, um mich zu sammeln, zu Worten zu finden. Ich erzähle nicht von dem Bootsunfall, nicht von meinen Eltern und nicht von Valéria. Ich berichte ihm von dem Glück, dass ich im Leben hatte, nachdem eine Frau mich fast schon repariert hatte, nachdem ich das Schlimmste erlebt hatte, das einem Kind passieren kann. Berichte, dass ich meine Eltern früh verloren habe, dass ich adoptiert wurde und diesen Ort so verlassen konnte. Dass da jemand war, der mir eine Hand gereicht hat und jeder das Recht darauf hat, gerettet zu werden. Ich erzähle von meiner Begegnung mit Blake im Krankenhaus und davon, wie es gestern weiterging. Ich hoffe, ihm damit zeigen zu können, wie wichtig er seinen Brüdern ist und wie sehr sie damit beschäftigt sind, einen Weg zu finden. Auch wenn es nicht immer die richtigen Mittel sind. Er hört mir zu und gibt mir die Zeit und den Raum, den ich brauche. Er hakt nicht nach und ich habe das Gefühl, wir verstehen einander. Weil wir uns ähnlich sind. Er reibt langsam die Handflächen aneinander und ich kann spüren, dass es in ihm arbeitet. Aus der Bewegung heraus sehe ich ein weiteres Tattoo an der Innenseite seines Handgelenks. Ich zeige darauf und frage nach.

»Was ist das?«

Er dreht es in meine Richtung und zeigt es mir.

Ein Anker.

Mir bleibt die Luft weg.

»Teddy hat es mir geschenkt. Es soll mich daran erinnern, dass es immer eine Rettung gibt.«

Ich kann nicht sprechen, so sehr wühlt seine Aussage mich auf. Und er merkt es.

»Habe ich etwas Falsches gesagt?«

Der erste Schritt, den er auf mich zugeht, und ich weiß, dass ich die Chance nutzen muss, bevor sich die Tür wieder schließt, ohne dass ich hindurchgegangen bin. Also reiße ich mich zusammen, mit allem, was ich an Kraft aufbringen kann.

Autopilot an.

»Was ist das mit dem Wasser in dieser Familie?«

Es ist fast ein Flüstern und Hugo nickt langsam.

»Es ist unser Element.«

Das war's, mehr gibt er mir nicht.

Dann spreche ich etwas aus, was ich bisher nicht vielen Leuten gesagt habe. Und wieso ich es in diesem Moment Hugo anvertraue, den ich eigentlich noch nicht wirklich kenne und der gegen ganz eigene Dämonen kämpft, ist mir klar: Ich muss ihm etwas geben, das mich verletzlich zeigt. So, wie ich bin.

»Ich habe Angst vor Wasser, Hugo. Wasser ist bedrohlich für mich und hat mich zu dem Menschen gemacht, der ich heute bin, der auch gegen Dämonen kämpft, so wie du.«

Er öffnet leicht den Mund, um ihn dann wieder zu schließen. Als wolle er sich nochmals sammeln. Dann streicht er mit zwei Fingern über das Ankertattoo und sucht wieder meinen Blick.

»Dass du und Blake euch über den Weg gelaufen seid, dass du hierhergekommen bist. Das kann alles kein Zufall sein.«

Ich bin irritiert und sehe ihn stirnrunzelnd an.

»Wie meinst du das?«

»Du hast Angst vor Wasser. Ich habe Angst vor Feuer. Es hat unser Leben verändert. Damals. Das von Teddy, Blake und mir. Wir alle sind Heimkinder gewesen, Ivy. Sag mir, dass das ein Zufall ist und nicht das Schicksal die Strippen zieht.«

Ich denke über seine Worte nach und lasse meinen Kopf unsanft gegen die Wand hinter uns fallen.

Und dann fühle ich seinen Kopf auf meiner Schulter und es macht sich ein Automatismus breit. Ich fasse mit der rechten Hand an seinen Kopf und streiche ihm sanft durch das Haar. Uns trennen nur ein paar Jahre, aber ich habe das Gefühl, ich müsse ihn beschützen.

»Du hast recht«, murmle ich und setze meine Bewegungen an seinem Haar fort. »Das kann kein Zufall sein.«

Als es an der Tür klopft, stehe ich vom Boden auf. Teddy schiebt den Kopf durch den geöffneten Türspalt und schaut erwartungsvoll von mir zu Hugo. Hinter ihm steht Blake.

Hugo ist mittlerweile weniger entspannt als vorhin und ich spüre, dass sein Rausch nachlässt. Die Pillen, die er sich besorgt hat. Nachschub gibt es nicht. Das Gespräch hat mir nicht nur ihn und seine Brüder nähergebracht, sondern auch gezeigt, welche Art Suchtkranker Hugo zu sein scheint. Aus jugendlichem Leichtsinn, Frust und dem Wunsch, der Realität und dem Schmerz zu entgehen, hatte er erste Drogen ausprobiert und ist von Marihuana zu anderen Rauschmitteln gekommen. Ein Wechsel von so genannten *Uppern* und *Downern*. Aufputschmitteln und beruhigenden Drogen, die betäuben, herunterfahren, ruhigstellen. Ein Wechselbad der Gefühle und ein Wechsel von einer wilden Achterbahnfahrt in den Zustand völliger Schwerelosigkeit und Stille.

Ich gehe auf die Tür zu, und als Teddy die Tür richtig öffnet und eintritt, erscheint direkt hinter ihm Blake, der fast schon nervös nach Hugo sieht und versucht, in meinem Gesicht abzulesen, wie meine Prognose ist.

»Und?«

Ich zögere, vor Hugo über ihn und seine Suchterkrankung zu sprechen. Aber als er ebenfalls aufsteht und zu uns kommt, mich wartend ansieht, weiß ich, dass er Ehrlichkeit erwartet.

»Es geht ihm … den Umständen entsprechend gut.«

Ich sehe in Hugos Gesicht und zwinge mich zu einem kleinen Lächeln. Man sieht ihm an, dass er Hilfe braucht. Man sieht ihm an, dass er das allein nicht schaffen kann und es für Laien wie Teddy und Blake eine Mammutaufgabe ist, die ihnen viel abverlangen wird, vermutlich mehr, als sie bewältigen können. Auch wenn die Brüder bereit sind, Hugo zu helfen und alles dafür zu tun, dass es ihm wieder gut geht. Dann wende ich mich an Hugo und spreche, als gäbe es nur uns beide im Raum.

»Du brauchst Hilfe, Hugo. Deine Brüder sind für dich da, aber es gibt Stellen, Kliniken und Suchtberatungen, die dich auf diesem Weg begleiten können. Du bist damit nicht allein. Du bist jung und hast noch dein ganzes Leben vor dir. Du hast eine Familie, vergiss das nicht.«

Ich lasse meinen Blick zwischen den drei Männern hin- und herwandern und fühle einen leichten Stich in meiner Brust. Ich habe keine Geschwister und gerade in Momenten wie diesen schmerzt diese Wahrheit ungemein – denn wenn Valéria nicht mehr ist, dann bin ich die Einzige, die zurückbleibt, und muss alles auf meinen Schultern tragen. Ob ich will oder nicht. Aber Teddy, Blake und Hugo haben einander. Auch wenn sie wie ich Vollwaisen sind.

Hugo will etwas erwidern und ich erinnere mich an Blakes Warnung, wie viel er durchgemacht hat und dass er sich gegen einen Krankenhaus- oder Therapieaufenthalt sträubt, also würge ich ihn ab.

»Ich kann dir helfen, einen geeigneten Platz ganz in der Nähe zu bekommen. Ich kenne einige Ärzte und Schwestern im Umkreis. So müsstest du nicht weg und könntest deine Brüder regelmäßig sehen.«

Er öffnet den Mund, schließt ihn direkt wieder und beginnt dann im Zimmer auf- und abzulaufen wie ein unruhiges Tier. Seine Hände fahren durch seine Haare und ich höre ihn in regelmäßigen Abständen die Nase hochziehen. Als er wieder mit dem Rücken zu uns steht, habe ich das Gefühl, von vorne zu beginnen. So hat unser Gespräch angefangen.

Niemand sagt etwas, bis ich mich dazu entschließe, ihnen Raum zu geben.

»Ich werde euch einen Moment allein lassen. Sprecht miteinander und ich warte unten. Falls ihr meine Hilfe möchtet, falls *du* meine Hilfe möchtest, Hugo … Dann bin ich da. Es gibt dabei nur eine einzige Auflage. Du musst das wollen.«

Ich warte noch einige Sekunden, bevor ich still und leise aus dem Zimmer schlüpfe und die Tür hinter mir zuziehe. Im Flur halte ich inne. Ich höre Stimmen, die durcheinanderreden. Es klingt chaotisch, aber das ist gut. Sie reden miteinander und das ist alles, was gerade zählt. Langsam gehe ich die Treppe hinunter ins Erdgeschoss, weil ich mir wie eine Spionin vorkomme, wenn ich oben warte und Gesprächsfetzen aufschnappe. Währenddessen schicke ich ein leises Gebet gen Himmel, dass Hugo sich richtig entscheidet. Einem Süchtigen kann nur geholfen werden, wenn er sich helfen lässt – das ist einer der wichtigsten Grundsätze, die ich diesbezüglich während meiner Ausbildung im Krankenhaus gelernt habe.

»*Nuestro padre en el cielo* …«, flüstere ich die spanischen Worte für das Vaterunser, die ich schon so oft von Valéria gehört habe, und hoffe, dass es wirklich diese höhere Macht gibt, die Dinge für uns in die richtigen Bahnen lenkt. Egal, ob das Gott ist oder das Schicksal. Hugo muss eine Entscheidung für sich selbst treffen, und zwar die richtige.

»Hugo …«, flüstere ich und mir wird bewusst, warum mir das

so wichtig ist. Es sind nicht nur die Gemeinsamkeiten, die wir haben.

Auf besondere Weise ist Hugo der jüngere Bruder, den ich nie hatte.

Im Erdgeschoss gehe ich in die Küche und schenke mir ein Glas Wasser ein, das ich in einem Zug leere. Normalerweise gehe ich nicht an Schränke in fremden Haushalten, aber ich fühle mich nach dem langen Gespräch mit Hugo wie ausgetrocknet und die Flüssigkeit füllt mich mit neuer Energie, die ich gerade so nötig habe. Mein Blick gleitet aus dem Fenster und bleibt bei der Wasseroberfläche des *Hartfort Lake* hängen.

Er hat Angst vor Feuer.

Ich habe Angst vor Wasser.

Und da alle drei im Heim waren, ist vielleicht das auch die Erklärung für Blakes abweisendes Verhalten. Aber wer weiß das schon. Ich werde nicht schlau aus ihm, jedenfalls noch nicht, und ich habe keine Ahnung, wie ich es schaffen soll, einen richtigen Zugang zu ihm zu finden.

Ich lasse das Gespräch zwischen Hugo und mir in meinen Gedanken Revue passieren. Was genau hinter seiner Angst steckt, weiß ich nicht, aber ich kann sie greifen, weil ich genauso fühle, was das Wasser angeht. Ich drehe mich mit dem Rücken zu dem Ausblick, der sich mir bietet, und erinnere mich an den Grundsatz, dass jedes noch so kleine Zugeständnis ein Schritt in die richtige Richtung ist. Alleine die Tatsache, dass ich mich in der unmittelbaren Nähe eines Sees aufhalte, ist ein Meilenstein. So weit bin ich die letzten fünfzehn Jahre nicht gekommen.

Ich seufze, setze mich auf einen Stuhl und warte. Auf Teddy, Blake und Hugo, auf eine Entscheidung und auf Hoffnung. Für Hugo. Auf dem Tisch liegt eine Art Notizbuch mit Ledereinband, das mehrmals mit einer Kordel umwickelt ist. Ich befühle es von außen und drehe es in meinen Händen. Man liest nicht in fremden Büchern, man geht nicht an fremde Gegenstände. Das alles ist Herumschnüffeln und ich ringe mit mir, bevor meine Neugierde über mein Gewissen siegt und ich nach einem suchenden Blick Richtung Flur das Bändchen löse und das Buch öffne. Blakes Name prangt in großen Lettern auf der ersten Seite.

Es ist kein Tagebuch. Fast bin ich ein bisschen enttäuscht, nicht in seine intimsten Gedanken eintauchen zu können. In meinem Kopf haben sich während unseres Aufeinandertreffens im Krankenhaus so viele Fragen aufgetan, von denen ich nur einen kleinen Bruchteil beantwortet bekommen habe. Gefühlte hundert sind übrig geblieben. Ein Tagebuch wäre die Eintrittskarte in Blakes Kopf und Herz. Auch wenn es moralisch verwerflich ist, das Tagebuch eines anderen Menschen zu lesen, muss ich zugeben, dass ich es getan hätte. Frustriert blättere ich durch die Seiten, die ich unbeschrieben vorfinde. Stattdessen blicke ich auf unendlich viele Zeichnungen und Skizzen mit Kohle, Zitate und darum geschwungene Linien. Ein Spruch springt mir förmlich ins Auge und ich stoppe beim Blättern, um ihn nochmals achtsam lesen zu können.

»Die schönsten Charaktere sind mit Narben übersät«, flüstere ich und lasse das Buch in meinen Händen langsam sinken. Er kennt weder mich noch meine Geschichte und hat keine Ahnung, wie sehr er damit ins Schwarze trifft. Unter dem Zitat steht in geschwungenen Lettern ein Name – *Khalil Gibran*. Ich gehe mit dem Buch in den Flur, weil dort meine Tasche steht und ich mir den Namen notieren will, um zu erfahren, was es damit auf sich hat. Blake ist ein Buch mit sieben Siegeln für mich und ich fühle mich, als wäre es zu meiner Aufgabe geworden, ihn zu verstehen.

Während ich meine Tasche nach meinem Handy durchwühle, um eine Notiz darauf zu tippen, höre ich Stimmen, die von oben herunterdringen, und kurz darauf ein Knarzen auf der Treppe. Die drei sind gerade dabei, nach unten zu kommen. Panisch lasse ich die Tasche fallen und blicke auf das lederne Buch in meinen Händen, das Blake gehört. Plötzlich kommt es mir wie ein Schatz vor, was mich dazu bringt, es in meine Tasche zu stecken und den Reißverschluss zu verschließen. Das Geräusch des Verschlusses ist gerade zu hören, als sie auf den letzten Stufen angekommen sind.

»Können wir uns noch kurz unterhalten?«, fragt Teddy, der mir wie der Erziehungsberechtigte seiner Brüder vorkommt.

Er ist der Älteste, und spätestens seitdem ich weiß, dass beide Brüder zu ihm gezogen sind, um das Problem gemeinsam zu lösen, ist mir klar, dass diese Vorstellung gar nicht so absurd ist, wie sie im ersten Moment klingen mag.

Ich nicke stumm. Dankbar, dass niemand gesehen hat, was ich gerade getan habe, niemand mich fragt, was ich eben in meine Tasche gesteckt habe. Dankbar, dass ich schnell genug war. Ich habe es nicht gestohlen, ich will es mir nur in Ruhe ansehen und mehr über den Mann mit den dunkelgrauen Augen erfahren, der nach Minze und Erde riecht und der Schlüssel für meine verkorkste Seele sein könnte, falls Dr. Mooley recht behalten soll. Während Blakes und mein Blick sich treffen, schwöre ich still und heimlich, sein Buch zurückzulegen. Aber die Vorstellung, in seine Welt einzutauchen und ihn zu verstehen, mehr zu erfahren, ist zu verlockend. Ich muss es mir genauer ansehen. Ich kann gar nicht anders.

Wir sitzen im Wohnzimmer, in dem ich vorher noch nie gewesen bin. Es ist geschmackvoll, wenn auch karg und kühl eingerichtet. Es wirkt Ton in Ton, schwarz, weiß und dunkelgrau. Es fehlt die weibliche Note und spätestens jetzt bin ich mir sicher, dass es keine Frau an Teddys Seite gibt. Erst in diesem Moment denke ich darüber nach, ob es jemanden in Blakes Leben gibt, und schüttle mich leicht, als wollte ich den Gedankenstrang loswerden, bevor er sich festbeißt.

Und wie sollte es anders sein – an der rechten Wand hängt ein riesiges Bild vom *Hartfort Lake*, das von der Terrasse des Hauses aufgenommen wurde. Es sind noch zwei der Holzstufen zu sehen, die zum Haus führen. Ich kann förmlich spüren, wie das Schicksal hinter mir steht und die Arme verschränkt, hämisch grinst und mich fragt, was ich jetzt machen will. Als könnte ich mich der Sache mit den Brüdern gar nicht mehr entziehen und mein Problem weiterhin ignorieren. Alles schreit förmlich danach, nicht nur winzig kleine Schritte, sondern ganze Kilometer in die richtige Richtung zu gehen.

»Ich habe über alles nachgedacht, was du mir vorhin gesagt hast …«, beginnt Hugo und seine Stimme klingt leicht heiser. »Und ich werde in keine Entzugsklinik und in keine Einrichtung gehen.«

Mein Herz setzt einen Schlag aus und ich habe das Gefühl, dass alle Hoffnung schwindet. Hoffnung darauf, dass dieser Junge seinem Leben einen Schubs in die richtige Richtung geben will und ich ihm dabei helfe. Aber so sehr ich auch in Versuchung gerate, einen Vortrag darüber zu halten, dass das erst mal hart klingt, aber wichtig für ihn ist, erinnere ich mich an meine Ausbildung und schweige. Es bringt nichts, wenn Hugo selbst nicht möchte, wenn er nicht offen ist und sich davor verschließt. Ich schlucke schwer und nicke langsam. Mein Blick schweift zu Blake, der die Hände gefaltet an seine Lippen gelegt hat. Gebeugt sitzt er auf dem Sessel mir gegenüber und starrt geradeaus auf den Boden.

»Okay …«, flüstere ich und stehe langsam auf.

Weil ich weiß, dass ich ihn nicht zu überreden brauche, und weil ich enttäuscht bin. Mehr von mir selbst als von Hugos Entscheidung. Wie konnte ich so blauäugig sein und denken, ein Gespräch mit einer Fremden könnte ihn davon überzeugen, das Richtige zu tun?

Aber dann steht er auf und das Blatt wendet sich mit dem, was er dann sagt.

»Ich will den Entzug hier machen.«

Ich ziehe die Augenbrauen nach oben, und bevor ich etwas erwidern kann, setzt er noch einen drauf.

»Mit deiner Hilfe.«

Blakes und Teddys Blicke richten sich auf mich und ich kann sehen, dass Hugo ihnen diese Idee bereits unterbreitet hat. Sie sehen kein bisschen überrascht aus, vielmehr beobachten sie genau meine Mimik und Gestik sowie Reaktion auf Hugos Plan.

»Ich bin keine Ärztin, Hugo, ich …«

Bevor ich weitersprechen kann, kommt Hugo mir zuvor, indem er auf mich zugeht, vor mir stehen bleibt und mich aus diesen tieftraurigen, glasigen und müden Augen ansieht.

»Ich weiß, aber du bist Krankenschwester. So viele Menschen haben bereits einen Entzug ganz ohne Fachpersonal gemacht …«

»Eingeschlossen wie Tiere, ja!«

Meine Antwort kommt etwas zu schnell und zu laut und es tut mir direkt leid. Immerhin ist er bereit, an sich und seinem Problem zu arbeiten, und das ist ein Anfang. Da muss man ansetzen.

Nun erhebt sich auch Teddy und kommt zu uns herüber.

»Wir … möchten deine Unterstützung natürlich nicht einfach so«, beginnt er vorsichtig und wirft einen Blick zu Blake, der immer noch auf dem Sessel sitzt und uns drei beobachtet, jedoch schweigt. »Wir bezahlen dir deine Arbeit. Sieh es als … Job.«

Ist es nicht. Es ist mehr als das und du weißt es – meine innere Stimme dreht fast durch bei seinem letzten Satz und ich reiße mich zusammen, um weiter zuzuhören.

»Es geht mir nicht um Geld«, sage ich ehrlich und bin fast beleidigt, dass er mich dafür bezahlen will. Aber er lässt sich nicht davon abbringen.

»Das mag sein, aber jeder von uns braucht Geld zum Leben und … Geld stinkt nicht. So ist das nun einmal.«

Wieder kann ich seine Reife und Lebenserfahrung heraushören und muss ihm recht geben. Natürlich hat er recht. Und streng genommen *wäre* es ein Job. Aber ein Job, bei dem ich mein Herz hineinlege, weil Hugo einfach einen Instinkt in mir wachrüttelt, den ich bisher nicht kannte. Ich seufze und mein Blick gleitet von Teddy zu Hugo und dann zu Blake, dessen Augen sich in meine zu brennen scheinen. Am liebsten würde ich ihm eine Frage stellen – *was würdest du dir wünschen? Dass ich das mache? Dass ich Nein sage? Was willst du, Blake?* Aber es geht nicht um ihn. Es geht um Hugo. Und genau in dem Moment spricht er das aus, was mich völlig einnimmt und jeden Zweifel von mir wegschiebt, sodass ich gar nicht mehr anders kann, als einzuwilligen in das Wagnis meines Lebens.

»Ich weiß nicht, wieso, aber ich vertraue dir.«

Mein Blick wird von dem Bild an der Wand fast schon magisch angezogen, und während ich auf die Wasseroberfläche auf dem Foto des *Hartford Lake* schaue, denke ich wieder an Dr. Mooleys Worte – B*lake McBoyd könnte der Schlüssel sein.*

Was, wenn sie recht hat und ich durch diese Geschichte meine Albträume loswerden, diese Angst endlich überwinden kann und gleichzeitig das Geheimnis um Blake lüfte? Was dann?

Jetzt oder nie. Wenn ich jetzt Nein sage, dann kommt diese Gelegenheit nie wieder und ich muss mir eingestehen, dass es meine Schuld ist, weil es mein freier Wille war, jetzt zu bleiben oder zu gehen. Ganz einfach.

Ich atme viel zu kurz ein und aus, als wollte ich mich mit einer Antwort beeilen, bevor es sich mein Gewissen anders überlegt.

»Okay, ich mache es«, sage ich an Hugo gerichtet, der erstmals etwas wie ein Lächeln zeigt, seit wir uns kennen. »Aber unter einer Bedingung.«

»Welche?«

Blake mischt sich ein und steht nun auf. Er kommt zu uns und verschränkt die Arme vor der Brust. Seine Haltung wirkt ablehnend und ich habe das Gefühl, er fühlt sich nicht gut dabei, dass ich in Hugos Deal einwillige. Ich sehe ihn fest an und richte den nächsten Satz nur an ihn.

»Du nimmst mich mit dem Boot mit aufs Wasser.«

»Was?«

Sein Blick spiegelt pures Unverständnis, er runzelt die Stirn und hebt verwirrt die Hände nach oben.

»Nimm mich mit aufs Wasser, zeige mir, wie man Boot fährt. Das ist alles.«

»Du hast Angst vor Wasser«, flüstert Hugo mir entgegen und sieht mich ebenso geschockt an wie Blake, obwohl er weit mehr über mich weiß als sein Bruder.

»Und dieser Angst muss ich mich stellen«, erkläre ich, ohne weiter ins Detail zu gehen, »wie du dich deiner Angst stellen musst. Das ist meine Chance dazu.«

Niemand spricht. Es ist, als warteten alle auf Blakes Reaktion. Ich habe Angst davor, was ich sagen oder tun soll, wenn er ablehnt. Plötzlich fasse ich den fixen Gedanken, meine Tasche zu öffnen, ihm sein Notizbuch vor die Füße zu werfen und zuzurufen, dass wir nun quitt sind, bevor ich das Haus am Hartford Lake verlasse. Scheiß auf Dr. Mooley. Scheiß auf ihre Interpretation des Schlüssels zu meinem Problem. Scheiß auf …

Weiter komme ich nicht.

Blake streckt seine Hand vor mir aus und ich blicke von ihr zu seinem Blick, den er auf mich gerichtet hat.

»Abgemacht«, sagt er dann, und während er weiterspricht, ergreife ich langsam und zögernd seine Hand, fühle seine Fingerspitzen und verharre in diesem Moment.

Heilige Scheiße.

»Du hilfst Hugo und ich nehme dich mit aufs Boot.«

Während er meine Hand noch hält und wir so voreinander verharren, versinke ich in diesen Augen und kann mich nicht wehren. Es ist fast schon, als kontrolliere er damit meine Gedanken. Aber so funktioniert das hier nicht, mahne ich mich selbst und entziehe meine Finger.

»Abgemacht.«

8 – Blake

Dieses Gespräch sollte Klarheit bringen. Darüber, wie es weitergeht und wie wir Hugo helfen können, diesen beschissenen Entzug zu schaffen und endlich weiterzuleben. Das ist auch Teddys und meine Eintrittskarte in ein normales Leben, denn bevor Hugo nicht dauerhaft clean ist, wird es sich immer anfühlen, als hätte jemand die Pausetaste gedrückt. Jetzt komme ich mir verwirrter vor als vorher. Die Bedingung mit dem Wasser, dem Boot bringt alles in meinem Kopf durcheinander. Ich will wissen, was sie so triggert und beschäftigt. Wir meiden das Feuer und Ivy das Wasser. So konträr, so gegensätzlich.

»Fuck!«

Ich lasse den Farbschaber fallen und greife nach dem Tuch neben mir, um mir über den Cut zu wischen, den ich mir gerade zugefügt habe. Weil ich mich nicht richtig konzentriere und mit den Gedanken woanders bin. Bei dem, was heute alles passiert ist, und bei Ivy. Wie kann man so stur und trotzig sein, wenn man etwas möchte? Und obwohl sie mich damit schon in den Wahnsinn treibt, obwohl wir uns kaum kennen, muss ich schmunzeln bei dem Gedanken an die Situation vorhin im Wohnzimmer. Sie ist zu keinem Kompromiss bereit, wenn sie etwas wirklich will, und das macht sie irgendwie besonders.

Und heiß.

»Scheiße, entspann dich …«, flüstere ich zu mir selbst, hebe den Farbschaber auf und mache mich wieder daran, die dicke Farbschicht mit dem Bootsnamen zu entfernen.

Ivy hat nach unserem Handschlag ein paar grundlegende Regeln aufgestellt: Dass wir sofort und ohne Widerrede ein Krankenhaus aufsuchen, sollte sich Hugos Zustand während des Entzugs so verändern, dass sie sich ernsthaft Sorgen um ihn macht und allein nicht weiterkommt. Sie hat festgelegt, dass Hugo nicht alleine sein darf, zumindest nicht während der akuten Phase, die in der Regel zwischen einer und zwei Wochen dauert, und wir einen Weg für ihn finden müssen, wenn das Schlimmste geschafft ist. Sei es eine Therapie, eine Selbsthilfegruppe oder beides. Sie will einen gemeinsamen Plan ausarbeiten, damit klar ist, wer wann bei Hugo ist. Sie hat ihre Schichten im Krankenhaus, ich meine in der Fabrik vom *Castillano's*. Teddy arbeitet zu Hause im *Ted's Ink.*, was die Sache aber nicht einfacher macht, weil er Kunden hat und sich nicht rund um die Uhr um Hugo kümmern kann. Dieses Studio ist seine ganze Existenz und bringt das meiste Geld ein. Ivys Handynummer befindet sich jetzt in meinem Telefonspeicher. Ich lasse die letzten Buchstaben des Namens backbord stehen, gehe durch das geöffnete Garagentor nach draußen und zünde mir eine Zigarette an. Dann höre ich hinter mir ein Räuspern. Als ich mich umdrehe, sehe ich sie im Türrahmen stehen. Sie wirkt verlegen und schüchtern, so, wie sie eigentlich gar nicht ist.

»Teddy sagte, du bist in der Garage«, sagt sie und geht zögernd einen Schritt vorwärts. »Darf ich?«

Ich bleibe draußen stehen, ziehe an der Zigarette und blase den Rauch langsam über den Mund aus, während der Glimmstängel lose an meinen Lippen klebt. Ich mache eine einladende Geste und sie kommt langsam heran und bleibt abrupt vor dem Boot stehen. Sie wirkt wie erstarrt, und obwohl ich sie fragen möchte, was sie so beschäftigt, schweige ich einfach, weil ich keine Grenze überschreiten will. Sie kennt mich nicht und ich weiß nur zu gut, wie es sich anfühlt, wenn Menschen einen löchern und ihre Neugierde befriedigen wollen. Aber es ist mehr als das.

»Ivy«, murmle ich ihren Namen und reiße sie damit aus ihrem Gedankenstrom, in dem sie gefangen scheint. Sie schüttelt sich kurz und sieht mich an. Mit den Fingern greife ich nach der Zigarette und sie kommt auf mich zu, nimmt meine Hand und betrachtet den Cut, den ich mir vorhin erst zugezogen, aber schon längst vergessen habe.

»Woher ist das? Bist du im Selbstzerstörungsmodus? Du hast nur zwei Hände, vergiss das nicht.«

Meine Hand ruht in ihrer; der Rauch steigt zwischen uns auf und wirkt wie ein Vorhang, der uns trennt.

»Das ist nichts …«, winke ich ab und halte ihrem Blick stand. Sie inspiziert den Cut und der Fakt, dass sie sich um mich kümmert und sorgt, macht sie für mich so anziehend und sexy, dass sich ein komisches Gefühl in meiner Brust breitmacht. Ein Gefühl von Sehnsucht und Verlangen.

»Du solltest es desinfizieren«, sagt sie und hält die Hand immer noch in ihrer.

Den Bruchteil von einer Sekunde denke ich darüber nach, meine Finger zwischen ihre zu tauchen, aber ich weiß, dass das völlig daneben wäre und ich sie damit abschrecken würde. Und erst jetzt kommt mir der Gedanke, dass ich nicht einmal weiß, ob es jemanden in ihrem Leben gibt. Ich schnipse die Zigarette nach draußen und stoße den restlichen Rauch in die andere Richtung aus.

»Du erinnerst Hugo an jemanden, der ihm viel bedeutet hat. Vielleicht ist es ihm deshalb so wichtig, dich in seiner Nähe zu haben und …« Ich blicke zu meinen Füßen und sammele mich kurz, bevor ich weiterspreche. »… vielleicht ist das der Schlüssel. Verstehst du?«

Ihr Gesicht verliert an Farbe, als ich das ausspreche, und ihr Mund öffnet sich ein Stück. Sie wirkt fast schon geschockt und ich habe Angst, dass ich etwas Falsches gesagt habe. Wieso eigentlich?

»Alles in Ordnung?«

Fuck. Damit geht dieses Gespräch doch in eine Richtung, die ich eigentlich meiden wollte.

»Das ist kompliziert«, flüstert sie, blickt auf ihre Füße und lässt ihren Blick dann über den See vor uns gleiten.

»Wieso willst du mit aufs Boot, wieso ist es dir so wichtig?«

»Ich muss das tun«, kommt es so schnell, dass es wie eine Abwehr wirkt. »Ich will nicht, aber ich muss. Es sind Dinge passiert, die mich zu der gemacht haben, die ich heute bin, und … die mich nicht loslassen. Verstehst du?«

Ich blicke sie an und erst jetzt entziehe ich meine Hand, die die ganze Zeit über in ihrer gelegen hat. Ihr Gesicht zeigt mir, dass sie sich dessen gar nicht bewusst war. Ich muss meine Hand entziehen, weil es mir genauso geht wie ihr und ich das Gefühl habe, dieser Schutzwall bröckelt, wenn ich sie mehr und mehr an mich heranlasse.

»Besser, als du denkst«, antworte ich ihr genauso leise.

Sie räuspert sich und löst den Moment zwischen uns auf, wofür ich fast schon dankbar bin. Wir gehen zurück in die Garage und durch die Tür, die ins Haus führt.

»Ich habe mit Teddy und Hugo Dinge aus seinem Zimmer entfernt, die … gefährlich sein könnten. Er bekommt sie natürlich wieder, wenn … falls …« Sie verstummt und zeigt mir, dass sie selbst weiß, welche Mammutaufgabe das ganze Vorhaben ist.

»Ich verstehe schon«, sage ich und begleite sie durch das Erdgeschoss zum Eingang. Und irgendwie, ich weiß nicht, wieso, schmerzt der Gedanke daran, dass wir scheitern könnten. Dass es vielleicht nicht funktioniert und wir Hugo ganz verlieren.

»Hey«, spricht sie mich an und greift nach meinem Oberarm, was sich wie ein Blitz anfühlt, der durch meinen Körper schießt. »Wir werden alles tun, damit das funktioniert. Okay?«

Und obwohl wir zwei Fremde sind, die sich gerade erst durch diesen ganzen Scheiß kennengelernt haben, den ich gebaut habe, vertraue ich ihr und darauf, dass sie recht hat.

9 – Ivy

Ich komme gerade rechtzeitig zum Abendessen und nehme direkt neben Valéria Platz. Es gibt Tapas und *pan tostádo* – so, wie Valéria es von ihrer Großmutter gelernt hat: getoastetes Weißbrot, auf dem eine aufgeschnittene Tomate und Knoblauchzehen verrieben werden. Man glaubt nicht, wie sehr es den Geschmack annimmt und sich ein völlig neues Aroma entfaltet.

Wir betreiben Small Talk und ich weiß, dass Valéria mich bewusst nicht danach fragt, wo ich die letzten Stunden war. Weil sie mir das Gefühl von Freiheit vermitteln möchte, das Gefühl, dass ich ihr keine Rechenschaft schuldig bin. Dann werfe ich einen Blick auf den Kalender an der Wand und fahre schreckhaft zusammen.

»Hattest du heute den Termin beim Lungenspezialisten im Klinikum?«

Als müsste ich mich trotzdem selbst davon überzeugen, lasse ich mein Messer unsanft auf den Teller fallen und gehe zum Kalender. Und da steht es, schwarz auf weiß und ich fühle mich augenblicklich schlecht.

»Wieso hast du mich nicht angerufen? Ich wäre sofort gekommen. Wir hatten den Termin absichtlich auf einen meiner freien Tage gelegt.« Ich fasse mir mit der flachen Hand an die Stirn und würde mich am liebsten selbst ohrfeigen. Meine Arbeit mit Hugo hat noch gar nicht wirklich begonnen und schon passieren mir Fehler und ich vergesse Dinge. Wie soll das erst werden, wenn ich öfter zum Haus am *Hartford Lake* muss? Weniger Zeit mit Valéria verbringen kann?

»Es tut mir unendlich leid, Valéria.« Ich setze mich neben sie und greife nach ihrer Hand. Sie kaut entspannt weiter und winkt mit der anderen Hand in meine Richtung ab.

»Das muss es nicht. Wieso auch? Es ist alles in Ordnung, mache dir keine Sorgen. Es gibt Taxis und ich schaffe das auch alleine, corázon.«

»Was hat der Arzt gesagt?«

Obwohl ich weiß, dass sie mir nicht böse ist, lindert es nicht mein schlechtes Gewissen und ich schwöre mir hoch und heilig, es nie wieder so weit kommen zu lassen. Sie kaut den Mund leer und antwortet mir nur knapp, bevor sie zwei Oliven vernascht.

»Es ist alles in Ordnung.«

»In Ordnung?«

Ich habe keine Ahnung, was das heißen soll. Dass Valérias Lungenfunktion alles andere als in Ordnung ist, wissen wir beide ziemlich gut.

»Na ja, den Umständen entsprechend. Keine Verschlechterung und er hat mich verabschiedet mit den Worten, dass wir uns in sechs Wochen wiedersehen. Das war's.«

»Das klingt doch gut.«

Sie legt ihr Besteck auf den Teller und lehnt sich zurück. Ich übernehme das Abräumen, während sie noch sitzen bleibt.

»Sage ich doch, corázon. Es ist alles in Ordnung.«

Trotzdem habe ich das Gefühl, dass sie mir etwas verschweigt. Irgendwann kennt man einen Menschen so gut, dass man merkt, wenn etwas Unausgesprochenes wie eine Wolke über einem schwebt, und ich nehme mir vor, morgen im Krankenhaus nachzufragen. Das ist der Vorteil, dort zu arbeiten, wo Valéria in regelmäßigen Abständen eingehend untersucht wird.

Im Hintergrund fällt etwas zu Boden, und als ich sehe, wie sie sich abmüht, es aufzuheben, und dabei husten muss, komme ich ihr zu Hilfe und hebe ihren Rosenkranz auf, den sie fallen gelassen hat. Für einige Sekunden halte ich ihn betrachtend in den Händen, während ich ihr über den Rücken streiche, damit sich der Husten beruhigt. Schließlich greift sie nach dem Schlauch, der neben ihr auf dem Stuhl liegt, und führt ihn um den Kopf, um ihn unter die Nase zu klemmen. Ich helfe ihr und schalte das Gerät ein, das sie so mit zusätzlichem Sauerstoff versorgt. Sie verkabelt zu sehen erinnert mich immer wieder daran, wie krank sie wirklich ist. Es ist, wie einen geliebten Menschen in einem Krankenbett zu sehen. Es verändert einen und bricht ein Stück aus unserer Brust, obwohl wir die Sachlage und die Tatsachen kennen. Erneut blicke ich auf den Rosenkranz, nach dem sie bereits die Hand ausstreckt. Mit dem Daumen fahre ich langsam über den schwarzen Stein, der mittig in eine silberne Fassung eingearbeitet ist.

»Welche Art von Stein ist das eigentlich?«

Sie nimmt ihn mir aus der Hand und reibt wie gewöhnlich einzelne Perlen zwischen den Fingern.

»Das ist ein *Spinell*. Er steht für Erdung und Schutz.«

Sie blickt mich an und lächelt matt. Mir fällt auf, wie trüb und klein ihre Augen heute aussehen, wie sie sich über die Jahre verändert, wie die Krankheit sie gezeichnet hat.

»Bei dir finde ich Zuflucht, du bist der Schild, der mich schützt, ich setze meine ganze Hoffnung auf dein Wort.«

Ich bewundere sie dafür, dass sie trotz allem, was ihr widerfahren ist, immer noch so sehr an Gott glaubt und niemals wütend oder enttäuscht ist, was ihre Krankheit angeht.

»*Amén*«, füge ich auf Spanisch hinzu und Valéria antwortet das Gleiche.

Später sitze ich nach einer kalten Dusche in meinem Zimmer am Schreibtisch und schreibe einige Notizen für Hugo zusammen, die ich aus Fachbüchern und dem Internet heraussuche. Streng genommen sind die Infos nicht für Hugo selbst, sondern vielmehr für Teddy, Blake und mich. Ich halte kurz inne und runzle die Stirn über meine eigenen Gedankengänge – *Teddy, Blake und ich*. Mit Hugo. Ich muss sogar schmunzeln und merke, dass ich mich nicht mehr unwohl dabei fühle wie bei meinem ersten Besuch.

Ich konzentriere mich auf Infos zu möglichen Nebenwirkungen

eines Entzugs und stolpere über die Rolle von Substitutionsmitteln.

»… ein ideales Substitutionsmittel sollte wirksam in der Unterdrückung des *Cravings* sein, sprich: den Suchtdruck mildern. Außerdem ist eine recht lange Wirkdauer sowie eine Funktionsweise ohne Einfluss auf den Kreislauf und das Atmungssystems wichtig. In erster Linie ist hier Methadon zu nennen …«, murmle ich vor mich hin und lese mir weiter im Stillen die Wirkungsweise des Medikaments durch. Das ist nichts Neues für mich, trotzdem notiere ich den ein oder anderen Stichpunkt, damit ich nichts vergesse. Ich lasse den Stift fallen und lehne mich in meinem Stuhl zurück, schließe die Augen und fahre mir mehrmals mit den Händen durch die Haare, die ich dann zu einem lockeren Knoten zusammenbringe. Ein kalter Entzug ist hart, das weiß ich. Aber ohne Rezept und einen betreuenden Arzt kommt man nicht an Substitutionsmittel heran. Da Hugo sich gegen eine entsprechende Behandlung in einer Einrichtung oder ambulant in einem Krankenhaus sträubt, muss es also so gehen. Obwohl ich keine Ahnung habe, wie sich Hugo verändert, wenn der Suchtdruck ihn übermannt. Aber ich gehe keinesfalls blauäugig an diese Sache heran. Dafür habe ich schon zu viele Dinge erlebt, zu viele Sachen in der Notaufnahme gesehen. Ich weiß, was Drogen in einem Menschen anrichten können. Und genau deshalb muss ich ihm helfen, ihn retten. Für den Bruchteil einer Sekunde macht sich die Angst in mir breit, mir könnte die Aufgabe über den Kopf wachsen. Aber wir haben noch gar nicht angefangen und ich sehe es mittlerweile fast schon als meine Pflicht an, es zu versuchen.

Mein Blick fällt auf den Kalender vor mir, der von Kreuzen übersät ist. Erst jetzt fällt mir auf, dass ich diese durch die jüngsten Ereignisse in den letzten beiden Tagen vergessen habe. Ich zücke den Stift und lasse sie auch auf Papier verstreichen. Wie all die Tage davor.

10 – Ivy

Ich träume wieder den gleichen Traum wie in der vorherigen Nacht. Ich auf dem Boot meiner Familie, aber als erwachsene Frau und Blakes Hand, die mich aus der Tiefe nach oben reißt und mir so das Leben rettet.

Tropfende Haarsträhnen, dunkelgraue Augen und der Duft nach Minze und Erde benebeln selbst im Schlaf meine Sinne und ich habe das Gefühl, ich kann ihn riechen, als ich endgültig wach werde. Ich greife blind nach meinem Handy auf dem Nachttisch und brauche einige Sekunden, bis ich klar sehe, was auf dem Display steht. Schreckhaft setze ich mich auf.

Blake – 2 Mitteilungen.

Mein ganzer Körper spannt sich an, als ich die Nachrichten öffne und lese, was dort steht:

Danke, dass du das für Hugo tust. Bis gestern war ich ohne jede Hoffnung, was das angeht.

Dann öffne ich die zweite Nachricht und murmle sie mir selbst vor:

Jetzt nicht mehr.

Ich lasse mich zurück ins Kissen fallen und schließe die Augen. Ich schlucke und starre dann an die Decke.

»Jetzt nicht mehr«, wiederhole ich gedankenverloren.

Dann greife ich erneut zu meinem Handy und tippe eine Antwort ein:

Mir geht es ähnlich.

Mehr schreibe ich nicht. Ich weiß, dass er mit meinen Worten nichts anfangen kann, weil er nichts über mich und meine Geschichte weiß, aber ich habe das Gefühl, ich muss es loswerden und es fühlt sich mehr als gut an, das auszusprechen, was in meinem Kopf so präsent ist.

Im Krankenhaus geht es zu wie in einem Taubenschlag. Nach dem Umziehen schaffe ich es noch, mit Ada einen Kaffee zu trinken, bis ich in die *Stroke Unit* und sie zu Dr. Hemsley gerufen wird. Der Autopilot übernimmt und ich funktioniere einfach, befolge Anweisungen und bin vor allem eins – schnell. Denn Zeit ist nicht nur ein kostbares Gut, hier übernimmt die Zeit die absolute Kontrolle. Kein noch so guter Arzt, keine noch so kompetente Schwester kann gegen die Zeit gewinnen, und das wird mir wieder einmal mehr als bewusst, als ich die Einweghandschuhe ausziehe und sie beim Verlassen des Raumes in den Mülleimer an der Tür werfe, noch bevor der Arzt den Zeitpunkt des Todes ausspricht. Dieser Satz macht das Ende eines Lebens offiziell. Er wird auf dem Totenschein eingetragen und hat nach all den Jahren, in denen ich ihn bereits gehört habe, nicht an Wirkung eingebüßt. So hart das klingen mag, man lernt damit umzugehen. Man muss. Gäbe es den Autopiloten nicht, könnte ich diesen Job nicht machen. Nicht gut machen, keine Menschenleben retten.

Ich lehne mich an die Wand gegenüber des Zimmers, aus dem ich gerade gekommen bin, und nehme Dr. Parson erst wahr, als ich im Augenwinkel den weißen Kittel an mir vorbeiflattern sehe. Er ist Valérias betreuender Lungenspezialist, der regelmäßig die Check-ups durchführt wie gestern. Ich ergreife meine Chance, um die fundierten Infos zu erhalten, die Valéria mir als Laie nicht mitteilen kann.

»Dr. Parson!«

Er hält kurz an und lächelt.

»Schwester Ivy, hallo.«

Ich mag ihn, weil er menschlich geblieben ist. Eine Eigenschaft, die bei vielen Ärzten, vor allem bei denen im Krankenhaus, über die Jahre verloren geht.

Schon setzt er sich wieder in Bewegung und bedeutet mir mit einer Geste, ihn ein Stück zu begleiten. Ich habe fast schon Probleme dabei, mit ihm Schritt zu halten. Er ist zwar um einiges älter als ich, aber immer in Eile.

»Ich wollte mit Ihnen über gestern sprechen«, beginne ich und haste neben ihm den Gang entlang, bis wir vor dem Fahrstuhl Halt machen.

»Gut, dass Sie das ansprechen«, sagt er und drückt auf die leuchtende Taste an der Wand. »Sie waren nicht da und ich wollte wissen, ob alles in Ordnung ist.«

Ich fühle mich sofort schlecht. Es war das erste Mal, dass ich Valéria nicht begleitet habe. Es ist klar, dass das auffällt, und er ist so aufmerksam, dass er sich erkundigt, was ihn noch sympathischer und vor allem noch menschlicher macht.

»Ich hatte einen Termin und habe es nicht rechtzeitig geschafft, aber wollte trotzdem von Ihnen hören, was die Untersuchungen ergeben haben.«

Er sieht mich stirnrunzelnd an und öffnet den Mund, als der Fahrstuhl kommt und die Tür sich vor uns öffnet.

»Welche Untersuchung?«, sagt er verwirrt, tritt ein und drückt auf eine der Tasten. »Es war niemand da. Ich dachte, darum ging es gerade.«

Geschockt starre ich ihn an und schlage mit meiner flachen Hand auf die sich gerade schließende Fahrstuhltür, stelle meinen Fuß hinein und sorge so dafür, dass sie sich augenblicklich wieder öffnet. Dr. Parson drückt währenddessen auf den Knopf, der die Türen offen bleiben lässt, während er sich kurz erklärt.

»Ihre …« Er korrigiert sich, weil er weiß, dass es sich nicht um meine Großmutter handelt, und beginnt noch mal von vorne. »Miss Sanchéz ist gestern nicht zur Untersuchung erschienen. Sie hat sie abgesagt, aber keinen Ersatztermin vereinbart. Mehr kann ich Ihnen nicht sagen. Sprechen Sie mit ihr. Diese Untersuchungen sind wichtig, damit wir wissen … wo wir stehen.«

Er lässt den Knopf los und ich entferne automatisch meinen Fuß aus der Tür, als wüsste ich, dass es einfach nichts bringt, die Zeit aufzuhalten. Die Türen schließen sich direkt vor mir und er ist verschwunden. Wie eine Idiotin stehe ich auf dem Flur und realisiere erst jetzt, was gerade passiert ist. Menschen laufen an mir vorbei, drücken sich links und rechts von mir in den Fahrstuhl, der danach anhält. Aber ich bin unfähig, Platz zu machen, und verharre einfach mit hängenden Armen im Hier und Jetzt.

»Alles okay?«

Als ich am Ende meiner Schicht am Nachmittag in der Umkleide des Personals stehe, fasst mich Ada am Arm und sieht mich an, während ich meine Schuhe wechsle.

Nein, nichts ist okay. Valéria ist nicht zur Vorsorge erschienen und hat mich deswegen angelogen. Ich versuche, einem Suchtkranken zu helfen, der mich irgendwie triggert, und kriege diesen Mann nicht aus dem Kopf, der mich neuerdings in meinen Träumen aus den Fluten rettet und laut meiner Psychologin wichtig für mich sein könnte. Ach ja – er ist übrigens der Bruder des Suchtkranken und unsere Geschichten ähneln sich, was es schon wieder unheimlich macht.

»Ja, alles in Ordnung«, lüge ich, weiß aber, dass ich so leicht nicht aus der Nummer herauskomme. Dafür kennen wir uns zu gut.

Sie wartet, bis ich mich aus der Hocke aufrichte und ihr ins Gesicht sehen muss. Sie schaut mich mit hochgezogenen Augenbrauen an und ich weiß, dass sie mir nicht glaubt. Trotzdem fragt sie nicht nach und dafür bin ich gerade dankbar. Ich muss zuerst mit Valéria sprechen, um für mich Licht ins Dunkel zu bringen.

»Ist es, weil ich dir von … der Sache noch nicht erzählt habe?«

»Was?«

Ich runzle die Stirn und verziehe das Gesicht. Dass sie das so interpretiert, habe ich nicht bedacht. Ich hatte das Geheimnis, das sie nur kurz angesprochen hat, gar nicht mehr auf dem Schirm und auch hier beschleicht mich das schlechte Gewissen, weil ich momentan so sehr mit meinem eigenen Leben beschäftigt bin, dass ich nicht einmal nach Adas frage.

»Ist etwas mit Valéria?«

Voll ins Schwarze. Hugo, Blake und Teddy verschweige ich weiter, weil ich nicht weiß, wo es mich hinführen wird. Aber damit trifft sie einen Nerv.

Ich schnaufe, und das ist Antwort genug für sie.

»Du weißt, dass du mit mir über alles reden kannst.«

Ich nicke und drücke sie kurz an mich. Dann mache ich mich auf den Weg zur Bushaltestelle und fahre nach Hause. Und dabei merke ich, dass sich gerade etwas verändert. Ada und ich, die sich immer alles erzählt haben, verheimlichen gerade etwas voreinander, das erste Mal, seit wir uns kennengelernt haben. Ich werde den Gedanken nicht los, dass diese Geheimniskrämerei nicht gut ist, und fasse den Entschluss, sie einzuweihen. Sobald ich mehr weiß, sobald ich einen Plan habe und weiß, wohin das alles führt.

An der Bushaltestelle steigt eine Mutter mit einem Kind aus, das ein großes aus Papier gebasteltes Ahornblatt in den Händen hält, einen Mann entdeckt und sich so freut, ihn zu sehen, dass es ihm stürmisch entgegenrennt und sich durch die Luft wirbeln lässt. Und obwohl es sich hierbei nicht um ein echtes Laubblatt handelt, muss ich an einen Spruch denken, der mein Herz schwer werden lässt: Freundschaften sind wie Blätter im Wind. Man muss sie festhalten, sonst fliegen sie davon.

»Valéria?«

Ich rufe nach ihr, als ich die Wohnung betrete. Etwas, das ich eigentlich nie mache, aber irgendwie ist es ein Ausdruck meiner Ungeduld.

»Estoy aquí!«, ruft sie mir zu und ich finde sie schließlich im Wohnzimmer, wo sie im Sessel sitzt und ein Kreuzworträtsel löst. Sie sieht kurz zu mir auf und ich setze mich ihr gegenüber.

»Wie war es im Krankenhaus?«

Ich verschränke die Arme und werfe eine Art Köder aus. »Wie immer. Aber wie war es bei dir? Erzähl mir doch etwas mehr von dem Termin gestern. Wir hatten nicht viel Zeit heute Morgen.«

Sie lässt den Stift sinken und seufzt. Vielleicht kam der Satz zu harsch, aber Valéria versteht, worum es hier geht.

»Ich erkenne eine Falle, wenn sie mir gestellt wird.« Schmunzelnd lehnt sie sich zurück.

»Warum?«, frage ich nach und beäuge sie genau, um auch in ihrem Gesicht lesen zu können. »Warum bist du nicht hin?«

»Die Frage ist eher, wieso ich hingehen sollte.«

Ich schnaufe und lege den Kopf vornübergebeugt in die Hände. Meine hellen Haare bilden einen Schleier um meinen Kopf und es beruhigt mich irgendwie, mich dahinter verstecken zu können. Weil ich wütend bin.

Wütend, traurig und enttäuscht.

Enttäuscht, weil sie mich ausgeschlossen und angelogen hat. Aber noch viel enttäuschter, weil ich bereits die Antwort auf meine Frage erahnen kann. Und das hat etwas Endgültiges und macht mich einfach fertig.

Niemand von uns sagt etwas, bis sie aufsteht und neben mir auf der Couch Platz nimmt. Sie legt eine Hand auf meinen Oberschenkel und bringt mich so dazu, sie anzusehen.

»Mi corazón«, beginnt sie und ich fühle bereits, wie sich Tränen in meinen Augen sammeln, die ich nicht aufhalten kann, so sehr ich auch möchte. »Ich gehe zu diesen Untersuchungen, damit sie mir sagen, ob es schlecht oder sehr schlecht aussieht. Mehr nicht. Ich will mich damit nicht selbst belügen. Verstehst du?«

Sie streicht mir über das Haar und rückt näher an mich heran.

Ja, ich verstehe sie. Aber ich bringe es nicht übers Herz, das laut auszusprechen.

»Alles ist gut, wie es ist, Ivy. Ich weiß, wie es um mich steht und dass die Vorstellung einer Spenderlunge utopisch ist. Ich möchte einfach die Zeit nutzen, die mir bleibt. Ohne sie in Krankenhäusern zu verschwenden. Es ist nicht so, dass ich nicht mehr die Möglichkeit habe, einen Arzt aufzusuchen, wenn ich das Gefühle habe, ich brauche einen. Nur weil ich mich nicht mehr von ihnen regelmäßig auf den Kopf stellen lasse.«

Sie fängt eine der Tränen auf, die meine Wange herabrollen.

»Ich liebe das Leben und bereue keine meiner Entscheidungen. Das ist das Wichtigste. Vergiss das nicht für dich selbst.« Dann tippt sie mit einem Zeigefinger auf meinen Brustkorb. »Ich habe immer getan, was ich liebe, und Gott hat dich in mein Leben gebracht. Was will ich mehr? Da lasse ich mir das Ende nicht von einer dämlichen Krankheit versauen. Das ist mein Film, mein Abgang, und über den bestimme ich immer noch selbst.«

Ich muss über ihren schwarzen Humor lachen und schniefe, sodass sie mir ein Taschentuch reicht.

Ich schnäuze mich einmal heftig und trockne meine Tränen, bevor ich die wichtigste Frage überhaupt stelle.

»Was … heißt das jetzt genau für uns? Für … unser Leben?«

»Dass wir es auskosten werden, corazón«, sagt sie und klopft mir auf mein Bein, als hätte sie diesen Entschluss für uns beide bereits gefasst. »Und dass wir nicht mehr deswegen weinen werden. Die Wege des Herrn sind unergründlich, Ivy. Er entscheidet. Wir sind nur Spielfiguren auf dem Schachbrett des Lebens. Er weiß, was das heißt, und nur das zählt. Habe Vertrauen. Die Zeit verrinnt nicht zufällig. Wir haben Aufgaben zu erledigen und meine ist noch nicht beendet, schätze ich.«

Dann küsst sie meine Schläfe, steht auf und geht in die Küche. Ich bleibe noch einige Minuten auf der Couch sitzen und sehe ihr nach.

»Und wir fangen heute noch damit an«, beschließt sie, lacht und klatscht in die Hände.

»Womit?«

Ihr Lachen ist ansteckend und ich kann einfach nicht anders, als einzustimmen.

»Na, das Leben auszukosten«, erklärt sie, greift nach dem Inhalator in der Küchenschublade und benutzt ihn.

»Hört, hört«, witzele ich.

»Hast du Lust und Zeit, mich und Carla heute Abend zur Nachtmesse zu begleiten?«

Ich stehe auf und gehe zu ihr.

»Es wäre mir eine Ehre.«

Als sie einen Tiefkühlstrudel in den Ofen schiebt, betrachte ich sie nachdenklich. Valéria Sanchez – die Frau, die auf Gott vertraut. Die Frau, die unendlich viele Kinderseelen gerettet und mit Geigenklängen in den Schlaf begleitet hat. Die Frau, die mir ein neues Leben geschenkt hat. Und in diesem Moment wird mir bewusst, worum mich Valéria gerade indirekt auf der Couch gebeten hat: um Akzeptanz.

Und den Wunsch werde ich ihr erfüllen.

Kurze Zeit später kann ich das Lachen der beiden Frauen durch den Flur hören. Der leichte Wind, der durch die geöffneten Fenster und Türen dringt, trägt es regelrecht in mein Zimmer zu meinem Schreibtisch und bringt mich dazu, den Laptop zu schließen. Ich lächele, weil ich bei Valéria und ihrer Freundin Carla Ruiz stets an mich und Ada denken muss. Die beiden hatten sich vor einigen Monaten in der Kirche kennengelernt, als Carla die Gemeinde wechselte. Sie ist keine Ordensschwester, hat aber einen festen Glauben, mit dem sie denkt, Berge versetzen zu können. Sie tut Valéria gut und ist eine liebenswerte Frau, die ihren Lebensabend mit Kartenspielen, Kirchgängen und Stricken verbringt. Sie ist alleinstehend und wie Valéria Spanierin. Es ist fast so, als hätten sie sich gefunden, obwohl sie sich nie gesucht hatten.

Spanische Worte füllen unsere Wohnung mit Leben und ich muss lachen, als ich herübergehe und beide auf der Couch sehe, wie sie sich mehr mit Händen und Füßen unterhalten als mit Worten. Eine Sache, die typisch spanisch ist. Ich lehne mich an den Türrahmen und beobachte sie einige Momente schweigend. Es erfüllt mich, Valéria so glücklich und ausgelassen zu sehen. Es macht sie um Jahre jünger und vor allem sieht man ihr nicht an, wie ihr die Krankheit zu schaffen macht. Ich muss lachen und verrate damit schließlich meine Anwesenheit.

»Ah, mi corazón, vámos!«, fordert mich Valéria lachend auf, zu ihnen zu kommen. Ich greife zur Begrüßung kurz nach Carlas Hand und drücke sie, bevor ich Valéria den gewohnten Kuss auf ihren Scheitel gebe.

»Was macht ihr beiden Schönes?«

Sie lachen wie Schulmädchen und tuscheln miteinander.

»Hör dir das an«, bringt Valéria nur mit Mühe zwischen Lachen hervor, »Carlas abuela, ihre Großmutter, hat damals den Lehrer mit einem Regenschirm durch den Klassenraum gejagt, weil er Carla Hiebe angedroht hat. Sie hatte ihre Aufgaben nicht erledigt und …«

Weiter kommt sie nicht. Die beiden Freundinnen brechen wieder in Gelächter aus und ich muss schmunzeln. Erst nach Minuten beruhigen sie sich und lehnen sich mit Tränen in den Augen zurück in die Couchkissen.

»Diese Zeiten waren ganz besonders.«

»Das waren sie«, fügt Valéria hinzu und tätschelt meinen Oberschenkel. Dann steht sie auf und geht zur Küche, um Teewasser aus einem Kessel in zwei Tassen zu schenken.

Damit kommt sie zurück zur Couch und die beiden Frauen lachen und reden, als hätten sie sich eine gefühlte Ewigkeit nicht gesehen, dabei treffen sie sich regelmäßig. Ich ziehe lachend die Augenbrauen nach oben und schmunzle über ihren Kommentar. Einen Moment bleibe ich noch mit dem Rücken an der Küchenzeile stehen und sehe ihnen zu, wie sie noch einmal zu den jungen

Frauen von früher werden. Und dann fällt es mir wie Schuppen von den Augen, in diesem Moment in unserer kleinen Küche in *Hartford*: Ständig begleitet mich das Gefühl, dass ich nun Valéria retten muss. Davor, dass sie ihrer Krankheit erliegt und nicht mehr kann, einsam und unglücklich ist. Dass ich ihr helfen muss, ein schönes Leben zu führen. Aber dieser Moment öffnet mir regelrecht die Augen, denn als ich sie mit ihrer Freundin Clara auf der Couch sehe, lachend und teetrinkend, merke ich, dass ich absolut falschliege. Valéria muss nicht von mir gerettet werden. Ihr geht es gut und sie liebt das Leben, mit allem, was es für sie bereithält. Mit allen schönen und weniger schönen Momenten.

Ihr geht es gut und sie ist glücklich mit dem Leben, das Gott ihr auferlegt hat.

Ich drehe mich zur Spüle, um ein Glas aus dem Schrank zu holen, und sehe mein Spiegelbild in der Glasoberfläche des Hängeschranks. Ich halte inne und blicke in meine Augen.

Valéria hat recht. Ich muss das Leben auskosten. Momente sammeln, die mir solch einen Lebensabend bescheren, den sie gerade dort drüben mit ihrer Freundin auf der Couch erleben kann.

Als wir gegen neunzehn Uhr dabei sind, aufzubrechen, die Kerze im Jesu-Schrein löschen und unsere Schuhe anziehen, klingelt es. »Erwartet ihr noch jemanden?«, frage ich und mache mich bereits auf den Weg zur Tür, ohne eine Antwort abzuwarten. Als ich öffne, blicke ich in das Gesicht eines jungen Mannes mit dunklen Augen und dunklem Haar. Für einen Moment bleibe ich nur stehen und sehe ihn an und er tut es mir gleich, bis er sich vorstellt.

»Ich bin Pablo.« Er streckt mir mit einem verlegenen Lächeln eine Hand entgegen, dann kann er von meinem Gesicht wohl ablesen, dass ich damit nicht viel anfangen kann, denn er zeigt an mir vorbei auf die beiden Frauen hinter mir. »Carlas Enkel.«

»Ivy«, stelle ich mich kurz vor und trete zur Seite, sodass Carla ihn begrüßen kann. Sie tritt neben mich und küsst seine Wange.

»Du bist pünktlich wie immer.« Dann greift sie nach meinem Arm.

Ich sehe zu Valéria, die mich anlächelt, und mir schwant, was hier läuft.

»Ivy, darf ich dir meinen Enkel Pablo vorstellen?«

»Wir haben uns schon vorgestellt, *abuela*.«

Ihm scheint die Situation genauso unangenehm zu sein wie mir, trotzdem bemüht er sich um ein Lächeln und ich sehe Valéria mit gehobenen Augenbrauen an, die mich zufrieden angrinst und die Schultern hochzieht.

»Pablo ist gekommen, um uns zur Spätmesse zu begleiten.«

Ich zwinge mich zu einem Lächeln, und das hat nichts mit Pablo selbst zu tun, sondern vielmehr mit der Absicht, die hinter diesem Kirchgang steckt.

»Dann sollten wir los«, sagt Valéria, geht an mir vorbei aus der Tür und hakt sich bei Carla unter. Die beiden gehen voraus, während ich abschließe und dann mit Pablo das Schlusslicht bilde.

Die Kirche ist nur ein paar Straßen entfernt, und weil die Abendluft heute angenehm kühl ist, gehen wir zu Fuß. Pablo und ich schlendern nebeneinander hinterher. Nach ein paar Minuten ist er derjenige, der zuerst spricht.

»Anscheinend war ich klar im Vorteil heute. Ich wusste zumindest, dass es dich gibt und du deine *yaya* begleiten wirst.«

Ich muss lachen, weil er wie ich verstanden hat, worum es hier wirklich geht. Valéria hat noch nie versucht, mich zu verkuppeln, aber ich weiß, dass sie sich nichts sehnlicher wünscht, als mich versorgt zu wissen. Dann, wenn sie nicht mehr ist. Sie weiß, dass ich für mich allein sorgen kann, aber sie denkt traditionell und sagt immer, sie würde sich wohler fühlen, wenn ein netter Mann an meiner Seite wäre. Bisher habe ich sie immer enttäuscht, was das angeht, denn über maximal zwei Dates ging es nie hinaus. Ich erklärte ihr immer, dass es kein Gefühl von Wunderkerzen gewesen sei. Das Gefühl, das die Funken hinterlassen, wenn sie auf unsere Haut treffen. Aber ich bin ihr nicht böse. Die Chance beim Schopf zu packen, wenn ihre Freundin einen Enkel mit spanischen Wurzeln hat, der single zu sein scheint und sich liebevoll um seine Großmutter kümmert, ist zu verführerisch. Sie meint es gut und ich kann meine Hand nicht dafür ins Feuer legen, dass ich nicht ähnlich gehandelt hätte an ihrer Stelle. Aber die Standpauke wird sie sich trotzdem anhören müssen.

»Du bist Spanier?«, hake ich genauer nach.

Die spanische Kurzform von Großmutter, *yaya*, hat ihn verraten.

»Mein Vater«, erklärt er und wir sehen beide auf unsere Füße, die langsam über den Asphalt schreiten, um uns dem Tempo von Valéria und Carla anzupassen. »Meine Mutter ist Engländerin. Er ist der Liebe wegen hierhergekommen und … hat meine Großmutter mitgenommen.«

»Das klingt schön«, sage ich und lächle ihn an. »Geschichten wie diese lassen einen noch daran glauben, dass es echte Liebe gibt.«

»Glaubst du nicht daran?«

Ich fühle mich ertappt. Nicht dass ich nicht an die Liebe glaube, aber ich habe plötzlich das Gefühl, er könnte das als Aufforderung verstanden haben. Als Aufforderung, mit mir zu flirten, und das ist eine Richtung, die ich absolut nicht einschlagen will.

»Nein, so war das nicht gemeint«, winke ich ab und versuche, dem Gespräch mehr Leichtigkeit zu geben. »Ich … glaube an die Liebe. Immerhin habe ich Valéria kennengelernt. Das ist wohl Beweis genug.«

Er nickt betreten.

»*Yaya* hat mir die Geschichte erzählt«, sagt er und blickt mich von der Seite an, dann schweigen wir.

Erst als wir in die Straße der Kirche einbiegen, beginnt er wieder ein Gespräch.

»Meine *yaya* sagt, du arbeitest in der Notaufnahme.«

Ich nicke und plaudere über die Ausbildung, Nachtschichten und sogar Ada, weil ich die restliche Zeit mit diesem Inhalt füllen möchte. Und es funktioniert. Er hört zu und unterbricht mich nicht, bis ich mich seufzend neben Valéria auf die Sitzbank in der kühlen Kirche fallen lasse. Sie beugt sich zu mir herüber.

»Wie findest du ihn?«

»Was soll das?«, frage ich leicht säuerlich, ohne ihre Frage zu beantworten. Ich bin nicht wütend, aber sie soll wissen, dass das so nicht läuft. »Denkst du, ich kann mir nicht selbst einen Mann suchen?«

Sie schnalzt tadelnd mit der Zunge und klopft auf meinen Schenkel. »Ivy, vámos«, versucht sie mich zu beschwichtigen. »Er ist nett und ein attraktiver junger Mann. Als Carla mir erzählt hat, dass er seit Längerem wieder single ist, dachte ich, ihr könnt euch einfach kennenlernen und …«

»Das geht nicht, Valéria!«, zische ich in ihr Ohr und hoffe, Carla und Pablo können uns nicht hören.

»Wieso nicht?«

Ich sehe sie an und sie mich. Wir schweigen und ich merke, wie sie aus meinem Blick liest. Etwas, das nur Valéria kann. Etwas, das die Zeit mit sich bringt und das Vertrauen, das wir einander entgegenbringen. Aus den Augenwinkeln nehme ich den Pastor wahr, der die Kanzel besteigt, und das Gemurmel um uns herum verstummt.

»Du hast schon jemanden kennengelernt«, flüstert sie mir entgegen und ihr Mundwinkel zuckt.

»Ja … nein.« Ich schließe kurz die Augen und fasse mir an die Nasenwurzel, um mich zu fokussieren, weil ich weiß, was ich damit losgetreten habe. »So einfach ist das nicht.«

Die Frau vor uns dreht sich um und wirft mir einen tadelnden Blick zu.

Kurz schweigen wir, bevor wir mit der gesamten Gemeinde aufstehen, weil der Gottesdienst beginnt.

»Merke dir eins, Ivy«, sagt sie im Flüsterton zu mir herübergebeugt, »verlasse dich nie auf deinen Verstand.«

»Komischer Rat, findest du nicht?«, flüstere ich energisch und ernte ein lautes Zischen aus den Reihen vor uns.

»Vertraue einfach. Ich kann sehen, wenn etwas dein Herz berührt, und da ist jemand, der es anscheinend tut.«

Ich sehe sie schweigend an, weil ich nicht lügen will, und auch gar nicht weiß, was der Wahrheit entspricht, so verwirrt bin ich. Aber ich weiß, dass da etwas ist und mein Herz anders schlägt, wenn ich an Blake denke, ihn sehe, seine Stimme höre oder diesen Geruch wahrnehme. Was es ist, kann ich nicht einordnen. Aber eins weiß ich ganz bestimmt. Dass aktuell kein anderer Mann in meinem Leben Platz finden kann.

Während des Gottesdienstes kann ich immer wieder Pablos Blicke spüren, die auf mir ruhen, und ich meide sie absichtlich. Stattdessen driften meine Gedanken irgendwann ab und ich sitze gedankenverloren mit der Bibel in den Händen zwischen Valéria und Carla und starre auf einen Punkt im Holz geradeaus. Ich kann Kerben erkennen, die aussehen, als hätte jemand mit Fingernägeln Buchstaben dort verewigt, und erkenne ein I wie Ivy. Aber dann verfolgen meine Augen die Linie weiter nach und aus dem I wird ein B. Ich blinzle mehrmals, weil ich das Gefühl habe, mein Unterbewusstsein spielt mir einen Streich, aber es ist und bleibt ein B. Ich denke an dunkelgraue Augen, die bis in meine Seele blicken können, und dunkle Haarsträhnen, die bei meinem ersten Besuch beim Haus am See nass in seine Stirn hingen. Ich denke an Erde und Minze und Fingerkuppen, die meine berühren.

Valérias Husten lässt mich zusammenschrecken und ich brauche zwei Sekunden, bis ich funktioniere und aus ihrer Handtasche den Inhalator hervorhole, den sie direkt benutzt. Ich streiche ihr über den Rücken und warte, bis der Anfall vorbei ist. Die Frau vor uns sieht kopfschüttelnd nach hinten und macht mich wütend.

»Was ist Ihr Problem?!«

Es kommt zu barsch rüber, aber ich kann nicht anders. Damit habe ich sie endgültig vergrault und sie lässt uns in Ruhe.

»Möchtest du rausgehen?«

»Es geht schon«, flüstert sie fest und steckt den Inhalator weg. »Ich bin im Haus Gottes, Ivy. Ich werde einen Teufel tun und hier rausgehen, wenn ich fast ersticke!«

Dann schaut sie mich erschrocken an und wir müssen beide so sehr lachen, dass ich auf meine Faust beiße, um es zu unterdrücken. Ich bin froh, dass gerade ein Lied angestimmt und die Kirche mit Musik erfüllt wird, sodass wir weniger auffallen.

Nach einem letzten Gebet will ich schon aufstehen, aber der Pastor spricht erneut von der Kanzel und ich bleibe sitzen. Was er zum Abschluss ankündigt, etwas Besonderes zu Glaube, Liebe und Hoffnung, etwas, das nicht aus der Bibel stamme, er den Menschen aber mitgeben wolle. Was er sagt, berührt mich und ich habe das Gefühl, er sieht mich direkt an, während er spricht: »Und glaube nicht, du kannst den Lauf der Liebe lenken, denn die Liebe, wenn sie dich für würdig hält, lenkt deinen Lauf.«

Die Tatsache, dass das Schicksal mir damit mitteilt, dass ich keine Energie investieren soll, meine Gefühle und Gedanken zu lenken, da es ohnehin zwecklos ist, ist eine Sache. Aber als er dann ausspricht, von wem das Zitat stammt, durchfährt mich ein Stich in meiner Herzgegend – *Khalil Gibran.*

Nach dem Gottesdienst laufen wir zu viert auf dem Gehweg zu unserer Wohnung. Ich bin froh, dass Valéria nicht mehr absichtlich mit Carla weiter vorne läuft, um uns mehr Privatsphäre zu geben. Das Gespräch in der Kirche hat ausgereicht, um ihr klarzumachen, dass ich keine Kupplerin brauche und zwischen mir und Pablo nichts entstehen wird.

Weil mein Kopf woanders ist.

Weil mein Herz woanders ist.

Und weil ich letztendlich verstanden habe, dass ich den Lauf der Dinge nicht beeinflussen kann. Egal, wie sehr ich mich bemühe. Ich kann meine Gefühle, die ich diesem Mann gegenüber habe, nicht beeinflussen. Wie auch immer diese aussehen. Auch wenn ich weiß, dass er mir etwas verheimlicht und ich herausfinden muss, was es ist.

Carla und Pablo begleiten uns bis zur Haustür, weil dort sein Auto steht. Während die beiden Frauen sich unterhalten, schlendert er einige Schritte zu mir und sieht mich an.

»Danke für den netten Abend, auch wenn er etwas … unkonventionell war.«

Wir lachen beide und ich nicke ihm zu.

»Das stimmt. Geht mir genauso. Mach's gut, Pablo.«

Ich gehe Richtung Hauseingang, wo Valéria die Tür aufschließt, während Carla bereits auf der Beifahrerseite einsteigt. Sie winkt nach außen und ich tue es ihr gleich.

»Vielleicht sehen wir uns einmal wieder!«, ruft Pablo mir hinterher, als ich Valéria gerade in den dunklen Eingang folge. Ich bin erleichtert, dass er das so offen formuliert. So bringt er mich nicht in eine unangenehme Situation.

»Vielleicht«, sage ich daher nur und hebe kurz die Hand zum Abschied. »*Hartford* ist klein.«

Aber es stimmt nicht und wir wissen es beide. Dann gehe ich mit Valéria nach oben. Während wir die Schuhe ausziehen, wirft sie mir einen vielsagenden Blick zu.

»Versprich mir etwas, corazón.«

»Es wird kein Date geben, wenn du darauf hinauswillst«, warne ich sie und wackle vor ihrem Gesicht mahnend mit dem Zeigefinger. Sie lacht und winkt ab.

»Sei nicht albern, ich habe es verstanden«, sagt sie sanftmütig und betritt ihr Zimmer, ich folge ihr und knipse das Licht an. »Wenn du dir im Klaren bist, ob dieser Mann, um den es wirklich geht, in deinem Herzen bleibt oder nicht, stelle ihn mir vor. Denn in deinem Herzen ist er schon angekommen. Ich sehe es in deinen Augen.«

Ich seufze und setze mich einen Moment zu ihr auf die Bettkante. Ich habe keine Ahnung, wie diese Geschichte mit mir und Blake weitergehen wird, aber ich weiß, dass Valéria mich so gut kennt wie keine andere, und dass sie recht hat, wenn sie sagt, dass ich Blake in mein Herz gelassen habe.

»Ich kenne ihn erst seit Kurzem«, erkläre ich mich, als suche ich nach einer Entschuldigung, weshalb ich noch nichts von ihm erzählt habe.

»Corazón«, sagt sie und lenkt direkt ein, »nimm dir die Zeit, die du brauchst, und lass mich wissen, wenn auch ich ihn hier reinlassen kann. Sí?«

Dann reibt sie sanft mit ihrer rechten Hand über ihren Brustkorb.

»Abgemacht«, sage ich leise und gebe ihr damit mein Wort.

11 – Ivy

Ich sitze mit Teddy, Blake und Hugo im Wohnzimmer und arbeite einen detaillierten Plan aus. Ich fühle mich ausgelaugt und fertig, weil ich direkt von der Schicht in der Notaufnahme komme und schlecht geschlafen habe. Blakes und meine Blicke treffen sich und ich denke an die Nachrichten, die er mir vorgestern mitten in der Nacht geschickt hat. Erst jetzt setzt sich der Gedanke in meinem Kopf fest, dass die Uhrzeit einiges aussagt: Wenn dir jemand mitten in der Nacht Nachrichten schreibt, heißt das, dass du im Kopf und in den Gedanken dieser Person mehr als präsent bist. Es ist wie ein kleiner Schock, der sich bei mir bemerkbar macht und mir ein Schauer über die Haut jagt. Während Hugo nervös im Zimmer auf- und abläuft, nehme ich den Plan in die Hand, den wir letztendlich ausgearbeitet haben, und fasse für uns alle noch mal die wichtigsten Punkte zusammen:

»Okay … Hugo ist nicht alleine und bleibt hier im Haus, zumindest vorerst.« Mein Blick trifft Hugos und ich habe das Gefühl, er realisiert erst jetzt, was das alles bedeutet und auf ihn zukommen wird. »Wenn die kritische Phase geschafft ist, sehen wir weiter.«

»Kritische Phase?« Er beginnt wieder zu schniefen und fährt sich mit den Händen durchs Haar, während er vor dem Fenster stehen bliebt und nach draußen auf eine weite Wiese blickt.

Ich überlege, wie ich ihm mitteilen kann, was ich meine, ohne ihm Angst einzujagen.

»… bis das *Craving* nachlässt«, sage ich und erkläre für die drei, was ich damit meine. »Bis du kein so starkes Verlangen mehr nach Substanzen hast, dass es dein ganzes Handeln und Denken dominiert.«

Ich vermeide absichtlich das Wort *Drogen*.

Ich räuspere mich und warte auf eine Reaktion von Hugo, die aber ausbleibt, und bereite mich innerlich auf den Widerstand vor, der nach meinem nächsten Satz aufkommen wird.

»… das gilt auch für die Nächte.«

»Soll ich etwa bei Ted oder Blake im Bett schlafen?« Hugo lacht hämisch und klingt fast wütend.

Ich merke ihm an, dass es die Sucht ist, die aus ihm spricht und ihn reagieren lässt.

»Hugo, komm schon …«, mahnt ihn Teddy und bedeutet mir, weiterzusprechen.

»Falls nötig, wirst du die erste Zeit in deinem Zimmer eingeschlossen verbringen müssen. Gegenstände, die … gefährlich sein könnten, haben wir bereits entfernt und gehen das Ganze gleich noch einmal durch.«

Irgendwie fühle ich mich schlecht, als ich das sage. Es ist, als sprächen wir Hugo jegliche Freiheit ab.

»Ich bin nicht selbstmordgefährdet.«

Hugos Stimme klingt trocken. Er will etwas hinzufügen, wird aber von Blakes Hand gestoppt, die sich hebt und ein Stoppzeichen symbolisiert.

»Ich übernehme die vereinbarten Schichten und komme zusätzlich jeden Tag vorbei, um nach dir zusehen. Wenn etwas sein sollte, ruft ihr mich an. Sollte es nicht funktionieren oder wenn unerwartete Dinge passieren, werden wir einen Arzt oder ein Krankenhaus aufsuchen. Passt das so weit?«

Blake und Teddy tauschen einen Blick aus. Ich konzentriere mich auf den ältesten McBoyd-Bruder, weil es Teddys Haus ist. Weil ich das Gefühl habe, dass er die Familie zusammenhält und seine Absolution in diesem Moment für alle Anwesenden so wichtig scheint. Teddy steht schließlich auf und nickt.

»So machen wir es.«

»Und in zwei Wochen …«, sage ich und blicke dabei auf Hugo,

der sich in unsere Richtung umdreht und sich nervös am Hals kratzt, »… ist das hoffentlich vorbei und wir finden einen Weg, wie es dann weitergeht.«

Noch nie habe ich eine meiner eigenen Aussagen so sehr angezweifelt wie diese.

»Was, wenn es nicht klappt?«

Ich lasse meine Hände mit dem Karton sinken und stelle ihn zu meinen Füßen ab. Hugo kniet sich vor ihn und greift sein Gesicht mit den Händen, die seine zarten Wangen vollständig bedecken. Sein Haar ist zwar ebenso dunkel, aber insgesamt wirkt er so viel jünger. Blake und ihn trennen acht Jahre und mit nur zwanzig Jahren ist er gefühlt noch ein Kind.

»Es muss und es wird«, flüstert Blake ihm zu.

Ich fühle mich in diesem intimen Moment zwischen den beiden Brüdern fehl am Platz und räume weiter Gegenstände in die bereits gepackte Kiste ein, die ich dann im Flur abstelle und fast mit Teddy zusammenstoße, der gerade in Hugos Zimmer kommt.

»Übrigens«, höre ich Blake drinnen zu den beiden sagen, »hat jemand von euch mein Buch gesehen? Ich suche es seit vorgestern.«

Mein Herz rutscht eine Etage tiefer. Ich erinnere mich an das lederne Büchlein, das durch Valérias Lüge und die jüngsten Ereignisse völlig untergegangen ist. Es liegt zu Hause auf meinem Schreibtisch, wo ich das letzte Mal darin geblättert habe. Ich hatte nie vor, es mitzunehmen, aber jetzt ist meine Neugierde zu groß und ich muss darin lesen, bevor ich es zurücklegen werde.

»Welches Buch?«, höre ich Teddy fragen.

Ich bleibe auf dem Flur stehen und lehne mich mit dem Rücken gegen die kühle Wand.

»Mein Skizzenbuch. Es lag auf dem Küchentisch. Aber dort ist es nicht mehr.«

Ich kneife die Augen zusammen und schicke ein stummes Gebet

gen Himmel, weil sich in mir die Angst breitmacht, Blake könnte aus dem Zimmer stürmen und mit dem Finger auf mich zeigen, ahnen, dass ich es genommen habe. Obwohl das Quatsch ist, aber gar nicht so abwegig, wenn eine fremde Person im Haus ist.

»Es wird schon wieder auftauchen. Du wirst es verlegt haben.«

Er gibt sich mit Teddys Antwort zufrieden und lässt das Thema ruhen. Ich atme aus und erst jetzt fällt mir auf, dass ich zuvor die Luft angehalten habe.

Ich erinnere mich an den Spruch, den ich im Buch gelesen habe, und muss an ihn denken – *die schönsten Charaktere sind mit Narben übersät.*

Als ich später an der Eingangstür stehe und mich bis morgen verabschiede, kann ich Blake kaum in die Augen sehen. Er hat mich betrogen, jetzt habe ich ihn betrogen und man könnte sagen, dass wir nun quitt sind. Aber so einfach ist es nicht. Ich habe etwas Persönliches von ihm genommen und er hat keinen blassen Schimmer davon. Er hat Dinge des Krankenhauses entwendet, um seinem Bruder zu helfen, auch wenn sich über die Methode streiten lässt. Aber ich fühle mich schrecklich und habe Angst, er könnte mit diesen dunkelgrauen Augen von meinem Gesicht ablesen, dass ich das Buch genommen habe.

»Dann geht es jetzt also los?«

Hugo scheint noch nervöser als vorhin zu sein und ich bin mir sicher, dass er darüber nachdenkt, ab jetzt keine Möglichkeit und keinen Weg mehr zu finden, Stoff zu besorgen.

»Hugo, wann hast du das letzte Mal …«

Weiter komme ich nicht. Er dreht sich im Kreis, greift sich mit den Händen an den Hinterkopf und beißt sich auf die Lippe. »Wir fangen heute an«, mischt sich Blake ein.

Wie dumm und blauäugig zu denken, dass er clean sei, seit ich ihn das erste Mal getroffen habe. Natürlich nicht.

»Jetzt«, ergänzt Teddy streng. »Wir fangen *jetzt* an.«

Als ich im Auto sitze, habe ich das Gefühl, etwas erdrückt mich von allen Seiten. Das Wasser vor mir und die Vorstellung, dass die Sache mit Hugo sich schwieriger gestaltet als gedacht. Dass ich zu naiv an die Sache herangehe und scheitern werde. *Was dann?*

Als wären die gleichen Gedanken gerade nur ein paar Meter von hier im McBoyd-Haus ebenso präsent, piept mein Handy und ich lese Blakes Namen auf dem Display. Wir hatten uns erst vor wenigen Minuten verabschiedet. Hastig klicke ich auf das Display, um seine Nachricht lesen zu können:

Was, wenn der kalte Entzug für ihn zu hart ist?

Dass er den gleichen Gedanken zulässt wie ich, macht es noch präsenter und ich habe das Gefühl, ich muss handeln, obwohl wir noch gar nicht damit angefangen haben, es zu versuchen.

Unsanft lasse ich meine Stirn auf das Lenkrad fallen und wippe einige Male mit meinem Kopf auf und ab. Ich muss an die Infos zu den Substitutionsmitteln denken und daran, dass ich gestern noch gedacht habe, es ohne schaffen zu wollen. Dass Hugo die Medikamente nur von einem Arzt oder in einer stationären Einrichtung bekommen kann. Ich sehe ihn hin- und herlaufend vor mir, zittrig und nervös, schniefend und Haare raufend.

»Scheiße«, flüstere ich und kommentiere den Fehler, den ich begehen werde, um Hugo im Notfall helfen zu können. Wenn nichts mehr geht.

Auf einmal erscheint mir Blakes Entscheidung, die er vor einigen Tagen getroffen hat, als wir uns erstmals im Krankenhaus begegnet sind, gar nicht mehr so abwegig.

Dann greife ich entschlossen mein Telefon mit beiden Händen und tippe eine Nachricht ein:

Wir sind vorbereitet.

Am Abend sitze ich auf meinem Bett und blättere durch Blakes Notizbuch. Ich streiche vorsichtig mit meinen Fingerkuppen über die Kohlezeichnungen, weil ich Angst habe, Spuren zu hinterlassen. Sie sind gut, wunderschön und ich will wissen, was sie bedeuten. Der Name *Khalil Gibran* taucht immer wieder unter Zitaten auf, die in geschwungenen Lettern über die Seiten geschrieben sind, verziert mit Unendlichkeitszeichen oder römischen Zahlen. Einer der Sprüche beißt sich geradezu in mir fest, weil er so wahr ist.

»Vergessen ist eine Form von Freiheit«, flüstere ich und lasse das Buch in meinen Händen sinken.

Was ist es, das Blake vergessen will, um frei zu sein? Was verdrängt er?

Ich greife zu meinem Telefon und will etwas schreiben, aber ich weiß nicht, was, und werfe es achtlos wieder auf die Decke, auf der ich sitze. Dann meldet sich wieder das schlechte Gewissen, dass ich überhaupt im Besitz des Notizbuchs bin, und ich schlage es zu, packe es in meine Tasche, um es morgen wieder dorthin zu legen, wo ich es entdeckt habe.

Ich bleibe länger als geplant im Krankenhaus – mal wieder. Ein Notfall zwingt mich und Ada dazu, später Feierabend zu machen, und ich merke bereits gegen Ende der Schicht, wie das an meinen Kräften zehrt. Die Träume in der Nacht und der Schlafmangel, die Sorgen um Hugo und das, was vor uns liegt, aber auch Gedanken an Blake lassen mich unachtsam arbeiten und mir passieren Fehler, wo keine passieren dürfen. Ich lasse steriles Besteck fallen, sodass es unbrauchbar ist, und vergesse, Werte in Akten einzutragen. Ada ist aufmerksam und es entgeht ihr nicht. Ich weiß, dass sie mich beobachtet und sich ihr Verdacht verschärft, dass ich ihr etwas verschweige.

Als wir gemeinsam das Krankenhaus verlassen, lädt sie mich auf einen Kaffee ein.

»Ich würde gerne, aber ich kann nicht … Ich habe noch was vor.«

Sie starrt mich mit großen Augen an und ich kann erkennen, wie sie dagegen ankämpft, dass sich ihre Mundwinkel nach oben ziehen.

»Sag bloß, du hast ein Date?«

Ich schüttle vehement den Kopf und will mich erklären, ohne ihr zu viel sagen zu müssen, aber sie kreischt wie ein Teenager kurz auf und fällt mir um den Hals.

»Dachte ich es mir doch, dass ein Mann dahintersteckt.« Sie haut mir spielerisch auf den Oberarm und hakt sich unter, während wir zur Bushaltestelle laufen. »Wieso erzählst du mir das erst jetzt?«

»Es ist nicht so, wie du denkst«, lenke ich ein und merke erst dann, dass das wohl ein häufig gesagter Satz ist, wenn Dinge *genau so* sind, wie sie aussehen.

Sie sieht mich an und muss loslachen, und obwohl ich dagegen ankämpfe, stimme ich schließlich mit ein. Und in diesem Moment ist es das erste Mal, dass ich das wohlige Gefühl zulasse, dass Blake McBoyd in mir auslöst.

»Es ist kompliziert«, wehre ich ab und löse mich von ihr, um die Arme zu verschränken.

»Das war es zwischen Gus und mir auch einmal«, flötet sie gut gelaunt und ich weiß, dass sie sich darüber freut, dass ich jemanden in mein Leben gelassen habe. Obwohl sie damit nicht so richtig liegt, wie sie denkt.

»Das ist etwas anderes.«

»Wer ist er?«

Die Frage schwebt über uns wie eine Wolke und ich habe keine Ahnung, wie ich ihr all das erklären soll. Aber nun muss ich ihr etwas geben und kann sie nicht vertrösten, ohne Infos zu offenbaren.

»Wenn ich dir ein paar Dinge erzähle, versprichst du dann, mich in Ruhe zu lassen, bis ich bereit bin, dir mehr zu sagen?«

»Selbstverständlich!«

Mit gespielter Ernsthaftigkeit hebt sie eine Hand zum Schwur und ich erzähle ihr die hard facts – seinen Namen, dass er nach Minze und Erde riecht. Dass er zwei Brüder hat, Teddy und Hugo, und dass er auch im Heim großgeworden ist wie ich. Dass er mit seinen Brüdern im Haus am *Hartford Lake* wohnt.

Sie bleibt kurz vor der Bushaltestelle stehen und sieht mich starr an.

»Das ist nicht dein Ernst.«

Ich runzle die Stirn.

»Was meinst du?«

»Er wohnt am See?«

»Ja.«

Verwirrt blicke ich in ihr Gesicht und warte darauf, dass sie weiterspricht.

»Ausgerechnet *du* lernst einen Mann kennen, der an einem See wohnt?«

Ich schweige. Ich weiß genau, was sie mir sagen will. »Ich weiß, dass das alles mehr als verrückt ist.«

Und dann erzähle ich ihr von Dr. Mooley und unserer letzten Sitzung, dass Blake der Schlüssel sein könnte, und von der Veränderung meines Traums. Sie kriegt den Mund nicht mehr zu und starrt mich stumm an, bis ich zu Ende geredet habe. Ich verschweige unsere erste Begegnung und die Umstände, die dazu geführt haben. Ich verschweige Hugos Suchterkrankung und unsere Abmachung, die heute in Kraft tritt.

»Wie habt ihr euch kennengelernt?«

Ich lüge sie nicht an. Ich spare nur einen Teil der ganzen Geschichte aus. Und irgendwie kommt es mir so vor, als wollte ich Blake dadurch schützen.

»Er war in der Notaufnahme und … ich habe seine Hand verbunden. Er hat seinen Geldbeutel hier liegen gelassen. Ich habe ihn hingebracht.«

Sie mustert mich, dann greift sie nach meinen Schultern und zieht mich an sich.

»Du weißt, was man über das Schicksal sagt, Ivy«, flüstert sie in mein Haar über meinem Ohr. »Es wird seine Gründe haben und Menschen begegnen sich so oft, bis sie begriffen haben, dass sie einander nicht egal sind. Dass sie einander etwas bedeuten.«

Als ich nach Hause komme, macht Valéria ihre *Siesta*. Ich gehe trotzdem zu ihr, beuge mich herunter und küsse ihre Stirn. Sie atmen zu hören, beruhigt mich. Obwohl es schwer klingt, ist sie am Leben und dafür bin ich dankbar. Ich dusche mich, weil ich das Gefühl habe, den Geruch von Krankheit und Leid mit nach Hause zu tragen, und ihn von mir abwaschen will. Und während ich diese Kühle genieße, taucht Blakes Gesicht vor meinem inneren Auge auf. Ich sehe diese Augen und spüre seine Hände an meinen Wangen, als er mich zu sich heranzieht, ehe er mich küsst. Ich schnappe nach Luft und drehe den Wasserhahn ab. Das war das erste Mal, dass mir mein Kopf so einen Streich gespielt hat und ich mir Nähe zu ihm bewusst herbeigesehnt habe. Ich reibe mit den Handflächen über mein Gesicht und steige aus der Dusche. Auf dem Weg in mein Zimmer mache ich kurz an der Wand halt, die die Bilder von all diesen Kindern ziert. Ich puste die Kerze im Jesus-Schrein aus und lasse meinen Blick über die längst verblassten Fotografien gleiten, während ich meine Haare mit einem Handtuch trockne. Auch hier befinden sich Aufnahmen von Geschwistern, die sich umarmen, an den Händen halten und in die Kamera sehen. Drei Jungs, die einem Ball hinterherjagen und nicht wirken, als wären sie allein auf dieser Welt. Ein Schleier, der sich über die traurige Wahrheit legt. Ich muss lächeln, weil ich wieder daran erinnert werde, wie verrückt es eigentlich ist, dass sich die Wege der McBoyd-Brüder mit meinen gekreuzt haben. Wege, die so viele Parallelen aufweisen, obwohl ich das Glück hatte, eine andere Richtung einzuschlagen.

»Das muss klappen«, flüstere ich und schicke ein Stoßgebet gen Himmel. Obwohl ich bei einer Ordensschwester aufgewachsen bin, habe ich keinen festen Glauben wie Valéria. Aber ich weiß durch meine Arbeit im Krankenhaus, dass Menschen dann beginnen zu beten und zu glauben, wenn sie zweifeln, ins Wanken geraten und ängstlich sind. Seufzend gehe ich in mein Zimmer und ziehe mich an. Dann greife ich in meine Handtasche, die ich bereits bei meiner Schicht im Krankenhaus dabeihatte, und ziehe einige Blisterpackungen heraus. Ein gefalteter Beipackzettel liegt dazwischen, den ich aufklappe und überfliege.

Halten Sie sich genau an die Dosierungsanweisung Ihres behandelnden Arztes. Dieses Medikament wurde Ihnen persönlich verordnet. Sie dürfen es unter keinen Umständen an Dritte weitergeben. Die Weitergabe des Substitutionsmittels ist gesetzlich verboten.

Mit dem Beipackzettel in den Händen lasse ich mich auf mein Bett fallen und schließe die Augen. Ich muss an Blake denken und daran, dass er die Medikamente für Hugo eingesteckt hat. Jetzt bin ich diejenige, die ganz ähnlich gehandelt hat. Ich habe das erste Mal in meinem Leben eine Straftat begangen. Für einen jungen Mann, der mir eigentlich fremd ist – Hugo. Als wollte ich mich selbst beruhigen, kommt mir Blakes Nachricht in den Kopf, die er mir gestern geschickt hat, als ich gerade das Haus am See verlassen hatte: *Was, wenn der kalte Entzug für ihn zu hart ist?*

Und meine Antwort darauf: *Wir sind vorbereitet.*

Dann lasse ich die Blisterpackungen wieder in meiner Handtasche verschwinden, werfe einen Blick in Valérias Schlafzimmer, die noch friedlich schlummert, und fahre zum *Hartford Lake.*

Teddy öffnet mir die Tür und lässt mich herein. Er trägt schwarze Latex-Handschuhe und bedeutet mir, dass er wieder nach unten in sein Studio muss. Ich gehe die Treppe nach oben und renne fast in Blake hinein, der vor Hugos Zimmertür auf dem Boden sitzt.

Mein Herz setzt für einen Moment aus.

Weil ich ein ungutes Gefühl bekomme.

Weil Menschen unter normalen Umständen nicht vor der Zimmertür von anderen auf dem Boden sitzen.

Weil er *er* ist und mich sein Blick direkt betört und mir die Luft zum Atmen nimmt. Trotz der Temperaturen trägt er wieder ein Longsleeve, das sich wie eine zweite Haut auf seine legt, sodass ich genau sehen kann, wie er aussieht. Ich muss an das Zitat von *Khalil Gibran* denken – die schönsten Charaktere sind mit Narben übersät. Dann kommt mir das Bild der Frau aus Teddys Tattoostudio in den Sinn und ich frage mich, ob er mit dem Longsleeve etwas versteckt.

»Alles okay?«

Ich setze mich neben ihn und lasse meine Tasche einfach auf den Boden fallen. Sie kippt um und die Blisterpackungen verteilen sich vor unseren Füßen. Blake greift nach einer davon und dreht sie zwischen den Fingern hin und her.

Bevor er mich fragt, erkläre ich, was es damit auf sich hat.

»Es ist nur für den Notfall.«

Ich will ihm die Tabletten aus der Hand nehmen und unsere Fingerkuppen berühren sich. Wir verharren beide in dieser Situation und sehen uns für einen Moment still an.

»Verstehe«, murmelt er und lässt los.

Und obwohl dieser kurze Moment so intensiv war, lässt er davon ab und ist wieder verschlossen, wie ich ihn kenne.

Was versteckt er vor mir? Mir fällt das Skizzenbuch ein, das sich ebenfalls in meiner Handtasche befindet, und ich richte sie rasch auf, weil ich Angst habe, er könnte einen Blick hineinwerfen. Ich muss dieses Buch heute noch zurücklegen.

Hastig stopfe ich die Tabletten zurück in die Tasche.

»Wie geht's ihm?«

Blake sieht fertig aus. Er fasst mir den gestrigen Abend und die Nacht zusammen, die er im Wechsel mit Teddy hier verbracht hat, um sich an die Abmachung zu halten, Hugo nicht aus den Augen zu lassen. Von drinnen hört man keinerlei Geräusche und ich hake nach.

»Er hört Musik. Das … betäubt ihn, meint er.«

Mit seinen Händen formt er Kopfhörer links und rechts neben seinem Kopf. Er atmet tief ein und aus und ich kann förmlich spüren, wie er sich um seinen jüngeren Bruder sorgt.

»Kann ich etwas tun?«

»Du tust schon viel mehr, als du müsstest«, beginnt er und blickt mich an. »Du hättest mich anzeigen können für das, was ich im Krankenhaus gemacht habe. Stattdessen hilfst du uns. Hilfst Hugo. Opferst all diese Zeit.«

Mein Herz klopft schneller und die Bilder von vorhin kommen nach oben. Blake, wie er mich anfasst und küsst.

»Willst du Samstag mit dem Boot raus?«

Als er mich fragt, durchfährt mich ein regelrechter Schock.

»Jetzt schon?«, platze ich etwas zu schnell heraus und sage das lauter als beabsichtigt.

Irritiert sieht er mich an.

»Ich dachte nur, du wolltest das unbedingt.«

Ich schließe die Augen und schüttle den Kopf. Er muss denken, ich sei total bescheuert.

»Nein, ja …«, stammle ich und spiele dann mit dem Schnürsenkel meines Sneakers. »Es ist nur … Ich habe Angst vor Wasser, verstehst du?«

Er schnauft.

»Besser, als du ahnst.«

Ich blicke ihn an und meine Augen bleiben auf seinen Lippen hängen, weil ich hören möchte, was er zu sagen hat. Weil ich es nicht abwarten kann, die Wahrheit herauszufinden, und das Gefühl habe, er ist kurz davor, mir ein Stück von sich und seiner Geschichte preiszugeben. Aber stattdessen sagt er etwas ganz anderes. Etwas, das mein Herz berührt.

»Ich verspreche dir, dass dir nichts passieren wird.«

Ich öffne meine Lippen und will antworten. Will nachfragen,

wie er das meint, und rücke vorher ein Stück näher zu ihm. Und bevor ich den Worten Raum geben kann, reißt Hugo die Tür vor uns auf und blickt auf uns herab, wie wir zusammen auf dem Boden vor seinem Zimmer sitzen.

Er sieht müde und gleichzeitig nervös aus, kratzt sich mit der rechten Hand am Arm und wirkt gereizt. Die Kopfhörer hängen lose um seinen Hals und ich kann laute Musik daraus dröhnen hören.

»Hey«, sage ich, stehe auf und berühre ihn am Arm, »sollen wir mal kurz deine Werte checken?«

Er nickt stumm und geht wieder in sein Zimmer.

»Ich warte hier!«, ruft uns Blake hinterher.

Als ich wieder zurückkomme, steht Blake direkt auf.

»Und?«

Ich ziehe die Tür leise hinter mir zu und bedeute ihm, ein paar Schritte davon Abstand zu nehmen. Ich weiß, dass man drinnen hören kann, was vor der Tür gesprochen wird, und will Hugo kein schlechtes Gefühl geben.

»Die Werte sind im Normbereich. Blutdruck, Puls, Reaktionsvermögen. Aber …« Ich stocke.

»Aber was?«

Ich löse mein Haar und schüttle es kurz, bevor ich es wieder zu einem Knoten zusammenbinde.

»Er ist unruhig und diese Phase, in der er gerade ist, ist wohl am schwersten. Er ist ganz am Anfang. Er hat …«

»Was?«

Ungeduldig hakt er nach, weil es ihm einfach nicht schnell genug geht. Dabei ist er derjenige, der mich unterbricht.

Ich seufze, weil ich weiß, wie es wirken muss, was ich ihm gleich sagen werde.

»Er hat mich nach etwas gefragt.«

Stirnrunzelnd sieht er mich an, merkt dann aber, was ich damit meine, und fährt sich mit den Handflächen über das Gesicht. Er dreht sich um seine eigene Achse und läuft zur Treppe. Ich gehe auf ihn zu und lege meine Hand auf seine Schulter. Er wendet sich um und sieht mich fast schon schmerzverzerrt an.

»Ich bin ihm etwas schuldig, verstehst du?«, sagt er leise und gibt mir damit wieder das Gefühl, der Wahrheit ein Stück näher zu kommen. »Das muss klappen. Hugo muss seine Chance nutzen.«

»Welche Chance?«, frage ich und gehe näher an ihn heran.

»Die Chance auf ein normales Leben, die er vor langer Zeit bekommen hat.«

Ich will ihn fragen, wie er das meint, wovon er spricht, wer Hugo welche Chance eingeräumt hat, aber eine Stimme in mir mahnt mich, nicht die ganze Hand zu wollen, wenn mir jemand den kleinen Finger reicht. Wenn ich die Wahrheit herausfinden will, muss ich mich mit Kleinigkeiten zufriedengeben. Vorerst.

»Das wird er«, sage ich vorsichtig. »Er will schlafen, und das ist gut. Wenn er schläft, lässt das *Craving* nach.«

Mein Handy klingelt und ich ziehe es vorsichtig aus meiner Tasche. Adas Name steht auf dem Display und ich gehe ran.

»Hey, kann ich …«

Bevor ich frage, ob ich sie später zurückrufen kann, fällt sie mir ins Wort.

»Du und ich, heute Abend. Sag Ja!«

Ich schließe kurz die Augen und schüttle verwirrt den Kopf.

»Was?«

»Wir werden ausgehen. Und ich dulde keine Widerrede, Ivy.«

Ich sehe zu Blake, der mir bedeutet, dass er ins Bad geht, das auf der anderen Seite des Ganges ist. Das ist die Chance, das Buch wieder zurückzulegen. Ich warte, bis ich das Schloss der Badezimmertür höre, um sicherzugehen, dass ich die Gelegenheit nutzen kann. Ich höre Ada nicht mehr, sie redet aufgeregt auf mich ein, während ich hastig das Buch aus meiner Tasche ziehe und mich umschaue. Ich kann es nicht zurück auf den Küchentisch legen, ohne mich verdächtig zu machen. Ich sehe mich um und betrete das Zimmer neben Hugos, dessen Tür nur angelehnt ist. Die Jalousie ist heruntergelassen und es ist dunkel. Im Raum steht ein Bett mit schwarzer Bettwäsche, ein Schreibtisch, auf dem Kohlestifte und Blätter verteilt sind. Es ist eindeutig Blakes Zimmer.

Über der Lehne des Stuhls hängt ein dunkler Hoodie. Ich weiß nicht, wieso, aber ich greife danach und halte ihn vor mein Gesicht, schließe die Augen und inhaliere den Geruch, der von ihm ausgeht.

Minze & Erde.

»Sag mal, hörst du mir überhaupt zu?«

Adas Ton wird lauter und sie bringt mich dadurch zur Besinnung. Ich lasse von dem Pullover ab und erinnere mich an den Grund, weshalb ich eigentlich in diesem Raum bin. Ich habe Angst, dass mir die Zeit davonläuft, Blake mich in seinem Zimmer erwischt und denkt, ich schnüffle hier herum. Schnell öffne ich die erste Schublade des Schreibtischs und lege das lederne Buch auf einen Stapel Papiere, die darin liegen. Als ich die Schublade wieder schließen will, bleibt mein Blick auf einer Art Flyer hängen, der ganz oben auf liegt.

»Ich … rufe dich zurück, okay?«, flüstere ich, während ich das Papier herausziehe und anstarre. Gedankenverloren beende ich das Telefonat, ohne eine Antwort meiner besten Freundin abzuwarten, und lasse das Handy in meine Tasche gleiten.

Auf dem Flyer ist ein Mann zu sehen, der an einer Mauer lehnt und die Arme verschränkt. In der einen Hand hält er eine Reisetasche. Darunter stehen vier Wörter:

Wohnen nach dem Strafvollzug.

Völlig paralysiert starre ich auf das Papier in meinen Händen. Strafvollzug? Blake ist ein Ex-Sträfling? Ich drehe den Flyer zwischen meinen Fingern und lasse mich auf den Schreibtischstuhl neben mir fallen. Das hatte Teddy also damit gemeint, als er an meinem ersten Tag hier im Haus zu Blake sagte, dass eine

Anzeige für ihn schlimme Folgen haben würde. Er ist vorbestraft. Er war im Gefängnis.

Was hatte er getan?

Ich kann nicht fassen, dass mich meine Menschenkenntnis so sehr betrogen hat, und fühle mich plötzlich noch unwohler in diesem Zimmer. Ich wünschte, ich hätte es nicht betreten und den Flyer nie gefunden.

Ich höre, wie sich auf dem Gang eine Tür schließt. Schreckhaft werfe ich den Flyer zurück in die Schublade und schließe sie. Als wäre es ein Startsignal gewesen, wird das Zimmer plötzlich mit lauten Tönen erfüllt und ich kann sofort die Stimme von Metallica-Frontmann *James Hetfield* erkennen. Ich stehe auf und laufe auf die Tür zu, aber Blake kommt mir zuvor.

»Was tust du hier?«, sagt er leise und stellt sich mir in den Weg.

Obwohl ich weiß, dass er eine kriminelle Vergangenheit hat, habe ich keine Angst vor ihm. Ich bin ganz offensichtlich in seine Komfortzone eingedrungen und er beäugt mich kritisch, weil er herauszufinden versucht, was ich hier mache.

»Ich wollte in Ruhe zu Ende telefonieren. Die Tür war nur angelehnt, sonst wäre ich nicht …«

Wir schweigen uns an, während die Zeilen des Songs den Raum einnehmen.

Lay beside me, tell me what they've done
Speak the words I wanna hear to make my demons run
The door is locked now but it's opened if you're true
If you can understand the me then I can understand the you

Er sieht mich an und ich ihn und ich kann nicht fassen, wie diese Worte genau das beschreiben, was zwischen uns ist und was ich denke – *sei einfach ehrlich zu mir, um diese Tür zu öffnen. Wenn du mich und meine Geschichte kennst und verstehst, dann kann ich auch fühlen, was du durchgemacht hast.*

»Das ist mein Radiowecker«, sagt er dann und die Spannung zwischen uns lässt nach. »Wenn ich mich noch mal hinlege, dann weckt mich das Radio. Ich kann das Klingeln des Weckers nicht ausstehen.«

Ich nicke und sehe betreten auf meine Füße.

»Es tut mir leid, dass ich einfach in dein Zimmer gegangen bin. Das geht mich hier nichts an und …«

Ich breche ab. Am liebsten würde ich ihn direkt damit konfrontieren, was ich gerade herausgefunden habe. Will wissen, was er getan hat, weshalb er im Gefängnis war. Aber damit würde ich verraten, dass ich herumgeschnüffelt habe, und er würde sich mir niemals öffnen.

»Schon okay«, lenkt er ein, tritt dann einen Schritt zur Seite und gibt den Blick auf den Flur frei. »Ich wollte nicht grob sein.«

»Schon okay«, wiederhole ich und gehe an ihm vorbei aus dem Zimmer.

»Ich … sehe noch schnell nach Hugo, bevor ich gehe«, sage ich und zeige auf den Raum daneben. »Ich bin leise und werde ihn nicht wecken.«

Blake nickt und bleibt in seinem Zimmer stehen.

»Wir sehen uns morgen.«

Er nickt mir zu und ich gehe zu Hugos Zimmer, öffne vorsichtig die Tür und sehe ihn auf dem Bett liegen. Sein Brustkorb hebt und senkt sich gleichmäßig. Ich greife nach der dünnen Decke zu seinen Füßen und decke ihn damit bis zur Hüfte zu. Dann gehe ich die Treppe hinunter und ziehe leise die Haustür ins Schloss.

Im Auto angekommen, muss ich an den Song denken, an die Wahrheit und Sehnsucht, die in ihm steckt. An Blakes Geheimnis und daran, dass ich das Gefühl habe, der Wahrheit ganz nahe zu sein. Noch bevor ich den Motor anlasse, klingelt mein Handy. Ich kopple es mit der Freisprechanlage und fahre los, während ich den Anruf von Ada annehme.

»Tut mir leid, ich bin erst jetzt allein und kann sprechen. Ich wollte dich vorhin nicht abwürgen.«

»Wo um Himmels willen bist du, Ivy?«

Ich lenke das Auto vom unebenen Untergrund am See auf die angrenzende Straße und beschleunige. Im Rückspiegel halte ich den Blick auf das Haus gerichtet, bis es nach der ersten Kurve verschwindet.

»Ich musste etwas erledigen.«

Dabei beiße ich mir in die Faust, weil ich jetzt schon weiß, dass sie diese Antwort nicht akzeptieren wird.

»O Gott, bist du bei *ihm*?«

Sie betont das letzte Wort so stark, dass es klingt, als wäre es etwas ganz Besonderes. Und wenn ich genauer darüber nachdenke, ist es auch so. Bevor ich mich erklären kann, quiekt sie ins Telefon.

»Noch ein Grund mehr, heute auszugehen. Wir gehen ins *Drumstick* …«

Ich stöhnte genervt ins Telefon. Das *Drumstick* ist ein Club in *Hartford*, wo vor allem Rockmusik gespielt wird. Ada liebt es und sagt stets, sie könne sich dort den Stress der Arbeitswoche regelrecht von der Seele tanzen und frei sein. Ich liebe eher Abende mit Büchern, auf der Couch oder im Kino. Aber bevor ich einen anderen Vorschlag machen kann, spricht sie das Argument aus, gegen das ich unmöglich ankommen kann.

»Keine Widerrede! Das Geburtstagskind darf entscheiden und wir feiern rein. Gus hat Nachtschicht, du kannst also nicht Nein sagen.«

Ich fühlte mich wie die schlechteste Freundin auf der Welt. Durch all die Ereignisse der letzten Tage habe ich Adas Geburtstag vergessen.

»Schon gut, hör auf«, bettele ich sie an. »Wir gehen ins *Drumstick*.«

Ada ist zufrieden und sagt, dass wir uns um einundzwanzig Uhr vor dem Club treffen. Und ich bin froh, dass sie nicht weiß, dass ich ihren Geburtstag vergessen habe. Ich muss an den Tag denken, an dem ich sie kennengelernt habe. Ich hatte am ersten

Tag unserer Ausbildung im Krankenhaus das Oberteil meiner Schwesternkleidung am Rücken aufgerissen, weil ich meine Arme gespreizt hatte, obwohl diese noch halb im Ärmel steckten. Nach einem reißenden Geräusch hatte ich mich vor einem Spiegel verrenkt, um zu sehen, wie schlimm der Schaden war. Damals hatte ich so Angst vor Oberschwester Margret, dass ich es nicht gesagt hatte. Heute weiß ich, dass ich nach einer kurzen Standpauke einfach einen neuen Kittel bekommen hätte. Aber damals wollte ich nicht direkt am ersten Tag negativ auffallen und mich als die Tollpatschige abstempeln lassen. Ada kam damals hinzu und sah mich verrenkt vor dem Spiegel stehen. Sie sagte, ich sähe aus wie ein angeschossenes Reh, und prustete vor Lachen. Dann stellte sie sich vor, fragte nach meinem Namen und zog dabei bereits ihren Kittel aus, warf ihn mir zu und forderte mit einer Handbewegung meinen. Ich verstand am Anfang nicht, wieso sie das machte und was es daran änderte, dass eine von uns einen der Kittel bereits am ersten Tag zerrissen hat. Aber dann riss sie ein Pflaster an ihrem Rücken ab und zeigte mir eine frisch wirkende Schnittwunde.

»Das ist mir wirklich hier passiert. Ich hab's nicht gesagt und einfach abgeklebt. Ich sage, der Kittel sei zerrissen, als ich an der Türklinke hängen geblieben bin. Sie werden einfach froh sein, dass ich sie nicht verklage, und niemand wird sich für den Kittel interessieren.«

Von dem Moment an, als ich an meinem ersten Arbeitstag Tränen lachend mit Ada Lewitt in der Umkleide im Krankenhaus stand, wusste ich, dass sich zwischen uns eine tiefe Freundschaft entwickeln würde. Und so war es. Schon bald erzählte ich ihr meine Geschichte – von dem Unfall, meinen Ängsten, von dem Albtraum, von Valéria und stellte sie ihr schließlich vor. Sie erzählte mir, dass sie gerade aus ihrer Heimatstadt weggegangen sei, um diesen Job anzutreten, und weil sie einen Mann kennengelernt habe, Gus. Sie sagte immer, sie sei dem Ruf ihres Herzens gefolgt.

In dem Moment, als ich mit dem Auto und diesen Gedankenfetzen in meinem Kopf nach Hause fahre, kommt es mir schrecklich vor, dass ich ihr nicht mehr von Blake erzählt habe. Von dem Fehler, den er gemacht hat, der aber schließlich dazu geführt hat, dass sich unsere Wege kreuzten. Von Hugo und der Verbindung, die wir anscheinend zueinander haben. Von Teddys Haus am See und dem Tattoostudio im Keller – Ted's Ink. Von Blakes Notizbuch und den Zeichnungen, all den zufälligen Berührungen, und was sie in mir auslösen. Von dem, was ich herausgefunden habe, und einem Geheimnis, das die drei umgibt. Es ist das erste Mal, seit wir uns kennen, dass ich ihr etwas verschweige. Dabei könnte ich ihren Rat gut gebrauchen.

»Schluss damit«, flüstere ich mir selbst zu, als wollte ich mich zur Vernunft bringen, und blicke im Rückspiegel in meine Augen.

Ich fasse den Entschluss, Ada in all das einzuweihen, was in den letzten Tagen in meinem Leben passiert ist.

12 – Blake

»Du bist der einzige Mensch, der in einem Club bei gefühlten hundert Grad ein Langarmshirt trägt. Echt jetzt? Was ist los mit dir?«

Ich ignoriere seine Frage. Sam kennt mich nur mit Longsleeve, so wie die meisten Menschen. Weil ich nicht in eine Schublade gesteckt werden will, weil ich ein Klischee erfülle. Weil es meine Entscheidung ist. Sam drückt mir eine der beiden Bierflaschen in die Hand, die er gerade an der Bar geholt hat. Wir lassen sie gegeneinanderklirren und trinken. Das kalte Bier fühlt sich gut an. Während Sam die Flasche fast in einem Zug leert, setze ich ab und lasse meinen Blick schweifen. Es ist eine ganze Weile her, dass ich das letzte Mal hier war. Und doch hat sich nichts verändert.

Das *Drumstick* hat zwei Etagen. Unten ist eine riesige Tanzfläche, einige Käfige, in denen Go-go-Tänzerinnen der Menge einheizen, und eine Bar. Wir stehen im oberen Stockwerk, wo Loungemöbel, Tische und Bänke untergebracht sind. Am äußeren Rand befindet sich ein Geländer, von dem aus man auf die tanzende und hüpfende Menge im Dämmerlicht sehen kann. Ich lehne mich mit dem Rücken dagegen und trinke. Ich wünschte, ich könnte eine Zigarette dazu rauchen. Sam stellt sich neben mich, holt sein Handy aus der Hosentasche und sieht auf das Display. Er öffnet seine Nachrichten und den Chat mit Paula, seiner Ex-Frau.

»Wie ist die Situation zwischen euch mittlerweile?«

Er schnaubt und ich kann seine Frustration hören, als er das Telefon wieder verschwinden lässt.

»Alles wie gehabt. Unser Gespräch beschränkt sich auf ›gebt Daddy zum Abschied einen Kuss‹, wenn die Kinder dabei sind.«

Sam und Paula haben drei gemeinsame Kinder. An meinem zweiten Arbeitstag bei *Castillano's* hat Sam mir die ganze Geschichte erzählt. Die Geschichte von zwei Zwanzigjährigen, die Hals über Kopf beschlossen haben zu heiraten, Kinder bekommen haben und dann vom Alltag eingeholt wurden. Ich war froh um die Geschichte, weil er kaum Fragen gestellt hat, ich musste nicht antworten und ihn nicht anlügen. Das war gut, weil ich das nicht wollte. Später habe ich ihm meine Geschichte erzählt. Ich würde sogar sagen, wir sind so etwas wie Freunde, auch wenn wir ganz unterschiedliche Leben führen.

»Und wenn die Kinder nicht dabei sind?«, hake ich nach.

Er schwenkt den Rest Bier in der Flasche und lässt den Schaum in den Rachen laufen, wischt sich den Mund mit dem Arm ab und starrt geradeaus.

»Dann redet sie nicht mit mir. Das Thema ist durch, Blake, und ich belasse es jetzt dabei. Ich will nur ein guter Dad sein, verstehst du? Die beste Version, die ich sein kann. Wenn das heißt, dass wir getrennt sein müssen, um gute Eltern zu sein, dann ist das so.«

Wir schweigen und die Musik wird in der Zwischenzeit lauter, der Club voller und die Stimmung um uns herum ausgelassener.

»Was ist mit dir?«, ruft er mir zu, um den Lärm zu übertönen. »Gibt's da ein Mädchen?«

Ich muss lachen und schüttle fast schon verlegen den Kopf.

»Du sagst *Nein*, siehst aber nach einem *Ja* aus.«

Ich drehe mich um und stütze mich mit den Unterarmen auf dem Geländer ab, um die Menge unter uns zu beobachten. Und dann gebe ich mir einen Ruck. Einfach, weil ich das Gefühl habe, dass ich es aussprechen muss, um nicht gänzlich durchzudrehen, weil ich dieses Gedankenkreisen nicht mehr aushalte, das sich in meinem Kopf festgebissen hat, seit ich Ivy das erste Mal in der Notaufnahme gesehen habe.

»Ich habe keine Ahnung, was das ist«, rufe ich ihm zu, »aber da ist was. Ich würde lügen, wenn ich sagen würde, dass es nicht so ist.«

Er hält inne und ich habe Zeit, meine Gedanken in Worte zu packen.

»Sie ist in meinem Kopf, verstehst du? Ich krieg sie nicht raus. Ich hab sie … in der Notaufnahme kennengelernt.«

Er richtet sich auf und beugt sich zu mir herüber.

»Nach dem Unfall?«, fragt er ungläubig.

Ich nicke und fahre mir durch die Haare.

»Sie hat mir meinen Geldbeutel gebracht, den ich dort verloren habe, und …« Ich weiß nicht, ob es Sinn macht, ihm den Rest zu erzählen. Also entscheide ich mich für eine abgespeckte Version unseres Deals. Sie will, dass ich sie im Gegenzug mit dem Boot mit aufs Wasser nehme.«

Ich blicke ihm ins Gesicht, weil ich seine Reaktion sehen will.

»Ernsthaft? Darum bittet sie dich?«

Ich nicke und leere meine Bierflasche.

»Blake.« Er zieht die Augenbrauen hoch und sieht mich fast schon tadelnd an. »Worauf wartest du noch? Sie steht auf dich. Brauchst du eindeutigere Zeichen?«

»So ist das nicht«, antworte ich. »Ich kann mich gerade nicht auf eine Frau einlassen.«

»Kein Sex?« Er prustet fast schon los und nimmt mir die leere Flasche ab.

»Es geht nicht um Sex.« Wir sehen uns kurz an, und bevor Sam in ein Lachen ausbricht, setze ich noch etwas hinzu: »Nicht nur.«

Und damit mache ich ein weiteres Geständnis an diesem Abend. Nicht nur gegenüber Sam, auch gegenüber mir selbst. Weil ich erstmals laut ausspreche, dass Ivy etwas in mir regt und ich nicht einordnen kann, was es ist. Aber ich bin mir dessen bewusst und die ständigen Gedanken an sie treiben mich schier in den Wahnsinn.

»Hast du mit ihr …«

»Nein.« Ich unterbreche ihn kurz und schroff, weil ich nicht so über Ivy reden will. Selbst hier vor jemandem wie Sam habe ich das Gefühl, sie beschützen zu müssen, obwohl es dafür gar keinen Grund gibt.

»Ich kann mich da nicht drauf einlassen, Sam.«

»Wieso nicht? Wovor hast du so eine Scheißangst, Mann?«

Er sieht mich herausfordernd an, fast schon wütend und ich weiß, dass er es nur gut meint. Er weiß von den Dingen, die damals passiert sind, und für ihn ist es leicht, so zu reden, weil es nicht um ihn und sein Leben geht.

»Es geht nicht. Ich kann sie da nicht mit reinziehen. Sie wird weg sein, wenn sie erfährt, dass ich eingesessen habe. Ich bin ein Ex-Knasti, Sam. Und auf Bewährung.«

»Du hast nichts Falsches getan, Mann.«

»Das ist es ja«, schnaube ich verächtlich. »Ich habe nichts getan und zugesehen.«

»Du hast dafür gebüßt. Hör auf, dich selbst bestrafen zu wollen. Sag ihr einfach die Wahrheit.«

»Bevor es überhaupt richtig angefangen hat?!«

Es wirkt wie ein Streit zwischen uns, als würden wir uns Dinge an den Kopf werfen oder Vorwürfe machen. Wir schweigen einen Moment und ich fühle mich fast schon machtlos. Niemand kann sich in diese Lage hineinversetzen, in der ich mich befinde.

»Ich muss alles erst einmal auf die Reihe kriegen, Sam. Mein Leben ordnen. Für mich selbst sein. Runterkommen. Ich kann mich nicht in eine Beziehung stürzen und …« Ich breche meinen Satz ab, schüttle den Kopf, als würde ich das alles selbst nicht glauben, was in meinem Leben passiert ist.

»Und was? Glücklich sein, nach all dem Scheiß? Endlich mal glücklich sein?«

Ich schüttle verzweifelt den Kopf, weil er mich nicht verstehen will und mir die Worte fehlen, es richtig zu beschreiben. Ich erzähle ihm von meiner Bewerbung bei einer Werft in *Carnaby Hill.*

»Ich habe nicht vor, hierzubleiben, Sam. Ich brauche einen

Neustart, alles auf *Reset*. Ich brauche das, Teddy braucht das. Und sobald es Hugo besser geht, muss ich mich um mich kümmern. Auch wenn ich den Job nicht bekomme. Dann ist es eben ein anderer. Ich werde hier nicht bleiben.«

Sam zieht scharf die Luft ein und bläst sie geräuschvoll über die Nase aus.

»Fuck, du lässt mich bei *Castillano's* alleine?«

Wir lachen beide, aber auch Sam weiß, dass die Fabrik eine Zwischenstation für mich ist. Er richtet sich auf und klopft mit seiner freien Hand auf die Stange des Geländers.

»Ich hole uns noch ein Bier. Alkohol ist keine Lösung, aber kein Alkohol auch nicht.«

Damit bringt er mich zum Lachen und auf andere Gedanken.

»Die Runde geht auf mich«, sage ich und drücke ihm einen Geldschein in die Hand, bevor er die Treppe hinunter verschwindet und sich den Weg durch die Menge an die Bar kämpft.

13 – Ivy

Ich laufe an Adas Hand durch die dunklen Gänge des *Drumstick*, in der anderen Hand halte ich einen Longdrink und folge ihr fast schon blind, lasse mich vom Bass und dem vibrierenden Gefühl leiten, das eine anziehende Wirkung auf Ada zu haben scheint. In der Notaufnahme hatten wir einmal einen Patienten, der völlig berauscht aus diesem Club eingeliefert wurde. Er hatte eine Alkoholvergiftung und lag eine Woche auf Station. Er hatte erzählt, dass die Luft im *Drumstick* mit Sauerstoff angereichert wird, um die Besucher wacher zu halten, denn nur wache Besucher haben Spaß und Durst. Der Gang vor uns mündet in einer riesigen Freifläche, auf der Menschen tanzen, die Augen zum Teil geschlossen, manche mit Armen in der Luft, andere eng umschlungen, obwohl die Beats zu laut und zu rockig sind. Aber eins haben sie alle gemeinsam – sie wirken losgelöst, sorglos, glücklich.

Als die ersten Töne von *Sharp Dressed Men* ertönen, kreischt Ada los und zieht an mir herum.

»Komm schon! Mischen wir uns unters Volk!«, kreischt sie mir entgegen, um die Musik zu übertönen, und nimmt mir das leere Glas aus der Hand, um es gemeinsam mit ihrem auf einem Tisch in der Nähe abzustellen. Ich ergebe mich, weil ich weiß, dass Widerstand zwecklos ist. Und als der Chorus beginnt, rufen wir ihn beide über die Köpfe der Menschen hinweg, an denen wir uns Hand in Hand vorbei auf die Tanzfläche zwingen:

»They come runnin' just as fast as they can
'Cause every girl's crazy 'bout a sharp dressed man.«

Hinter diesem Song steckt ein Teil unserer Geschichte. Er ist auf Adas Playlist *beste Rocksongs,* und als wir uns während der ersten gemeinsamen Mittagspause ihre Kopfhörer geteilt hatten, vor dem Krankenhaus auf dem Bordstein in der Sonne saßen und ein Sandwich aus dem Supermarkt gegessen haben, weil die Cafeteria zu teuer für uns schien, lief dieses Lied. Ich kannte es vorher nicht, aber es brachte uns einander näher, weil wir wegen des Songtextes schließlich darüber diskutierten, was einen wirklich gut gekleideten Mann ausmacht. Es endete damit, dass wir die Outfits der vorbeilaufenden Männer bewerteten und uns schlapplachten über ihre Gesichter, als sie uns lediglich Zahlen sagen hörten. So wurde dieses Lied zu unserem Insider und immer, wenn es lief, fingen wir an, uns Nummern zuzurufen, die nur wir verstanden. Eins stand dabei für ein extrem schlechtes Outfit und zehn war die höchste Punktzahl in unserem System.

In der Mitte der Tanzfläche steckt mich Adas gute Stimmung an und reißt mich mit. Obwohl das weder meine Musik noch mein Ding ist. Egal, ob ich Clubs und größere Menschenansammlungen mag oder nicht. Es ist *ihre* Musik, *ihr* Ding und sie so losgelöst zu sehen, macht mich glücklich und ich will mehr davon. Wir hüpfen zur Musik, fassen uns an den Händen und liegen uns lachend in den Armen, als sie mit ihren Fingern Zahlen und damit auf die Männer um uns herum zeigt. Ich kann nicht anders, als mitzumachen, und als wir uns um unsere eigene Achse drehen, schweift mein Blick nach oben, wo Menschen auf einer Art Balkon stehen, von dem aus sie auf die tanzende Meute unter ihnen schauen können. Ada zieht mich zu sich herüber, zeigt mir acht Finger und nickt dabei mit dem Kopf nach rechts, wo ein Mann mit dunklem Haar steht. Er dreht sich um und ich erkenne ihn sofort – Pablo, der Enkel von Carla Ruiz steht vor uns auf der Tanzfläche und sieht so überrascht aus wie ich. Sein Mund formt das Wort *Hi*. Es ist so laut, dass ich gar nicht erst versuche zu antworten oder ein Gespräch zu beginnen und ich bin froh darum, dass die Musik und die Menschen das nicht zulassen. Er beugt sich zu dem Mann neben ihm und ruft etwas nah an dessen Ohr, woraufhin dieser mir zunickt und die Hand hebt. Ich lächle kurz und sehe Adas überraschtes Gesicht neben mir. Während wir weitertanzen, rufe ich ihr durch die Menge hindurch zu, wer er ist und woher wir uns kennen. Sie nickt und wackelt provozierend mit ihren Augenbrauen, was ich sofort mit abwehrenden Gesten abtue. Sie lacht und fällt mir um den Hals und wir bewegen uns zu den letzten Klängen des Liedes. Ich schnaufe und brauche eine Pause. Ada packt meine Hand und zieht mich zu dem Stehtisch, auf dem sie vorhin unsere Gläser abgestellt hat.

»Ich hole uns etwas zu trinken. Noch ein Gin Tonic?«

Ich zögere kurz, weil ich nicht oft oder viel Alkohol trinke und er mir schnell aufs Gemüt schlägt, mir schwindlig und unwohl wird. Aber ihr zuliebe nicke ich und streiche mir Haarsträhnen aus dem Gesicht. Ich bin froh, dass Pablo und sein Freund uns nicht folgen und weiter auf der Tanzfläche stehen, obwohl seine Blicke meine suchen und ich mich auf alles andere zu konzentrieren versuche, um keinen falschen Eindruck zu erwecken.

Dann verstummt kurz die Musik und ich erkenne nach den ersten Klängen das Lied, das beginnt.

Das Lied aus Blakes Zimmer.

Sein Radiowecker.

Kurz nachdem ich den Flyer gefunden hatte, wovon er noch gar nicht weiß.

Ich bleibe für einen Moment auf der Tanzfläche des *Drumstick* stehen und blicke nach oben. Es trifft mich fast wie ein Stromschlag, der durch meinen Körper zuckt.

Dort oben steht Blake. Die Unterarme auf das Geländer gestützt, sieht er mich direkt an.

»Was ist los mit dir? Hast du einen Geist gesehen?«, kreischt Ada mir zu, als sie mit zwei neuen Gläsern zu unserem Tisch kommt. Ich sehe weiterhin nach oben, Blake nach unten. Es ist, als hielten sich unsere Blicke fest, und erst als er den Mundwinkel leicht nach oben zieht und die Finger der linken Hand anhebt, als wollte er mich grüßen, kann ich mich aus meiner Starre lösen. Die Klänge des Liedes füllen die Tanzfläche aus, Menschen, die bis eben noch fröhlich gehüpft sind, bewegen sich langsam und lehnen sich an die Person an, die neben ihnen steht. Ich muss an Adas Spruch denken, dass das Schicksal seine Gründe hat und Menschen sich so oft begegnen, bis sie begriffen haben, dass sie einander nicht egal sind. Dass sie einander etwas bedeuten.

»Alles in Ordnung«, schwindle ich und sehe sie an, schüttle dabei den Kopf, als wollte ich Bilder aus meinen Gedanken verdrängen, aber ich kann ihr nichts vormachen.

»Was hast du?« Sie greift nach meinem Arm und sieht sich um, als suche sie den Ursprung für mein komisches Verhalten. Ich will nicht noch mehr vor ihr verheimlichen, weil ich mir diesbezüglich schon wie die größte Lügnerin vorkomme.

»Der Mann, von dem ich erzählt habe«, rufe ich ihr über die laute Musik hinweg zu. »Er ist hier.«

Sie sieht sich erneut um und scannt die Männer in unserer Umgebung.

»Pablo?«

Ich schüttle energisch den Kopf und ziehe sie zu mir herüber. Dabei schiele ich nach oben und sehe, dass Blake unverändert an das Geländer gelehnt steht und zu uns schaut. Er wirkt, als habe er sich überhaupt nicht bewegt. Ich versuche in seinem Blick zu lesen, aber bei der Dunkelheit, die immer wieder von Lichtblitzen durchzogen wird, ist das kaum möglich. Und dennoch hätte ich diese Augen unter hunderten erkannt. Diese Augen, die an Gewitter erinnern, an einen Himmel, an dem sich etwas zusammenbraut.

Ich versuche ihr zu beschreiben, wo er steht, und bitte sie, sich nicht auffällig zu verhalten. Mein schlechtes Gewissen bringt mich dazu, ihr zu versprechen, dass ich ihr alles erzählen werde. Ich sage ihr, dass es kompliziert ist und nicht so, wie es scheint. Sie zeigt mir die Finger beider Hände und ich weiß, was sie mir damit sagen *will* – er ist eine zehn von zehn. Und sie hat so recht. Er ist absolut heiß und diese Aura, die ihn umgibt, dieses Geheimnis, das ich noch nicht gänzlich lüften kann.

»Geh hin!«, fordert sie mich trotzdem auf und zerrt an meiner Hand.

Ich schüttle den Kopf. Sie sieht mich an und schnauft, aber zwingt mich nicht in eine Situation, die ich vermeiden will.

»Dann komm mit mir tanzen! Du hast die Wahl!«

Sie lacht mich mit offenem Mund an und ich greife ihre ausgestreckte Hand, die mich wieder zur Tanzfläche geleitet. Und ich versuche mich von Gedanken und Zwängen zu lösen, mich locker zu machen. Ich schließe die Augen, recke die Arme in die Luft und drehe mich um mich selbst. Es gibt einem das Gefühl von Freiheit. Momente wie diese lassen uns Dinge fühlen, die wir im Alltag so oft vermissen. Als ich die Augen wieder öffne und nach oben sehe, ruht Blakes Blick immer noch auf mir und ich halte seinem stand. Aber er ist nicht mehr allein. Neben ihm steht ein Mann, mit dem er sich unterhält. Die Tatsache, dass er mit jemandem spricht, aber die Augen dabei nicht von mir abwendet, löst ein Gefühl in mir aus, das ich nicht greifen kann. In Kombination mit der Musik und der Hitze berauscht es mich schon fast.

»Komm schon, ein Tanz.«

Ich zucke zusammen und blicke in Pablos Gesicht, der meinem ganz nahe ist, um mir die Worte ins Ohr zu rufen, damit ich ihn überhaupt höre. Bevor ich ihm antworten kann, gleitet mein Blick unweigerlich nach oben und findet Blake, der zwar immer noch am gleichen Platz steht, aber sich mittlerweile aufgerichtet hat und die Arme verschränkt hält.

»Ein Tanz für den langweiligen Gottesdienst neulich«, ruft er und greift nach meinen Fingern, die ich ihm nicht mehr entziehen kann, hebt den Arm und dreht mich zwei Mal darunter durch. Mir wird schwindelig und ich muss anhalten, greife mir an die Stirn und merke plötzlich den Alkohol. Durch die Dunkelheit, die grellen Lichter der Scheinwerfer und die laute Musik habe ich das Gefühl, auf einem Drehteller zu stehen.

»Alles okay?«

Er hält mich fest und sucht meinen Blick, der nach oben schweift und nach Blake sucht, der aber nicht mehr dort steht. Aus welchem Grund auch immer führt das nur dazu, dass mein

Herz noch schneller schlägt und ich das Gefühl habe, mein Kreislauf macht gleich schlapp. Ich sehe Ada, die ein paar Meter von uns mit dem Rücken zu mir tanzt und die Szene gar nicht registriert.

»Ich muss hier raus!«, rufe ich Pablo entgegen und mache mich bereits wackelig auf den Weg von der Tanzfläche, indem ich auf einen Ausgang zusteuere.

Während ich durch den dunklen Gang torkle, durch den wir zu Beginn gekommen sind, immer weiter weg vom Bass und der lauten Musik, vorbei an all den Menschen, die sich einen Weg nach drinnen oder draußen suchen, kann ich spüren, wie Pablo mich mit seinen Händen stützt, und obwohl ich ihm nicht näher kommen will als nötig, bin ich ihm dafür dankbar. Weil ich nicht weiß, ob ich es allein nach draußen schaffe. Ich bereue die Gin Tonics und schwöre mir selbst, heute keinen Alkohol mehr anzurühren.

Plötzlich spüre ich Fingerkuppen, die ich kenne. Sehe Augen, in denen ich mich immer und immer wieder verliere, und nehme den Geruch von Minze und Erde wahr. Blake steht vor mir und stoppt uns auf dem Weg nach draußen. Als er über meinen Kopf hinweg mit Pablo spricht, verspüre ich direkt das Gefühl, dass die beiden sich kennen.

»Ich übernehme hier«, sagt er und legt einen Arm unter meine Achseln, um mich zu stützen. Pablo lässt nicht los und die beiden sehen sich starr an.

»Nicht nötig«, sagt Pablo und hält dem Blick stand.

Sie schweigen sich einige Sekunden an und ich fühle mich, als würde ich zwischen zwei Stühlen stehen.

»Was willst du hier?«, knurrt Blake, die negativen Vibes in seiner Stimme sind so mächtig, dass ich Pablo selbst kritisch ansehe. Was ist hier los?

Bevor die Diskussion zwischen ihnen ausartet, mische ich mich ein.

»Könnt ihr das ein anderes Mal klären? Ich muss hier raus.«

Ich erkläre Pablo kurz, dass ich Blake kenne und dass das in Ordnung geht.

»Ivy«, sagt er und sieht mich eindringlich an, »komm schon, ich begleite dich.«

Ich schüttle den Kopf und greife nach Blakes Fingern. Obwohl ich weiß, wer Pablo ist, und wenig über Blake weiß, vertraue ich ihm mehr als Carlas Enkel, die ich schon eine gefühlte Ewigkeit kenne. Hier stellt sich mein Herz über meinen Verstand. Und es weiß ganz genau, was es will.

Er steht noch einige Zeit im Gang, während wir weitergehen, und ich spüre, dass er nur widerwillig nachgibt, dann verliere ich ihn aus dem Blick. Erst draußen, als Blake mir hilft, dass ich mich einige Meter vom Eingang des *Drumstick* auf den Bordstein setzen kann, lässt er mich los. Ich lege mich mit dem Rücken einfach auf den Asphalt, weil ich das Gefühl habe, alles um mich herum dreht sich. Hier draußen ist es viel heißer als drinnen, wo eine Klimaanlage alles herunterkühlt. Rauszugehen fühlt sich an, als käme man in einen Backofen und laufe gegen eine Wand. Selbst die Steine, die mein Rücken berührt, sind warm. Es ist, als ziehe eins dieser schweren Sommergewitter auf, weil die Erde förmlich nach Wasser und Abkühlung schreit.

»Wie geht es dir? Brauchst du etwas?«

Seine Stimme zu hören, beruhigt mich. Auch wenn ich gerade die Augen geschlossen habe und ihn nicht ansehe. Aber aus irgendeinem Grund fühle ich mich in seiner Gegenwart sicher, obwohl ich weiß, dass er ein dunkles Geheimnis hat.

Vielleicht, weil er *er* ist.

Vielleicht, weil er sagte, dass mir nichts passieren wird. Vielleicht wegen einer Mischung aus beidem.

»Ich vertrage keinen Alkohol, das ist alles.«

Er unterdrückt ein Lachen und ich muss schmunzeln.

»Es wird schon gehen, ich brauche nur ein paar Minuten.«

Als ich blinzle, sehe ich, dass er geduldig neben mir auf dem Bordstein sitzt und mir die Zeit gibt, die ich brauche. Er greift in seine Hosentasche und zieht eine Zigarettenschachtel hervor. Er führt eine Zigarette zum Mund und lässt sie locker zwischen seinen Lippen nach unten hängen. Ich muss sofort daran denken, wie er mir mit tropfenden Haaren die Tür geöffnet hat, als ich erstmals zum Haus am See gekommen bin, und in meinem Unterleib macht sich ein Ziehen breit. Ich kann nichts gegen die Wirkung tun, die er auf mich hat.

»Was tust du hier?«, frage ich währenddessen.

Er zündet die Zigarette an, zieht lange daran und bläst den Rauch langsam nach oben aus, bevor er antwortet.

»Ich bin mit einem Arbeitskollegen hier. Eigentlich bin ich niemand, der in Diskotheken oder Clubs geht, aber die Musik ist gut. Das kann man nicht leugnen.«

»Geht mir genauso«, nuschle ich und fasse an meine Stirn. »Also nicht unbedingt das mit der Musik, aber der Rest.«

Er nickt und wir lächeln uns erstmals an, während die Zigarette lose zwischen seinen Lippen hängt und ich mich langsam aufsetze, um zu überprüfen, ob sich der Schwindel etwas gelegt hat. Und obwohl er mir nicht die Gegenfrage stellt, was ich hier mache, erkläre ich mich.

»Meine Freundin Ada hat Geburtstag und …« Dann durchfährt mich der Schreck und ich stehe schnell auf, weil ich keine Ahnung habe, wie viel Uhr es ist und ob ich es vermutlich sogar schon verpasst habe.

»Hey, langsam, okay?« Schon steht er neben mir und hält mich an der Hüfte fest, während ich mich panisch nach einer Uhr umsehe. Mein Top hat sich nach oben geschoben und seine Finger liegen auf meiner blanken Haut.

»Wie spät ist es?«

»Halb zwölf«, antwortet er und lässt nicht los.

Seine Hände ruhen links und rechts von meiner Hüfte und es fühlt sich an, als gehörten sie direkt dorthin.

»Ich muss um Mitternacht wieder drin sein. Sie wird mich suchen.«

Ich merke, dass meine Handtasche noch im Club liegen muss und ich ihr nicht einmal eine Nachricht schreiben kann, dass sie sich keine Sorgen zu machen braucht. Was, wenn jemand die Tasche mitnimmt?

»Meine Handtasche liegt noch da drin, darin sind mein Geldbeutel, mein Schlüssel und Adas Geschenk, ich muss …«

»Warte«, stoppt mich Blake und dreht mich in seine Richtung, während ich merke, dass mir diese schnellen Bewegungen gar nicht guttun. »Du kannst so nicht da rein.«

Aber ich dränge Richtung Eingang und ignoriere, was er sagt. Dann greift er mich fester und zieht mich mit einem Ruck zu sich. Wind kommt auf, weht durch mein Haar und sorgt für ein wenig Abkühlung, die ich so nötig habe.

»Ivy!«

Mit einer schnellen Bewegung nimmt er die Zigarette von seinen Lippen und wirft sie zu Boden. Als er meinen Namen so mahnend ausspricht, kann ich nicht anders, als ihn anzusehen. »Ich mache dir einen Vorschlag. Wir bleiben noch einen Moment hier, bis es dir besser geht. Ich schreibe meinem Freund eine Nachricht, dass er unten nach der Tasche schauen und sie rausbringen soll. Vielleicht findet er so auch deine Freundin. Spätestens um Mitternacht bist du wieder drin. Versprochen. Abgemacht?«

Ich verzerre das Gesicht und gebe mich schließlich geschlagen. Weil ich weiß, dass es keine gute Idee wäre, mich so wieder in das Getümmel zu stürzen. Und weil ich Ada nicht den Geburtstag versauen will, da sie sich Sorgen machen würde, wenn sie mich so sieht.

»Okay«, sage ich und halte seinem Blick stand.

In dem Moment kracht es laut über uns und das Geräusch lässt mich regelrecht zusammenzucken. Und von einer zur anderen Sekunde prasselt so ein starker Regen auf uns herab, dass ich das Gefühl habe, kleine Nadeln durchbohren meine Haut. Mit verzerrtem Gesicht und offenem Mund starre ich Blake an und sehe, wie seine Haarsträhnen bereits an seinem Gesicht kleben. Dann nimmt er meine Hand und ich folge ihm, ohne zu fragen, wohin wir gehen. Er läuft schnell in die nächste Seitengasse und zieht mich zu sich unter den kleinen Dachvorsprung eines Hintereingangs. Hier ist keine Menschenseele und unter dem kleinen Dach ist so wenig Platz, dass sich unsere Körper berühren und unsere Gesichter nur Zentimeter voneinander entfernt sind. Er räuspert sich, bevor er sein Handy hervorzieht und die besagte Nachricht an seinen Kumpel tippt. Er sieht auf das Display und ich habe das Gefühl, ihn dadurch ungestört mustern zu können. Seine Gesichtszüge und sein Haar, das wie damals an seinem Gesicht klebt. Und erstmals denke ich darüber nach, ihn zu küssen. Sekunden später piept sein Mobiltelefon, was mich zurück ins Hier und Jetzt bringt.

»Er sieht nach der Tasche und deiner Freundin.«

Ich nicke und schließe wieder die Augen. Der Regen hat gutgetan. Ich fühle mich besser als vorhin. Wacher, lebendiger und klarer.

»Woher kennst du …?«, frage ich dann und weiß selbst nicht, wieso ich an den Moment im Gang denken muss, als Pablo und er voreinander standen. Bevor ich die Frage zu Ende stellen kann, antwortet er bereits.

»Die Frage ist eher, woher *du* ihn kennst.«

Obwohl er mir ausweicht, kann ich spüren, dass die beiden keine Freunde sind.

Ich nehme den Geruch von Tabak mit dem für ihn typischen Duft von Minze und Erde wahr und weiß in diesem Moment nicht, ob es sich um mich herum dreht, weil ich angetrunken bin, oder ob er es ist, der solch eine Wirkung auf mich hat. Ich greife mit beiden Händen an seine Arme und halte mich fest, weil ich das Gefühl habe, zu fallen. Sein Blick gleitet von meiner rechten Hand zu meinen Augen zurück.

Was passiert hier?

Er sieht mich an und der nächste Satz, den er ausspricht, kommt einer Aufforderung gleich, keiner Bitte.

»Du solltest dich von ihm fernhalten.«

»Warum?«

Mein Herz trommelt gegen meine Rippen, weil ich das Gefühl habe, der ganzen Sache immer mehr auf die Schliche zu kommen und das Geheimnis bald zu lüften.

»Weil er nicht gut für dich ist, deswegen.«

Ich komme ihm näher und der Drang, ihm noch näher zu sein, übermannt mich fast. Ich kann nicht anders, als seine Lippen anzusehen, während ich nachhake.

»Aber du bist es?«

»Das habe ich nicht gesagt«, flüstert er, und als ich in seine Augen blicken will, sehe ich, dass er nun auf meinen Mund sieht. »Aber bei mir bist du sicher. Das habe ich dir versprochen.«

Unsere Blicke wechseln zwischen den Augen und Lippen des anderen. Und damit bleibt die Zeit gefühlt stehen.

»Hier bist du! Geht's dir gut? Du hast mir einen riesigen Schrecken eingejagt!«

Adas Stimme wirkt wie ein geplatzter Luftballon und ich gehe einen Schritt von Blake zurück, stehe aber nicht im herunterprasselnden Regen, weil dieser innerhalb der letzten Minuten in ein sanftes Nieseln übergegangen ist. Etwas, das ich durch seine Nähe und den Moment kurz vor einem Kuss überhaupt nicht wahrgenommen habe. Blake und ich werfen uns noch einen Blick zu, bevor ich mich Ada zuwende und er zu dem Mann hinter ihr geht, der sein Freund zu sein scheint.

»Es geht wieder«, sage ich ehrlich und nehme meine Handtasche entgegen, die sie in den Händen hält. »Der Alkohol, die Dunkelheit und die Menschen da drin. Es war irgendwie zu viel.«

Sie nickt und greift kurz nach meinem Arm. Dann blickt sie Blake an und streckt ihm eine Hand entgegen.

»Ich bin Ada, Ivys Freundin und Arbeitskollegin.«

Er greift danach und stellt sich vor.

»Ich bin Blake und das ist Sam.«

Während er spricht, sieht er in meine Augen und scheint mit

seinem Blick da weiterzumachen, wo wir gerade aufgehört hatten, was mir eine Gänsehaut verschafft.

»Wie viel Uhr ist es?«, frage ich und krame nach meinem Handy in der Tasche.

»Zehn Minuten vor zwölf«, antwortet Blake und ich bin erleichtert, dass ich den Übergang zu Adas Geburtstag nicht verpasst habe.

»Ich mache dir einen Vorschlag«, sagt sie, zieht mir mütterlich die Tasche mit dem Henkel über die Schulter und reibt mit beiden Handflächen mehrmals über meine Oberarme. »Wir gehen zu mir und stoßen dort an. Wir wollten ohnehin noch einiges besprechen und … das ist im *Drumstick* eher schwierig.«

Sie lässt ihre Augenbrauen wieder auf- und abhüpfen und ich muss lachen. Ich weiß, dass sie nun alles wissen will, nachdem sie uns hier draußen gesehen hat.

»Bist du sicher?«, frage ich nach. »Du wolltest hier feiern, und wenn mir nicht übel geworden wäre …«

Ada unterbricht mich und legt einen Arm um meine Schultern.

»Quatsch. Du hast genug für heute und ich ehrlich gesagt auch. Jetzt komm.«

Sie geht einige Schritte vor und wartet auf mich. Ich sehe Blake an, der bereits ein paar Schritte rückwärts Richtung Eingang des *Drumstick* seinem Freund folgt.

»Bis dann, Ivy.«

»Bis dann, Blake.«

Ich gehe Arm in Arm mit Ada weg vom Trubel und wir weichen Pfützen aus, die sich durch den Platzregen gebildet haben. Eine Minute später blicke ich über meine Schulter nach hinten. Blake steht am Eingang und sieht mir immer noch nach.

Kurz nach zwölf stoße ich mit meiner besten Freundin Ada zwei Teetassen aneinander, weil wir beide dem Alkohol abgeschworen haben. Aber das ist egal, weil Momente zählen und die Menschen, mit denen wir unsere Zeit verbringen. Ich gebe ihr mein Geschenk, einen Schlüsselanhänger mit Gravur. Ich habe ihren Namen und unseren Insider *10 von 10* dort verewigen lassen. Und sie umarmt mich, holt ihren Schlüsselbund und fädelt den Ring direkt ein. Sie lächelt und bedankt sich für die Freundschaft, die wir haben. Es sind Augenblicke wie diese, die mich glücklich machen. Die mich daran glauben lassen, dass Freundschaft eine Art von Liebe mit Verstand ist. Ich gähne und lege den Kopf zurück in die Kissen, während ich Adas und Gus' Katze streichle, die sich an meinen Oberschenkel schmiegt. Mochi ist erst ein Jahr alt und die beiden behandeln sie wie ein Baby.

»O nein, denk gar nicht daran, einzuschlafen«, ermahnt sie mich und rückt näher. »Erzähl mir alles. Was ist das zwischen euch?«

Ich seufze und fahre mir mit der freien Hand durch die Haare, bevor ich mich aufsetze und sie ansehe.

»Okay«, lenke ich ein, »aber du musst mir versprechen, mir bis zum Ende zuzuhören und es für dich zu behalten. Alles.«

»Du machst es aber spannend.«

Als stumme Ermahnung ziehe ich die Augenbrauen hoch.

»Ich verspreche es«, schwört sie feierlich und stellt die Tasse auf dem Tisch ab. »Und jetzt erzähl mir die ganze Geschichte.«

Und das tue ich.

Obwohl sie bereits kleine Bruchstücke weiß, beginne ich noch einmal, die Geschichte von Blake und mir von Anfang an zu erzählen. Ich erzähle ihr von dem Tag, als er im Krankenhaus aufgetaucht ist, von der Handverletzung und seinem plötzlichen Verschwinden. Von dem Geldbeutel, vom leeren Medikamentenschrank, von Teddy und Hugo, dem Haus am See, dem Boot in der Garage und meinem Gefühlschaos, das ich immer noch nicht ordnen kann. Von den Details meines veränderten Traums und von unserer Abmachung. Ich vertraue ihr auch an, dass ich Medikamente aus dem Krankenhaus geholt habe, um Blake zu verarzten, und von seinem Notizbuch. Auch von der Situation in seinem Zimmer und dem Flyer, den ich gefunden habe. Sie hält ihr Versprechen und unterbricht mich nicht, obwohl ich an ihren Augen ablesen kann, wie fassungslos sie ist. Meine Erzählung endet mit dem heutigen Abend und den Geschehnissen in der Seitengasse des *Drumstick*, bis sie und Sam aufgetaucht sind.

»Er wirkt nicht wie ein Straftäter«, flüstert sie gedankenverloren und sieht mich skeptisch an. »Was meinst du, wieso er eingesessen hat?«

Ich zucke die Schultern. Ich fühle mich erschöpft, weil ich ihr alle Geschehnisse und meine intimsten Gedanken offenbart habe, auch die Anziehung, die er auf mich hat, und den Kuss, den ich zugelassen hätte, wenn sie uns vorhin nicht unterbrochen hätte.

»Ich weiß es nicht, ehrlich gesagt«, sage ich und lege mich auf die Seite. Sie tut es mir am anderen Ende der Couch gleich, sodass unsere Füße sich berühren. »Aber ich werde herausfinden, was er verheimlicht und was die drei verbergen.«

Adas Lider sind bereits geschlossen und ich nehme sie nur noch durch Schlitze meiner eigenen Augen wahr.

»Er ist wie gesagt eine zehn von zehn«, murmelt sie schlaftrunken, »aber findest du es nicht komisch, dass er im Hochsommer und bei der Hitze im *Drumstick* als einziger Typ ein Langarmshirt trägt?«

Das ist der letzte Gedanke, den ich fassen kann, bevor ich wegdrifte. Sie hat recht und am liebsten würde ich es ihm vom Leib reißen, um zu sehen, was er versteckt.

Ein Miauen und ein Poltern wecken mich und ich brauche einen Moment, bis ich realisiere, dass ich in Adas und Gus' Wohnung bin. Das Poltern kommt von Mochi, der im Wohnzimmer die Nacht zum Tag macht und damit beschäftigt ist, eine Fliege zu fangen. Ada liegt mir gegenüber auf der Couch und schläft mit offenem Mund. Ich muss ein Lachen unterdrücken und hole mein

Handy hervor, um ein Foto zu schießen, mit dem ich sie in den nächsten Wochen aufziehen kann.

Auf meinem Display sehe ich einen verpassten Anruf und mehrere Nachrichten von Blake. Abrupt setze ich mich auf und spüre direkt das Kribbeln, das meinen Körper durchfährt. Der Anruf ist erst zehn Minuten her. Die Uhr auf dem Display zeigt 3:30 Uhr morgens an. Die Nachrichten hat er kurz danach geschickt. Ich öffne sie und lese der Reihe nach.

Hugo ist durch das Fenster in seinem Zimmer abgehauen. Ted und ich werden ihn suchen. Ich gebe dir Bescheid, wenn wir ihn gefunden haben. Ich hoffe, dir geht es besser.

Mein Herz klopft schnell und ich fühle Angst in mir aufkommen. Ich kämpfe dagegen an, dass sie sich in einer Panikattacke entlädt, und will etwas tun, damit ich beschäftigt bin. Ich stehe vorsichtig auf, um Ada nicht zu wecken, und schleiche mich ins Badezimmer am anderen Ende des Ganges, schließe leise die Tür und drücke die Wahlwiederholung.

Ich rufe Blake an. Wenn sie Hugo suchen, will ich mitgehen. Ich gebe ihm Adas Adresse durch, bevor ich ihr einen Zettel schreibe und auf den Tisch vor der Couch lege, damit sie sich keine Sorgen machen muss, wenn sie wach wird und ich weg bin. Mochi beobachtet mich, als ich mit der Handtasche und den Schuhen in meiner Hand aus der Tür schleiche. Ich lege den Zeigefinger auf die Lippen und bedeute ihm, leise zu sein, obwohl ich weiß, dass es zwecklos ist.

Sobald ich den Flur entlanggeschlichen bin, schlüpfe ich in meine Schuhe und laufe schnell die Treppen ins Erdgeschoss herunter. Als ich die schwere Holztür des Gebäudekomplexes öffne, sehe ich bereits Teddy hinterm Steuer eines Wagens, der zu schnell die Straße herunterfährt und vor mir eine Vollbremsung hinlegt. Blake sitzt auf dem Beifahrersitz. Als ich einsteige und auf dem Rücksitz Platz nehme, lässt er seinen Blick über mich wandern.

»Ich bin bei Ada eingeschlafen und …« Ich halte kurz inne und zeige auf mein Outfit, das ich bereits im Club getragen habe. »… so aufgewacht.«

Teddy wirft Blake einen Blick zu, der ihn erwidert und ihm Stand hält, selbst, als Teddy wieder aufs Gaspedal tritt.

»Also, was ist passiert?«, frage ich und schnalle mich an.

Teddy gibt kurz und knapp wieder, was passiert sein muss: Hugo scheint aus dem Fenster in seinem Zimmer geklettert zu sein, kurz nachdem Blake nach Hause gekommen war. Er hat Blakes Wagen genommen und so haben sie gehört, dass er sich aus dem Staub macht.

»Er kann also nicht weit gekommen sein, das ist gut«, schlussfolgere ich und werfe einen Blick in den Innenspiegel, um zu checken, wie ich aussehe. Blakes und mein Blick treffen sich und haften wie gewöhnlich aneinander. Ich muss an die Situation in der Seitengasse des *Drumstick* denken und fühle dieses Ziehen, das durch meinen Körper geht.

»Wo könnte er sein? Wisst ihr, wo er …«

Ich weiß nicht, wie ich mich ausdrücken soll, ohne etwas auszusprechen, was die beiden Brüder in ihrer Sorge um Hugo triggern könnte. Aber sie verstehen mich auch so.

»Wir fahren zur Brücke.«

Teddy drückt aufs Gas und ich bin mir sicher, dass er schneller fährt, als er eigentlich darf. Ich halte mich am Griff der Tür fest und bete stumm vor mich hin, dass wir Hugo finden. Und zwar bevor er etwas konsumiert hat.

14 – Blake

»Hugo!«

Teddys Stimme hallt unter der Brücke, unter der wir entlanglaufen. Zu dritt gehen wir zwischen den Menschen umher, die sich hier aufhalten. Es ist nach vier Uhr morgens und sie scheinen völlig das Gefühl für die Zeit verloren zu haben. Ein paar von ihnen sitzen oder liegen an die Wand gelehnt und schlafen, einige starren geradeaus und wieder andere laufen ziellos umher, sprechen miteinander, verschwinden. Manche von ihnen kommen wieder, andere nicht.

»Wir teilen uns auf, ich gehe dort hinten nachsehen«, sagt Teddy und entfernt sich.

Ich laufe weiter geradeaus, Ivy geht neben mir.

»Ich frage, ob ihn jemand gesehen hat«, schlägt sie vor, und als wäre das ein Signal, halte ich sie am Arm, sodass sie stehen bleiben muss und mich ansieht.

»Ich bleibe bei dir«, sage ich und sehe sie eindringlich an. Auf gar keinen Fall lasse ich sie zwischen all den Junkies alleine umherirren. Ich werde keinen Meter von ihrer Seite weichen.

Sie antwortet nicht, sondern wartet, ob ich noch etwas sage, während ich das Gefühl habe, sie könnte mein Herz hören, das gegen meine Rippen trommelt. So stehen wir in den frühen Morgenstunden unter der Brücke etwas abseits von *Hartford*, voller Sorge um Hugo und mit der Befürchtung, der Versuch des kalten Entzugs könnte gescheitert sein.

»Ich habe dir gesagt, dass ich dafür Sorge tragen werde, dass dir nichts passiert.«

Ich spreche diese Worte zum dritten Mal aus, meine sie aber

kein bisschen weniger ernst als beim ersten Mal. Wären wir nicht hier, weil Hugo in Gefahr ist und alles erneut aufs Spiel setzt, hätte ich sie an mich gezogen und geküsst, um das zu Ende zu bringen, was vor wenigen Stunden vor dem *Drumstick* begonnen hat. Der Drang, ihr nahe zu sein, ist da, auch wenn die gegenwärtige Situation alles überschattet.

»Okay«, flüstert sie mir entgegen und ihr Mundwinkel zieht sich leicht nach oben. Es wirkt, als lächle sie, und obwohl die Lage gerade so beschissen ist, ist es ein Lichtblick, weil wir uns näherkommen. Aber dann wirbelt sie herum, ich kann eine Hand sehen, die sich um ihren Oberarm geschlossen hat. Ein Typ steht neben uns und starrt Ivy aus glanzlosen und schweren Augen an. Dunkle Ringe umranden seine Augenhöhlen und er greift sich mit der anderen Hand an den Kopf, um sich zu kratzen. Er wirkt nervös und seine Finger, die offensichtlich Druck ausüben, sind schmutzig. Ein dunkler Rand zeichnet sich unter seinen Nägeln ab.

»Hast du etwas Kleingeld für mich?«

Bevor sie antworten kann, greife ich grob nach seinem Handgelenk und zwinge ihn dazu, loszulassen.

»Fass sie nicht an.«

Es klingt wie eine Drohung, weil ich es durch geschlossene Zähne zische, aber so soll es auch klingen. Er soll sie loslassen. Der Fremde hebt abwehrend die Hände und geht zwei Schritte rückwärts, entfernt sich von uns wie ein geprügelter Hund. Und dann greifen unsere Hände nacheinander, als wäre es schon immer so gewesen und völlig normal. Während wir umherlaufen und Hugos Namen rufen, lasse ich sie nicht mehr los.

Außer Puste kommt Teddy mit seinem Mobiltelefon in den Händen zurück zu uns.

»Ich weiß, wo er ist«, sagt er und steckt das Telefon in die Gesäßtasche seiner Jeans, während wir uns ihm anpassen und mit schnellen Schritten zurück zum Auto gehen. Hektisch, weil jeder von uns weiß, was Zeit gerade bedeutet. Weil keiner von uns weiß, ob wir schon zu spät dran sind.

Erst als wir einsteigen, lasse ich von Ivy ab. Als Teddy den Motor startet, blickt er mich auf dem Beifahrersitz an. »Er ist im *Chapo*. Diego hat angerufen.«

»Wer ist Diego?«, ruft Ivy von hinten und lehnt sich zwischen den beiden Sitzen nach vorne. Ich kann nicht antworten, weil die Wut nach oben kommt und ich sie nicht unterdrücken kann. *Dieser Idiot.*

»Fuck!« Ich lasse meinen Kopf hart gegen die Kopfstütze fallen und schlage mit der Faust auf meinen Oberschenkel. Verständnislos blickt Ivy in den Rückspiegel und fängt Teddys Blick ein, aber auch er schweigt und startet den Wagen, um mit quietschenden Reifen loszufahren. Sie hat keine Ahnung, wovon wir reden, aber sie spürt direkt, dass das nichts Gutes bedeutet.

Und sie hat recht.

15 – Ivy

Wir fahren aus *Hartfort* heraus und ich fühle mich, als wären wir mitten in einem Wettlauf gegen die Zeit. Keiner von uns spricht und ich starre aus dem Fenster, sehe die ersten Sonnenstrahlen aufgehen und lege den Kopf an die Scheibe. Und obwohl ich nur drei Stunden Schlaf bekommen habe und der Restalkohol noch durch meine Adern rauscht, bin ich nicht müde. Weil ich an Hugo denken muss und hoffe, dass wir ihn finden. Weil ich mir nicht eingestehen will, dass mein Bauchgefühl, das ich vor ein paar Tagen hatte, sich doch bestätigt und das alles eine Schnapsidee ist. Weil ich berauscht bin von Blake und all diesen Blicken, Berührungen und Gesten.

Ich schließe die Augen, und erst als ich das Rascheln eines Schlüsselbundes höre, merke ich, dass wir angekommen sind. Blake und Teddy steigen aus dem Auto aus. Dann merkt er, dass ich wach bin und gar nicht geschlafen habe, und öffnet die Hintertür.

»Bleib im Auto, bis wir zurück sind.«

»Kommt nicht infrage«, protestiere ich und steige bereits aus, als Blake mich am Arm festhält, während Teddy seine Tür bereits zugeschlagen hat und auf den Bürgersteig tritt.

»Das ist kein Ort für dich.«

Blakes Blick bohrt sich in meinen, und obwohl es mir gefällt, dass er einen Beschützerinstinkt mir gegenüber auslebt, seitdem ich meine Angst vor Wasser vor ihm zugegeben habe, werde ich fast schon kampflustig, weil ich mir nicht vorschreiben lasse, was ich tue. Weil ich Hugo sehen will und Angst habe, welcher Anblick sich mir bietet. Ich ziehe meinen Arm zurück und befreie mich aus dem Griff. Mein Herz pocht, ich fühle mich unruhig und habe Angst, was sich in der Zeit ereignet hat, als wir Hugo am falschen Ort gesucht haben.

»Ich komme mit. Ende der Diskussion.«

Dann steige ich aus und gehe an ihm vorbei zu Teddy. In der Verglasung einer Ladenfront kann ich sehen, wie er im Hintergrund die Autotür zuschlägt und sich mit beiden Händen durch die Haare fährt. Neben Teddy stehe ich vor einer verschlossenen Tür, über der ein Logo auf einem Schild prangt. Dort ist die Silhouette eines Mannes mit Schnauzbart zu sehen, schwarz auf rotem Hintergrund. Darunter steht in großen Lettern *El Chapo*.

Teddy drückt die Türklinke herunter, aber es ist abgeschlossen. Er klopft mehrmals und versucht, einen Blick ins Innere zu erhaschen, indem er die Hände links und rechts neben seine Augen legt und nah an die Fensterscheibe herangeht. Die Lichter sind gelöscht und es wirkt nicht so, als sei überhaupt jemand hier. Ich stelle mich neben ihn und tue es ihm gleich. Im Inneren sind Tische und Stühle zu erkennen, eine Bar im Hintergrund und herumgedrehte Flaschen, die an einem Holzregal nach unten hängen.

»Er ist in einer Bar? Die haben geschlossen«, sage ich, und als ich mich gerade abwenden will, kann ich eine Gestalt im hinteren Teil erkennen. Sie verschwindet für einige Sekunden, taucht dann wieder auf und kommt auf die Eingangstür zu.

»Das ist nicht irgendeine Bar«, murmelt Teddy und geht einen Schritt zurück, als der massige Typ die Tür aufschließt und mit einem Ruck nach außen öffnet.

Dann macht er eine ausladende Handbewegung.

»Teddy, Blake«, sagte er mit einem hämischen Grinsen und bleibt dann mit dem Blick auf mir haften, »ihr kommt genau richtig.«

Ich sehe zu Blake, nachdem Teddy als Erster die Bar betritt. Er bedeutet mir, einzutreten, und ich gehe hinter Teddy durch die verlassene Bar, in der kein Licht brennt, und sehe an die Wände, die mit grünen, weißen und roten Farben geschmückt sind. In der

Mitte ein Adler, der eine Schlange im Schnabel hält. Und dann fällt es mir wie Schuppen von den Augen – *Mexiko*. Das ist die Flagge Mexikos, die Farben dieses Landes. Der Name *El Chapo*. Die Silhouette ist die von *Guzmán*, dem Drogenbaron, den alle nur *El Chapo* nennen.

Während ich eins und eins zusammenzähle, fällt die Tür hinter uns ins Schloss. Ich zucke zusammen, drehe mich um und sehe, wie der massige Typ sie von innen abschließt und den Schlüssel in seiner Hosentasche verschwinden lässt. Blake spürt meine Unsicherheit und legt seine verbundene Hand auf meinen Oberarm.

»Ich kann dich immer noch zum Auto zurückbringen«, sagt er und ich schüttle vehement den Kopf. In Gedanken sage ich mir wieder und wieder, dass jetzt der falsche Zeitpunkt für eine Panikattacke ist, dass alles gut wird. Dass wir Hugo holen und ihn nach Hause bringen. Dass ich später wieder in unserer kleinen Stadtwohnung sein werde, bei Valéria. Plötzlich kann ich Blakes Atem hören, als er sich zu mir hinunterbeugt und mir etwas ins Ohr flüstert, was mich dieser Angst und dem unwohlen Gefühl trotzen lässt.

»Ich habe es dir versprochen. Vergiss es nicht, Ivy.«

Ich verspreche dir, dass dir nichts passieren wird.

Seine Worte tragen mich, und dass er sie wiederholt, um mir das Gefühl von Sicherheit zu geben, berührt mein Herz.

Valéria hat recht. Man kann den Lauf der Liebe nicht beeinflussen. Und obwohl ich nicht weiß, was ich für Blake McBoyd empfinde, und noch so viel Unausgesprochenes zwischen uns steht, bin ich mir einer Sache ganz sicher: Er nimmt so viel Raum in meinen Gedanken und meinem Herzen ein, dass da etwas ist und ich herausfinden will, was es genau ist.

Teddy geht vor mir in den Hinterraum, wo eine Holztreppe nach unten in den Keller führt. Ich folge ihm die knarzenden Stufen nach unten, Blake und der massige Typ sind hinter uns.

In diesem Moment bestätigt sich der Verdacht, der vorhin schon aufkam: Blake und Teddy sind nicht das erste Mal hier.

Der Raum hat nichts mit einem Keller gemeinsam, wie ich ihn erwarten würde. In Valérias und meinem Keller stehen ein Regal für Einmachgläser und Konserven, ein Kofferset und Dinge, die man aufheben, aber nicht ständig sehen will oder braucht. Es riecht modrig und leicht feucht. Eine von der Decke gelassene Glühlampe erleuchtet nur notdürftig den Raum, wenn man an einer Schnur zieht. Dieser Keller hier wirkt wie eine zweite Bar. Der Raum ist in Schwarz und Rot gehalten. Rauch und schlechte Luft sorgen dafür, dass ich leicht husten muss und meine Augen reibe. Im Hintergrund kann ich zwei Stangen sehen, die von der Decke bis zum Boden reichen. Es erinnert mich an eine Table-dance-Bar, und als ich die kaum bekleidete Frau sehe, die aus einer Tür im Hintergrund tritt und sich auf dem Schoß des Mannes niederlässt, der in der Mitte an einem großen runden Tisch sitzt, auf dem Spielkarten und Chips verteilt sind, merke ich, dass der Gedanke gar nicht so abwegig ist. Es wirkt, als wäre eine Kartenrunde unterbrochen worden. Während die Frau mich keines Blickes würdigt und den dunkelhaarigen Mann mit Zigarre in der rechten Hand mit ihren langen Nägeln im Nacken krault, sind seine Augen auf mich geheftet. Er nimmt einen tiefen Zug und bläst kleine Kringel in die Luft.

»Hopp, hopp, geh schon, Schätzchen«, sagt er und tätschelt ihr mit der freien Hand mehrmals grob ihren Hintern. »Jetzt geht's ums Geschäft.«

Wie auf Kommando steht sie auf, zieht sich ein Kleid über, das auf einem der Barhocker auf der rechten Seite liegt, und greift nach einer Handtasche daneben.

Mir wird schlecht, als ich die Szene beobachtete. Der Mann pfeift dem massigen Typen zu und schnipst dabei.

»Bring sie zur Tür.«

Dieser nickt und geht hinter der Dunkelhaarigen die Treppe nach oben, die wir vor einigen Minuten heruntergekommen sind.

»Teddy, Blake.«

Er lässt zwischen den Namen eine kleine Pause und nickt den

beiden zu. Ich stehe dazwischen und versuche zu verstehen, wo wir hier gelandet sind und was hier passiert.

»Jesús.«

Als Teddy seinen Namen zur Begrüßung ausspricht, muss ich an mich halten, um nicht hysterisch aufzulachen – ein sexistischer Macho, der in einem Keller einer Bar, die nach dem größten Drogenbaron Mexikos benannt ist, anscheinend krumme Geschäfte macht und den Namen des *Messias* trägt.

»Ihr habt Besuch mitgebracht.« Sein Blick klebt regelrecht an mir und ich habe das Gefühl, er zieht mich mit seinen Augen aus, die er über mich nach unten und wieder zurück wandern lässt. Blake, der neben mir steht, räuspert sich und ich kann fast schon spüren, wie er Körperspannung aufbaut und plötzlich noch größer wirkt.

»Wie heißt du, *guapa*?«

Das letzte Wort zieht er extrem in die Länge und stößt erneut Rauch aus, nachdem er an der Zigarre gezogen hat. Er hat keine Ahnung, dass ich ihn verstehe. *Guapa* ist ein Wort, das man im spanischen Raum für *anziehende Frau* benutzt. Man kann es nicht mit *hübsch* übersetzen, es bedeutete mehr als das. Viel mehr.

Bevor ich trotzig antworten kann, spüre ich Blakes Finger, die meine suchen, sich mit ihnen verflechten und sie festhalten. Und ich schweige.

Der Typ lässt seinen Blick zu Blakes und meinen Händen wandern und grinst süffisant.

»Ay, que romántico, Blake.« Er klatscht übertrieben in die Hände und bläst Rauch aus, der seinen Kopf umhüllt. »Woher hast du sie?«

Blakes Griff verändert sich und ich kann aus den Augenwinkeln erkennen, dass er den Kiefer aufeinanderpresst. Ganz automatisch recke ich meinen Kopf weiter in die Höhe, weil ich diesem schmierigen Typen nicht zeigen will, wie frauenverachtend er ist und wie wütend mich seine ganze Mimik, Gestik und Sprache macht. Was denkt der sich eigentlich dabei, so über mich zu reden, noch in meiner Anwesenheit?

»Blake ist kein Mann, der für die Aufmerksamkeit von Frauen bezahlen muss«, antworte ich schnippisch und erschrecke dann selbst, dass ich das gerade wirklich ausgesprochen habe.

Was, wenn Jesús sich so provoziert fühlt, dass er es an Hugo auslässt oder nicht weiter mit Blake und Teddy sprechen will? Was, wenn ich schuld daran bin, dass das Gespräch hier und jetzt zu Ende ist? Worum es auch immer gehen soll, das weiß ich nämlich auch noch nicht, und ich merke, wie dumm das gerade von mir war. Aber Jesús lacht laut auf und drückt die Zigarre langsam und fast schon genüsslich in dem vor ihm stehenden Aschenbecher aus, während er mich fixiert und sich über die Lippen leckt.

»Me llamo Ivy«, schieße ich hinterher und versuche ihn mit ein paar spanischen Worten zu besänftigen. Jesús ist sichtlich überrascht und runzelt die Stirn, bevor er seinen Blick wieder über meinen Körper wandern lässt.

»Du siehst weder aus wie eine Spanierin noch trägst du einen solchen Namen«, er reibt sich nachdenklich das Kinn.

Bevor ich antworten kann, mischt sich Teddy ein und unterbindet das Gespräch. Ich bin ihm mehr als dankbar, dass ich nicht in die Situation gebracht werde, meine Herkunft zu erklären, weil ich Valéria hier raushalten will. Nicht mal ihren Namen möchte ich vor Jesús in den Mund nehmen.

»Dein Handlanger hat angerufen wegen Hugo und hier sind wir.«

»Du kommst direkt zum Punkt, Teddy, das gefällt mir«, sagt er und klatscht in Hände.

»Diego«, ruft er laut durch den Raum, »bring ihn her.«

Mein Magen verkrampft sich und ich halte Blakes Finger fester umschlossen, weil mich mein schlechtes Gefühl seit der Ankunft an dieser Bar nicht betrogen hat.

Wo ist Hugo und was ist hier passiert? Leise Gebete formulieren sich fast wie von selbst in meinen Gedanken.

Plötzlich geht die Hintertür auf. Ein Mann schleppt Hugo mit aufgeplatzter Lippe und blutender Augenbraue in den Raum und lässt ihn unsanft auf eine kleine Couch im hinteren Winkel fallen.

»Hugo!«

Ich lasse Blakes Hand los und hechte zu ihm, greife mit beiden Händen nach seinem Gesicht und versuche einen Blick in seine Augen zu erhaschen, die nur einen dünnen Schlitz weit geöffnet sind und apathisch wirken.

»Hugo! Hörst du mich?«

Mit zittriger Hand tätschle ich mehrmals hektisch seine Wange und versuche, zu ihm durchzudringen.

»Ihm geht es gut, *guapa*«, ruft Jesús in meine Richtung und pfeift Blake und Teddy zurück, die gerade an meine Seite geeilt sind, um nach Hugo zu sehen.

»Setzt euch, reden wir übers Geschäft«, sagt er, wird aber ignoriert.

Teddy legt eine Hand in Hugos Nacken und packt zu. Ein Versuch, ihn wachzurütteln, aber wir wissen alle, dass es nichts bringt. Er wirkt berauscht und wurde verprügelt. Nicht in der Lage, irgendetwas von der Welt um ihn herum aufzunehmen.

»Nenn mich nicht *guapa*!«, rufe ich über meine Schulter und werfe Jesús einen zornigen Blick zu. »Was habt ihr mit Hugo gemacht?!«

»Oh, sie hat Feuer«, lacht er und faltet seine Hände. »Wo hast du sie nur her, Blake? Sie ist köstlich!«

Blake geht mit schnellen Schritten zum Tisch, zieht grob einen Stuhl zurück, der fast umfällt, und nimmt Platz. Er beugt sich über den Tisch und schlägt mit der Faust auf die mit grünem Stoff überzogene Oberfläche.

»Nenn sie nicht so«, zischt er und hebt drohend den Zeigefinger. »Du willst übers Geschäft reden? Dann rede, Jesús.«

Ich sehe Jesús' süffisantes Lächeln, mit dem er Blake mustert, und kann förmlich spüren, wie ihn die Szene unterhält. Dann lehnt er sich zurück und verschränkt die Arme.

»Verstehe«, murmelt er lächelnd. »Sieh an, sieh an. Da schlägt ein Herz in deiner Brust, wer hätte das gedacht.«

Das Lachen, das folgt, geht mir durch Mark und Bein. Hugo gibt stöhnende Geräusche von sich und ich krame in meiner Handtasche nach einem Taschentuch, mit dem ich versuche, die Blutspuren in seinem Gesicht vorsichtig wegzutupfen.

»Hugo, ich bin hier. Ich bin's, Ivy.«

Nicht durchzudrehen und beruhigend zu klingen, fällt mir mehr als schwer. Obwohl es mein Job ist und ich das im Krankenhaus tagtäglich mache. Aber hier funktioniert der Autopilot plötzlich nicht mehr, auf den ich mich bisher immer verlassen konnte. Und ich spüre, wieso das so ist. Es ist ganz klar. Es ist, wie Valéria sagte – *man kann den Lauf der Liebe nicht ändern, sonst ändert der Lauf dich*. Weil mir das Schicksal der Brüder am Herzen liegt und das kein Job mehr für mich ist. Es ist weitaus mehr als das und ich habe Hugo in mein Herz geschlossen, während ich gerade dabei bin, es an Blake zu verlieren.

Teddy legt mir eine Hand auf die Schulter und dreht sich dann um, um zum Tisch zu gehen. Als er neben Blake Platz nimmt und die Arme verschränkt, höre ich das Knarzen der Holztreppe im Hintergrund. Der massige Typ kommt zurück und er ist nicht allein. Ein weiterer Mann begleitet ihn.

Als er durch die Luke nach unten kommt und ich sein Gesicht sehen kann, treffen sich unsere Blicke und mich durchfährt ein Schock.

»Fernándo ist zurück, er hat die Kohle«, sagt der Massige zu Jesús, der mit dem Kopf Richtung Tür nickt, aus der Hugo herausgetragen wurde.

Heilige Scheiße.

Den Mann, den er *Fernándo* nennt, ist Carlas Enkel Pablo.

Er erkennt mich sofort und statt mich anzusprechen, reißt er die Augen auf. Stumm fleht er mich an, ihn nicht anzusprechen, nicht zu zeigen, dass wir uns kennen. Ich sitze mit geöffnetem Mund vor Hugo, in meiner Hand ein blutverschmiertes Taschentuch. Im Hintergrund saust Jesús' Faust auf den Tisch und die Spielchips klappern.

»Dann lasst uns übers Geschäft reden.«

Pablo geht mit einer schwarzen Reisetasche an mir und Hugo vorbei und wirft mir einen mahnenden Blick zu, als er durch die Hintertür verschwindet. Ich habe keine Ahnung, was hier los ist, und muss an Carla denken. Ich frage mich, ob sie weiß, in welche Machenschaften ihr Enkel verstrickt ist, womit er anscheinend sein Geld verdient, und ärgere mich über mich selbst, dass mich meine Menschenkenntnis so sehr getäuscht hat.

Jesús beginnt zu erzählen und ich versuche, genau zuzuhören, während ich Hugos Puls messe und meinen Kopf an seine Brust lege, um seine Atmung zu kontrollieren. Das ist das Mindeste, was ich hier und jetzt tun kann, und es beruhigt mich, das zu tun, was ich gut kann und tagtäglich mache.

Hugo ist heute nach Mitternacht hier aufgetaucht, um sich schnell Drogen zu besorgen. Geld hatte er nur wenig dabei und konnte seine bereits angehäuften Schulden bei Jesús nicht begleichen. Um an seine *Downer* zu kommen, hat Hugo den Fehler gemacht, zu lügen. Als er etwas konsumiert hatte, flog der Schwindel auf und Jesús' Männer haben ihm eine Abreibung verpasst.

»Entspannt euch, ihm geht's gut«, tut Jesús die Sache ab und wendet sich wieder an Teddy und Blake. »Allerdings habe ich angerufen, weil ich mein Geld will.«

Hugo stöhnt und ich lasse mich neben ihm auf der Couch nieder, um ihn an mich lehnen zu können.

»Alles wird gut«, flüstere ich ihm zu, obwohl ich im Moment nicht weiß, ob es das wirklich wird. Ob ich mich überschätzt und die Situation an sich unterschätzt habe und Hugo wirklich professionelle Hilfe braucht. Mein Herz wird schwer bei dem Gedanken und ich habe mir noch nie so sehr ein überirdisches Zeichen gewünscht. Ein Zeichen, das mir sagt, was ich tun soll, mir die Richtung weist, den Weg zeigt. »Wie viel schuldet er dir?«, fragt Teddy mechanisch.

»Zwanzigtausend.«

Jesús' Antwort kommt wie aus der Pistole geschossen und seine Miene wirkt plötzlich wie versteinert. Neben uns öffnet sich die Tür und Pablo kommt heraus, stellt sich mit verschränkten Armen davor und wirft mir einen schnellen Blick zu.

Teddy schnauft und ich kann den Schmerz fühlen, den er spürt. Die Enttäuschung über die Wahrheit, die Jesús ihm gerade offenbart.

»Du kriegst dein Geld, Jesús«, sagt er und wechselt einen Blick mit Blake. »Gib uns ein paar Tage. Ich gebe dir mein Wort.«

»Oh, aber damit ist es nicht getan, Teddy.« Das süffisante Grinsen ist zurück und man sieht ihm an, dass er es liebt, am längeren Hebel zu sitzen und alle Macht auf sich zu vereinen. Er hat Hugo in der Hand und seine Finger schließen sich gerade auch um Teddy und Blake.

»Dazu kommen seine Spielschulden und die Kredite, die ich eurem kleinen Bruder gewährt habe. Ich habe ihn durch dunkle Zeiten getragen. Was wäre nur ohne mich aus ihm geworden? Er brauchte doch … diese kleinen Freunde.« Dabei zieht er eine durchsichtige Tüte mit Pillen aus der Hosentasche und wirft sie in die Tischmitte.

»Da fällt mir ein, dass auch für beglichene Schulden Zinsen anfallen, die …«

Teddy würgt Jesús mitten im Satz ab und lässt die Faust auf den Tisch niedersausen. Fast klingt das so, als hätte Hugo sich bereits oft Geld von Jesús geliehen und durch seine Worte wird klar, dass es fast unmöglich sein wird, je schuldenfrei aus der Nummer rauszukommen.

»Wie viel«, zischt Blake ihm entgegen, ohne auf Jesús' Provokation einzugehen. Aber seine linke Hand umschließt die Stuhllehne und seine Knöchel treten weiß hervor, sodass ich sehen kann, wie viel Kraft es ihn kostet, ruhig zu sprechen und nicht auszuflippen.

»Du willst ihn freikaufen?«

»Er gehört dir nicht.« Blake lässt seine immer noch verbundene Hand auf den Tisch niedersausen und ich zucke zusammen.

»Oh, da irrst du, Blake. Bis ich mein Geld habe, ist Hugo meine kleine Schlampe und macht das, was ich von ihm verlange.«

Teddy und Blake stehen abrupt auf, die beiden Stühle fallen nach hinten zu Boden und der massige Typ stellt sich direkt an Jesús' Seite, wie ein persönlicher Leibwächter.

Es entsteht eine längere Pause im Raum, die Luft ist so dick, dass man sie schneiden kann, und ich spüre die Anspannung, Wut und Enttäuschung, die fast greifbar ist.

»Ich bin großzügig, immerhin ist Hugo ein guter Kunde von mir.«

»*War*«, korrigiere ich ihn scharf und erhasche Jesús' Blick. »Das ist vorbei.«

Jesús lacht auf und zeigt mit dem Daumen auf mich.

»Sie ist großartig, wirklich.«

»Wie gesagt, ich akzeptiere eine Anzahlung. Bis Sonntagabend. Hier im *Chapo*. Dann entscheide ich, wie es weitergeht.«

Teddy steht kurz auf, um seine Geldbörse aus der hinteren Hosentasche zu ziehen, und öffnet das Fach mit den Geldscheinen. Er zieht ein Bündel heraus und wirft es auf die Mitte des Tisches zwischen ihn und Jesús.

»Nimm das bis Sonntag. Du bekommst dein Geld.«

Ich kann von hier hinten nicht sehen, wie viel Geld es ist, aber es sind einige Scheine. In Relation zu den Zwanzigtausend ist es jedoch sicherlich nur ein Tropfen auf den heißen Stein. Jesús macht eine Handbewegung, die dafür sorgt, dass sich einer der Männer zum Tisch begibt und nach dem Geld greift, um es zu zählen. Dann flüstert er Jesús etwas ins Ohr, der daraufhin mit den Schultern zuckt.

»Bleiben noch siebzehntausend.«

Alle schweigen, als Jesús die Hand für die Besieglung des Deals über den Tisch hinweg ausstreckt.

Teddy ergreift sie schließlich. Und damit bestärkt sich das Gefühl, das mich vorhin heimgesucht hat – damit schließen sich die Finger von Jesús auch um Teddy und Blake.

Und auch ein stückweit um mich selbst.

»Sollte ich mein Geld bis Sonntag nicht haben, holen wir Hugo zurück. Er wird es bei mir abarbeiten.«

Die Männer im Raum lachen dreckig und ich bekomme bei dem Gedanken an den Ernstfall direkt ein Angstgefühl, weil ich keine Ahnung habe, was dieser schmierige Typ damit überhaupt meint.

»Ich rate euch also, nicht auf dumme Gedanken zu kommen und die Stadt nicht zu verlassen. «

Teddy und Blake wechseln einen Blick miteinander und es wirkt, als haben sie gerade einen unausgesprochenen Deal miteinander gemacht.

»Dann wäre das geklärt«, schließt Jesús und klatscht in die Hände. »Und jetzt entschuldigt mich, ich bin beschäftigt und habe viel zu tun.«

Teddy kommt wieder zu mir und Hugo herüber und schultert ihn mit Blakes Hilfe so, dass er ihn tragen kann.

»Aber du, *guapa*«, sagt Jesús, als ich hinter den beiden die Treppe nach oben steigen will, »du darfst bleiben, wenn du möchtest. Ich nehme mir ein paar Minuten für dich, bevor ich wieder losmuss.«

Während er mit beiden Händen auf seinen Schoß klopft, verziehe ich angeekelt das Gesicht, weil eine Welle von Übelkeit über mich hinwegrollt und ich mich zusammenreißen muss, um hier nicht sofort auf die Stufen brechen zu müssen. Die Männer im Hintergrund lachen und mein Blick fällt automatisch auf Pablo, der als einziger lediglich ein gequältes Grinsen zeigt. Ich kann ihm ansehen, wie unangenehm ihm die Situation ist, und ich frage mich, ob mich mein Gefühl doch nicht getäuscht hat und er eigentlich ein guter Kerl ist, der nicht über Jesús' Witze lachen kann, oder aber, ob es ihm so zusetzt, dass wir uns hier wiedergetroffen haben.

»Danke, ich passe«, sage ich fest und drehe ihm den Rücken zu. Als ich schon fast aus dem Kellergeschoss verschwunden bin, höre ich seine Stimme, wie er mir nachruft.

»Ich bin mir sicher, du bettelst mich irgendwann an, *guapa*!«

Sein Lachen begleitet mich, bis wir durch die Bar im oberen Stockwerk laufen und ich hinter mir die Tür ins Schloss ziehe.

16 – Ivy

Ich bin verwirrt und überfordert, als ich auf die Rückbank des Autos klettere und Hugos Kopf in meinem Schoß bette. Blake steigt auf der Fahrerseite ein, da Teddy den Wagen nimmt, mit dem Hugo hergekommen ist und der eine Straße weiter geparkt steht. Während der Tag bereits angebrochen ist, fühle ich mich voller Adrenalin und kann nicht an Schlaf denken. Zu voll sind meine Gedanken und mein Herz. Hugo, der schlafend und völlig berauscht auf meinem Schoß liegt, Blake, der fühlt, dass da etwas zwischen uns beiden ist, aber über den ich so viele Dinge nicht weiß. Die Tatsache, dass ich durch meine Einmischung in das Leben der McBoyd-Brüder auf eine riesige Katastrophe zusteuere und mein Verstand einfach nicht gegen mein Herz ankommt.

Mein Verstand, der mich warnt.

Mein Herz, das mich bestärkt.

»Geht es dir gut?«

Seine Stimme kommt unerwartet und ich sehe in den Rückspiegel, wo ich seinen Blick einfange.

Ich nicke stumm und blicke wieder auf Hugos geschundenes Gesicht.

»Jesús ist ein riesiges Arschloch«, sagt er mit starrem Blick auf die Straße gerichtet, während er den Wagen steuert. »Ich hätte dich lieber hier im Wagen gewusst. Das ist kein Ort für dich. An Plätzen wie diesem solltest du dich nicht aufhalten.«

»Wer sollte das schon«, murmle ich und streiche sanft durch Hugos Haar.

Nach einer Sprechpause schweigt mein Herz und mein Verstand meldet sich endlich zu Wort.

»Wir müssen die Polizei informieren«, sage ich und merke

dann, wie naiv ich daherrede, erinnere mich an die Unterhaltung zwischen Blake und Teddy. Trotzdem hoffe ich, dass er einwilligt und einfach zum Telefon greift und das Richtige tut.

»Das geht nicht«, wehrt er sofort ab und wir sehen uns erneut über den Rückspiegel in die Augen. »Keine Polizei.«

»Wann sagst du mir die Wahrheit?«

Stumm fährt er zum Haus am See und antwortet mir nicht.

»Blake.« Ich will ihn nicht so davonkommen lassen.

»Wenn ich das tue, dann bin ich ein anderer für dich.«

Und in seinen Augen ist dieser Schmerz, der mich bricht. Erinnerungsfetzen der letzten Tage kommen hoch – ein Geheimnis, das Blake und Teddy vor Hugo haben. Hugos Suchterkrankung und sein Rückfall. Die Verbindung der Brüder zu dieser Bar, zu Jesús und vor allem zu Pablo, der nicht der ist, der er vorgibt, zu sein. Der Flyer in Blakes Schublade. Die Bedeutung von Feuer und diesen Longsleeve, den er ständig trägt. So, als wollte er mit aller Macht verhindern, dass ich in sein Herz blicken kann.

Wir bringen Hugo in sein Zimmer und legen ihn auf das Bett. Ich säubere sein Gesicht und klebe ein Pflaster auf die Stelle an der Augenbraue, checke seine Vitalwerte und stelle ein großes Glas Wasser auf dem Nachttisch ab. Dann streiche ich ihm noch mal übers Haar. Mein Handy vibriert in meiner Tasche und ich gehe auf den Flur, um ranzugehen.

Es ist Ada, die wohl gerade aus ihrem Dornröschenschlaf erwacht ist. Ich beschwichtige sie damit, dass ich ihr alles später erkläre, und verabschiede mich schnell, weil ich an Valéria denken muss. Sie steht für gewöhnlich um sechs Uhr auf und mich durchfährt ein Schock, weil ich mir vorstelle, wie sie die Wohnung verlassen vorfindet und sich Sorgen macht. Ich wähle ihre Nummer, entschuldige mich und verspreche ihr, dass ich mich auf den Weg machen werde. Als ich auflege, habe ich den Eindruck, sie freue sich fast darüber, dass ich die ganze Nacht nicht zu Hause war.

Allerdings denkt sie, ich sei mit Ada ausgelassen feiern gewesen. Sie ahnt nicht, dass ich in einer verruchten Bar war, in der illegales Glücksspiel betrieben wird und Drogen verkauft werden. Auch kann sie nicht wissen, dass ich Pablo als Handlanger eines Kriminellen entlarvt habe.

Ich stelle mich an den Türrahmen, wo Teddy und Blake auf der Bettkante sitzen und miteinander flüstern.

»Ich muss nach Hause … Ich rufe mir ein Taxi.«

Blake steht auf und kommt in den Gang.

»Auf keinen Fall«, sagt er und sieht mich an. »Ich fahre dich.«

Erst will ich etwas erwidern, aber mein Herz kann es nicht abwarten, mit ihm allein zu sein.

Wir schweigen einander an und ich überlege verkrampft, wie ich ein Gespräch beginnen könnte, damit er sich mir öffnet und ein Stück der Wahrheit gibt, die ich so dringend brauche. Aber dann spricht er plötzlich.

»Wenn du heute nicht mit dem Boot raus willst, ist das okay. Wir hatten eine anstrengende Nacht und … wir brauchen dringend Schlaf, schätze ich.«

Den Bootsausflug hatte ich durch all den Trubel völlig vergessen. Die Uhr zeigt sieben Uhr morgens und mir reichen für gewöhnlich wenige Stunden Schlaf. Durch die Überstunden und die Nachtschicht im Krankenhaus bin ich es gewohnt, einen verschobenen Schlafrhythmus zu haben, und ein gewisser Schlafmangel ist für meinen Organismus fast schon normal.

»Um mich geht es nicht«, antworte ich ihm und blicke auf seine Hand auf den Schalthebel neben mir, die ich am liebsten mit meiner umschließen würde. »Das war eine harte Nacht für euch, für Hugo und ich verstehe, wenn du bei ihm bleiben willst.«

»Doch, es geht um dich«, sagt er und wendet kurz den Blick von der Straße, um mir in die Augen zu sehen. Dabei berührt er mein Herz, als er das ausspricht, und ich fühle die Erregung, die sich in mir breitmacht.

»Du hast diese Nacht etwas für Hugo, für mich und Ted getan, was noch nie jemand zuvor für uns getan hat. Du warst einfach da.«

Ich fühle sofort, was er sagt, weil ich diese Gedanken als Kind mit mir getragen hatte, bis ich Vertrauen zu Valéria fasste.

Dann schweigen wir und das Einzige, das gesprochen wird, sind meine Fahranweisungen, bis Blake das Auto am Straßenrand vor unserem Wohnkomplex parkt. Er steigt mit mir aus und begleitet mich zu der großen Holztür, die ich aufschließe. Dann setze ich einen Fuß in den Hausflur, halte aber inne und drehe mich noch mal zu ihm um.

»Bitte lass mich dich heute mit dem Boot auf den See mitnehmen, wenn du es möchtest. Ich habe das Gefühl, ich muss da raus, und …« Er fährt sich durch die Haare und schließt kurz die Augen. »… etwas anderes sehen. Mir über ein paar Dinge klar werden. Verstehst du das? Klingt das egoistisch?«

Ich greife nach seinem Oberarm, er lässt die Arme hängen und blickt mich fast schmerzverzerrt an.

»Nein, nein gar nicht«, flüstere ich ihm zu und nicke. »Lass uns mit dem Boot rausfahren.«

Wir verabreden uns für den späten Nachmittag und er verspricht, sich vorher eine Pause zu gönnen und mit Teddy ein Gespräch zu führen.

»Ivy, es …« Er bricht ab und sieht mich an. »Es tut mir leid, dass du da mit reingezogen wurdest.«

Bevor ich antworten kann, hält die Briefträgerin mit dem Fahrrad neben ihm vor der Holztür und bittet Blake, Platz zu machen, damit sie die Umschläge in die Briefkästen werfen kann. Ich trete weiter in den Flur und er folgt mir. Und plötzlich stolpere ich und sein Arm hält mich. Ich spüre die kalte Wand an meinem Rücken und seine verbundene Handfläche dazwischen. Mit der anderen Hand stützt er sich neben meinem Kopf an der Wand ab und wir kommen zum Stehen.

Wir sind uns so nah, dass unsere Nasen sich berühren und ich seinen Atem auf meinem Gesicht spüren kann.

»Sag mir die Wahrheit«, flüstere ich und fahre mit einer Handfläche über sein Gesicht, fühle seine Haut und betaste mit dem Daumen seine Unterlippe. Seine Augen öffnen sich und er sucht meinen Blick.

»Was ist mit dir?«, flüstert er zurück und schluckt schwer. »Was ist mit der Wahrheit über dich?«

»Ich erzähle dir, was du wissen willst.«

»Du wirst mich verurteilen«, flüstert er und seine Hand drückt sich zwischen die kühle Wand und meinen Rücken und wandert vorsichtig nach oben.

»Ich kann selbst entscheiden«, ermahne ich ihn und weiß, dass ich ihn in diesem Moment für gar nichts verurteilen würde. Zu sehr sehne ich mich danach, dass er die Handbremse loslässt, sich ganz auf das einlässt, was zwischen uns passiert. Und ich habe das Gefühl, ich muss es wissen, bevor auch ich mich darauf einlassen kann.

Die Postbotin schleppt ein Paket in den Eingang, sieht uns und erkennt den intimen Moment, was sie mit einem Räuspern kommentiert. Blake lässt langsam, fast schon vorsichtig von mir ab und geht zum Auto zurück, hält einen Moment inne, bevor er einsteigt. Unsere Blicke treffen sich, dann fährt er davon.

Ich stehe noch eine Weile in dem kühlen Flur und versuche, meinen Atem zu beruhigen. Die Momente zwischen uns, auf dem Flur vor Hugos Zimmer, unter dem Vordach in der Seitenstraße des *Drumstick*, hier im Hauseingang – all das erinnert mich an ein Gummiband, das kurz vor dem Reißen ist.

Dann raffe ich mich auf und steige die Stufen zu Valérias und meiner Wohnung nach oben.

17 – Ivy

Valéria löchert mich und will alles über den Abend mit Ada wissen. Ich erzähle ihr eine ausgedünnte Version und sie gibt sich zufrieden, entlässt mich schließlich und ich ziehe mich zurück. Erschöpft sinke ich auf mein Bett und gönne mir einen Powernap. Als mein Wecker klingelt, kommen mir direkt Bilder des vergangenen Tages und Abends in den Sinn. Neben Blake, der meine Sinne betört und mich seit gestern näher an sich herangelassen hat, denke ich über die Dynamik nach, die die Geschichte von mir und den McBoyd-Brüdern angenommen hat. Was hat das alles zu bedeuten und wie hängt Pablo da drin? Pablo oder Fernándo – was immer wirklich stimmen mag. Weiß Carla von den Machenschaften ihres Enkels? Wenigstens erklärt seine Bekanntschaft mit Jesús, weshalb Blake im *Drumstick* von mir wissen wollte, woher ich ihn kenne. Und dann sehe ich das Ganze durch andere Augen – Blake ist im Club zu uns gekommen, weil er nicht wollte, dass ich mit diesem Mann allein bin. Ich greife nach meinem Handy und schreibe Ada eine Nachricht. Wie soll ich ihr erklären, was sich heute in den frühen Morgenstunden alles ereignet hat? Ich bin fast schon froh, dass sie heute ihren Geburtstag mit Gus verbringt und keine Zeit haben wird, mich zu löchern.

Dann stehe ich auf und setze mich an den Schreibtisch. Mir bleibt noch etwas Zeit, bis ich wieder zum Haus am See aufbreche, um mit Blake aufs Wasser zu gehen. Da sind Angst und Unsicherheit, aber es ist auch eine Gelegenheit. Eine Gelegenheit, mit ihm allein zu sein, ihm die richtigen Fragen zu stellen, ohne dass er flüchten kann. Es gibt nur uns beide auf diesem Boot und ich muss mich dieser Herausforderung stellen, um die Chance zu ergreifen. Mein Blick bleibt auf dem Kalender vor mir hängen und ich greife nach einem Stift, um ein weiteres Tageskreuz zu setzen. Auf jedem Kalenderblatt ist ein Spruch aufgedruckt. Ada hat ihn mir geschenkt, weil sie der Auffassung ist, jeder Mensch bräuchte ein Mantra. Auf dem Monatsblatt August steht in geschwungenen Lettern: *Am letzten Tag bereuen wir nur die Chancen, die wir nicht wahrgenommen haben.* Ich lasse mich zurückfallen und schließe die Augen, schlucke schwer. Obwohl mein Leben gerade etwas aus den Fugen gerät und ich noch keine Ahnung habe, wohin es mich führen wird, bereue ich keine Sekunde, die ich mit den drei Brüdern verbracht habe. Im Gegenteil. Es ist eine Mammutaufgabe, Hugo zu helfen. Das weiß ich jetzt. Es ist schwer, geduldig zu sein und auf die Wahrheit zu warten und zu hoffen. Das alles gleichzeitig. Aber dennoch gibt es mir etwas, was mir bisher gänzlich verwehrt war – ein ganz neues Gefühl von Geborgenheit, Wärme und einer Art neuem Zuhause.

Valéria hat *Gazpácho* gemacht. Wir sitzen auf dem kleinen Balkon, löffeln die kalte Tomatensuppe nach andalusischem Originalrezept und sehen dabei auf die Straße, auf der mittags reges Treiben herrscht. Sie spricht von der Kirchengemeinde, und als der Name Carla fällt, versuche ich mehr zu erfahren.

»Seit wann kennst du eigentlich Pablo?«

Ich versuche, meine Frage so unwichtig wie möglich klingen zu lassen, und tunke mein Weißbrot in die Reste der Suppe, um es mir dann in den Mund zu stecken.

»Ach«, sie hält inne und schmunzelt, »wieso interessiert dich das? Ich dachte, Pablo kommt nicht infrage, corazón?«

»Das stimmt auch«, murmle ich mit vollem Mund und stelle meine leere Schale auf dem Tisch vor uns ab. »Aber du hast nie von ihm erzählt und … Ich bin einfach neugierig. Ich kenne Carla schon länger, aber keinen Enkel von ihr.«

»Ich kannte ihn vorher selbst nicht«, sagt sie achselzuckend und legt den Löffel ab. »Ehrlich gesagt weiß ich nicht mehr als du. Aber ist das wichtig?«

Ich beäuge sie kritisch und überlege, ob sie doch mehr weiß und mir es einfach nicht erzählen will oder ob sie genauso ahnungslos ist wie ich. Aber Valéria hätte ihn niemals hierhergebracht, geschweige denn eine Verkupplungsaktion gestartet, wenn sie wüsste, was ich weiß.

»Kann ich dich um etwas bitten, Valéria?«

Sie hustet, ich hole ihr den Inhalator, der in der Küchenschublade liegt, und bringe ihn nach draußen. Sie benutzt ihn und ich warte, bis sich ihr Atem wieder normalisiert hat. Bevor ich fragen kann, ob alles okay ist, winkt sie ab.

»Natürlich.«

»Ich möchte nicht, dass Pablo in unserer Wohnung ist, wenn ich nicht da bin. Wenn du allein bist. Verstehst du?«

Sie sieht mich an, als hätte sie einen Geist gesehen.

»Ivy, ich bitte dich.« Entrüstet steht sie auf und bringt unsere Suppenschalen auf einem Tablett in die Küche, wo wir das Geschirr gemeinsam in die Spülmaschine einräumen.

»Verstehe mich nicht falsch«, versuche ich abzuwiegeln, »aber wir kennen ihn nicht und …nicht jeder hat eine gute Absicht. Wer weiß, was …«

»Er ist Carlas Enkel, Ivy!«

Ich schnaufe. Wie soll ich ihr klarmachen, dass sie vorsichtig sein soll, ohne ihr davon zu erzählen, was ich gestern in Erfahrung gebracht habe?

»Ich bitte dich«, sage ich und sie hält inne und sieht mich an, »vorerst.«

Ich habe Angst, dass sie in meinen Augen lesen kann, dass ich mich sorge und dass hier etwas gewaltig schiefläuft. Sie kennt mich so gut wie niemand sonst auf dieser Welt.

»Wenn ich nach dem Wieso frage, bekomme ich dann jetzt und hier eine Antwort?«

Ich muss fast lachen, aber der Ernst der Lage überwiegt. Schuldbewusst schüttle ich den Kopf.

»Dann lasse ich das besser«, sagt sie und bekreuzigt sich, wirft einen Blick nach oben und murmelt etwas auf Spanisch. Ihre Dialoge mit Gott gehören dazu und sind für mich nach all den Jahren normal geworden.

»Was meint er?«, scherze ich und stoße sie scherzhaft an der Schulter an.

»Dass du es mir erzählen wirst, wenn du so weit bist.«

»Versprochen«, sage ich und küsse ihre Wange.

Bevor ich aufbreche, helfe ich Valéria dabei, ihr Sauerstoffgerät anzuschließen. Die drückende Hitze schlägt ihr auf die Lunge und ich gebe mich damit zufrieden, dass sie sich wenigstens helfen lässt und ihre Medikamente nimmt, wenn sie schon keine regelmäßigen Krankenhausaufenthalte und Arztbesuche mehr möchte. Es wirkt fast paradox, wie sie damit auf der Couch sitzt und ihr Strickzeug hervorholt, während sie über die Sitcom lacht, die über den Bildschirm flimmert.

Als ich den Briefkasten aufschließe, um die Post herauszuholen, die heute Morgen von der Briefträgerin hineingeworfen wurde, denke ich an Blake. An die Szene hier im Hauseingang und sofort fühle ich dieses Kribbeln, das sich durch meinen gesamten Körper zieht – Erde & Minze, dunkelgraue Augen wie bei einem Wolkenbruch. Dieser *Metallica*-Song. Dieser Satz – *Bei mir bist du sicher*.

Als ich mich umdrehe, schrecke ich zurück, weil jemand direkt vor mir steht: Pablo sieht mich an, und bevor ich etwas sagen kann, drückt er mir eine Hand auf den Mund und schiebt mich weiter in den Hauseingang hinein. Ich kriege Panik und schlage um mich, unkontrolliert und schnell.

»Lass das und versprich mir, dass du nicht schreist, wenn ich loslasse«, flüstert er und sieht mir direkt in die Augen. Ich komme mir vor wie ein Tier auf der Schlachtbank und atme so heftig durch meine Nase, dass die Haarsträhnen, die über mein Gesicht hängen, sich im Atemrhythmus auf- und ab bewegen. Ich nicke heftig und nach einigen Sekunden lässt er von mir ab. Schwer atmend versuche ich mich zu beruhigen und eine Panikattacke abzuwenden. Ich beuge mich vornüber, sodass mein Kopf zwischen meinen Knien steckt, und harre so aus. Eine Methode, um mich zu erden und den Kopf freier zu bekommen. Dr. Mooley hat sie mir am Anfang der Therapie gezeigt. Sobald der Druck auf meiner Brust nachlässt, schnelle ich zurück und gehe ein Stück von Pablo weg, verschränke die Arme und funkle ihn wütend an.

»Es ist nicht so, wie es für dich aussieht«, erklärt er leise und sieht immer wieder um sich, als wollte er nicht, dass jemand unsere Unterhaltung mitbekommt.

»Ach nein, Pablo? Oder Fernándo? Wie soll ich dich nennen? So, wie deine Großmutter dich nennt oder wie dein Freund Jesús?«

Ich schnaufe verächtlich und muss daran denken, was diese Typen Hugo angetan haben.

»Glaub mir, er ist alles andere als mein Freund«, antwortet er verächtlich.

»Was soll das alles? Wer bist du?!« Ich schreie es ihm förmlich entgegen.

Er legt den Zeigefinger an seine Lippe und hält meinen Arm, um ein Stück weiter unter dem Treppenabsatz zu verschwinden. Ich reiße mich von ihm los, bleibe aber.

Weil ich Antworten will.

Weil er mir die Wahrheit schuldet.

Und weil er mir mehr über die McBoyd-Brüder sagen kann.

»Du musst mir eins versprechen, Ivy«, sagt er leise und legt die Handflächen aneinander wie zum Gebet. »Es darf nicht so wirken, als kennen wir uns. Kein Wort über meinen richtigen Namen, über Carla oder Valéria.«

Seine Worte sind so eindringlich, dass meine Wut fast gänzlich verpufft und ich ihm einfach zunicke. Weil ich das Gefühl habe, an diesem Tag endlich zu erfahren, was meine Gedanken schon so lange kreisen lässt. Als er immer noch schweigt, verspreche ich es ihm und hoffe, dass er endlich spricht.

Und das tut er.

Mit dem, was er sagt, ändern sich die Erlebnisse der letzten Nacht vollständig und ich kann nicht anders, als ihn mit offenem Mund anzustarren, nicht ganz sicher, ob mein Verstand mir einen Streich spielt oder ob das alles der Wirklichkeit entspricht.

»Ich gehöre nicht zu denen«, flüstert er harsch, »ich heiße nicht Fernándo und ich treibe kein Geld ein. Ich bin bei der Drogenfahndung.«

Und da ist sie, die Wahrheit.

»Meinst du das gerade ernst?«

Er wirkt nervös und genervt zugleich, während er aus der hinteren Hosentasche eine Dienstmarke hervorzieht und mir vors Gesicht hält.

»O mein Gott.«

Ich kann einfach nicht glauben, dass das wirklich passiert. Ich muss mich setzen, weil ich spüre, wie diese Welle bereits über mich schwappt und ich die Panik nicht aufhalten kann. Was passiert hier nur gerade? Er hält mich und geht mit mir zu Boden. Nebeneinander lehnen wir an der kalten Wand im Hauseingang, und als ich wieder normal atme und mich erde, erzählt Pablo mir, was das alles zu bedeuten hat. Er gehört nicht zu Jesús und ist nicht kriminell, sondern arbeitet seit Monaten mit einem Team daran, einen Drogenring zu sprengen. Als die Spur zu Jesús und dem *Chapo* führte, hat er sich auf Zeit in *Hartford* niedergelassen und eine andere Identität bekommen. Bei Jesús hat er sich als vertrauensvoller und verlässlicher Mitarbeiter gezeigt, sodass er immer mehr in die Geschäfte, Beziehungen und Machenschaften eingewiesen wird.

»Und Carla?«, frage ich skeptisch und lehne den Kopf zurück an die Wand. »Ist sie wirklich deine Großmutter oder ist sie so eine *Miss Marple* undercover? Steckt sie mit dir da drin?«

Er muss lachen und ich auch, so paradox diese Situation auch gerade ist.

»Nein, sie ist wirklich meine Großmutter, meine *yaya*. Sie weiß, dass ich für die Drogenfahndung arbeite, und stellt keine Fragen. Ich hätte es dir nicht gesagt, wenn wir …« Er pausiert kurz und verzieht dann das Gesicht. »… uns nicht in der Bar getroffen hätten. Bei Jesús. Ich musste es dir sagen, um nicht aufzufliegen. Ich hatte schon in diesem Club Angst, alles könnte auffliegen. Als ich dich nach draußen begleitet habe, habe ich ihn aus den Augen verloren. Aber …«

Ich zähle eins und eins zusammen und sehe ihn stirnrunzelnd an.

»Blake?«

»Halte dich von ihm fern. Was immer da zwischen euch läuft, hör damit auf, bevor du nicht mehr rauskommst, Ivy.«

Sein Ton ist todernst. Ich atme plötzlich unkontrolliert und spüre den Kloß, der sich bildet.

Warum muss alles so kompliziert sein?

»Was ist mit ihm?«, frage ich zittrig und denke sofort an all die Situationen zurück, die mir deutlich gemacht haben, dass hier ein großes Geheimnis bewahrt wird.

Teddys und Blakes Geheimnis vor Hugo. Der Flyer in seiner Schreibtischschublade.

»Ich weiß noch nicht, wie er genau mit Jesús zusammenhängt. Aber er ist kein Unbekannter, also … würde es mich nicht wundern.«

»Was weißt du?«

Es klingt nicht wie eine Frage, sondern fast wie eine unfreundliche Aufforderung. Weil die Nervosität Besitz von mir ergreift und mich steuert.

»Darüber darf ich nicht reden, Ivy.«

Seine Antwort ist keine Entschuldigung. Ich kann heraushören, dass er mir nichts sagen wird.

»Ich weiß, dass er im Knast war, du kannst also ehrlich zu mir sein.«

Er sieht mich überrascht an und zieht die Augenbrauen nach oben.

»Ich weiß nur noch nicht, warum«, setze ich flüsternd hinzu und warte auf eine Antwort. Aber er schüttelt nur den Kopf und bleibt hart. Anscheinend nimmt er seinen Job sehr ernst, er wird mir nichts sagen.

Ich schnaufe und schlucke die Tränen der Enttäuschung herunter, die sich nach oben kämpfen. Dann stehe ich auf und verschränke die Arme.

»Danke für deine Ehrlichkeit. Ich muss jetzt los.«

Trotzig zeige ich mit meinem Arm ausladend auf die Eingangstür. Ich bin gerade überfordert und weiß nicht mehr, was richtig und falsch ist. Ich will nicht bevormundet werden von einem Mann, den ich noch weniger zu kennen scheine als Blake, der mir aber gute Ratschläge gibt und mich im Übrigen bis noch vor wenigen Minuten ebenso angelogen hat.

Er seufzt und steht ebenfalls auf. Bevor er aus der Tür hinausgeht, sieht er mich noch einmal an.

»Er ist vorbestraft, Ivy. Das allein sollte reichen, um die Bremse zu ziehen. Diese Nacht war das beste Beispiel dafür, wo du hier hineingeschlittert bist. Noch kannst du alle Zelte abbrechen und ihn nie wiedersehen.«

Er verlässt den Hausflur und ich bleibe zurück. Wie aus dem Nichts und fast schon wie auf Kommando schluchze ich und hyperventiliere. Und wieder fällt mir auf, dass der Autopilot nicht funktioniert, wenn man ihn so dringend braucht. Egal, wie oft ich den Kopf zwischen die Knie stecke und versuche, so tief wie möglich zu atmen. All die Angst, Emotionen, Verwirrtheit und Überforderung sind noch da und lassen diese Welle über mich rollen.

Als ich mich beruhigt habe, überlege ich kurz, wieder nach oben zu gehen, Migräne vorzutäuschen und mich zurückzuziehen.

Blake abzusagen und dieses ganze Projekt, Hugo zum Entzug zu verhelfen, einfach fallenzulassen. Pablos Rat zu folgen und abzubrechen, bevor ich so tief drinstecke, dass ich das nicht mehr kann. Aber dann piept mein Handy, und als ich es hervorhole, sehe ich Blakes Namen darauf. Ich öffne die Nachricht schwer atmend und murmle die geschriebenen Worte leise vor mich hin: *Wenn du durch tiefes Wasser oder reißende Ströme gehen musst – ich bin bei dir.*

Meine Hand legt sich über meinen Mund und ich fasse es nicht, dass er mir genau die Bibelstelle schickt, die mir Valéria in Kindheitstagen so oft vorgesprochen hat – *Jesajah 43*. Ich lasse mich schwer auf die Stufen fallen, die ins Obergeschoss führen. Dann piept es erneut. Er schickt mir eine zweite Nachricht und die lässt mein Blut durch meinen Körper rauschen, sodass ich keine andere Wahl habe, als mich ins Auto zu setzen, um zu ihm zu fahren und herauszufinden, wohin uns das alles führt.

Ich steige ins Auto, schnalle mich an, starte den Motor und werfe das Handy neben meine Handtasche auf den Beifahrersitz. Darauf prangen immer noch seine Worte der letzten Nachricht und starren mich förmlich an:

Infinity liegt auf dem See und es kann losgehen.

Unterwegs klingelt mein Telefon und ich sehe Dr. Mooleys Nummer. An der nächsten Ampel krame ich nach dem Headset in meinem Handschuhfach und rufe sie zurück.

»Ivy, hi!« Sie klingt wie immer gut gelaunt und beschäftigt, im Hintergrund höre ich, wie ihre Finger flink über die Tasten ihrer Tastatur fliegen. »Wie geht es Ihnen?«

Ich will und kann sie nicht anlügen, also versuche ich, einer direkten Antwort aus dem Weg zu gehen.

»Es hat sich viel getan in den letzten Tagen. Das sprengt sicher den Rahmen für ein Telefonat.«

»Deswegen rufe ich an.«

Sie erklärt mir, dass wir bei unserem letzten Treffen keinen Folgetermin vereinbart hätten und sie übermorgen für vierzehn Tage verreist, um ihren Sohn zu besuchen. »Ich könnte Sie morgen noch einschieben, wenn Sie möchten. Was meinen Sie? Brauchen Sie einen Termin, bevor ich weggehe?«

Ich zucke die Schultern, obwohl sie mich nicht sehen kann.

»Fragen Sie mich das heute Abend noch mal.«

Dann erzähle ich ihr, was ich heute vorhabe.

»Das ist … ein riesiger Schritt, Ivy. Sind Sie sicher, dass Sie das bereits wollen und können? Überstürzen Sie nichts. Wie gesagt, ich kann gerne zum See kommen und wir gehen gemeinsam aufs Wasser.«

Ich schüttle vehement den Kopf, obwohl sie auch das nicht sehen kann. Blakes Worte hallen in meinen Gedanken wider – *dir wird nichts geschehen* –, und obwohl ich allen Grund dazu habe, das nicht zu glauben, ihm nicht ganz zu vertrauen, nach allem, was ich mittlerweile weiß, tut es mein Herz trotzdem. Eine Stimme in mir sagt, dass es gut ist. Trotzdem muss ich wissen, was hier genau vor sich geht. Und ich setze alles auf diese Karte, alles auf diesen Ausflug auf dem Wasser. Nur ich und Blake, keine Ausreden, keine Fluchtmöglichkeit.

Dabei verdränge ich mehr und mehr, dass das Gleiche auch für *mich* gilt – keine Fluchtmöglichkeit.

»Nein, ich muss das tun.« Dann korrigiere ich mich schnell und fahre mir mit der Hand durch die Haare. »Ich *will* das tun.«

Sie sendet mir im Anschluss an unser Gespräch die Nummer einer Kollegin für den Notfall. Für den Fall, dass ich nach dem heutigen Tag doch noch zeitnah ein Gespräch brauche. Während ich die letzte Kurve nehme und dann mein Auto auf der Rasenfläche bei dem See und dem Haus der McBoyd-Brüder parke, denke ich an die Fakten, die ich noch gestern zum *Hartford-Lake* im Internet herausgefunden habe: Mit knapp vierzigtausend

Quadratkilometern ist er der größte See Großbritanniens. Grenzenlose Weiten, unendliche blaue Tiefe.

Ich schlage die Tür hinter mir zu und sehe Blake auf dem Steg stehen, der etwa hundert Meter von mir entfernt ist und fast schon wie eine Verlängerung der Veranda von Teddys Haus scheint. Er hat mich noch nicht gesehen, weil er gerade damit beschäftigt ist, ein dickes Seil aufzuwickeln, wofür er die Handfläche seiner unverletzten Hand und seinen Ellbogen nutzt. Wieder trägt er ein Langarmshirt. Es ist fast schon so, als gehöre es fest zu ihm dazu – das Langarmshirt, keine Haut zu zeigen. Verschlossen zu sein und mir trotzdem immer wieder kleine Einblicke zu geben, die mich faszinieren. All das ist Blake.

Als ich den Steg betrete, bin ich aufgeregt. Es ist nicht nur seine Anwesenheit, es ist diese ganze Situation. Das Boot, das vor mir im Wasser liegt und den Namen des Bootes aus meinem Traum trägt. Nicht zu wissen, was auf mich zukommt, und die Angst, dass mein Plan wortwörtlich ins Wasser fällt und nicht bringt, was ich mir davon erhoffe. Dass dieser Ausflug heute und Blakes Anwesenheit nicht der Schlüssel sind und nicht dazu führen, dass ich diese immer noch unterschwellige Angst abbauen kann und die Albträume endlich ganz verschwinden. Was dann?

Das Holz knarzt an einer Stelle und ich bleibe stehen. Blake hält inne und sieht zu mir.

»Hey«, begrüßt er mich. Seine Gesichtszüge wirken weich und er blickt mich mit einer Offenheit an, die bei unserer letzten Begegnung im Keller des *Chapo* gänzlich gefehlt hat.

»Konntest du etwas schlafen?«, fragt er und versucht, die Antwort in meinem Gesicht abzulesen.

Ich nicke stumm und verschweige ihm, dass er es ist, der meine Gedanken ausfüllt. Viel zu oft, seit wir uns das erste Mal begegnet sind.

»Wie geht's dir?«, frage ich ihn direkt und gehe auf ihn zu.

Er zuckt die Schultern.

»Könnte besser und auch schlechter sein.« Dann wirft er einen

Blick zum Gaupenfenster am Haus, das zu Hugos Zimmer gehört.

»Und Hugo?«

Er zuckt die Schultern und verschränkt die Arme. Die verbundene Hand legt er oben auf und ich nehme mir vor, heute noch den Verband zu entfernen und nachzusehen, ob er überhaupt noch einen neuen braucht.

»Er schläft. Immer noch.«

»Sein Körper braucht das«, erkläre ich und fühle mich, als hätte ich meinen Job nicht richtig erledigt. Es ist meine Aufgabe zu helfen. Hugo zu helfen, aber das kann ich nicht, wenn er berauscht ist. Er hat zehn Schritte zurückgemacht und wir fangen wieder bei null an. Wie es weitergehen soll, weiß ich nicht, und ich empfinde es hier am Steg als den falschen Ort, diese Diskussion zu beginnen. Aber es ist klar, dass ich heute noch mit Teddy und Blake darüber reden muss, was mit Hugo passieren soll, weil dieses Vorhaben so nicht umsetzbar ist, wie wir uns das vorgestellt haben. Es geht einfach nicht und es schmerzt, mir das einzugestehen. Sein Blick haftet auf dem Gaupenfenster und er atmet schwer, fährt sich durch die Haare und beißt sich auf die Lippen. Plötzlich komme ich mir egoistisch und dumm vor, dass wir hier stehen, fertig für die Fahrt auf diesem Boot, weil ich ihn dazu verpflichtet habe. Um die restlichen Bruchstücke meines Traumas zu überwinden, von dem er nicht die leiseste Ahnung hat.

»Hör zu, Blake, wir müssen heute nicht …«, beginne ich, aber komme nicht dazu, meinen Satz zu beenden. Meine Stimme scheint ihn aus den Gedanken zu reißen und er schüttelt kurz den Kopf, wirft das Seil dann auf das Boot und streckt die Hand nach mir aus. Gedankenblitze tauchen vor meinem geistigen Auge auf und ich sehe seine Hand durchs Wasser gleiten und mich nach oben ziehen, so wie in all den Nächten, in denen er mich gerettet hat.

»Ich würde gerne mit dir rausfahren, vorausgesetzt du willst.«

Meine Hand greift nach seiner, und als sich unsere Fingerspitzen berühren, ist es wie ein Blitz, der durch meinen

Körper jagt, und ich kann in seinen Augen sehen, dass er es auch fühlt.

»Lass uns rausfahren.«

Dann steige ich auf das Boot, das sanft auf der Wasseroberfläche hin- und herschaukelt, und lasse mich auf die Sache ein, vor der ich tief im Inneren große Angst habe. Blake folgt mir. Er lässt meine Hand erst los, als ich mich hingesetzt habe.

Während Blake das Boot vom Ufer wegsteuert, knete ich meine Hände und blicke auf die Oberfläche. Sämtliche Mantras gehen mir durch den Kopf und ich murmele sie stumm vor mich hin, um mir den Rest Ruhe zu bewahren, den ich noch habe.

Alles ist ein Anfang.

Jeder Schritt zählt.

Alles ist ein Anfang.

Alles ist ein Anfang.

Der Gedanke daran, dass meine Eltern vor all den Jahren durch diese Wasseroberfläche nach unten gesunken sind und ich zurückgelassen wurde, lässt zu, dass sich der Schauer über meiner Haut ausbreitet, bis er jeden Millimeter überzogen hat. Ich erinnere mich an die Fakten, die die Psychologin in Jugendjahren mit mir durchgegangen ist, weil ich die Wahrheit wissen wollte. Das Paradoxe ist, dass lediglich meine Mom ertrunken ist. Mein Dad ist hinterhergesprungen. Als er gemerkt hat, dass sie nicht mehr auftaucht, hat er laut Obduktionsbericht durch die Aufregung und die eisige Kälte des Wassers einen Herzinfarkt erlitten. Ich redete mir lange Zeit ein, dass sein Herz einfach beschlossen hatte aufzugeben, weil er ohne meine Mom nicht sein konnte. Aber wo kam ich in diesem Konstrukt vor? Das Schlimme ist, dass man sich nicht mehr an allzu viel erinnert, wenn man seine Eltern so früh verliert. Alle Erinnerungen, die ich habe, beschränken sich auf Fotos und ein Weihnachtfest, die Leidenschaft meines Dads für Boote und an orange-farbene Tablettenröhrchen, aus denen meine Mom täglich Pillen herausholte, um ihren Alltag zu bewältigen. Damals hatte dieser Zustand noch keinen

Namen, später erfuhr ich, dass sie unter Depressionen litt. Dass sie an diesem Tag so viele Pillen genommen hatte, dass sie durch die Hitze einfach das Bewusstsein verlor und vom Boot gefallen war, zeigt nur eins: Wie hässlich und auch unberechenbar das Gesicht dieser Krankheit ist. Ich wollte als Kind meiner Mom helfen und war erfolglos. Vielleicht war genau das der Grund dafür, dass ich Krankenschwester werden wollte. Und wurde. Wer weiß das schon.

All diese Gedanken in meinem Kopf lassen mich gar nicht richtig wahrnehmen, welchen Meilenstein ich gerade bewältige. Blake verlässt das Steuer und kommt zu mir. Ich fühle mich, als sei ich aus einem Sekundenschlaf erwacht.

Das Wasser schwappt links und rechts sanft gegen das Boot und erzeugt das einzige Geräusch, das ich wahrnehme, bis er sich räuspert.

»Wo kommt diese Angst vor Wasser her, Ivy?«

Mein Name auf seinen Lippen macht etwas mit mir, das ich nicht beschreiben kann. Ich bin überrascht, wie sicher ich mich gerade fühle, dabei habe ich mir immer und immer wieder vorgestellt, wie ich heulend und fast schon hysterisch auf einem Deck stehe, kaum in der Lage, richtig zu atmen. Ich schnaufe und spiele an meinen Fingernägeln, den Blick aufs Wasser gerichtet. Ich überlege, wie viel ich ihm sagen soll. Und da ist diese Neugier in mir, die gestillt werden muss. Aber ich weiß, dass ich ihm vertrauen muss, wenn ich sein Vertrauen haben möchte. Also fasse ich einen Entschluss.

»Okay, ich … erzähle dir etwas, wenn …« Ich sehe ihn an und unsere Blicke treffen sich.

»Wenn?«, hakt er nach und zieht die Augenbrauen nach oben.

»Wenn du mir im Gegenzug etwas von dir erzählst.«

Er hält inne. Es kommt mir vor, als wollte er mit mir verhandeln. Dann gibt er sich jedoch doch schnell und wortlos geschlagen und bedeutet mir mit einer Geste, anzufangen.

»Okay …«, flüstere ich mehr zu mir selbst und bin bereit.

Bereit, ihm Dinge zu erzählen, die niemand außer Valéria und Ada weiß. Meine Lehrer in der Schule wussten, was passiert war, aber sie hatten keine Einzelheiten erfahren. Dann atme ich tief ein und nehme mein eigenes Herz in die Hand, um die Wahrheit auszusprechen.

»Meine Eltern und ich hatten einen Bootsunfall.«

Er schweigt und wartet, bis ich weiterrede. Aber da hat er sich getäuscht.

»Jetzt du«, fordere ich ihn auf und er sieht mich an.

Mit beiden Händen fährt er sich durch sein Haar, der Duft, den ich in den letzten Tagen lieben gelernt habe, schwappt wie eine Welle zu mir herüber und lässt mich kurz die Augen schließen.

»Unsere Eltern sind bei einem Brand ums Leben gekommen.«

»Hugos Angst vor Feuer …«, murmle ich.

»Nach dem Unfall war ich allein auf dem Boot und … kam dann ins Heim.«

Er springt auf den Zug mit auf und hat das Spiel begriffen, das ich hier mit Blake McBoyd auf der *Infinity* begonnen habe.

»Wir drei wurden gerettet und … kamen dann ins Heim.«

Sein Satz ähnelt so sehr dem meinem, dass ich kurz das Gefühl habe, er hätte meine Worte einfach nur wiederholt. Dann erkenne ich wieder die Parallelen unserer Leben – in meinem und dem der McBoyd-Brüder.

Ich bin dran und stehe schließlich auf, stelle mich an die Reling und halte mich am Geländer fest. Ich stehe mit dem Rücken zu Blake und lasse meinen Blick schweifen. Bereit für weitere Geständnisse, während ich kurzatmig bin und mein Herz wie verrückt hämmert. Einfach nur, weil ich hier stehe. Als würde ich damit alte Geister heraufbeschwören und bereits im Vorfeld wissen, dass mich die Sache so sehr verletzen wird.

»Mein Dad wollte meine Mom retten und erlitt einen Herzinfarkt.«

Ich höre, wie sich mir Schritte nähern und er sich neben mich stellt. Mittlerweile bin ich dankbar für dieses Spiel, weil keiner von uns Fragen zu dem Gesagten stellt, sondern einfach das aussprechen kann, wozu ich oder er bereit sind.

»Hugo kam in mehrere Pflegefamilien und immer wieder zurück, weil alle ihn als gestört und später als schwer erziehbar bezeichnet haben. Er ist … oft falsch abgebogen.«

Ich nicke stumm und es schmerzt mich wieder, zu verstehen, wie nah Glück und Unglück beieinanderliegen. Hugo – das hätte auch ich sein können. Ohne eine Person, die sich meiner annimmt. Ohne Valéria.

»Ich habe nach dem Unfall nicht gesprochen. Eine Frau im Heim hat es geschafft, einen Zugang zu mir zu finden, und mich später adoptiert. Das war, denke ich, mein Joker, nicht falsch abzubiegen. Meine *Komm-aus-dem-Gefängnis-frei-Karte*, schätze ich.«

Er sieht mich ruckartig an und erst jetzt fällt mir auf, was ich da gerade gesagt habe. Ich schlucke schwer und versuche, mir nichts anmerken zu lassen.

»Auch ich bin falsch abgebogen. Ich habe einen großen Fehler gemacht vor ein paar Jahren.«

Jetzt oder nie. Mein Herz beginnt wie wild zu pochen, weil ich der ganzen Wahrheit nun so nahe bin, dass ich den letzten Funken Geduld verliere. Ich drehe mich zu ihm und sehe ihn direkt an.

»Sag es mir. Wieso warst du im Gefängnis?«

In seinem Blick liegt Verwirrung, gemischt mit Wut, aber auch Verletztheit.

»Woher weißt du es?«

»Das ist eine Gegenfrage, keine Antwort«, trotze ich und verschränke die Arme. Aber ich weiß, dass ich damit nicht weiterkomme. Die Angst, er könnte das Ganze hier einfach abbrechen und uns einfach wieder an Land bringen, um unser Gespräch zu beenden, löst fast schon Panik in mir aus und ich beschließe, die Wahrheit zu sagen.

»Ich habe den Flyer in deinem Zimmer gefunden.« Ich sehe ihn an, aber kann keine Emotion mehr in seinem Gesicht lesen. »Es tut mir leid, ich hatte kein Recht dazu, diese Schublade zu öffnen. Ich wollte nicht herumschnüffeln.«

Jetzt war es raus. Fast schon hätte ich ihm an den Kopf geworfen, dass es mein gutes Recht war, mehr über ihn zu erfahren, nach allem, was er getan hatte. Aber das eine hat mit dem anderen nichts zu tun und die Erwachsene in mir weiß das. Das Kleinkind trotzt weiter und will die Bestätigung, dass es richtig gehandelt hat und damit durchkommt.

»Du hast gesagt, dass ich dich mit anderen Augen sehe, wenn ich weiß, was passiert ist. Dass du für mich nicht mehr der Gleiche sein wirst.« Ich werde lauter und meine Atmung beschleunigt sich, weil ich hoffe, nicht das zerstört zu haben, was sich gerade gestern Nacht und hier auf dem Boot aufbaut. »Aber ich bin noch hier. Ich bin immer noch hier, wie du siehst! Also sag mir endlich die Wahrheit!«

Ich atme schnell, meine Nasenflügel blasen sich auf und ich presse die Lippen wütend aufeinander. Ich will jetzt wissen, was hier los ist.

Es ist, als spürte das Universum, wie wütend und ungeduldig ich gerade bin. Wind kommt auf und wirbelt meine hellblonde Mähne durcheinander, sodass ich sie mit beiden Händen bändigen muss. Er sieht mich an und seine Augen wirken plötzlich so verletzlich, dass ich nicht anders kann, als ihm die Nähe zu geben, die er anscheinend in diesem Moment braucht. Also greife ich mit meiner rechten Hand nach seinem Handgelenk und halte dem Blick stand.

»Bitte«, flüstere ich, schließe kurz die Augen und schlucke schwer. »Sei einfach nur ehrlich zu mir. Ich will wissen, wer du bist.«

Eine Pause zwischen uns. Dann sagt er es. Einfach so.

»Ich habe den Mann sterben lassen, der damals für den Brand verantwortlich war.«

Wir stehen einfach nebeneinander, als Blake mir erzählt, was ich so dringend hören will. Meine Hand immer noch um sein Handgelenk geschlungen, als wäre diese Verbindung gerade nötig, damit er mich teilhaben lässt. Und dann erzählt er mir, dass er den Brandstifter nach seiner Entlassung wochenlang beobachtet hat, ihm gefolgt ist. Nach Hause, zum Arbeitsplatz, zu den Treffen der AA. Auf einem Parkplatz nach dem Einkaufen am späten Abend hat er ihn angesprochen und ihm alles an den Kopf geworfen, was sein Herz so schwer gemacht hat. Für sich, für Teddy, für Hugo. Er erlitt einen Herzanfall und Blake hat ihm nicht geholfen und keinen Notarzt gerufen. Aber jemand hatte die Szene beobachtet und die Polizei sowie den Krankenwagen alarmiert. Letzteres zu spät.

»Ich habe dafür gebüßt«, sagt er nachdenklich, »und trotzdem fühlt es sich an, als wäre es ganz egal, was ich mache, wie viel ich tue. Ich bin ein besserer Mensch, als er es war, und trotzdem habe ich ihm nicht geholfen.«

Ich schweige, fasse mir an die Stirn, die sich heiß anfühlt. Das Boot schaukelt etwas stärker, die Sonne ist mittlerweile weg und dann sehe ich eine Art Film vor meinem geistigen Auge. Bilder, die ich nie zuvor gesehen habe, sich aber vertraut anfühlen. Ich weiß intuitiv, dass es Erinnerungen sind. Erinnerungen, die ich lange Zeit begraben habe und die jetzt, hier und heute aufploppen. Genau in dem Moment, als Blake mir die Wahrheit seiner Geschichte offenbart.

Mein Dad steht neben mir auf dem Boot und hält meine Hand. *Mommy geht es nicht besonders, sie fühlt sich schwindelig und hat Kopfschmerzen*, erklärt er mir und zeigt auf meine Mom, die am Bug steht und sich dort festhält. Ich kann sehen, wie sich ihr Körper hin- und herbewegt und ihre offenen langen Haare im Wind flattern. Sie trägt keine Schuhe, ist barfuß und das lange Sommerkleid weht um ihre Knöchel. Nichts wirkt bedrohlich. Ich halte Chester, mein Hasenkuscheltier, fest umklammert, weil er mir immer dann Wärme und Nähe gibt, wenn meine Mom es nicht kann. Dad wirft immer wieder einen sorgenvollen Blick zu

Mom, die ihren Oberkörper mittlerweile über das Geländer beugt und sich erbricht.

Ich muss zu Mommy, sagt er und auf seiner Stirn bildet sich diese Falte, die er immer bekommt, wenn ihn Sorgen plagen. Daran habe ich als Kind stets erkannt, dass etwas doch nicht so in Ordnung ist, wie es auf den ersten Blick scheint.

Okay, Daddy, sage ich brav und hüpfe zur Reling.

Die Geräusche meiner Mutter haben nachgelassen, dafür kann ich Wasser hören, wie es in Wellen übereinanderschlägt, als hätte man einen schweren Gegenstand hineinfallen lassen.

Nun sind es nur noch wir zwei, die auf dem Boot stehen.

Zena!

Er ruft ihren Namen und dreht sich um seine eigene Achse, rennt dann zur Reling und blickt nach unten. Während er seine Schuhe auszieht, sieht er mich an.

Ivy, ruft er mir zu, *du darfst nie, niemals über das Geländer klettern. Auch nicht mit einem Fuß, verstehst du das?*

Er kommt zu mir gerannt, greift etwas zu fest nach meinem Handgelenk, um seiner Anweisung mehr Nachdruck zu verleihen.

Ich trage doch diese Weste, Daddy!

Er tätschelt hektisch meinen Kopf und küsst mich auf die Wange. Ein letztes Mal. Aber das weiß ich in diesem Moment noch nicht.

Dann geht es ganz schnell. Mein Dad eilt zu dem Punkt, an dem meine Mom vorhin noch gestanden hat, und springt über die Reling ins Wasser. Ich ignoriere seine Bitte, genau hier zu verharren, und renne zu dem Punkt an Deck, von dem aus er ins Wasser gesprungen ist, halte mich fest und blicke nach unten, aber sehe nur dunkelblaues Wasser.

Mommy! Daddy!

Abwechselnd schreie ich diese beiden Wörter. Immer und immer wieder. Bis ich das schmerzende Gefühl in meinem Hals nicht mehr ertrage und mich auf den Boden des Bootes gleiten lasse.

Ich drücke Chester an mich und höre auf das, was Daddy noch gesagt hat: *Egal, was passiert, nicht über die Reling klettern. Genau hierbleiben.*

Und das mache ich.

»Ivy, hey«, ich fühle eine Hand zwischen meinen Schulterblättern liegen, höre Blakes Stimme, aber sehe nur dunkle Blitze vor meinen Augen, die ich versuche wegzublinzeln. Mein schnell schlagendes Herz schickt den Puls in jeden Teil meines Körpers und ich höre ein Piepen, das seine Stimme durchdringt.

»Blake, ich …«

Ich falle!, will ich rufen, aber es geht nicht. Ich fühle mich schwerelos. Dann spüre ich das kühle Wasser, das mich umarmt und aufnimmt.

Alles ist schwarz.

Das Erste, das mein Unterbewusstsein in einem Zustand zwischen Wach- und Schlafphase mitbekommt, sind zwei tiefe Stimmen, die miteinander flüstern. Schreckhaft setze ich mich auf und ziehe die Luft ein. Ich schlage die Augen auf und brauche ein paar Sekunden, bis ich realisiere, wo ich bin.

Ich liege auf einem Bett mit dunkler Bettwäsche, blicke auf graue Wände. Links von mir ein Fenster, daneben ein Schreibtisch – übersät von einem Meer aus weißen Blättern und Kohlestiften. Ich bin in Blakes Zimmer im Haus am See. Als ich an mir herunterblicke, sehe ich, dass ich einen dunklen und viel zu großen Bademantel trage, darunter die Shorts und das Top, das ich zu Hause angezogen hatte.

Bevor wir auf das Boot sind.

Bevor mich all die Bilder eingeholt haben.

Bevor ich mich erstmals an all das erinnert habe, was an dem Tag auf dem Boot passiert war.

»Ich weiß nicht, wieso. Vielleicht war es all das, was ich gesagt habe. Es war vielleicht zu viel … und dann ihre Angst vor Wasser. Sie war nicht mehr ansprechbar und ist über die Reling gefallen.«

Ich werde immer klarer im Kopf und erkenne Blake, der auf dem Gang mit jemandem redet. Die Stimme, die ihm antwortet, ist die von Teddy.

»Scheiße, das ist das reinste Lazarett hier«, sagt er und es rumpelt, als wäre er gegen ein Möbelstück gestoßen, was mich dazu bringt, mich sofort hinzulegen und die Augen zu schließen. Mein Gefühl trügt mich nicht. Als wollte Blake überprüfen, ob das Geräusch mich geweckt hat, öffnet er die angelehnte Tür ein Stück, um den Kopf hereinzustecken, zieht sie dann aber vorsichtig wieder an den Türrahmen.

»Ich bin hinterhergesprungen. Ich habe ihr versprochen, dass ihr nichts passiert, wenn sie bei mir ist.«

Er hat mich aus dem Wasser geholt.

Wie in meinem Traum.

Es war kein Traum.

Es war eine Art Prophezeiung und Dr. Mooley hatte recht, wenn auch niemand von uns dieses Traumbild wörtlich genommen hat – Blake rettete mich aus dem Wasser und holte mich zurück.

Er hat sein Versprechen gehalten.

Dann erinnere ich mich daran, was er mir auf dem Boot alles erzählt hat. Von dem Fehler, den er vor einigen Jahren begangen hat. Und alles macht Sinn – mein Bauchgefühl hat mich nicht betrogen, er ist einer von den Guten. Einer der Guten, der eine schlechte Entscheidung getroffen hat, falsch abgebogen ist und dafür bezahlt hat. Auch wenn man für solch einen Fehler nie ganz ausgezahlt hat, weil man damit den Rest seines Lebens klarkommen muss. Aber das ist mir egal. Auch ich halte mein Versprechen. Ich werde nicht weggehen, weil ich ihn anders sehe. Ich sehe ihn anders, aber all das, was er mir anvertraut hat, macht ihn für mich zu etwas ganz Besonderem.

»Wieso um Himmels willen versprichst du so etwas?«

Teddys Stimme holt mich zurück und lässt mich zusammenfahren.

»Ich weiß es nicht«, flüstert Blake und umfasst die Türklinke in seinem Zimmer, als wolle er gleich zurückkommen, aber vorher vervollständigt er den Satz, der mein Herz in tausend Stücke brechen lässt. »Aber seit ich sie das erste Mal in diesem Krankenhaus gesehen habe, träume ich von ihr und es lässt mich nicht los.«

»Gott, wieso ziehen wir das Chaos magisch an?«, raunt Teddy und es entsteht eine Pause, bevor er weiterspricht.

»Wir müssen morgen wegen Hugo sprechen, wie es weitergehen soll. Bis dahin ist er hoffentlich wieder klar im Kopf. Zumindest klar genug, um zu verstehen, dass das so nicht funktioniert und wir keine andere Wahl haben, als eine Klinik zu suchen. Hier kann er nicht bleiben. Jesús müssen wir trotzdem bezahlen, um ihn uns vom Hals zu schaffen. Das steht außer Frage.«

Blake betritt bereits das Zimmer, antwortet seinem Bruder leise mit dem Kopf nach draußen gestreckt.

»Was willst du damit sagen? Willst du ihn auf die Straße setzen? Dann stirbt er, Ted! Er wird sich so viel Stoff besorgen, bis wir irgendwann den Anruf kriegen, zur Leichenidentifizierung zu kommen. Jesús wird ihn versklaven und ausbeuten.«

»Wenn wir so weitermachen, stirbt er auch! Sieh ihn dir doch an!«

Ted wird lauter, und bevor er weitersprechen kann, fordert Blake ihn auf, leiser zu sein, sodass Teddy ihm den Rest flüsternd entgegenzischt.

»Er wird so oft eine Möglichkeit finden, ins *Chapo* zu fahren, wie es nur irgendwie geht, und Jesús wird ihn nicht abweisen. Und selbst wenn, er ist ein Junkie, er wird sich den Stoff woanders besorgen. Wir haben es versucht, Blake. Aber so gehts nicht weiter.«

Niemand sagt etwas, bis Blake sein Zimmer betritt und Teddy

zuflüstert, dass er die Nacht bei mir bleibe, wenn er bei Hugo wacht und ihn im Blick behält. Dann schließt er die Tür.

Ich setze mich auf und er kommt zum Bett und setzt sich neben mich auf die Bettkante.

»Du bist wach«, sagt er sanft und berührt meine Hand, mit der ich mich auf dem Laken abstütze. »Wie fühlst du dich? Brauchst du etwas? Wir können ins *Hartfort Memorial* fahren, wenn du dich dort wohler …«

Ich schüttle den Kopf und unterbreche ihn.

»Es … geht mir gut. Ich fühle mich nur etwas … überfahren.«

Er wirft einen Blick zur Tür und zeigt mit dem Daumen darauf. Bevor er fragen kann, antworte ich bereits.

»Ich bin gerade eben wach geworden und habe Stimmen gehört.«

Das ist nur halb gelogen. Aber er nickt und glaubt mir.

»Danke für den Bademantel«, sage ich und schlinge meine Arme um mich, die viel zu lang sind. Er lächelt und zeigt auf mich.

»Du solltest trotzdem aus den nassen Klamotten darunter raus, sonst holst du dir den Tod.« Er reicht mir ein Glas Wasser vom Nachttisch, das ich dankend nehme und in kleinen Schlucken trinke. »Das Bad ist am Ende des Ganges.«

Und er hat recht. Ich fühle meine Kleidung an meinem Körper kleben und ich sehne mich nach einer heißen Dusche. Als ich zur Tür gehe, kommt er hinter mir her und berührt meine Fingerkuppen.

»Schließ nicht ab«, flüstert er. »Ich will sichergehen können, dass alles gut ist. Ist das okay?«

Ich nicke und mein Herz hüpft regelrecht, weil er in Sorge ist und dieser noch vor wenigen Tagen so verschlossene Mann immer mehr aufbricht und mir zeigt, wie er wirklich tickt.

Die Dusche hat gutgetan. Ich habe meine Haare gewaschen und trockne sie mit einem Handtuch ab, mit dem ich meine Spitzen knete, während ich mit dem viel zu großen dunklen Bademantel zurück in sein Zimmer komme. Blake steht am offenen Fenster und lässt die kühle Abendluft herein.

»Kann ich mir den ausleihen?«, frage ich und zeige auf meine Mitte, wo die Schlaufe um meine Taille gebunden ist.

»Klar. Ich … kann dich gerne nach Hause fahren. Mit deinem Auto, wenn du willst. Ich rufe mir dann ein Taxi.«

»Das klingt, als wolltest du mich direkt loswerden.« Ich versuche, über meinen eigenen Witz zu lachen, was mir aber nur mäßig gelingt.

»Du kannst bleiben, solange du willst«, antwortet er und sieht mich dabei ernst an.

»Danke«, flüstere ich und nestle am Saum des Bademantels herum. »Auch dafür, dass du mich aus dem Wasser gefischt hast.«

»Ich habe dir etwas versprochen«, sagt er und legt seine Hand auf meine, was mich innehalten lässt. »Und das halte ich. Ich habe vielleicht hier und da Regeln gebrochen, aber nie ein Versprechen.«

Er fährt sich durch die Haare und nimmt dann den Saum des Longsleeves zwischen zwei Finger, um Luft darunter zu fächern. Es kühlt gegen Abend kaum ab und durch den See vor dem Haus kommt wenigstens ab und zu ein leichter Windzug an. Etwas, das in meiner und Valérias Wohnung gänzlich fehlt. Dort staut sich die Hitze eher zusätzlich.

Ich nutze die Chance und will das letzte Geheimnis lüften, das zwischen uns zu stehen scheint.

»Wieso immer Langarm?«

Blake dreht sich um und wir stehen unmittelbar voreinander. Er sieht mich an. Ganz anders als gestern oder vorgestern. Ganz anders als im Club oder im *El Chapo*. Und ich habe das Gefühl, dass dieser Bootsausflug heute etwas zwischen uns verändert hat. Auch, wenn er so abrupt und unschön endete. Es hat uns zueinander gebracht und ich will das letzte Puzzleteil einfügen, um das Bild zu komplettieren.

Er antwortet nicht und ich nehme es als stumme Aufforderung, fasse an den Saum seines Longsleeves und reibe den Stoff zwischen meinen Fingern. Unsere Augen sind aufeinander gerichtet und ich kann sehen, wie sich sein Brustkorb hebt und senkt, dass er schneller atmet.

»Darf ich?«, frage ich flüsternd und hebe den Stoff ein Stückweit an.

Dann greift er einfach mit beiden Händen, der gesunden und der verbundenen, nach dem Saum des Langarmshirts, zieht es über den Kopf, lässt es achtlos fallen und sieht mich an.

Und ich lasse meine Augen über ihn wandern, schockiert und verwundert, weil ich mit etwas ganz anderem gerechnet habe. Ich sehe keine Narben oder Verletzungen, die er verdecken will. Vor mir steht ein Kunstwerk. Übersät von Bildern aus Tinte unter seiner Haut, die seine Geschichte erzählen. Und ich frage nicht, als ich die Finger ausstrecke und vorsichtig mit den Fingerspitzen über diese einzelnen Bilder und Sprüche fahre. Über seiner Brust ist ein Zitat verewigt: Lass niemals den Schmerz aus der Vergangenheit deine Gegenwart bestrafen oder deine Zukunft lähmen.

Das Notizbuch. Die Zeichnungen. Notizen. *Khalil Gibran.* Plötzlich macht alles Sinn und ich weiß, dass das seine Art ist, seine Geschichte zu erzählen und zu verarbeiten.

Ich fahre die Wörter mit den Fingerkuppen nach, und als sich unsere Blicke treffen, sind wir uns so nah, dass ich seinen Atem spüren kann.

»Wenn man in der Vergangenheit Fehler gemacht hat und … in Haft war, wie ich, dann wird man in eine Schublade gesteckt. Die vielen Tattoos machen das nicht einfacher. Das ist wie ein Schutzschild, verstehst du? Ein Schutzschild, bei dem ich entscheiden kann, ob und wann ich es ablege.«

Seine Stimme klingt so leise, so gebrochen, dass ich mich

anstrengen muss, ihm zuzuhören. So, als hätte er sie lange Zeit nicht benutzt. Plötzlich räuspert er sich und legt seine Hand auf meine, die nun auf seiner Brust aufliegt.

Ich fühle, was er sagt, und weiß sofort, was er meint. Wir sortieren Menschen aufgrund von äußeren Merkmalen und bestimmten Geschehnissen oft zu schnell ein, ohne ihnen die Möglichkeit zu geben, sich zu erklären oder sie besser kennenzulernen. Das nimmt uns oft die Chance auf eine Freundschaft, eine Beziehung, schlichtweg einen Seeelenverwandten.

»Die Wirklichkeit eines anderen Menschen liegt nicht darin, was er dir offenbart, sondern in dem, was er dir nicht offenbaren kann. Wenn du ihn daher verstehen willst, höre nicht auf das, was er dir sagt, sondern vielmehr auf das, was er dir verschweigt.«

Er lässt es wie eine Erklärung klingen, aber ich erinnere mich an das Zitat des Philosophen aus seinem Notizenbuch.

»Was hat es mit *Khalil Gibran* auf sich?«

Meine Frage hauche ich ihm ebenso entgegen.

»Er ist als Fremder in ein Land gekommen. Er musste sich neu finden. Darin habe ich mich wiedererkannt und er inspiriert mich.«

Ich nicke stumm und halte seinem Blick stand. Seine Hand immer noch auf meiner auf seiner Brust.

»Ich habe dir versprochen, dass ich nicht weg bin, wenn du mir die Wahrheit sagst.«

»Und ich habe dir versprochen, dass dir nichts passiert, wenn ich bei dir bin.«

Und dann kann ich nicht anders. Ich trete an ihn heran, so nah, dass der Bademantel, in dem ich stecke, seine nackte Haut berührt. Fahre mit dem Daumen über seine Unterlippe und tue es.

Ich küsse ihn.

Ich küsse Blake McBoyd in seinem Zimmer im Haus am *Hartford Lake*. Vorsichtig und sachte, bis er mich mit dem Gurt des Bademantels so nah zu sich zieht, dass kein Platz mehr zwischen uns ist. Seine Lippen sind hungrig, gierig und ich schlinge meine Arme um seinen Hals, bis er mich hochhebt und zum Bett trägt. Als ich unter ihm liege, berühren einzelne Haarsträhnen meine Stirn. Er berührt meine Nasenspitze mit seiner, schließt die Augen und schluckt schwer.

»Das ist so lange her«, flüstert er mir entgegen.

»Das, worauf es hier und jetzt hinausläuft?« Ich muss lächeln und streiche über seine Wange. Dabei greift er nach meiner Hand und küsst die Innenhandfläche.

»Ja, aber das meine ich nicht …«, sagt er und öffnet langsam den Bademantel, »… dass ich so etwas empfunden habe.«

Ich knie mich neben ihn und lasse den Bademantel von meinen Schultern fallen. Ich liebe es, dass sein Blick auf meinem Gesicht haften bleibt, während ich das tue, und in diesem Moment fühlt sich alles verdammt richtig an.

»Ich wusste es von dem Moment an, als du in dieses Behandlungszimmer gekommen bist.«

»Was wusstest du?« Während ich ihm die Gegenfrage stelle, fahre ich mit den Händen über seinen Körper.

»Dass ich dich nicht in mein Leben lassen darf.«

Seine Antwort trifft mich wie ein Schlag und ich verharre augenblicklich, lasse meine Hände innehalten und kann fühlen, wie mein Gesicht einen schmerzverzerrten Ausdruck annimmt. Bevor ich etwas erwidere, was ich später bereuen würde, legt er mir drei Finger auf die Lippen, um mich zum Schweigen zu bringen.

»Ich wusste, dass ich dich nicht mehr gehen lassen kann, wenn ich dich in mein Leben lasse. Ich wollte dieses Päckchen niemandem aufladen. Verstehst du das?«

Er zeigt mit den Fingern beider Hände auf die Zeichnungen, die auf seiner Haut verewigt sind.

»Was ist mit meinem Päckchen?«, sage ich fast schon verletzt und offenbare ihm das, was ich ihm eigentlich nie sagen wollte. »Ist es nicht schlimm genug, erwähnt zu werden? Seit ich dich das erste Mal getroffen habe, hat sich mein Albtraum verändert. Plötzlich bist du darin aufgetaucht und hast mich aus den Fluten gerettet.«

Sein Mund öffnet sich leicht und ich kann in seinem Blick lesen, dass er nicht fassen kann, was ich gerade gesagt habe. Es klingt wie im Märchen, dass das wirklich passiert ist – es war Blake, der mich gestern aus dem See gefischt und hierhergebracht hat. Ich lege mich um und ziehe ihn zu mir.

Damit lösen sich alle Ketten, die ihn und auch mich all die Zeit festgehalten haben, und ich realisiere erst jetzt, wie sehr ich mich danach gesehnt habe, ihm so nahe zu sein. Als er mich von meinem Mund bis zu meinem Fuß mit Küssen bedeckt und mit der Zunge den Weg zurückkommt, kann ich nicht anders, als den Kopf anzuheben, um ihm dabei zuzusehen. Ich fühle mich wie ein Teenager, der noch nie zuvor Sex hatte. Weil er *er* ist und weil mich das alles hier in den Wahnsinn treibt. Als Blake wieder an meinem Gesicht angekommen ist, legt er sich zwischen meinen Beinen ab und hebt einen meiner Schenkel an, um ihn über seine Schulter zu legen, streicht mir mit dem Daumen über die Unterlippen, und obwohl er noch seine Jeans trägt, kann ich ihn spüren. Ich greife zu seinem Hosenbund und öffne die Gürtelschnalle und die Jeans. Er sieht mich durchgehend an und ich spüre seinen Atem durch die Lippen auf meinem Gesicht.

»Wenn wir das jetzt tun, kann ich nicht mehr damit aufhören«, flüstert er mit geschlossenen Augen und es klingt fast schon verzweifelt. Ich muss lächeln und beiße ihm sanft in die Wange.

Ich umklammere ihn mit meinen Beinen, um ihn festzuhalten, aber er drückt sich aus meinem Griff und zieht die Jeans aus. Als er sich wieder auf mich legt, blicken wir uns in die Augen, während er in mich eindringt. Ich kann das Keuchen nicht unterdrücken, das sich nach oben kämpft, kralle mich an seinen Schultern fest, schließe die Augen und lasse mich fallen.

»Öffne die Augen, sieh mich an«, sagt er dann und hält kurz inne. Und ich tue, was er sagt. Weil ich mich in diesem Moment so magisch von ihm angezogen fühle, dass es einer Hörigkeit gleichkommt. Er streicht mir eine Haarsträhne aus dem Gesicht und beginnt nach Sekunden, sich wieder langsam zu bewegen. Fast schon vorsichtig und ich greife in sein Haar, in sein Gesicht, an seine Brust, befühle gefühlt jeden Zentimeter, den ich fassen kann, und bin mir sicher, dass ich so etwas noch nie empfunden habe. Ich nehme nur noch ihn wahr, wie ich meine Finger plötzlich in seine Schultern kralle, während wir uns durchgehend ansehen. Er hebt sich ein Stück von mir ab, blickt nach unten zwischen uns und richtet seine Augen wieder auf mein Gesicht, als er in mich eindringt. Sein Blick verzieht sich. Während mir dieser helle Laut entfährt, legt er seine verbundene Hand an meine Wange und ich kann ihn hören. Wie dieses tiefe Raunen meinen grellen Laut ergänzt und das Ganze hier perfekt macht. Wir bewegen uns langsam, dann hektisch und fast schon unrhythmisch. Als könnten wir beide das, was gerade passiert, nicht kontrollieren. Aber es ist wunderschön und hüllt mich und ihn in eine Art Blase ein, die uns all die Probleme und unsere beiden Päckchen vergessen lässt.

»Es sind verschiedene Stationen meines Lebens. Solche, die mich geprägt haben, die mich verändert haben, verstehst du? Die guten, aber auch die schlechten.«

Ich liege mit meinem Kopf auf Blakes Brust zwischen schwarzen Laken im Dunklen und male kleine Kreise mit den Fingern auf seinen Bauch, bis er mit seiner Hand meine sucht, seine Finger zwischen meine gleiten lässt und sie fest umschließt.

»Hat Teddy sie gestochen?«

Er nickt und küsst mich sanft auf den Scheitel. Meine blonden langen Haare sind wie ein Teppich um unsere Köpfe ausgebreitet und noch leicht klamm, weil ich sie wegen der Augusthitze nicht geföhnt habe.

»Du zeichnest sie alle selbst?«, hake ich nach und lasse meinen

Blick zu den Skizzen auf seinem Schreibtisch gleiten. Ich erinnere mich wieder an das Skizzenbuch und daran, dass er bisher nicht weiß, dass es in meinem Besitz war, als er es verzweifelt gesucht hatte.

»Ich habe das Skizzenbuch gehabt«, schießt es dann aus mir raus und unsere Köpfe drehen sich synchron zueinander.

»Warum?«

Er klingt nicht wütend, eher verwirrt, weil er nicht versteht, wieso ich es überhaupt genommen hatte.

»Es lag hier und … ich war neugierig und wollte wissen, wer du bist. Es tut mir leid, dass ich damit eine Grenze überschritten habe.«

»Schon okay«, sagt er zu meiner Überraschung. »Ich schätze, ich war ein ziemliches Arschloch am Anfang.«

»Warum?« Ich stelle ihm die gleiche Frage absichtlich im gleichen Tonfall und muss dann grinsen.

»Angst«, sagt er und mein Lächeln schwindet wieder, »davor, dass sich dieses erste Gefühl intensiviert und ich loslassen muss.«

»Das musst du nicht«, sage ich und stütze mich auf, um ihn zu küssen.

»Ich will ehrlich sein«, sagt er, streicht mir mit der verbundenen Hand Strähnen aus dem Gesicht und mustert meine Züge. »Der Job in der Fischfabrik ist nur vorübergehend. Aber als Ex-Sträfling kann man sich die Stellen nicht aussuchen. Ich will wieder auf einer Werft arbeiten.«

»Boote, ja?«

Es überrascht mich nicht, dass er seine Leidenschaft zum Beruf gemacht hat. Boote, Wasser, Schiffe. All das ist in diesem Haus am See allgegenwärtig und ich habe schnell verstanden, dass das zu Blake dazugehört. Und irgendwie, auch wenn ich es lange verbannt und dem Ganzen keinen Raum gegeben habe, gehört es auch zu mir.

»Ich will einen Neuanfang, ich will und kann nicht für immer bei Teddy wohnen. Es war … einfach, erst einmal hier einzuziehen, als ich entlassen wurde. Dann kam Hugo dazu und wir wollten das zu dritt durchziehen. Wie früher.«

Ich nicke und streiche mit dem Daumen über seine Lippe, während er eine Sprechpause macht. Ich liebe es, wenn er mich teilhaben lässt und nicht mehr in Rätseln spricht.

»Ich kann … Ich *will* nicht zur alten Werft zurück. Ich will neu anfangen, verstehst du?«

Und das tue ich. Das alles ist ziemlich viel zu verarbeiten.

»Aber ich kann nicht hier weg, solange Hugo nicht versorgt ist. Ich kann Teddy damit nicht allein lassen. Und bisher habe ich keine Antwort auf die Bewerbung bekommen, also … bleibt alles vorerst, wie es gerade ist, schätze ich.«

Wir schweigen eine Weile, ich genieße die Ruhe in den frühen Morgenstunden, die wir hier miteinander verbringen. Weil ich nicht genug davon bekomme, wenn er erzählt und mich einbezieht. Weil dieser Moment nach dem, was wir miteinander hier geteilt haben, so intim ist wie der Sex selbst.

»Ich trage die beiden auf meiner Haut, verstehst du? Ich habe auch ihnen ein Versprechen gegeben.« Er bewegt sich, um mir die Innenseite seines Oberarms zu zeigen, wo er ein Tattoo mit den Fingern nachfährt. »Siehst du?«

Es berührt mich, dass er seine Brüder so verewigt nah am Herzen trägt. Dort sind mit Tinte unter der Haut die Silhouetten dreier kindlicher Körper gestochen, die jeweils den Arm umeinander gelegt haben. Aber eine weitere Person ist zu erkennen, die mit einem Haarknoten am Hinterkopf an ihrer Seite kniet. Mein Herz versetzt mir einen Stich, so sehr erschrecke ich über die Details, die mir direkt ins Auge fallen. Ich gehe mit dem Gesicht näher an das Tattoo heran und bestätige mir selbst, dass ich mich nicht getäuscht habe – die Frau trägt zwei Dinge mit sich, die sie in den Händen hält: einen Rosenkranz und eine Geige.

»Wer ist diese Frau?«, frage ich und setze mich dabei ruckartig auf.

»Was hast du auf einmal?« Er sieht mich mit gerunzelter Stirn an und setzt sich ebenfalls auf, streicht mir über den Rücken und versteht natürlich überhaupt nicht, was mich so aufgeschreckt hat. »Habe ich etwas Falsches gesagt?«

Ich schüttle den Kopf, als Antwort auf seine Frage, aber auch, um wieder auf den Punkt zu kommen. Ich muss es hören, bevor ich Schlüsse daraus ziehe, aber ich weiß, dass das kein Zufall sein kann und ich nicht irre. Obwohl es nur schwarze Tinte auf Haut ist, nur eine Silhouette von hinten, sind die Zeichen so allgegenwärtig, dass ich fühle, dass es stimmt.

»Wer ist sie?«, wiederhole ich noch mal mit Nachdruck und suche nach einer Reaktion in seinem Blick.

»Das ist die Frau, die uns aufgefangen hat, als wir ins Heim kamen.« Sein Stirnrunzeln bleibt bestehen, während er spricht. »Die Frau, die Hugo ein neues Leben ermöglicht hat. Wieso …«

»Valéria«, unterbreche ich ihn knapp und zeige mit meinem Finger auf die Geige, dann auf den Rosenkranz. »Es ist Valéria. Die Frau, die mich adoptiert hat.«

Und so verbringen Blake und ich die Zeit bis in die frühen Morgenstunden damit, uns gegenseitig Geschichten über Valéria zu erzählen. Spätestens jetzt ist klar, dass wir von der gleichen Person sprechen: Die Wärme, die ich durch seine Erzählungen wahrnehmen kann, die Geschichten über die Ordensschwester, die mit ihrem Rosenkranz und ihrer Geige Kinderherzen geöffnet hat, die längst verschlossen waren. Kinderseelen getröstet hat, die gebrochen waren. Wir sitzen einander gegenüber, meine Beine über seinen, während wir abwechselnd lachen und weinen und uns diese Achterbahn der Emotionen einfach völlig mitreißt.

»Geht es ihr gut?«, fragt er dann und sucht in meinem Blick nach einer Antwort. »Ich muss sie sehen. Wenn Teddy und Hugo hören, dass …«

Er legt beide Hände wie zum Gebet an seine Lippen, als traue er sich nicht auszusprechen, welche Bedeutung das Ganze hat.

»Sie ist krank«, sage ich und nestle mit meinen Fingern am Saum des Bademantels, den ich mir wieder übergestreift habe. Dann erzähle ich ihm von ihrer Lunge, den Problemen und den Ärzten. Von den Untersuchungen, Krankenhausbesuchen der letzten Jahre, von der Liste für ein Spenderorgan. Von den Hürden, die Valéria nicht mehr nehmen möchte, und dass ich das akzeptiere. Er hört mir zu und schweigt, aber ich kann in seinem Gesicht sehen, wie es ihn trifft. Dass es kein Happy End geben wird und Valéria das ganz anders sieht. Dabei suchen seine Finger meine und lassen sie nicht mehr los.

»Ich gehe zu ihr und …« Ich fahre mir mit beiden Händen durch die Haare und drehe mich mehrmals um meine eigene Achse, weil ich keine Ahnung habe, wie ich Valéria all das erklären soll, was sich die letzte Woche abgespielt hat. Denn wenn sie die McBoyd-Brüder wiedersieht, wird sie von Hugos Suchtproblem erfahren, von meiner Begegnung mit Blake, seinem Fehltritt im Krankenhaus und von dem, was zwischen uns ist. Was immer das auch ist, denn ich habe keine Ahnung. Ich weiß nur, dass sich durch die Wahrheit, die ich erfahren habe, alles verändert hat, und ich mich ihm so verbunden und nahe fühle, wie noch nie jemandem zuvor.

Teddy und Blake stehen im Türrahmen. Während Blake an mich herantritt, seine nackten Arme um mich schlingt und meinen Scheitel küsst, steht Teddy schweigend daneben. Er wirkt nicht überrascht über die Szene, die sich ihm bietet, und ich bin mir sicher, er hat gespürt, dass sich etwas zwischen mir und seinem Bruder entwickelt. Was auch immer es ist.

»Wir sprechen mit Hugo«, sagt er dann und ich drehe mich in seine Richtung. »Wir müssen ihn darauf vorbereiten.« Dabei muss ich daran denken, was Blake letzte Nacht zu mir gesagt hat – Valéria war die Frau, die Hugo eine neue Chance ermöglicht hat. Aber ich stelle die Frage hintenan, weil ich den starken Drang verspüre, jetzt mit ihr zu sprechen und nicht noch mehr Zeit verstreichen zu lassen. Zeit ist kostbar – für Valéria, die krank ist und nicht mehr viel davon übrighat. Aber auch für Hugo, der rastlos und verzweifelt in seinem Zimmer auf- und abläuft, seit er heute Morgen aus seinem Rausch erwacht ist, und für den eine Lösung gefunden werden muss. Eine Lösung, die wir ihm nicht bieten können. Ich muss mir eingestehen, dass ich gescheitert bin, dass wir gescheitert sind und das Bauchgefühl mich nicht betrogen hat. Weil es mich warnen wollte, dass das eine Nummer zu groß sein könnte, und so ist es schließlich. Hugo braucht eine Einrichtung, in die er sich begeben kann. Das ist die letzte Chance, die er hat. Die letzte Chance vor einem völligen Systemabsturz.

»Sie könnte helfen«, sage ich und setze all meine Hoffnung auf die Frau, die schon so viele Menschen in dunklen Zeiten gerettet hat. »Nach ihrer Zeit im Kinderheim war Valéria wöchentlich in einer Einrichtung für Suchtkranke und hat vielen dabei geholfen, ihren Glauben wiederzufinden. Sie könnte Hugo überzeugen, doch in eine Klinik zu gehen.«

Teddy und Blake werfen sich Blicke zu, die ich nicht deuten kann, aber das alles ist viel für jeden von uns.

»Okay …«, sage ich zum Abschluss und löse mich aus Blakes Armen, küsse ihn auf sein Schlüsselbein und zeige auf seine Hand. »Und das hier schaue ich mir später auch noch an.«

»Wir sehen uns heute Abend«, sagt Teddy. »Ich habe noch einen wichtigen Termin im *Chapo*.«

Die Erinnerung durchfährt mich wie ein Blitz. Das *Chapo*, Jesús und seine Geldforderung. Ich muss an Pablo denken und daran, dass er auch ein Auge auf Teddy und Blake hat, die nichts davon ahnen. Das schlechte Gewissen überkommt mich, weil ich im Gegensatz zu Blake die Wahrheit diesbezüglich kenne.

»Gehst du allein dorthin?«, frage ich Teddy, weil ich mir auch um ihn Sorgen mache. Mit Jesús ist nicht zu spaßen und nach der Nacht im *El Chapo* bin ich mir sicher, dass er Ernst macht und es keine leeren Drohungen waren, die er ausgesprochen hat. Er nickt und Blake mischt sich sofort ein.

»Auf keinen Fall. Ich gehe mit dir.«

Jetzt sorge ich mich noch mehr, weil ich für diesen Mann Gefühle habe, der sich gemeinsam mit seinem Bruder mit Kriminellen treffen will, um einzuschreiten, wenn die Situation eskaliert.

»Hugo kann auf keinen Fall allein bleiben. Wir müssen heute eine Entscheidung fällen, wie es weitergeht.«

»Valéria und ich bleiben bei ihm, wenn ihr beide später ins *Chapo* geht«, werfe ich ein. Obwohl ich Blake nicht gehen lassen will, beruhigt es mich doch zu wissen, dass Pablo dort ist. Auch wenn die beiden nicht ahnen können, dass er ein verdeckter Ermittler ist und im Notfall eingreifen und Verstärkung anfordern kann.

18 – Blake

Damit ist es beschlossene Sache, was heute passieren wird. Während Teddy ins Haus zurückgeht, begleite ich Ivy zu ihrem Auto. Dort angekommen, lehnt sie sich mit dem Rücken an die geöffnete Fahrertür und zieht mich in einer Umarmung an sich. Ihre Hände in meinem Nacken, wie sie mit ihren Fingernägeln über meine Haut fährt und mich krault, fühlt sich unfassbar gut an und ich schlinge die Arme um sie und hebe sie ein Stück vom Boden ab, inhaliere mit einem leisen Stöhnen ihren Duft an der Stelle zwischen ihrer Schulter und ihrem Hals und lasse sie wieder zu Boden.

»Sag mir eine Sache«, flüstert sie und fährt mit beiden Händen an meinen nackten Oberarmen entlang. Kein Longsleeve zu tragen, das fast schon zu meinem Schutzschild geworden ist, mit all den Bildern und Sprüchen unter meiner Haut, ist ungewohnt, aber fühlt sich vor Ivy schon so vertraut an.

»Hast du mit diesen Männern Geschäfte gemacht? Hängst du da irgendwie …«

Ich unterbreche sie direkt, indem ich meine Hände auf ihre Oberarme lege und sie so weit von mir weghalte, dass ich ihr in die Augen schauen kann.

»Ich habe nichts mit denen zu tun«, sage ich eindringlich und betone jedes einzelne Wort so stark, dass sie keinen Zweifel haben kann, dass ich ihr die Wahrheit sage. »Wir machen das nur für Hugo. Es sind seine Schulden, es waren seine Geschäfte. Es ist seine Sucht. Das schwöre ich dir.«

Sie nickt stumm und nimmt mir mein Versprechen ab, dann küsse ich ihre Lippen, und obwohl sie ins Auto einsteigen wollte, wird daraus ein inniger Kuss, der mir Bilder der letzten Nacht ins

Gedächtnis ruft, und ich weiß, dass ich sie jetzt gehen lassen muss, weil ich sonst nicht mehr die Kraft haben werde, wirklich zu gehen. Weil ich mehr davon will, was in den frühen Morgenstunden passiert ist. Das war unglaublich und ich habe mich schon lange nicht mehr so lebendig gefühlt.

»Ich muss jetzt …«, flüstert sie und beendet den Kuss, indem sie ihre Lippen noch einmal kurz und schnell auf meine drückt. Dann steigt sie ein. Ich schließe die Autotür und beuge mich nochmals zu ihr, küsse sie erneut und klopfe zum Abschied von außen aufs Auto.

19 – Ivy

Als ich gerade den Motor abschalte, klingelt mein Telefon. Während ich mich abschnalle, ziehe ich das Handy heraus und lese Adas Namen. Ich muss lächeln, aber gleichzeitig überkommt mich mehr und mehr das schlechte Gewissen. Sie hat keine Ahnung, was gerade in meinem Leben passiert. Sie weiß zwar seit der Nacht in ihrer Wohnung nach dem *Drumstick*, was es mit Blake auf sich hat, aber die Ereignisse überschlagen sich dermaßen, dass ich kaum hinterherkomme, ihr alles zu erzählen. Obwohl ich es nicht abwarten kann, mit Valéria zu sprechen, bleibe ich sitzen, nehme den Anruf an und nutze den Moment im Auto, um durchzuschnaufen und mich zurückzulehnen.

»Du hast keine Ahnung, was für eine Nacht ich hinter mir habe … genauer genommen, welche zwei Nächte!«

Ich höre, wie sie kindlich aufgeregt in die Hände klatscht.

»O mein Gott, endlich passiert etwas!«, quiekt sie ins Telefon und ich schalte sie auf Lautsprecher, um das Telefon auf dem Beifahrersitz ablegen zu können. »Erzähl mir alle Einzelheiten. Ist es dieser Typ? Dieser Blake?«

»Auch …«, sage ich und kann mir das Lächeln nicht verkneifen, das sich über meinem Mund ausbreitet, während ich an meinem viel zu vollen Schlüsselbund herumspiele, der mehr Anhänger und Andenken an vergangene Tage beinhaltet als Schlüssel. *Blake, ja. Der Bootsausflug und der Sex. Aber da ist auch die Sache mit dem El Chapo, mit Jesús und die Verbindung zwischen Valéria und den McBoyd-Brüdern* – geht es mir durch den Kopf.

Ich blase die Luft hörbar aus und schließe die Augen. Wie soll ich all diese Ereignisse zusammenfassen, ohne dass sie überschnappt? Am Telefon unmöglich.

»Können wir uns treffen? Ich muss es dir persönlich erklären.«

»Das wollte ich auch vorschlagen. Ich muss etwas mit dir besprechen.«

Ich richte mich kerzengerade auf, so ernst klingt sie. Ich muss an das Geheimnis denken, das sie bisher noch nicht mit mir geteilt hat, und werde hellhörig.

»Das klingt sehr formell. Alles okay?«

Eine kurze Pause entsteht und sorgt für ein seltsames Gefühl in meiner Magengrube.

»Nein, es ist alles gut. Besser als gut.«

»Bist du schwanger?«

»Sei nicht albern, Gus ist selbst noch ein Kind.«

Sie lacht und ich kann nicht anders, als einzustimmen.

»Stimmt. Passt dir morgen? Ich bin heute … beschäftigt.«

Ich verziehe das Gesicht und schlage mir sanft eine Hand aufs Gesicht, weil ich so eigentlich nie rede und es mir dämlich vorkommt, vor Ada wieder in Rätseln zu sprechen.

»Mit … *Blake*?«, neckt sie mich und bei ihr klingt es so einfach. Als ginge es nur um ein Date und eine aufregende Nacht mit einem Typen, in den ich mich Hals über Kopf verliebt habe. Und dann blicke ich wie zufällig im Rückspiegel in meine Augen und lasse diesen Satz kurz wirken. Es ist nicht nur ein Date und eine aufregende Nacht. Aber vielleicht liegt sie mit dem Rest gar nicht so falsch.

»Bist du noch dran?«

Ich greife nach dem Telefon, steige aus dem Auto aus und schlage die Tür hinter mir zu.

»Also morgen?«

»Kaffee im *Beans & More*. Vor der Schicht.«

Ich lächle, weil Erinnerungen wach werden und ich das Gefühl habe, ein Stück Normalität kehrt wieder ein, obwohl es in letzter Zeit mehr als verrückt war. Das *Beans & More* ist ein Café ein paar Gehminuten vom Krankenhaus entfernt, wo wir unzählige Pausen verbracht und uns mit Coffee to go eingedeckt haben.

»Abgemacht«, schließe ich und drücke einen Kuss auf das Telefon, bevor ich auflege.

20 – Ivy

Als ich die Wohnung betrete, höre ich Geigentöne, die sanft durch den Flur dringen. Ich werfe meinen Schlüssel achtlos auf die Ablage neben der Tür und ziehe die Schuhe aus. Ich kann sie nicht beim Spielen unterbrechen. Es ist wie ein Grundsatz, den ich nicht über den Haufen werfen werde, egal, wie sehr ich darauf brenne, ihr zu erzählen, was ich heute Morgen herausgefunden habe. Während ich durch den dunklen Flur schreite, der nur von den Kerzen im Jesu-Schrein in ein sanftes Licht getaucht ist, fällt mein Blick auf das Bild, das ich noch vor Kurzem genauer betrachtet habe, und fühle einen Stich in meiner Brust – diese drei Jungs, die Ball spielen.

Drei Brüder.

Drei Brüder.

Ich nehme die Fotografie von der Wand und stelle mich damit in den Türrahmen zum Wohnzimmer, wo Valéria mit geschlossenen Augen sanft mit dem Bogen die Saiten der Geige streift. Während mich diese Töne beflügeln, immer und immer wieder, streiche ich mit dem Finger über das Bild und bilde mir ein, Blakes Züge in einem der kindlichen Gesichter zu erkennen. Aber vielleicht irre ich mich. Es könnte jeder sein und ich weiß nicht, ob mir mein Unterbewusstsein nicht einfach einen Streich spielt. Valéria hört auf zu spielen, senkt die Geige und lächelt mich an. Sie hat die Augen geöffnet und mich hier stehen sehen.

»*Corazón*«, sagt sie und ich gehe auf sie zu, um ihr einen Kuss auf die Wange zu geben. »Du kommst früh, oder spät. Wie man es nimmt.« Sie lächelt und tätschelt mir das Gesicht.

»Es tut mir leid, dass ich dir keine Nachricht hinterlassen habe.

Ich hoffe, du hast dich nicht gesorgt. Aber gestern ist einfach … viel passiert.«

Sie winkt ab und setzt sich mit einer Tasse dampfendem Tee an den Esstisch. Ich folge ihr.

»Du musst dich nicht bei mir abmelden. Lebe dein Leben. Ich hoffe, du hattest Spaß.«

Ich bin fast ertrunken. Der Albtraum, der mich seit einer Ewigkeit plagt, hat sich bewahrheitet. Aber Blake hat mich gerettet. Ach ja, du kennst ihn und seine Brüder aus dem Kinderheim. Und bevor ich es vergesse: Ich habe mich in diesen Mann verliebt, befürchte ich, und war letzte Nacht bei ihm. Und zum krönenden Abschluss: Hugo ist suchtkrank und braucht deine Hilfe.

Ich schüttle die Gedanken, die in meinem Kopf gerade Fahrt aufnehmen, wild ab und lege das Bild etwas zu schnell auf den Tisch vor uns, sodass Valérias Blick direkt darauf haften bleibt.

»Valéria«, beginne ich ernst und lege meine Hand auf ihre, die sich kalt und faltig anfühlt, aber mir so vertraut ist. »Wer sind diese drei Jungs auf dem Bild?«

Sie sieht mich verwirrt an, nimmt dann den Rahmen in die Hände und lässt ihren Blick einige Sekunden von oben nach unten gleiten. Dann legt sie es wieder ab und sieht mich an.

»Wieso fragst du mich das?«

»Das kann ich dir erst sagen, wenn du meine Frage beantwortet hast.«

Die Sekunden fühlen sich plötzlich an wie ganze Stunden und ich habe Angst, dass sie sich nicht mehr erinnert oder völlig andere Namen nennt. Auch wenn Valéria das Gedächtnis eines Elefanten zu haben scheint und noch nie Namen vergessen hat.

»Das hier«, sagt sie und tippt mit ihrer Zeigefingerkuppe vorsichtig nacheinander auf die Gesichter der Jungs, »ist Teddy. Das hier Blake und der Kleine ist Hugo.«

Unsere Blicke treffen sich, und obwohl ich geahnt habe, dass es so kommt, überwältigt mich diese Situation. Nicht nur, dass das

Foto die ganze Zeit hier bei uns im Flur hing, sondern auch, dass alles zusammenpasst, als wäre es genau so vorherbestimmt.

Kopfschüttelnd nehme ich das Bild entgegen, das sie mir hinhält, und kann meinen Blick nicht davon abwenden.

»Klärst du mich jetzt auf, *por favor*?«

Ich blicke in ihre Augen und kann sie nicht weiter im Dunkeln tappen lassen. Ich kann sie nicht anlügen und ihr verschweigen, was passiert ist. Also beschließe ich, ihr die Wahrheit zu sagen. Die ganze Wahrheit.

»Der Mann, von dem ich bisher noch nicht viel erzählt habe«, beginne ich vorsichtig, schließe kurz die Augen und lasse es dann raus, »ist Blake McBoyd. Und die drei brauchen deine Hilfe. *Wir* brauchen deine Hilfe, Valéria.«

Die nächsten beiden Stunden verbringen Valéria und ich am Esstisch und auf der Couch, während ich ihr all das erzähle, was die letzte Woche in meinem Leben passiert ist und es völlig auf den Kopf gestellt hat. Ich beginne bei Blakes Krankenhausbesuch und ende bei heute Morgen. Ich lasse nichts aus – den Diebstahl, seine Verletzung, das Tattoostudio, das Haus am See. Ich spreche über Hugo und seine Erkrankung, über seinen Ausbruch, über das El Chapo und über Pablo. Ich erzähle von meinem Deal mit Teddy, Blake und Hugo, von der *Infinity*, dem Ausflug, meinen Erinnerungen und davon, wie Blake mich gerettet hat. Ich erzähle ihr auch davon, was danach passiert ist. All das erkläre ich wild gestikulierend mit Händen und Füßen. Sie schweigt und hört mir einfach nur zu. Als ich fertig bin und den Kopf in die Hände stütze, merke ich erst, was ich ihr damit zumute, fahre hoch und mustere sie. Angst überkommt mich, dass sie gleich einen Hustenanfall bekommt oder schlecht Luft kriegt, weil ich ihr all das an einem gewöhnlichen Morgen vor die Füße knalle und mir rücksichtslos und egoistisch dabei vorkomme.

»Sag etwas«, beginne ich vorsichtig und versuche, in ihrem

Gesicht zu lesen. Aber statt mir zu antworten, steht sie auf und geht in den Flur. Sie nimmt das Bild mit, und als ich ihr hinterherlaufe, sehe ich, wie sie es wieder an seinen Platz hängt, dann die Kerze im Schrein ausbläst und ihre Schuhe anzieht.

»Wo willst du hin?«

Ich betrachte die Szene und stehe etwas verloren und überfordert im dunklen Flur zwischen all diesen Kinderbildern, die Valérias Vergangenheit heraufbeschwören und unvergessen machen.

»Ich dachte, jemand braucht meine Hilfe«, sagt sie ganz selbstverständlich und greift nach dem Autoschlüssel auf der Ablage. »Lass uns fahren.«

Am Haus angekommen, helfe ich ihr aus dem tiefen Autositz, der ihr Probleme beim Aussteigen macht. Bevor wir zum Haus gehen, bleiben wir einige Meter vor dem Ufer des Sees stehen. Am Steg sehe ich das Boot, ohne das ich womöglich nie die Wahrheit erfahren hätte. Glück und Unglück liegen oft so eng beieinander wie Liebende, geht mir dabei durch den Kopf.

»Hier?«, fragt sie und nickt Richtung Wasser. Ich weiß, dass sie auf den Ausflug anspielt, und ich nicke, verschränke die Arme, weil sich ein Schauer über meiner Haut ausbreitet, wenn ich daran denke, dass die Erinnerungen, die durch das Boot geweckt wurden, nun endlich wieder greifbar sind.

»Hier«, antworte ich flüsternd und meine Stimme hört sich fremd an, so leise ist sie plötzlich.

»Ivy, eine Sache noch«, sagt sie und stellt sich vor mich, nimmt meine beiden Hände und löst damit die krampfartige Haltung, die ich eingenommen hatte. »Vertraue auf dein Herz, hörst du?«

Ich muss schmerzverzerrt lächeln, weil es so einfach klingt, was sie sagt, aber viel komplizierter ist als das.

»So leicht ist es nicht«, antworte ich ehrlich und bemühe mich, nicht in Tränen auszubrechen. Ich habe das Gefühl, sie kann mit ihren Augen bis in meine Seele blicken und der ganze Schmerz und Kummer kommt an die Oberfläche – die Erinnerung an meine Eltern, der Ärger und die Gefahr durch Jesús und meine Angst um Blake, Hugos Sucht und Valérias Krankheit, die irgendwie durch all die Ereignisse in den Hintergrund gerückt ist, obwohl sie sonst so präsent ist in meinem Leben.

»Doch, so einfach ist das«, sagt sie bestimmt und drückt leicht meine Hände in ihren. »Du bist kein Kind mehr. Du bist eine starke junge Frau, die eigene Entscheidungen trifft. Du musst nur hinhören. Denke an das Versprechen, das du mir gegeben hast. Vielleicht soll es so sein.«

»Dass ich weggehe?«

Sie antwortet nicht, sondern blickt mich mit sanften Augen an. Ich weiß, dass das hier zu nichts führt. Ich kann und will einfach nicht über eine Situation in meiner Zukunft reden, die mich noch so viel Kraft kosten wird, dass ich aktuell nicht weiß, wie ich das überhaupt schaffen soll. Ohne sie.

»Lass uns gehen«, sage ich stattdessen und warte, bis sie sich unter meinem Arm einhakt und mit mir zum Haus am See läuft. Und bevor wir überhaupt die Stufen aus Holz bis zur Haustür hochsteigen, öffnet sich bereits die Tür und dort steht Hugo. Es wirkt, als habe er im Flur dahinter die ganze Zeit nur auf sie gewartet. Seine Augen sind rot und wirken leer. Ich kann nicht einordnen, ob er geweint hat oder ob es die Nachwirkungen der letzten Nacht sind. Sein Gesicht wirkt durch die Blessuren leicht verschoben. Hinter ihm stehen Blake und Teddy. Als er Valéria sieht, lässt er die Türklinke los, seine Arme hängen links und rechts neben seinem Körper, und obwohl so viele Jahre zwischen dem letzten Treffen und heute liegen, wirkt die Szene, die sich mir bietet, so unfassbar vertraut. Valéria läuft auf ihn zu und greift nach seinem Gesicht, legt ihre Hände auf. Zwischen den Fingern der rechten Hand hängt ihr Rosenkranz, der mit ihrer Bewegung sanft hin- und herschaukelt. Dann sinkt Hugo auf die Knie und legt seinen Kopf an ihrem Bauch ab. Dieses Bild berührt, berührt mich so sehr, dass ich die Tränen, die sich in meinem Inneren angestaut haben, nicht mehr zurückhalten kann. Ich kann sehen, wie viel Kummer und auch Hoffnung in Hugos Geste liegen und wie viel er mit Valéria verbindet. Und als Blake und Teddy ihr eine Hand auf die Schulter legen, bin ich mir einer Sache sehr sicher – keines der Kinder, die an der Wand in unserem Flur hängen, hat sie jemals vergessen.

Kurze Zeit später sitzen wir im Wohnzimmer und die drei erzählen Einzelheiten aus ihrem Leben. Valéria sitzt wie eine Mutter zwischendrin und lauscht Teddys und Blakes Worten. Hugo ist still, wirkt aber unruhig und ich hoffe inständig, dass ihm bald geholfen wird. Die Hilfe, die ich einfach nicht leisten kann. Es war naiv zu denken, dass das funktioniert, und hätte ich direkt abgelehnt, wäre ihm die Nacht im *El Chapo* erspart geblieben. Teddy ist geschieden und davon zu hören, überrascht mich. Und obwohl er so taff wirkt als der älteste der Brüder, der sein Leben voll im Griff hat, spüre ich, dass auch er sein Päckchen zu tragen hat und es verdient hat, sich um sich selbst zu kümmern. Dabei scheint er sich mehr um seine beiden Brüder zu kümmern. Er hat Blake nach der Entlassung aus der Haft bei sich aufgenommen und sie wollten gemeinsam ihrem suchtkranken Bruder helfen. Später zahlt er Hugos Zeche bei Jesús. Das nennt man Familie.

Der Gedanke sorgt dafür, dass ich mich räuspere und aufrecht hinsetze.

»Hugo«, sagt Valéria nach einer kurzen Pause, als er gerade aufsteht und zum offenen Fenster läuft, sich mit den Händen durch die Haare streift und einen Punkt zu fixieren scheint, »lass uns unter vier Augen sprechen. *Por favor.*«

Blake und Teddy werfen sich einen Blick zu, Teddy nickt und beide stehen auf.

»Wir fahren zu Jesús und … bezahlen.«

»Ich komme mit euch«, sagt Hugo und folgt den beiden zur

Tür. »Es sind meine Schulden, die du begleichst, Ted. Ich zahle es dir zurück. Aber das hier ist das Mindeste, das ich jetzt und hier tun kann.«

Teddys Gesicht nimmt einen ernsten Gesichtsausdruck an, als er Hugo mit einer Hand auf seiner Brust stoppt.

»Kommt nicht infrage, du wirst auf keinen Fall mitkommen«, sagt er leise und wirkt noch größer als sonst. »Das Einzige, das du wirklich tun kannst, ist endlich clean werden, Hugo. Nicht für mich, nicht für uns. Für *dich*.«

Er klopft zweimal sanft gegen seine Brust und geht langsam aus dem Wohnzimmer. Blakes und mein Blick treffen sich. Ich wünschte, er könnte bleiben. Aber ich weiß, dass er Teddy begleiten muss, und kann ihn verstehen. Er ist sein Bruder, und das ist etwas sehr Wertvolles. Denn die Geschichte zeigt wieder einmal, dass Geschwister eine ganz besondere Bindung zueinander haben.

Hugo bleibt mit hängenden Schultern noch einen Moment dort stehen, bis Valéria ihn erneut anspricht. Als er sich zu ihr auf die Couch setzt und sie ihm eine Hand auf den Oberschenkel legt, weiß ich, dass ich den beiden Zeit zu zweit geben muss. Wenn es jemand schaffen kann, Hugo davon zu überzeugen, dass seine letzte Chance auf ein selbstbestimmtes Leben ein Entzug in einer Klinik ist, dann Valéria.

»Ich bin draußen, wenn ihr mich braucht«, verabschiede ich mich und ziehe mich zurück. Das Letzte, das ich sehe, als ich die Tür zum Wohnzimmer vorsichtig zuziehe, ist, wie sie vorsichtig seine Blessuren im Gesicht berührt, als wollte sie sich davon überzeugen, dass sie echt sind.

Ich versuche mich abzulenken, gehe zum Ufer und schaue auf das Wasser. Der Spätsommer bringt etwas Abkühlung und die richtige Mischung aus angenehmer Wärme und sanftem Wind, der mir einzelne Haarsträhnen ins Gesicht weht. Während ich hier stehe und beiden im Haus am See Zeit gebe, miteinander unter vier

Augen zu sprechen, muss ich an das Versprechen denken, das ich Valéria gegeben habe. Muss an Blake denken, der von hier wegwill, um nach all dem, was war, ganz neu anfangen zu können. Der wieder auf einer Werft arbeiten will, Teddy mehr Raum geben möchte. Während diese Gedanken in meinem Kopf kreisen, sammle ich kleine Kieselsteine und lasse sie übers Wasser tanzen. Ich kann mich daran erinnern, dass mein Dad das immer mit mir gemacht hat. Niemand konnte Steine so sanft über die Oberfläche springen lassen wie er. Bei dem Gedanken muss ich lächeln, weil ich realisiere, dass ich mich erstmals nicht mehr zwinge, Gedanken wie diese zu verdrängen und mir zu verbieten, weil sie mich stets traurig stimmen. Aus irgendeinem Grund kann ich sie zulassen und noch einmal durchleben und ich weiß, dass es mit dem Bootsausflug und Blake zu tun hat.

Ich höre ein Auto im Hintergrund und drehe mich um. Es ist Teddys Truck. Ich kann ihn und Blake durch die Fensterscheibe des Autos sehen und fühle mich sofort viel leichter, fast schon beflügelt. Einfach, weil ich froh bin, dass sie zurück sind und es ihnen gut geht. Ich laufe schnaufend und Tränen unterdrückend auf sie zu und falle Blake in die Arme, als er aussteigt und mich regelrecht auffängt.

»Geht es dir gut? Geht es *euch* gut?«, überfalle ich ihn und berühre sein Gesicht mit meinen Händen, als müsste ich mich davon überzeugen, dass er unversehrt ist, mustere seine Augen, sein Haar, das wie gewöhnlich etwas wirr ist und in Strähnen über seinem Gesicht liegt.

Statt mir zu antworten, hebt er mich hoch und küsst mich. Und das gibt mir das beste Gefühl, das es auf dieser Welt gibt. Ein Gefühl von Unbeschwertheit, von Freiheit und das Gefühl, geliebt zu werden. Eine Mischung aus Geborgenheit und Sicherheit.

»Ich schätze, das war's«, flüstert er in mein Haar, während er meinen Nacken mit seiner verbundenen Hand greift. »Hugo ist schuldenfrei.«

»Ist er nicht«, murmelt Teddy und schlägt die Autotür zu, bevor er um das Auto zu uns herüberkommt. »Aber besser, er schuldet *mir* Geld als Jesús.«

»Hauptsache, es ist vorbei«, flüstere ich und lege meine Stirn an Blakes Brust, inhaliere den Duft, der sich anfühlt wie eine Umarmung.

Minze & Erde.

Immer noch.

Und es treibt mich immer noch in den Wahnsinn.

Genau wie am ersten Tag.

»Wie läuft es?«, fragt Blake dann und zeigt auf das Haus im Hintergrund. Ich werfe einen Blick auf meine Uhr und mir fällt erst jetzt auf, dass ich die beiden im Inneren bereits vor einer Stunde verlassen habe.

»Finden wir es heraus«, sage ich kurzerhand und gehe mit Blake und Teddy zurück.

21 – Blake

Als wir zurückkommen, telefoniert Valéria und läuft dabei durch das Haus, als würde sie hier regelmäßig ein- und ausgehen. Hugo sitzt währenddessen auf der Couch und starrt Löcher in den Boden vor sich. Obwohl er ruhig wirkt, kann ich an seinem wippenden Knie erkennen, dass er nervös ist. Teddy setzt sich neben ihn und klopft ihm auf die Schulter. Er flüstert ihm Dinge zu und ich schätze, er versucht ihn zumindest bezüglich Jesús zu beruhigen.

Als Valéria zurückkommt, wenden sich alle ihr zu, als hätte man nur auf ihre Rückkehr gewartet. Doch als sie sprechen will, hat sie einen ihrer Hustenanfälle. Hugo springt als Erster auf, aber Ivy ist die Einzige im Raum, die weiß, was wirklich zu tun ist. Sie eilt in den Flur, kramt in ihrer Handtasche nach einem Inhalator und bringt ihn ihr. Ich stütze sie mit dem Arm und sie lässt sich auf die Couch und gegen das Polster hinter ihr fallen. Während sie langsam wieder normal und ununterbrochen atmet, greift Hugo nach ihren beiden Handflächen.

»Was hast du?«

Ich sehe von ihr zu Ivy, Teddy und dann zu Hugo. Anscheinend hat sie ihm nicht gesagt, wie es um sie steht, und während ich noch krampfhaft überlege, wie man es kurzfassen kann, ohne dass es Hugo völlig umhaut, kommt Valéria mir zuvor und ergreift das Wort.

»Ich bin krank, *corazón*. Meine Lunge will nicht mehr und das Alter tut sein Übriges.«

Es macht ihn sprachlos, aber als er seine Worte wiederfindet und antworten will, hebt sie kurz die Hand, um ihn zu stoppen, und erklärt sich.

»Alles ist gut, wie es ist, Hugo. Ich habe einen allerletzten Wunsch an dich. Wirst du ihn mir erfüllen?«

Er nickt stumm und fährt sich grob mit der zittrigen Hand übers Auge, um Tränen zu ersticken, bevor sie zu rollen beginnen. Es tut weh, ihn so zu sehen. Nicht nur, weil er diese Blessuren von der Nacht im *El Chapo* trägt. Nicht nur, weil die Drogen wieder Besitz von ihm ergriffen haben, sondern auch, weil es wirkt, als hätte er all die Jahre davor darauf gewartet, Valéria wiederzusehen, und es ihn tief verletzt, die Wahrheit zu erfahren. Nämlich, dass diese Zeit nicht unendlich ist, sondern sehr begrenzt.

»Du hast so viel für mich getan, als ich ein Kind war, Valéria. Als ich ein verlorener Junge war«, sagt er leise und beginnt nun doch zu weinen. Diesmal hält er die Tränen nicht auf und lässt sie unbekümmert sein Gesicht benetzen. Und das hat sie. Ich muss an eine Situation denken, als Valéria mir versucht hat zu erklären, wieso uns noch niemand adoptiert hatte. *Die Leute wollen am liebsten Babys adoptieren, corazón*. Und als ich nach dem Grund fragte, antwortete sie mir, als sei es das Natürlichste auf der Welt: *Weil alle Menschen Fehler machen und sie nicht wissen, wie viel Liebe jedes Kind zu geben hat. Deswegen.*

»Es gibt einen freien Platz für dich im *White Flag Rehability Center*. Nimm ihn an.«

Mit dem, was sie sagt, holt sie mich schlagartig ins Hier und Jetzt zurück.

Bevor Hugo etwas erwidern kann, mischt sich Teddy ein.

»Wie hast du das gemacht? Ich hatte vor Wochen dort angerufen und wurde mit einer Warteliste und einer Empfehlung drittklassiger Kliniken mit Tagesplätzen vertröstet.«

Sie atmet hörbar aus und stellt den kleinen Inhalator auf den Glastisch vor uns.

»Das ist eine lange Geschichte. Ich habe vielen Menschen geholfen, mit vielen Menschen gearbeitet. Man kennt sich.«

Ich muss an die Zeit zurückdenken, als Valéria ehrenamtlich

Menschen geholfen hat, die gegen ihre Sucht ankämpfen. So wie Hugo heute.

»Wann?«, fragt Hugo plötzlich und sieht für den Moment so aus, als gäbe es keinen Rausch, keine Drogen. Als wäre er völlig klar und entschlossen.

»Morgen«, antwortet Valéria, greift nach seinen beiden Händen und dreht sich seitlich zu ihm.

»Morgen schon?« Hugo blickt der Reihe nach jeden von uns an und ich kann seine Reaktion verstehen. Es ist ein wahrer Einschnitt in sein Leben und das kommt so plötzlich. Wer kann es ihm verdenken? Er braucht Zeit, um sich auf Dinge einzulassen, aber Zeit ist genau das, was er nicht hat.

»Deine Brüder werden dich besuchen. *Ich werde dich besuchen.* Du bist nicht allein, *corazón*«, flüstert sie und bei Hugo brechen in diesem Moment alle Dämme. »Wir können dich stützen. Lass dir helfen, Hugo. *Por favor.*«

Als sie die spanischen Worte für *Bitte* ausspricht, bricht ihre Stimme. Sekunden später liegt Hugo mit seinem Kopf an ihrer Schulter und sie weinen gemeinsam.

Hugo packt in seinem Zimmer all das zusammen, was er für die erste Zeit in der Klinik braucht. Währenddessen stehe ich mit Ivy vor seinem Zimmer auf dem Gang, um ein Auge auf ihn zu haben, aber ihm trotzdem den Freiraum zu geben, den er gerade braucht, um sich von diesem Ort Stück für Stück für eine ganze Zeit zu verabschieden. Ivy lehnt mit dem Rücken an meiner Brust und ich schlinge meine Arme von hinten um sie, vergrabe mein Gesicht in ihren Haaren und atme tief und ruhig. Sie riecht so gut und gibt mir das Gefühl, als sei ich irgendwo ein Stück zu Hause, auch wenn das surreal klingt. Ich inhaliere ihren Duft und atme hörbar aus, weil ich ein Stück loslassen kann. Weil ich das Gefühl habe, dass nun alles gut wird. Ich greife nach ihrer Hand und führe sie zu meinen Lippen.

»Wer weiß, vielleicht kommt Valéria mit einem Tattoo zurück«, flüstere ich ihr zu, um die Situation aufzulockern und die Abschiedsstimmung zu vertreiben, die das Ganze bereits jetzt annimmt. Sie dreht sich so weit um, dass ich ihr Gesicht sehen kann, und wir müssen beide lachen. Teddy zeigt ihr gerade das Haus und seit sie im Keller verschwunden sind, haben wir sie nicht mehr gesehen. Das ist eine Sache, die ich schon immer an ihr bewundert habe: Egal, ob etwas in ihr Lebenskonzept passt und ihrer Vorstellung entspricht oder nicht – Valéria urteilt nicht. Sie verurteilt die Menschen nicht für ihre Entscheidungen, ihre Wege oder ihre Passion. Sie ist einfach nur da und akzeptiert.

»Mit Rosenkranz und Geige«, antwortet Ivy und ich küsse sie lachend auf den Mund. Ich werfe einen kurzen Blick zu Hugo, der in seinem Zimmer zwischen Wandschrank und Koffer hin- und herläuft, um immer wieder Teile einzupacken. Plötzlich dreht Ivy sich ganz zu mir um und hält sich an meiner Hüfte fest. Sanft streiche ich ihr eine Strähne aus dem Gesicht und klemme sie hinter ihr Ohr.

»Seit du in mein Leben gestolpert bist …«, beginne ich und sie schlägt mir mit aufgerissenem Mund spielerisch auf den Arm.

»Wie bitte?« Wir lachen beide. »Du bist vielmehr in *mein* Leben gestolpert.«

»Seit ich in dein Leben gestolpert bin, weiß ich erst, wie verloren ich vorher war. All das … das Feuer, das Heim, die Sache mit …« Er muss es nicht aussprechen, weil ich weiß, dass er davon redet, was ihn ins Gefängnis gebracht hat. Ich halte kurz inne, bevor ich weiterspreche.

»Menschen, die mich verurteilen, Hugos Sucht … Alles hat mich in diesem Laufrad laufen lassen. Ohne Weg, ohne Ziel. Verstehst du, was ich sagen will?«

Ich weiß nicht, ob sie mich versteht, und habe das Gefühl, nicht alles in Worte packen zu können, was in meinem Kopf ist.

»Dass du froh bist, mich getroffen zu haben?«, sagt sie, schließt die Augen und legt ihren Kopf an meine Brust.

Ich fasse ihr mit beiden Händen in ihr offenes Haar und massiere ihre Kopfhaut.

»Du hast keine Ahnung, wie dankbar ich dafür bin, dass du in mein Leben getreten bist, Ivy Sanchéz.«

Und dann küsse ich sie. Hier vor Hugos Zimmer im Haus am See und lege all die Emotionen in diesen Kuss, die ich mit ihr verbinde. Ziehe sie eng an mich, vergrabe meine Hände in ihrem Haar, lege sie in ihren Nacken, rieche und schmecke sie, gebe dem Gefühl nach, alles von ihr aufzusaugen, und schließe mit mir selbst den Pakt, sie nie mehr gehen zu lassen.

»Ich glaube, dass das gut werden kann«, flüstert sie meinen Lippen zu. »Endlich kann alles gut werden und das gibt uns eine Chance, verstehst du?«

Ich weiß genau, was sie meint. Hugo hat einen Therapieplatz in einer der besten Kliniken im Umkreis und kann sofort seinen Entzug beginnen. Er ist schuldenfrei, was Jesús angeht, und einem Neustart steht nichts mehr im Wege. Wir haben Valéria wiedergefunden und es ist etwas passiert, das ich nie für möglich gehalten habe: Dass ich jemanden so nah an mich heranlassen kann und Dinge offenbare, die ganz tief verborgen sind. Die neu gewonnene Freiheit und die Losgelöstheit machen mich fast schwerelos. Ich trete weiter auf Ivy zu und dränge sie sanft zurück, drücke sie mit dem Rücken gegen die Wand im Flur. Als sie dagegenstößt, stöhnt sie leise auf und das hat eine Wirkung auf mich. Dass wir hier und jetzt keine Zeit für uns haben, führt dazu, dass ich mich zusammenreiße und dem Gefühl nicht nachgebe. Ich vergrabe mein Gesicht in ihrem Haar, inhaliere ihren Duft, greife hinein und umschließe es mit meiner Faust. Ein tiefer Laut kämpft sich nach oben, es klingt wie ein Knurren und lässt sie ein Stück zurückweichen, um mir in die Augen zu blicken. Und dann küsst sie mich fast schon hungrig. Ich drücke meine Hüfte gegen ihre, und während wir uns küssen, spüre ich, dass sie zu grinsen beginnt. Ich kann die Wirkung, die sie auf mich hat, nicht steuern. Es ist unmöglich.

Das Lachen, das die Stufen nach oben dringt, sorgt dafür, dass wir voneinander ablassen. Ivy sieht genau danach aus, was sich hier gerade abgespielt hat. Ihr Haar ist zerzaust und sie versucht es hektisch zu richten, als wären wir Teenager, die gerade etwas Verbotenes getan haben. Ich muss schmunzeln und sehe ihr dabei zu, als Teddy mit Valéria am Arm die letzte Stufe nimmt. Valéria blickt zu mir und dann zu Ivy, sie schmunzelt und irgendwie sieht sie glücklich aus.

22 – Ivy

Es ist spät, als ich mit Valéria wieder ins Auto steige und zurück Richtung Stadt zu unserer Wohnung fahre. Valéria ist ziemlich ruhig und legt den Kopf gegen die Scheibe. Die Scheinwerfer anderer Autos kommen auf uns zu und fliegen an uns vorbei. Ich werfe einen Blick zum Beifahrersitz und kann erkennen, dass sie die Augen geschlossen hat. Vorsichtig sinke ich in den Sitz zurück und versuche mich zu entspannen. Aber durch meinen Körper rast förmlich das Adrenalin, das Blake gerade in mir freigesetzt hat. In Gedanken an die Küsse und Berührungen vor Hugos Zimmer und die Wendung, die unsere Geschichte noch genommen hat, muss ich lächeln. Ich fühle mich frei und glücklich. Valéria rekelt sich im Sitz neben mir. Sie ist müde und geschafft, ihr Gesicht sieht anders aus als sonst und ich kann noch nicht einordnen, woran das liegt.

»Geht es dir gut?«, frage ich, als wir bereits die letzte Kurve nehmen, die uns zurück auf eine richtige Straße führt, und ich Blake, Teddy und Hugo nicht mehr im Rückspiegel sehen kann.

»Ich bin müde, *corazón*«, sagt sie und bedeckt meine Hand auf dem Schaltknauf mit ihrer. »Und morgen wird emotional sehr anstrengend werden.«

Stumm nicke ich und presse fest meine Lippen aufeinander. Es ist verrückt, dass manche Menschen uns so sehr und schnell ans Herz wachsen, obwohl wir kaum etwas über sie wissen. Ich kenne Hugo seit etwa einer Woche und habe für ihn bereits Gefühle wie für einen jüngeren Bruder. Fühle mich verantwortlich, leide mit ihm und will, dass es ihm gut geht. Ich kenne Blake genauso lange und realisiere, dass ich mich Hals über Kopf in diesen Mann verliebt habe. Etwas, das ich früher nie für möglich gehalten habe, aber mir letztendlich passiert ist.

Ich parke das Auto an der Straßenseite gegenüber und stütze Valéria, als wir die Treppe nach oben gehen. Sie atmet schwer und ich beschließe, ihr Sauerstoffgerät anzuschließen, nachdem ich sie in ihr Zimmer gebracht habe.

»Nein, lass, *corazón*.« Sie winkt ab und lässt sich schwerfällig ins Kissen sinken, zieht die dünne Decke bis zur Brust und drückt kurz meine Hand als Gute-Nacht-Gruß. »Ich will einfach nur schlafen.«

»Okay«, sage ich sanft, küsse ihre Stirn und beschließe, mich morgen krankzumelden, wenn sie sich nicht besser fühlt. Noch bevor ich aus ihrem Zimmer getreten bin, kann ich an ihrem Atem hören, dass sie bereits eingeschlafen ist. Also lösche ich das Licht.

»Das ist absolut verrückt. Es klingt fast wie in einem Film.« Ada sieht mich immer noch mit einer Mischung aus Schock und Faszination an, während ich ihr gegenübersitze, in meinem Cappuccino rühre und ihr all das erzähle, was sich in letzter Zeit aufgestaut hat. An meinem Puls spüre ich, dass ich zu schnell geredet habe, aber weil unsere Schicht in weniger als einer Stunde beginnt, habe ich mich beeilt, alle Fakten zusammenzufassen und nichts auszulassen.

»Klingt total romantisch«, sagt sie, stützt den Kopf auf und schließt kurz die Augen, während sie weiterspricht. »Es kann kein Zufall sein, dass du ihm begegnet bist. Im Endeffekt war er schon immer ein Teil deines Lebens und du Teil seines, ohne dass einer von euch davon wusste. Gibt es so was überhaupt?«

Erst jetzt realisiere ich die Wahrheit, die in ihren Worten steckt. So habe ich das bisher noch nicht betrachtet.

»Anscheinend gibt es das. Darf ich nicht auch ein bisschen Glück haben? Du hast deines vor langer Zeit gefunden, vergiss das bei deiner Schwärmerei nicht.«

Ihr Blick verändert sich und ich bekomme direkt das Gefühl, in ein Fettnäpfchen getreten zu sein.

»Hab ich etwas Falsches gesagt? Ich meinte dich und Gus, ihr beide, das …«

Ich fühle mich, als sei ich kurz davor, eine schreckliche Nachricht zu erfahren. Sie räuspert sich und setzt sich kerzengerade auf, faltet die Hände auf dem Tisch und sieht mich an. Ich werfe einen Blick auf mein Handy, um zu sehen, ob Valéria versucht hat, mich zu erreichen. Als ich ihr heute Morgen gesagt habe, dass ich bei ihr zu Hause bleibe, wenn es ihr nicht gut geht und sie am liebsten für einen kleinen Check-up zum Arzt schleifen würde, wurde sie richtig grantig und hat mich fast schon aus der Tür geschoben. So gutmütig sie ist, so stur ist sie auch und ich weiß aus Erfahrung, dass ich keine Chance habe, dagegen anzukommen. Um des Friedens willen ließ ich sie gewähren und versprach, früh genug zurück zu sein, damit wir noch Hugos Abschiedsgeschenk gemeinsam verpacken können. Valéria hat ihm einen Rosenkranz mit blauen Steinen unter ihren Sammlerstücken herausgesucht und will ihn heute Mittag von *Pater Smith* in ihrer Kirche segnen lassen – als Andenken und Kraftquelle für die Zeit im *Rehability Center*. Die Geste ist tiefgründig und wunderschön. Hugo wird es lieben, dessen bin ich mir sicher.

»Nein, nein«, winkt Ada ab und spielt mit ihren Fingernägeln an der Nagelhaut herum, was sie nervös wirken lässt, »aber ich muss dir etwas sagen, das die Dinge verändern wird.«

Angst überkommt mich und ich bete innerlich, dass sie nicht krank ist und ich nicht die nächste Hiobsbotschaft verarbeiten muss. »Jetzt sag schon. Was ist es?«

Sie macht eine kurze Pause, atmet tief ein, schließt kurz die Augen und spricht es aus, als sie sie wieder öffnet.

»Gus und ich, wir werden in die USA gehen. Wir werden endlich auswandern.«

Kurze Zeit später laufe ich Arm in Arm mit Ada langsam Richtung Krankenhaus. In mir wüten zwei Gewalten – Freude, die ich für meine beste Freundin empfinde, weil ich weiß, dass sie sich einen lang ersehnten Traum erfüllt, und Trauer, weil es tatsächlich alles verändert, wenn wir uns nicht mehr täglich sehen und ein ganzer Ozean zwischen uns liegen wird. Die beiden Gefühle tanzen schon fast miteinander und verschmelzen, weil ich so verwirrt bin, dass ich nicht sagen kann, was überwiegt. »Wir telefonieren so oft wie möglich und besuchen uns. Wir wechseln uns ab. Einmal ich, einmal du.«

Sie klingt so euphorisch, dass ich meine Trauer und Angst vor der neuen Situation herunterschlucke und nicht ausspreche, was ich denke – nämlich, dass es unmöglich sein wird, mit Valéria zu fliegen und ich sie nicht wochenlang für einen USA-Besuch allein zu Hause lassen kann oder möchte. Aber ich nicke Ada zu und fühle den schmerzhaften Kloß in meiner Halsregion. Ich weiß, wenn sie jetzt den richtigen Knopf drückt, das Richtige sagt, das unausgesprochen zwischen uns ist, weine ich wie ein kleines Kind und mache es ihr schwer. Das will ich nicht.

»Du hast das verdient, Ada«, sage ich daher und lege meinen Kopf an ihre Schulter. »Hör auf so zu reden, als wolltest du mich davon überzeugen, dass du das Richtige tust und es für mich immer noch den gleichen Platz gibt.«

Sie bleibt stehen und dreht mich an beiden Schultern zu sich. Während sie mich ansieht, verzieht sie schmerzhaft das Gesicht und mustert mich eingehend.

Stark bleiben, Ivy, sage ich zu mir selbst und atme kontrolliert ein und aus.

»Es wird immer diesen besonderen Platz für dich in meinem Leben geben.«

Und dann bricht dieser Damm, den ich mühevoll innerhalb der letzten halben Stunde erbaut habe, wie ein Kartenhaus im Wind in sich zusammen und wir fallen uns um den Hals, weinen an der Schulter der anderen. Mitten auf dem Gehweg zum Krankenhaus, dem Ort, den wir beide mit so vielen Geschichten verbinden, die unsere Freundschaft geformt hat. Erst nach Minuten trenne ich die Verbindung zwischen uns, halte sie mit beiden Händen gerade so weit weg von mir, dass ich ihr ins tränennasse Gesicht blicken kann, und fahre mit dem Daumen unter ihren Augen entlang, um die Spuren der Wimperntusche zu entfernen. Dabei schniefen wir uns an und müssen lachen.

»Auch wenn es gerade überhaupt nicht danach aussieht, freue ich mich für dich. Ich weiß, wie sehr du dir das gewünscht hast, und niemand hat es mehr verdient als du.«

Sie blickt nach oben und stößt die Luft durch die geöffneten Lippen aus.

»Ich weiß«, flüstert sie gen Himmel. »Und Gus! Es ist immer sein Traum gewesen, zu seinem Zwillingsbruder zurückzukehren. Ich … habe diesen Traum adaptiert, seit wir das erste Mal in *Missouri* waren. Ich kann immer noch nicht glauben, dass wir das nun wirklich durchziehen.«

Wir setzen uns wieder in Bewegung, und so schwer mir das alles fällt, versuche ich ihr mein ehrliches Interesse zu zeigen. Denn ist es nicht genau das, was eine Freundschaft ausmacht? Dass man sich auch über die Dinge freut, die man selbst eigentlich gar nicht will, aber die den anderen unfassbar glücklich machen?

»Wann geht es los?«

Mittlerweile haben wir den Eingang zum Krankenhaus erreicht und gehen nebeneinander durch die Drehtür.

»Wir wollen in zwei Wochen für eine kurze Zeit rüberfliegen, um uns ein paar Wohnungen anzuschauen, die wir online in die engere Auswahl genommen haben. Gus hat eine Anstellung in einem Krankenhaus bekommen und will sich seinen künftigen Arbeitsort ansehen. Vielleicht gibts da auch was für mich. Ich lasse es auf mich zukommen.«

Ich schlucke.

»Hört sich an, als wäre alles gut vorbereitet.«

Es klingt vorwurfsvoller, als ich es eigentlich meine, aber die Entscheidung scheint durchdacht und geplant. Ich weiß, dass dies ein langersehnter Traum meiner Freunde Ada und Gus ist und wie lange es einfach surreal war, dass er sich jemals erfüllen würde. Für mich jedenfalls.

Ich fühle mich mies, weil ich in der letzten Zeit mit anderen Dingen beschäftigt war. Aber ehe ich das in Worte fassen kann, greift Ada nach meiner Hand und stoppt mich, bevor wir in den Aufenthaltsraum der Schwestern gehen, wo wir unsere Spinde haben.

»Hey, ich weiß, dass das viel ist und dich sicher überrumpelt. Ich wollte dir nie das Gefühl geben, dich nicht einzubeziehen, aber …« Sie schnieft und gibt die Kombination in das Zahlenschloss ein. »Das war alles auch für mich emotional anstrengend. Ich musste erst einmal selbst klarkommen mit dem Gedanken, bevor ich ihn mit jemandem teile.«

Ich muss lächelnd schnaufen und hänge meine Kleidung auf die beiden Bügel im Schrank vor mir.

»Klingt das albern?« Ada hat die Tür zugeschlagen und lehnt mit dem Rücken direkt neben mir.

»Überhaupt nicht«, sage ich und tue es ihr gleich. »Ich weiß genau, was du meinst.«

Und das meine ich genau so, wie ich es sage. Ich fühle, was sie sagt. Es sind die Dinge, die gerade in der letzten Woche in meinem Leben passiert sind, die mich genau verstehen lassen, was sie meint.

Sie bleibt auf dem Gang stehen und dreht mich an den Schultern in ihre Richtung.

»Findet heute nicht dein Gespräch statt?«

Ich runzle die Stirn, weil ich für einen langen Moment wirklich nicht weiß, wovon sie gerade spricht.

»Gespräch?«

Sie kräuselt die Lippen und zieht die Stirn in Falten.

»Mit dem Vorstand. Wegen des Spendenlaufs. Hast du das etwa vergessen?«

Noch bevor sie das letzte Wort gesagt hat, lege ich geschockt meine rechte Hand über meinen Mund und reiße die Augen auf.

»O mein Gott«, nuschle ich zwischen meine Finger. »Ich *habe* es einfach vergessen.«

Sie muss lachen und verschränkt die Arme vor der Brust, während ich mich um meine eigene Achse drehe und fühle, wie die Welle aus Angst und Panik mich heimsucht. Ich atme und versuche mich aus diesen Fängen zu befreien, weil hier weder der richtige Ort noch der richtige Zeitpunkt für eine Panikattacke ist. Dann mache ich das, was mir in diesen Momenten immer am besten hilft: Ich stelle mich breitbeinig hin und lasse meinen Oberkörper nach unten hängen, stütze mich dabei auf den Knien ab und berühre diese fast mit meinem Kopf.

Atme, Ivy.

Atme.

Ada gibt mir einen Moment. Sie kennt das Prozedere und weiß, dass ich einige Minuten brauche. Dann fühle ich, wie sie ihre Hand auf meinen Rücken legt und sanft darüberstreicht. Und obwohl mich das immer beruhigt, kommt mir in diesem Moment ein ganz anderer Gedanke, den ich gar nicht zulassen will, der sich aber so vehement an die Oberfläche kämpft, dass ich nicht loslassen kann: Wenn Ada in den USA wohnt und Valéria mich irgendwann allein zurücklässt – wer streicht mir in Momenten wie diesen beruhigend über den Rücken? Wer gibt mir den Halt, den ich in diesen Situationen brauche? Wir Menschen können vieles schultern und vieles schaffen, aber im Endeffekt sind wir nur so stark wie die Menschen, die hinter uns, neben uns stehen und uns den Rücken stärken. Im wahrsten Sinne des Wortes.

»Ivy, hey …« Ihre Stimme dringt langsam zu mir durch und ich stelle mich aufrecht hin, sehe ihr Gesicht durch den Schleier an Haarsträhnen, die mir eine klare Sicht nehmen. »Es ist alles gut. Hörst du?«

»Ich habe es vergessen, Ada«, murmle ich enttäuscht und bändige mechanisch meine blonde Mähne, indem ich einen neuen

Pferdeschwanz binde. »Wie konnte ich so etwas Wichtiges vergessen? Ich habe es monatelang vorbereitet.«

Sie greift nach meinen Schultern und fixiert mich mit ihren Augen, hält meinen Blick fest und ich muss innehalten und sie ansehen.

»Du sagst es«, sagt sie entschlossen und schüttelt mich sanft. »Du hast das so lange vorbereitet und geplant. Es wird nichts schiefgehen. Hörst du? Du wirst diese Typen davon überzeugen, dass das eine gute Sache ist und man so vielen Menschen damit helfen kann.«

Ich schließe die Augen und konzentriere mich darauf, ruhig ein- und auszuatmen, weil ich spüre, wie es besser wird durch das, was sie sagt. Weil ich weiß, dass sie recht hat. Ich habe das so lange geplant und durchdacht. Wieder und wieder. Jetzt oder nie. Alles oder nichts.

»Du hast recht«, sage ich und richte mich auf. »Du hast Recht, Ada.«

»Wie immer«, witzelt sie und klopft mir sanft auf die Oberarme. »Und jetzt komm schon.«

Ich muss lächeln und Ada legt mir einen Arm um die Schulter. Auf dem Weg in die Notaufnahme lächelt sie mich an und küsst meine Stirn. Unsere Blicke treffen sich und ich spüre in diesem Moment, dass nicht nur sie es ist, die neue Wege einschlägt und sich verändert. Wir beide sind es, die eine Metamorphose durchmachen, und ich erkenne erstmals, dass mein Leben in eine neue Richtung gelenkt wird. Eine selbstbestimmte Richtung, die mich glücklich zu machen scheint.

Die nächsten Stunden passiert so viel, dass ich kaum zum Durchatmen komme. Das Gute ist, dass es mich davon abhält, Sorgen und Ängste bezüglich des Gesprächs mit dem Vorstand zu manifestieren, das nach meinem Feierabend heute ansteht. Ich vergesse sogar zu trinken und habe keine Zeit, mich zu setzen oder meine geregelte Pause einzuhalten. Ein Kind mit Kopfverletzung wird eingeliefert und ich assistiere dabei, den Kleinen zu nähen. Die Eltern so fertig und völlig aufgelöst, verheult und hilflos im Wartebereich zu sehen, nimmt mich mit und ich denke erstmals darüber nach, wie es sich anfühlen muss, wenn man für einen kleinen Menschen die ganze Verantwortung trägt und dann doch hilflos zusehen muss, wie andere darüber entscheiden, wie es weitergeht. Aber der Autopilot ist zum Glück wieder voll im Einsatz und übernimmt die Kontrolle, als ich im OP stehe, und ich funktioniere einfach.

Bis die Tür aufgeht und Dr. Parson in der Tür steht.

»Dr. Flinch, ich brauche Ivy. Es ist dringend.«

Der behandelnde Arzt wirft mir über den Mundschutz und die schmale Brille, die er trägt, einen Blick zu. Ich habe keine Ahnung, worum es geht, und zucke die Achseln. Er nickt Richtung Tür und erlaubt mir damit, zu gehen. Die Schwester, die bisher lediglich die Sauerstoffsättigung des Kindes im Blick hatte, kommt zum Operationstisch und nimmt mir Tupfer und Zange ab. Ich laufe aus dem Raum, ziehe mir den Mundschutz vom Gesicht und die Haube vom Kopf.

»Worum geht es?«, frage ich verwirrt und blicke auf die Uhr hinter Dr. Parson. Sie zeigt kurz nach halb vier.

»Ivy …«, beginnt er und sieht fast schon hilflos aus. Ein unwohles Gefühl überkommt mich und ich spüre, wie ich schneller atme.

»Kommen Sie«, sagt er dann und geht einige Schritte geradeaus. Mit einer Handbewegung fordert er mich auf, ihm zu folgen.

Wieso sagt er nicht, was hier los ist?

Und dann ist es wie ein Stich in der Herzgegend, als hätte mich etwas oder jemand wachgerüttelt und mit einem Mal weiß ich sofort, weshalb er mich holen lässt.

»Valéria«, sage ich und kann an seinen Augen ablesen, dass ich richtigliege.

»Sie liegt auf Station 3B«, sagt er und geht weiter.

Ich werfe den Operationskittel ab, während ich beginne zu rennen. Ich laufe an ihm vorbei und werde immer schneller. Der Kittel flattert kurz hinter mir und fällt auf den Boden. Ohne ihn zu beachten, laufe ich weiter. Ich laufe und laufe, vorbei am Fahrstuhl, durch den Notausgang ins Treppenhaus, das nur von dem Personal genutzt wird, um mehr Abstand zu den Patienten und ihren Besuchern im Krankenhaus zu bekommen. Ich renne die Stufen nach oben, spüre das Brennen in meinen Lungen und die Panik, die sich breitmacht. In meinem Kopf sind tausend Fragen, Gedanken und Ängste. Ich war nicht da und sie muss den Notarzt gerufen haben. Ich weiß, wie sehr sich Valéria sträubt, in ein Krankenhaus zu gehen. Von daher kann ich nur erahnen, wie es ihr geht und wie schlimm es um sie steht. Ich muss an gestern denken, als es ihr bereits nicht gut ging, und daran, dass ich sie heute gar nicht allein lassen und mich einfach krankmelden wollte. Wieso habe ich nicht auf meine innere Stimme gehört und es getan? Dann wäre das hier nie passiert.

Als ich auf der Station ankomme und durch die Tür auf den Gang stolpere, sehe ich sofort Ada, die auf mich zugestürzt kommt. Sie hat geweint, und als ich das bemerke, öffnen sich alle meine Schleusen.

»Nein«, flüstere ich und falle gegen ihre Brust, um mich dann direkt wieder loszureißen und in jedes einzelne Zimmer zu schauen, aber nach drei Türen hält sie mich am Handgelenk fest.

»Hör zu, hör mir zu«, ermahnt sie mich und zieht mich in ihre Richtung, sodass ich vor ihr stehe und ihr meine Aufmerksamkeit schenken muss. »Ich bringe dich zu ihr, sie liegt da vorne. Aber bevor du da reingehst, hörst du mir zu, Ivy, okay?«

Sie spricht ernst und ich weiß intuitiv, dass ich auf sie hören muss, ob es mir gefällt oder nicht. Ob ich das hier will oder nicht. Ob es mich zerreißt oder nicht.

Es ist wichtig, denn es ist für Valéria. Ada gibt mir die medizinischen Fakten, die ich wissen muss. Sagt mir ehrlich, wie es um Valéria steht, und ich weiß, dass es das war. Dass diese Reise ihr

Ende nimmt und ich nichts dagegen tun kann, außer es zu akzeptieren. Dieser beschissene Autopilot streikt wieder und ich kann ihn nicht anstellen, so gerne ich das gerade auch würde. Aber meine Gefühle lassen sich nicht wegschließen und egal, wie oft Ada versucht, mit ihren Fingern meine Tränen aufzufangen, sie fließen unaufhörlich. Zu wissen, dass es Gus war, der Valéria während seiner Schicht hierhergebracht hat, tröstet mich etwas. Weil sie ihn kennt und er seinen Job mehr als gut macht, menschlich geblieben ist. Das, was vielen Krankenhausbeschäftigten oft fehlt.

»Ihre Lunge schafft das nicht mehr und …« Sie schnauft und es klingt wie ein Geständnis, was sie dann sagt: »Ihr Herz auch nicht.«

»Okay«, sage ich fast schon mechanisch, »okay. Bringe mich zu ihr, bitte.«

Ich weiß, dass Zeit etwas sehr Kostbares ist. Das weiß ich, seit ich begriffen habe, dass unsere Zeit hier begrenzt ist und nicht unendlich. Seit ich mich in Teenagerjahren intensiver mit dem Verlust meiner Eltern auseinandergesetzt habe. Seit ich in Therapie bin. Ich will die Zeit, die mir mit Valéria bleibt, nutzen und sie nicht vergeuden, indem ich heulend auf dem Gang stehe und das Leben hasse.

Als mich Ada ein letztes Mal drückt und mich dann in das Zimmer entlässt, merke ich, dass das alles real ist, weil ich bereits auf den ersten Blick sehe, dass Valéria verändert aussieht. Sie sieht nicht aus wie sonst. Ihre Haut wirkt aschfarben, und obwohl ich es zu verdrängen versuche, spüre ich intuitiv, dass das einer der Momente ist, vor denen ich mich seit Jahren fürchte.

Vorsichtig trete ich an das Bett heran und rücke leise einen Stuhl zurecht, um neben ihr Platz nehmen zu können. Ich habe ihr in den letzten Monaten so oft das Sauerstoffgerät angeschlossen und trotzdem wirken die Schläuche an ihrem Körper in diesem Moment fremd und surreal, fast schon falsch. Obwohl ich tagtäglich das Piepen von Monitoren höre, ist es hier und jetzt bedrohlich für mich. Ich will das einfach alles nicht und komme mir vor wie ein Insekt, das sich in einem Spinnennetz verfangen hat und mit aller Kraft versucht, zu entfliehen, auch wenn klar ist, dass es nicht funktionieren wird. Als ich nach ihrer Hand greife, öffnet sie die Augen und dreht den Kopf in meine Richtung. Als sie mich sieht, lächelt sie und ich muss sofort weinen.

»Hör auf, *corazón*.« Sie tätschelt meine Wange. »*Por favor*.«

Ich blicke auf den Monitor über ihrem Kopf und sehe, dass ihr Herz regelmäßig und langsam schlägt. Die Schläuche versorgen sie mit zusätzlichem Sauerstoff.

»Was ist passiert?«, frage ich vorsichtig, auch wenn ich Angst vor der Antwort habe. Angst vor Vorwürfen, obwohl ich weiß, dass sie niemals etwas dieser Art gegen mich erheben würde. Weil ich nicht da war. Weil sie mich bestimmt zu erreichen versucht hat, aber mein verdammtes Handy lautlos im Spind im Erdgeschoss eingeschlossen ist. Weil ich meine innere Stimme ignoriert und sie dennoch alleine gelassen habe.

»Willst du die Zeit mit mir damit verbringen, zu hören, was passiert ist, statt sie zu nutzen? Alles hat er so eingerichtet, dass es schön ist zu seiner Zeit.« Sie zeigt mit dem Zeigefinger zur Decke und ich weiß, dass sie von Gott spricht. »Also lass uns die Zeit, die uns bleibt, nutzen.«

Ich nicke und kämpfe gegen den Kloß, der sich schmerzend in meiner Halsregion bemerkbar macht. Die Tränen benetzen meine Wangen und sammeln sich nach und nach in der Kuhle an meinem Schlüsselbein. Und dann erzählt sie mir Geschichten. So wie früher, wenn ich völlig fertig war und nicht mehr weiterwusste. Mit dem Unterschied, dass es Geschichten aus unserem Leben sind und sie mir ins Gedächtnis rufen, dass ich durch sie das beste Leben überhaupt hatte und glücklich sein muss für all das, was war, und nicht traurig wegen der Prüfung, die mir aktuell bevorsteht. Irgendwann klopft es an der Tür und eine Schwester kommt herein, um die Werte zu überprüfen. Sie fragt Valéria, ob sie Schmerzen hat. Dann nimmt sie mich zur Seite und erklärt mir, dass sie ein Morphiumpflaster trägt, die volle Dosis aber noch nicht ausgeschöpft sei und man aufstocken könnte. Ich nicke und begleite sie kurz auf den Gang, um uns etwas zu trinken zu holen. Ada wartet dort immer noch geduldig auf mich und ich gehe kurz zu ihr, umarme sie, und bevor sie mich fragen kann, wie es Valéria geht, schicke ich sie nach Hause.

»Ich bleibe bei dir«, sagt sie entschlossen und verschränkt die Arme.

»Kommt nicht infrage«, sage ich und schüttle vehement den Kopf.

»Ich lasse dich jetzt nicht …«

»Ada!«, unterbreche ich sie schroffer als beabsichtigt und greife mit beiden Händen an ihre Oberarme. »Bitte. Ich muss das allein schaffen. Es ist unser Abschied und …«

Weiter komme ich nicht. Sie presst die Lippen aufeinander und schließt die Augen.

»Rufe mich an, wenn du etwas brauchst, ja?«

Ich nicke stumm und wir umarmen uns, bevor sie mit dem Blick auf mich gerichtet rückwärts zum Ausgang der Station läuft und dann langsam verschwindet.

Mit zwei Bechern komme ich zurück in Valérias Zimmer. Sie ist eingeschlafen, also stelle ich sie auf dem Nachttisch ab und setze mich einfach nur zu ihr. Erst jetzt merke ich, wie erschöpft ich eigentlich bin, und habe das erste Mal seit Stunden das Gefühl, durchzuatmen und zur Ruhe zu kommen, so paradox es in dieser Situation auch sein mag. Ich nehme mir das zweite Kissen aus dem Schrank und mache es mir so bequem wie möglich. Irgendwann schließe ich die Augen, nur kurz.

Nur kurz. Für einen kleinen Moment.

Und schlafe ein.

Ich werde unsanft von einem Hustenanfall aus dem Tiefschlaf gerissen und schrecke hoch. Ein Schmerz durchfährt mich im Nackenbereich und ich realisiere erst nach einigen Sekunden, dass ich halb sitzend, halb seitlich liegend auf der Kante geschlafen habe, was sich rächt. Ich ignoriere das Pochen an meinen Schläfen und stehe auf, sehe zu Valéria, die in dem Krankenbett neben mir so klein und zerbrechlich wirkt. Sie hustet und hustet und erbricht schließlich einen ganzen Schwall Schleim auf das Bettlaken. Ich drücke auf den roten Knopf und mache mich bereits daran, die Spuren mit einem Taschentuch zu entfernen, während ich beruhigend auf sie einrede. Als ich sehe, dass der Schleim rötlich ist, durchfährt mich ein Schock, aber ich bemühe mich, ihr das nicht zu zeigen. Es ist vier Uhr morgens. Ich habe relativ lange geschlafen, ohne dass ich irgendetwas um mich herum wahrgenommen habe. Die Schwester, die herbeieilt, bittet mich, kurz auf dem Gang zu warten, und ruft eine weitere Schwester, damit sie gemeinsam das Bett frisch machen können. Ich biete mich an, zu helfen, aber ich weiß, dass das aus versicherungstechnischen Gründen nicht geht. Also trete ich auf den hell beleuchteten Krankenhausflur und muss meine Augen mit der Hand abschirmen, weil sich mein Kopfschmerz durch das grelle Licht intensiviert. Ich lehne mich mit dem Rücken an die kühle Wand und lasse mich nach unten auf den Boden gleiten, stütze den Kopf in die Hände und fixiere einen Punkt auf dem Boden. Wie geht das alles weiter? Kann Valéria noch einmal entlassen werden? Geht es hier zu Ende? Muss ich im Vorfeld noch etwas regeln oder mit ihr besprechen? Da sind tausend Fragen in meinem Kopf und der Schmerz, der mir noch bevorsteht, übertüncht all diese logischen Abläufe und macht es mir einfach unmöglich, einen klaren Gedanken zu fassen. Plötzlich tauchen weiße Schuhe vor mir auf, und als ich nach oben sehe, blicke ich in das Gesicht der Schwester, die soeben auf mein Klingeln hin erschienen ist. Sie geht in die Hocke, um mit mir auf Augenhöhe zu sein, und obwohl wir uns nicht kennen, streicht sie mit einer Hand über meinen Oberarm. Ich merke erst jetzt, dass ich noch meine OP-Kleidung trage, und muss für eine Sekunde an den Jungen denken, der dort vorhin auf dem Tisch lag, als meine kleine Welt gerade so harmonisch wirkte und ich einmal dachte, dass sich alles endlich fügen wird. Aber dann kommt das Leben und haut dir einfach so eine Tür zu.

Wenn sich eine Tür schließt, öffnet sich ein Fenster. Das hat Valéria so oft zu mir gesagt und ich muss paradoxerweise lächeln, weil es einfach der Wahrheit entspricht.

»Ivy, richtig?«, fragt die Schwester und versucht, Blickkontakt mit mir herzustellen. Ich nicke stumm.

»Ich bin Sady«, sagt sie sanft und hilft mir, mich mit ihr aufzurichten. »Wie wäre es, wenn du nach Hause fährst und …«

»Auf keinen Fall. Ich lasse sie nicht allein«, unterbreche ich Sady und werfe einen Blick in das abgedunkelte Zimmer hinter uns.

»Nein«, lenkt Sady vorsichtig ein, »natürlich nicht. Aber du könntest duschen, dich umziehen. Vielleicht …« Sie verstummt und ich suche in ihrem Blick, als könne ich dort ablesen, was sie sagen will. »… möchtest du noch jemandem anrufen.«

Anrufen. Das ist dann die Antwort, die ich gesucht habe. Jemanden anrufen in solchen Situationen heißt in unserem Jargon, jemandem die Möglichkeit geben, sich zu verabschieden. Und mir wird klar, dass Valéria dieses Krankenhaus nicht mehr verlassen wird. Ich schlucke gegen den schmerzhaften Kloß an, der langsam wiederkommt, und wische mir mit schnellen und lieblosen, fast schon wütenden Bewegungen die aufkommenden Tränen von den Wangen.

»Eigentlich gibt es nur uns beide«, sage ich und zwinge mich zu einem Lächeln. Sie erwidert es und drückt nochmals meine Oberarme.

»Okay«, schließt sie. »Später ist der behandelnde Arzt da, er kann dir noch mehr Fakten nennen, wenn du möchtest.«

Ich nicke stumm und sie lässt mich allein zurück, geht zurück zum Schwesternzimmer und macht ihren Job. Plötzlich kommt mir das alles so fremd vor, obwohl es genau das ist, was ich tagtäglich mache. Mit Menschen sprechen, ihnen sagen, wie es um sie steht, sie versorgen, behandeln, Werte notieren. Dann werden sie verlegt, entlassen oder sterben und ich gehe zum nächsten Patienten. Aber die Erfahrung mit Valéria macht etwas mit mir und verändert mich. Ich weiß nicht, wieso ich in diesem Moment so eine Wut auf das Leben fühle, aber sie ist da, verdrängt alle anderen Gefühle und macht mich zu einem trotzigen und hilflosen Kind.

Ich gehe zurück ins Zimmer und Valéria dreht direkt den Kopf in meine Richtung.

»Du bist wach«, flüstere ich und setze mich zu ihr.

»Immer wieder, ja.« Ihre Stimme klingt so fremd, dass ich mich kurz erschrecke. Als sie mein Stirnrunzeln sieht, weil ich nichts davon mitbekommen habe, erklärt sie sich.

»Ich habe dich oft angesehen, *corazón*. Wer weiß, wie lange ich noch die Möglichkeit dazu habe.«

Es zerreißt mich fast, dass sie so spricht, aber es zeigt mir einfach nur, dass sie und ich wissen, was unvermeidbar ist.

»Kannst du mir einen Gefallen tun?«

»Alles, was du willst«, antworte ich und meine es genau so.

»Geh nach Hause und hole meinen Rosenkranz. Bitte.«

Ich kann nicht anders und beginne zu weinen, obwohl ich so dagegen ankämpfe. Aber dadurch habe ich das Gefühl, dass das Ganze jetzt offiziell wird. Wenn sie früher Sachen wie diese gesagt hat, habe ich sie mit Worten und Blicken getadelt für ihren schwarzen Humor, aber diesmal nicke ich stumm. Ich stehe auf und will mich auf den Weg machen, küsse ihren Scheitel, bevor ich gehe, und sehe in ihre trüben Augen. Weil ich Angst habe, dass ich die Chance dazu nicht noch einmal bekomme. Weil ich Angst habe, dass Gott diesen Abschied anders geplant hat als ich.

»Rufe die Jungs an, *por favor*.«

»Was?«

Ich weiß nicht genau, was sie meint. Welche Jungs? Und als ich gerade beginne, darüber nachzudenken, weiß ich, wen sie natürlich meinen muss – Teddy, Blake und Hugo.

»Ruf sie an und bring sie mit. Ich will sie noch einmal sehen.«

Ich lasse mich noch einmal unsanft auf den Stuhl fallen.

»Bist du dir sicher?«

»Ivy«, beginnt sie langsam und ihre Stimme bricht, sodass sie eine Pause macht. »Ich habe mein Leben Kinderseelen gewidmet. Ihr vier steht für mein ganzes Lebenswerk. Dass sich unsere Wege wieder so gekreuzt haben, ist kein Zufall. Gott hat das so gewollt. Ich kann nicht gegen ihn arbeiten.«

Ich kann nichts erwidern, weil es so wahr ist, was sie sagt, und es mir mitten ins Herz geht.

Dann drücke ich sanft ihre Hand und verlasse weinend das Zimmer, ohne dass sie mein Gesicht sehen kann. Und je weiter ich mich dann auf dem Flur von ihrem Zimmer entferne, desto schneller werden meine Schritte. Sie tragen mich so schnell ins Erdgeschoss, durch die Notaufnahme hindurch, dass ich zwei Krankenschwestern fast über den Haufen renne, weil ich das Gefühl habe, mich in einem Wettkampf gegen die Zeit zu befinden. Einem Wettkampf, den ich gar nicht gewinnen kann. Egal, wie bemüht ich bin. Egal, wie schnell ich bin. Denn hier gibt es keinen Countdown. Niemand sagt mir, wie lange ich noch Zeit habe. Es ist ein Glücksspiel, und das macht es so verdammt ungerecht. Ich reiße die Spindtür auf, um mein Handy und den Haustürschlüssel herauszunehmen. Den Rest, auch meine Kleidung, lasse ich achtlos zurück und verlasse auf dem kürzesten Weg das Krankenhaus. Auf dem Weg zu meiner und Valérias Wohnung blicke ich auf mein Telefon und sehe eine Nachricht von Blake. Ich lese sie mit zittrigen Händen, während der Bildschirm wackelt, weil ich so schnell laufe, dass es schon fast in einen Laufschritt übergeht. Als ich seine Worte lese, schluchze ich regelrecht auf, weil das Schicksal mal wieder bewiesen hat, dass es unberechenbar ist:

»Ich weiß nicht, wann ich mich das letzte Mal so gut gefühlt habe. Das erste Mal, seit ich denken kann, scheint alles einfach richtig zu sein.«

In der Wohnung angekommen, muss ich mich zusammenreißen, damit ich nicht wieder in Tränen ausbreche. Ich beschließe, schnell zu duschen und mich umzuziehen, bevor ich eine Tasche mit den Dingen für Valéria packe, die sie brauchen könnte, und vor allem denen, die ihr etwas bedeuten. Ich packe ihre Bibel ein, die sie mit zahlreichen Zetteln versehen hat, den Rosenkranz, den sie bereits besitzt, seit ich sie kenne. Ein Foto von mir und ihr, das am Kühlschrank hängt, halte ich eine Zeit lang in den Händen und betrachte uns darauf. Es wurde am Tag meines Abschlusses gemacht und ich weiß noch, wie stolz sie auf mich war. Das Gefühl, das sie mir gegeben hat. Es fühlte sich an, als wäre ich in der Lage, alles zu erreichen, alles zu schaffen und alles, wirklich alles zu bewältigen. Das Vibrieren meines Telefons lässt mich hochfahren. Dabei fahre ich schreckhaft mit der linken Hand am Kühlschrank entlang und fege alle Fotos, die dort mit Magneten befestigt sind, zu Boden. Ich blicke zu meinen Füßen und sinke langsam in ein Meer aus Bildern, die Valéria und mich an verschiedenen Stationen unseres gemeinsamen Lebens zeigen.

»Scheiße, scheiße, scheiße!«, schreie ich hysterisch und werde bei jedem Ausruf etwas lauter. Ich presse meine rechte Hand an die Stirn und versuche durchzuatmen, bevor ich den Anruf entgegennehme.

»Hallo?«

Bei einzelnen Worten klappt es meist gut, mit verstellter Stimme die Menschen im Glauben zu lassen, es sei alles in Ordnung.

»Was hältst du von einem Überraschungsbarbeque für Hugo zum Abschied? Komm mit Valéria später zum See, ich kümmere mich um alles und danach bringen wir …«

»Blake.«

Ich unterbreche ihn, indem ich einfach seinen Namen sage.

»Wo bist du?«

Ich kann nicht antworten und schlucke schwer, während ich die

Momente um mich herum aufsauge und mich an jeden einzelnen von ihnen erinnere.

»Ivy, sag mir, wo du bist.«

Seine Stimme ist ernst und ich kann heraushören, dass er sich sorgt. Ich schließe die Augen und reiße mich zusammen. Mit allem, was ich an Kraft in diesem Moment aufbringen kann.

»Valéria ist im Krankenhaus.«

»Was ist passiert?«

Seine Stimme klingt mechanisch, irgendwie alarmiert, als sei er bereit, schlechte Nachrichten aufzunehmen. Aber ich kann ihm nicht alle Einzelheiten erklären. Ich kann nicht noch mehr Zeit hier in dieser Wohnung verbringen und muss, will zurück ins Krankenhaus. Plötzlich überkommt mich Panik. Panik, dass ich nicht bei ihr bin, wenn es passiert, Panik, mich nicht verabschieden zu können. Panik, ihre letzten Wünsche nicht erfüllen zu können.

»Ihr ging es doch …«

»Blake!« Ich würge ihn unsanft ab und er verstummt. »Ihr geht es nicht gut und … sie will euch sehen.«

»Was redest du da?« Er flüstert es mir entgegen und es klingt nicht wie eine Frage, sondern eher, als wollte er nicht wahrhaben, in welche Richtung sich die Geschichte entwickelt, die wir seit gestern erst bereit waren, alle gemeinsam zu erzählen.

»Komm mit Teddy und Hugo zum Krankenhaus. Ich schicke dir Stockwerk und Zimmer. Ich warte dort auf euch.«

Eine Pause. Keine Reaktion und dann ein kaum hörbares und schon fast ersticktes einfaches »Okay.«

Kurz darauf verlasse ich die Wohnung mit der gepackten Tasche, die Fotos lasse ich auf dem Küchenboden liegen. Obwohl ich genau weiß, was sie mit mir machen werden, wenn ich erneut nach Hause zurückkehre. Aber ich kann das gerade nicht. Ich muss zu Valéria und das einzig Richtige tun – ihr kostbare Zeit mit mir schenken.

Als ich in ihr Zimmer zurückkehre, fühle ich mich erschlagen. Dr. Parson hat mich mit der Wahrheit konfrontiert. Einer Wahrheit, die ich bereits geahnt habe, die ich kannte, aber die ich immer von mir weggeschoben habe. Doch nun habe ich das Gefühl, ich stehe mit dem Rücken an der Wand und kann nicht weitergehen. Das Leben zwingt mich regelrecht dazu, mich mit der Sache auseinanderzusetzen, die ich einfach nicht wahrhaben will. Valéria wird diesen Kampf verlieren, und dass er sagt, ich solle mich mit ihr über all das unterhalten, das mir und ihr wichtig ist, Dinge klären, die zu klären sind, zeigt mir mehr als deutlich, dass wir nicht von Tagen sprechen.

Ich stelle die Tasche auf dem Tisch gegenüber des Bettes ab und setze mich wieder neben sie, berühre sie mit meiner Hand, was sie sofort die Augen öffnen lässt.

»Hast du meinen Rosenkranz?«, fragt sie als Erstes und sieht sich am Bett um.

Ich nicke und gehe zur Tasche, hole die Bibel und die Kette heraus und reiche ihr beides.

»Betest du mit mir, *corazón*?«, sagt sie und sieht mich an, drückt leicht meine Hand und legt die Bibel auf dem Nachttisch ab. Den Rosenkranz legt sie um ihre Finger und hält das Kreuz in der geschlossenen Handfläche fest.

»Wenn du das möchtest«, flüstere ich und fühle bereits wieder, wie meine Augen schwimmen. Dann lege ich meine Stirn an ihrer Schulter ab und flüstere mit ihr im Einklang die spanischen Worte des Vaterunser: *Nuestro Padre en el cielo.*

Als wir das letzte Amen gesprochen haben, fühle ich zwei Hände auf meinen Schultern – ich blicke mit verweintem Gesicht Blake an, der neben Hugo und Teddy hinter mir steht. Valéria blickt nach oben und lächelt.

»Ihr seid da«, sagt sie und fordert sie mit einer Handbewegung auf, sich zu mir ans Bett zu setzen. Teddy holt nacheinander drei Stühle vom Tisch gegenüber und da sitzen wir zu dritt um Valérias Sterbebett. Wie ihre Kinder, die wir nie wirklich waren, aber genau so gelebt haben, und sprechen über all die Dinge, die ihr auf dem Herzen liegen.

Während sie wieder einnickt, bleiben wir an ihrer Seite. Ich bin unendlich dankbar dafür, das gerade nicht alleine durchstehen zu müssen, und stelle mir für den Bruchteil einer Sekunde vor, wie die Situation nun wäre, wenn ich und Blake uns nicht nähergekommen wären. Wenn ich nicht Valéria in der Frau mit der Geige und dem Rosenkranz auf seiner Haut wiedererkannt hätte. Es hinterlässt einen kalten Schauer und ich schüttle mich, als wollte ich den Gedanken direkt verdrängen. Ich lehne mich zurück und fühle Blake, der wie ein Fels hinter mir sitzt und mich stützt. Seine Hand streicht über meinen rechten Oberarm. Ich greife danach und drücke sie leicht, um eine Art Antwort zu geben, ohne sprechen zu müssen. Eine Antwort auf das Gefühl, das er mir gibt – ich bin bei dir. Und ich antworte, dass ich sehr dankbar dafür bin. Teddy steht mit dem Rücken zu uns, er sieht auf die Felder, die sich vor dem Fenster ins Unendliche erstrecken. Hugo wippt nervös mit dem Bein.

»Wann musst du dort sein?«, frage ich und unterbreche damit die Stille, die den ganzen Raum einzunehmen scheint.

»Ist das jetzt wichtig?«

Seine Antwort kommt schnell, etwas zu schnell und ich mustere ihn. Was, wenn ihn dieses Ereignis völlig aus der Bahn wirft und nur wieder in die Arme dieser Drogenbosse drängt? Was, wenn Valérias Tod ihn dazu bringt, ins *El Chapo* zu gehen und sich die nächsten Pillen einzuwerfen? Ist er überhaupt in der Lage, ihr den letzten Wunsch zu erfüllen und sich in ein neues Leben aufzumachen?

»Hugo …«, flüstere ich und greife nach seinem Oberschenkel, »das ist wichtig. Das ist Valéria wichtig. Und uns. Mir.«

Sein Blick ist schmerzverzerrt und ich kann sehen, wie er mit sich und seinen inneren Dämonen kämpft.

Valéria räuspert sich und ich springe auf. Es klingt, als wäre ihre Kehle ausgetrocknet und sie wolle etwas sagen. Ich greife nach der Schnabeltasse, die die Schwester vorhin gebracht hat, damit sie im Liegen trinken kann, und führe sie zu ihren Lippen. Sie nimmt einen kleinen Schluck und dreht dann den Kopf in unsere Richtung.

»Hugo«, sagt sie und öffnet die Augen. Er rückt ein Stück näher ans Bett und ich sehe diese Traurigkeit in seinen Augen, die mich wieder ein Stück bricht.

»Valéria«, antwortet er und fasst nach ihrer Hand. Ich gehe aus der Schusslinie und ziehe mich etwas vom Bett zurück, Blake tut es mir gleich, weil es wirkt, als wollte sie mit Hugo sprechen, und ich will ihr die Möglichkeit geben.

»Du wirst das schaffen, Hugo, hörst du?«, sagt sie und tätschelt ihm mütterlich die Wange. »Und weißt du auch, wieso?«

Er sieht sie an, ohne zu sprechen, und Valéria lässt ihren Blick durch den Raum schweifen. Zu Teddy, zu Blake und zu mir.

»Weil ihr euch habt. Du wirst nie allein sein, Hugo. Das habe ich schon an dem Tag versprochen, als … sich unsere Wege gekreuzt haben. Du wirst nicht allein sein.«

Ich sehe, wie Blake und Teddy Blicke tauschen, und mich überkommt wieder dieses Gefühl, dass ich nicht die ganze Wahrheit kenne. Es scheint fast, als hätte Valéria ein Geheimnis, das sie mit ins Grab nehmen will.

Sie und Hugo flüstern und ich versuche, nicht zuzuhören, um ihnen die Privatsphäre zu geben, die ihnen zusteht. Dabei stehe ich mit Blake und Teddy an der Fensterfront. Ich erkenne drei Pferde, die auf dem Feldweg entlangtraben, und muss an Freiheit denken. Kann Valéria bald frei sein? Frei von Schmerz und Gebrechen und bei Gott? Ich verwerfe den Gedanken, als Teddy sich umdreht, um einen Blick auf die Uhr über der Eingangstür zu werfen.

»Ich bringe Hugo ins *Rehability Center.*«

»Es tut mir leid, dass ich euch nicht begleiten kann«, antworte ich und werfe einen Blick zu Valéria, die noch mit Hugo spricht.

»Ich bleibe bei dir«, sagt Blake dann. Er und sein Bruder sehen sich kurz in die Augen, bis Teddy nickt.

»Ich kann dich damit nicht allein lassen, Ivy«, flüstert er und sieht mich flehend an, weil er weiß, dass ich Einwände erheben werde, dass ich ihm den Moment mit seinem jüngeren Bruder nicht nehmen möchte. »Nicht nach allem, was du durchgemacht hast.«

Aber ich widerspreche erstmals nicht. Ich nehme einfach nur an und lasse mich dankbar und völlig erschöpft an seine Brust fallen.

Teddy greift kurz nach meiner Hand und drückt sie leicht, bevor er Blake auf die Schulter klopft und dann zum Bett geht.

Ich kann nicht hinsehen, als er Abschied von Valéria nimmt. Ich höre nicht, was er zu ihr sagt, und auch nicht, was sie antwortet. Weil ich das Gefühl habe, dass jeder Tropfen das Fass in mir zum Überlaufen bringt. Wie viele Abschiede braucht ein Leben?

Dann kommt Hugo zu mir und Blake. Tränen laufen ihm über das Gesicht und ich drücke ihn kurz an mich, gebe ihm das Versprechen, dass alles gut wird und wir das schaffen. Das alles. Dass ich, wir, ihn besuchen, sobald es uns erlaubt ist, und er immer einen Platz haben wird, an den er zurückkehren kann. Dass sein Leben es wert ist, gelebt zu werden. Und Sekunden später sind er und Teddy verschwunden.

Blake holt uns in der Caféteria zwei Kaffee, die um Welten besser sind als die kostenlose dünne Brühe in den Warmhaltekannen für Patienten und Besucher auf dem Flur. Während ich mit Valéria allein bin, kommt ihr behandelnder Arzt noch einmal vorbei, um zu fragen, wie es ihr geht. Aber sie dämmert immer wieder weg und ich kann nicht einordnen, ob sie gegen diesen Zustand ankämpft oder die kurzen Schlafphasen nutzt, um nochmals Kraft zu schöpfen, um noch die Dinge zu mir, zu uns, sagen zu können, die sie loswerden möchte.

»Melden Sie sich, wenn Sie etwas brauchen, Ivy«, verabschiedet er sich mit einem letzten Blick auf seine Patientin. »Natürlich auch, wenn Valéria etwas braucht oder … noch einen Wunsch hat.«

Ich nicke und schniefe. Obwohl mir nur noch zum Heulen zumute ist, habe ich das Gefühl, absolut leer zu sein und keine Tränen mehr übrig zu haben. Ich bin erschöpft und unendlich müde, aber kriege kein Auge zu. Ich lese die Nachrichten, die Ada mir in den letzten Stunden geschrieben hat, und antworte ihr. Dann sagt Valéria meinen Namen mit kratziger Stimme und ich drehe mich zu ihr, eile zum Bett und setze mich.

»Brauchst du etwas?«

Ich weiß nicht, wie oft ich ihr diese Frage in den letzten Stunden gestellt habe, aber ich meine es ernst, dass ich ihr alles bringen würde, wonach sie verlangt. Und sie verneint jedes Mal.

»Ivy, hör mir zu«, sagt sie und greift nach meinen beiden Händen. »Du hast mir etwas versprochen. Erinnerst du dich?«

Und ob ich das tue.

Ich nicke unter Tränen und sie hebt mein Kinn an, um in meine Augen sehen zu können.

»Ich will, dass du glücklich wirst. Alles andere kommt von allein.«

Am liebsten würde ich sagen, dass sie damit aufhören soll, weil es so sehr nach Abschied klingt. Es *ist* ein Abschied, und das zu realisieren, zerreißt mich gerade.

»Was ist Glück?«

Sie lacht und tätschelt meine Hand, während ich Tränen wegwische und mal wieder die Frau bewundere, die vor mir liegt. Selbst in so einem Moment denkt sie eher an andere als an sich selbst. Ihr ganzes Leben schon.

»Für jeden ist Glück etwas anderes. In der Bibel steht«, sie zeigt mit dem Zeigefinger langsam auf das abgenutzte Buch auf ihrem Nachttisch, »Gott nahe zu sein, ist mein Glück. Und für mich ist es so. Von daher bin ich glücklich.«

Ich lege den Kopf ab und höre ihren Atem, der schwerer geht als vorhin, was mich nervös und hilflos macht.

»Wenn du einen Menschen findest, den du aufrichtig liebst, der dich liebt, dann ist das wie ein Sechser im Lotto«, sagt sie und dreht langsam an den Perlen des Rosenkranzes in ihrer Hand. In diesem Moment kommt Blake zurück ins Zimmer und Valéria und ich sehen uns an. Ich muss durch meine Tränen hindurch schmunzeln und nicke ihr fast unmerklich zu.

»Wenn es sich gut anfühlt, kann es nicht falsch sein«, schließt Valéria und versucht die Position zu wechseln. Blake geht auf die andere Seite des Bettes und stützt sie, damit sie etwas weiter hochrücken kann. Alleine der Kaffeeduft, der uns augenblicklich umgibt, gibt mir ein besseres Gefühl. Als Valéria sich wieder ins Kissen sinken lässt, greife ich nach dem Becher gegenüber und nehme einen Schluck, atme den Duft über dem Tassenrand ein. Valéria gibt einen Seufzer von sich, der mich hochschrecken lässt. Ich schütte einen Teil des Kaffees über mein helles Top und mir entfährt ein zischendes Geräusch, weil er noch heiß ist.

»Shit«, fluche ich und ziehe an dem Oberteil. Blake reagiert blitzschnell und steht auf, um mir ein feuchtes Tuch aus dem Bad zu holen. Als ich ihm folgen will, greift Valéria nach meinem Arm und hält mich fest. Sie muss nichts sagen, ich sehe in ihrem Blick, dass ich jetzt nicht von diesem Bett wegkann. Ich setze mich mit meinem verfleckten Oberteil und der brennenden Stelle auf meiner Haut auf den Stuhl.

»Blake!«, rufe ich, weil Valérias Augen sich ständig schließen und sie dagegen ankämpft. Er kommt aus dem angrenzenden Bad zurück und nimmt neben mir Platz.

»Blake«, beginnt sie dann und richtet sich an ihn, sieht ihm ins Gesicht und greift nach seinem Unterarm. »Gebt aufeinander acht.«

Ihr Blick wechselt von Blake zu mir und er nimmt meine Hand.

»Und …«, sagt sie und ich kann fühlen und hören, wie schwer es ihr fällt, einen weiteren Satz zu sagen. »Hugo, Teddy und du … seid einander die Brüder, die ihr sein sollt. Euch hat etwas zusammengeführt, das der Mensch nicht trennen kann.«

Und dann hebt sich ihr Brustkorb, sie atmet ein und aus. Sie seufzt leise und ich nehme ein Geräusch wahr, das ich nicht orten kann. Ein Piepen, das nicht aufhört.

Ein Schock durchfährt mich, als ich nach oben schaue und auf dem Monitor eine Linie ohne Ausschläge erkenne.

»Valéria«, sage ich und beginne, stoisch an ihrem Körper zu rütteln, obwohl ich weiß, dass sie bereits nicht mehr da ist.

»Nein«, flüstere ich immer und immer wieder, fühle diese Welle der Panik in mir hochkommen, fühle Blakes Arme um mich, höre seine Stimme, aber nehme gar nichts mehr wahr. Plötzlich sind da Menschen im Zimmer. Ärzte und Schwestern um Valérias Bett. Alles wirkt wie in einer dieser Filmszenen, in denen die Stimmen nur noch dumpf wahrgenommen werden und sich alles in Zeitlupe bewegt.

Blake hält mich und bringt mich weg vom Bett, um den Ärzten Platz zu machen.

»Tun Sie doch was!«, schreie ich hysterisch Dr. Parson entgegen und wehre mich gegen Blakes Griff, aber er lässt mich nicht los. Valérias Arzt zieht das Stethoskop ab und lässt die Arme hängen, als er zu uns herüberkommt und diesen Ausdruck auf dem Gesicht trägt. Den Ausdruck, den ich hier schon so oft gesehen habe.

»Es tut mir leid«, sagt er leise und drückt kurz meinen Oberarm. Ich kann ihn nicht mehr hören, weil alles durch meinen Schrei erstickt und ich auf den Boden sinke, mich gegen Blakes Beine lehne. Der Satz, der dann zu mir durchdringt, teilt mein Leben fortan in zwei Abschnitte ein. Ein Davor und ein Danach.

»Zeitpunkt des Todes – 9:13 Uhr.«

23 – Ivy

Vier Wochen später

»Wie geht es Ihnen, Ivy?«

Dr. Mooley zieht die Brille ab und betrachtet mich aufmerksam. Ich sitze auf der Couch in ihrer Praxis, in der die Jalousien nicht wie bei meinen letzten Besuchen heruntergelassen sind. Der Herbst kommt mit großen Schritten und jeder versucht, so viel Sonne wie möglich aufzusaugen, bevor der Winter mit voller Härte zuschlägt.

»Wollen Sie eine ehrliche Antwort auf diese Frage?«

Sie notiert etwas auf dem Tablet, das auf ihrem Schoß liegt.

»Natürlich. Dafür sind wir hier, dass Sie mir sagen, was Sie wirklich fühlen.«

»Ich fühle mich gut«, sage ich und laufe zum Fenster, verschränke die Arme und blicke auf den See hinaus, den ich in weiter Ferne erkennen kann.

»Das freut mich für Sie«, antwortet sie und hakt nach. »Obwohl Ihr Leben sich gerade stark verändert.«

Sie untertreibt damit. Mein Leben fühlt sich fast schon wie ein anderes an: Valéria ist tot, sie hat mir die Wohnung vermacht, die sie längst abbezahlt hatte, und ein Sparbuch. Es ermöglicht mir den Neuanfang, von dem sie so oft gesprochen hat, und trotzdem lebe ich das Leben, das bereits vor ihrem Tod zu mir gehört hat. Ich lebe in unserer gemeinsamen Wohnung und habe nichts verändert. Alle persönlichen Gegenstände und Sachen sind noch genau dort, wo sie am Tag von Valérias Einlieferung ins Krankenhaus waren. Sogar das Strickzeug, das sie an diesem Morgen noch benutzt haben muss, liegt nach wie vor auf der Couch. Als warte alles darauf, dass sie zurückkommt. Valéria hatte vor langer Zeit alles bezüglich ihrer Beisetzung geregelt. Der Psalm für den Gottesdienst und der Friedhof als letzte Ruhestätte waren ausgewählt. Ich weiß zwar, dass ihr das alles wichtig war und viel bedeutet hat, aber ich weiß auch, dass sie diese Vorkehrungen getroffen hat, um mir den Start in ein neues Leben schnell zu ermöglichen. Denn so musste ich keine Entscheidungen treffen. Vielmehr fühlte es sich wie das Erfüllen ihrer letzten Wünsche an.

Aber nicht nur Valérias Tod hat die Spur meines Lebens neu gezeichnet. Ada und Gus stehen kurz vor der Auswanderung und bauen sich ein neues Leben in den USA auf, verwirklichen einen Traum, den sie so lange gehegt haben. Wenn ich an die Abschiedsfeier denke, die wir morgen veranstalten, wird mir fast schon schlecht. Hugo hat bis jetzt durchgehalten und die betreuenden Ärzte sagen, dass er auf einem guten Weg sei in ein neues, selbstbestimmtes und vor allem drogenfreies Leben. Er darf morgen zum Barbecue kommen, sofern wir auf ihn achtgeben und auch keinen Alkohol ausschenken. Durch die Vorbereitungen von Valérias Beerdigung haben Teddy und Blake Ada und Gus kennengelernt und Teddy hat angeboten, die Grillfeier am See zu veranstalten und sie mit Hugos erstem Ausgang zu verbinden. Und auch das Wasser hat sich nachhaltig für mich verändert. Seit Valérias Tod bin ich mit Blake zweimal mit dem Boot rausgefahren. Er hat meine Hand nicht einmal losgelassen.

Dieses Leben kann gut werden und ich erinnere mich immer wieder an Valérias Bitte, die ich ihr nicht abschlagen konnte – hier alle Zelte abzubrechen und zu leben.

Als könnte sie meine Gedanken lesen, spricht Dr. Mooley genau das an, weil ich ihr davon erzählt habe.

»Was ist mit dem Versprechen, das sie … Ihrer Ziehmutter gegeben haben?«

Ich warte ab, bevor ich antworte, und sie erklärt sich nochmals.

»Das Versprechen, die Wohnung zu verkaufen und ganz neu anzufangen.«

»So einfach ist das nicht.«

»Wieso nicht?«

Irgendwie macht es mich wütend, dass sie nicht lockerlässt. Wobei das paradox ist, da ich sie für genau diese Fragen bezahle.

»Ich kann nicht einfach irgendwo neu anfangen. Da sind …« Ich stoppe, weil ich merke, dass ich keine Namen aufzählen kann. »Die Arbeit, das Krankenhaus …«

»Und es gibt in keiner anderen Stadt ein Krankenhaus?«

Sie lacht kurz auf und ich drehe mich schmunzelnd zu ihr um. Dann spreche ich aus, was ich seit dem Morgen, an dem Valéria gestorben ist, mit mir herumtrage und noch niemandem bisher offenbart habe.

»Ich weiß nicht einmal, ob ich noch in einem Krankenhaus arbeiten will.«

»Weil Sie sich dort verabschiedet haben? Weil sie dort gestorben ist?«

»Nein«, sage ich entschlossen und setze mich wieder ihr gegenüber, stütze meine Unterarme auf meine Oberschenkel und sehe sie direkt an. »Meine Passion war es immer, zu helfen. Menschen das Gefühl zu geben, dass es Rettung für sie gibt. Verstehen Sie?«

Weil es die für meine Eltern nicht gab. Weil Valéria diese Rettung für mich gewesen ist. In meinem Kopf laufen hunderte kleine Filmsequenzen von Situationen ab, die ich im Krankenhaus in den letzten Jahren erlebt habe – Patienten, die kein Geld für eine angemessene Behandlung aufbringen können, Operationen, die verschoben werden, weil kein Personal da ist, Ärzte und Krankenschwestern, die darin keine Passion, sondern eine reine Geldbeschaffung sehen. Die Wut kocht über, sodass das Wasserglas überschwappt, als ich es zurück auf den Tisch stelle, nachdem ich einen Schluck getrunken habe. Ich denke wütend an den Termin mit dem Vorstand zurück und der Gedanke, dass er an dem Tag angesetzt war, als Valéria eingeliefert wurde, jagt mir einen

Schauer über den Rücken. Ich muss an die Worte von Dr. Ivolny denken, die er mir bei der Verabschiedung an der Tür vor einer Woche gesagt hat – *nehmen Sie es nicht so schwer, Ivy. So ein Spendenlauf ist nur ein Tropfen auf den heißen Stein. Er ändert nichts am Gesundheitssystem oder daran, dass wir nicht jeden retten können, verstehen Sie? Sie sollten sich ein dickeres Fell zulegen. So läuft das im Krankenhaus nun mal.*

Und damit war das Thema vom Tisch und ich fühlte mich hilflos, naiv, klein. So läuft das im Krankenhaus nun mal – der Satz hallt bis heute in meinen Gedanken wider und ich frage mich immer noch, ob es das Puzzleteil ist, das mir bisher immer gefehlt hat, um zu verstehen, weshalb es Grenzen gibt, die wir nicht überwinden können. Bin ich hier überhaupt richtig? Ich stelle seit Valérias Tod alles infrage. Es fühlt sich an, als stelle ich die Weichen neu.

»Ivy …«, mahnt sie mich sanft und legt ihr Tablet zur Seite.

»Nein!«, rufe ich etwas zu laut und rede mich in Rage. »Jeden Tag, wenn ich in dieses Krankenhaus gehe, denke ich daran, dass sich hier mein Leben ein zweites Mal grundlegend verändert hat. In eine Richtung, die ich nicht einschlagen will, aber das Schicksal zwingt mich einfach auf diese Straße. Verstehen Sie, wie das ist? Haben Sie eine Ahnung, wie sich das für mich anfühlt?«

»Okay«, sagt sie sanft und greift nach meinem Handgelenk, als wollte sie mich durch den Körperkontakt erden und sie schafft es sogar, dass ich kurz die Augen schließe und tief durchatme.

»Ich frage mich«, schluchze ich auf und versuche mit all meiner Macht diese Tränen zu unterdrücken und stark zu sein, »welchen Sinn es hat, wenn sich sowieso nichts ändert.«

Sie sieht mich stirnrunzelnd an, weil sie versucht zu verstehen, wovon ich spreche. Sie merkt jedoch schnell, dass es nicht nur um Valéria geht, und nickt langsam mehrmals.

»Es muss kein Krankenhaus sein. Dieser Weg ist nicht in Stein gemeißelt, Ivy.«

Ich blicke auf meine Schuhe und zucke dann leicht mit meinen Schultern.

»Es gibt viele Möglichkeiten da draußen, Menschen zu helfen. Sie sind jung, Ihnen stehen alle Möglichkeiten offen und mit dem Erbe von Valéria haben Sie keinen Zeitdruck, sich zu entscheiden. Nehmen Sie sich eine … Auszeit. Kommen Sie neu an.«

Über diese Option habe ich bisher nicht nachgedacht. Als sie merkt, dass ich keinen Widerspruch erhebe, fährt sie fort.

»Sie haben diesen Mann kennengelernt und vielleicht stehen alle Zeichen auf Neuanfang. Denken Sie darüber nach, Ivy.«

Dann steht sie auf. Das ist das Zeichen dafür, dass unsere Sitzung beendet ist.

Als ich auf die Straße trete, trifft ein Herbstsonnenstrahl auf mein Gesicht, als hätte er nur auf mich gewartet. Ich schließe die Augen und genieße die Wärme. Und in diesem Moment fühlt es sich an, als würde alles gut werden. Als mein Blick wieder klarer wird, weht der Wind ein Blatt in meine Richtung. Und es ist verrückt, aber ich strecke die Hand danach aus und greife es einfach aus der Luft. Während ich es nachdenklich in meinen Händen hin- und herdrehe, fällt mir ein Spruch ein, den ich einmal im Gottesdienst mit Valéria gehört habe – *der Wind weht Blätter vom Baum, wie Menschen aus dem Leben scheiden. Aber die Vögel in den Baumkronen sitzen immer noch dort und singen ihre Lieder.*

Seit Valérias Tod verbringe ich die meiste Zeit im Haus am See. Ich weiß, dass ich damit die Notwendigkeit verdränge, eine Entscheidung wegen der Wohnung zu treffen, und damit verbunden auch der Aufgabe aus dem Weg gehe, Valérias persönliche Gegenstände auszuräumen. Für mich steht fest, dass ihre Kleidung gespendet wird, das wäre in ihrem Sinne gewesen. Sie hat zu Lebzeiten von drei Dingen geredet, die ich für mich behalten soll. Die Entscheidung war leicht und so sind ihre Bibel, die Geige und der

Rosenkranz meine festen Begleiter geworden, die für mich Valéria verkörpern.

»Ich habe eine Überraschung für dich«, begrüßt mich Blake, als ich später vor dem See aus dem Auto aussteige. Er greift sanft nach meinem Gesicht und küsst mich.

»Wobei das nicht ganz richtig ist«, korrigiert er sich und fährt sich mit einer Hand durchs Haar, während er verschmitzt lächelt. »*Wir* haben eine Überraschung für dich. Also Teddy und ich.«

Ich runzle die Stirn und folge ihm an seiner Hand zum Haus.

»Ist Hugo schon da?«, beginne ich zu raten, aber Blake schüttelt den Kopf. Wir betreten das Haus und er geleitet mich zur Treppe, die in den Keller führt.

»Du zeigst mir endlich, wie man boxt?«

Ich liege ihm seit einigen Tagen damit in den Ohren und er hat mir versprochen, es mir beizubringen. Eine Frau muss sich verteidigen können, hat er geantwortet und eingewilligt.

»Nein, das muss noch ein paar Tage warten, schätze ich.« Er zieht mich zu sich und unsere Körper berühren einander. Mein Herz klopft, der Duft benebelt mich wieder, und obwohl das alles mittlerweile so vertraut für mich ist, ist es jedes Mal wieder aufregend. Ich habe das Gefühl, als kriege ich einfach nicht genug von ihm. Dem Mann, der mich sprichwörtlich gerettet hat. Dann geht er vor und führt mich an der Hand hinter sich her, bis wir im Tattoostudio angekommen sind, wo Teddy neue Waren einräumt. Er sieht zu uns herüber und hebt die Hand, lässt die Kiste auf dem Boden stehen und kommt zu uns.

»Hey«, begrüßt er mich und drückt mich sanft an sich.

»Was ist mit deiner Stirn passiert?«, frage ich geschockt und berühre die geschwollene Stelle vorsichtig mit den Fingern. Er winkt ab und verschränkt die Arme.

»Nicht so wild, ich bin in eine Tür gelaufen, das ist alles.«

Skeptisch sehe ich von ihm zu Blake, aber sein Gesicht gibt mir Entwarnung. Ich habe Angst davor, dass Jesús und seine Männer hinter seiner Verletzung stecken könnten, weil es fast zu schön scheint, dass sich doch noch alles zum Guten wendet. Zu schön, um wahr zu sein.

»Das werde ich mir später noch mal ansehen«, tadele ich ihn und lasse von seinem Gesicht ab.

»Jetzt bist erst mal du dran«, sagt Teddy und Blake und er werfen sich einen Blick zu.

»Was wird das hier?« Ich muss nervös lachen, weil ich keine Ahnung habe, was sie vorhaben und von welcher Überraschung die Rede ist. Dann fasst Blake mich an den Schultern und dreht mich langsam in die Richtung der Wand, die vom Rücken der Frau verziert war, zwischen deren Narben sich kleine und große Kunstwerke aus Tinte schlängeln. Dort hängt noch immer ein Bild, aber ein anderes.

Ich erkenne sie sofort.

Mit klopfendem Herzen laufe ich auf das große gerahmte Schwarzweißbild zu, lege eine Hand auf meinen Mund, die andere auf meine Brust und sauge jedes Detail ein, das es mir bietet – auf dem Bild ist Valéria vor etlichen Jahren zu erkennen. Sie ist nach unten gebeugt und wischt einem kleinen Jungen Eiscreme vom Gesicht. Der Rest der Eiswaffel liegt zu seinen Füßen. Zwei ältere Jungs stehen daneben und blicken in Valérias Gesicht, als wäre sie eine Heilige.

»Das ist Hugo mit dem Eis und …« Bevor Blake weitersprechen kann, vervollständige ich den Satz selbst.

»… und das seid ihr.«

Ich fühle seine Hände auf meinen Schultern, in meinem Nacken, fühle seinen Atem, der mir über die Haut geht. Tränen nehmen mir die Sicht.

»Es ist wunderschön.«

»Es ist ein Andenken, das ich von ihr hierhaben wollte«, mischt sich Teddy ein und stellt sich neben mich. »Ohne sie wäre ich nicht der, der ich heute bin. Keiner von uns.«

Dann wende ich mich Teddy zu, unsere Blicke treffen sich und meine Tränen laufen, weil ich sie nicht aufhalten kann und sie meine Augen überschwemmen.

»Ich brauche auch ein Andenken«, sage ich und meine Stimme bricht, während ich mit einer Hand mein Shirt am Ausschnitt weiter nach unten ziehe, um den Blick auf einen Teil meines Brustkorbs freizulegen. »Verewige sie unter meiner Haut, Ted. Stich mir ein Tattoo, das sie für immer bei mir hält.«

Eine Stunde später liege ich auf der Liege im *Ted's Ink*. Während Blake neben mir auf einem der Rollhocker sitzt und meine Hand hält, hat sich Teddy über mich gebeugt und bringt das Kunstwerk auf die Herzseite meines Brustkorbs, das Blake für mich und Valéria vorher zu Papier gebracht hat. Die drei Dinge, die mich für immer an sie erinnern: eine Geige und Bibel, beides umschlungen von einem Rosenkranz. Dabei läuft laut Musik, weil ich Teddy bitte, alles so zu machen, wie bei jedem anderen Kunden auch. Tränen laufen über mein Gesicht und ich bin irgendwie fast schon dankbar, als ich den brennenden Schmerz auf meiner Haut spüre, als er mit der Nadel einsticht. Weil es meine Gedanken ausfüllt. Weil es den Schmerz in meinem Herzen, das darunter ruhig und langsam schlägt, übertüncht.

Und als ich den Song höre, weiß ich, dass er mich von jetzt an für immer an diese Situation erinnern wird, die im Keller der McBoyd-Brüder zustande kam. Ein Andenken an Valéria.

But I'd rather get broken
and hold on to your memories

Der Song erzählt davon, dass wir nicht wissen, was die Zukunft bereithält. Wo wir einmal landen werden, was einmal sein wird. Aber dass es egal ist, solange diese eine Person an unserer Seite ist. Und obwohl wir Valéria zu Grabe getragen haben, weiß ich, dass sie über mich wacht und ein Teil von ihr immer hier bei mir bleibt.

Nachdem Teddy seine Arbeit beendet hat, klebt er die Stelle mit Frischhaltefolie ab und reicht mir einen Handspiegel, damit ich erstmals einen Blick auf das Kunstwerk werfen kann, das von nun an für immer meine Haut ziert.

»Erst einmal kein Wasser und die Folie solltest du drauflassen.«

Er macht sich daran, seinen Arbeitsplatz aufzuräumen, und ich setze mich auf. Blake steht hinter mir und massiert mir den Nacken. Durch das lange Liegen habe ich das Gefühl, richtig eingerostet zu sein, und lasse meinen Kopf von einer zur anderen Schulter fallen, um mich aufzulockern. Ich genieße seine Berührungen und lasse einfach los, lasse mich fallen und habe das Gefühl, durch das Tattoo eine Art Selbsttherapie begonnen zu haben. Auch wenn ich weiß, dass es nicht so einfach ist. Leider.

Doch Blakes Berührungen erinnern mich auch an seine Hand und drehe mich zu ihm herum.

»Ich habe noch etwas für dich«, flüstert er und zieht mich an sich. Diese Bewegung, dieser Ruck sorgt dafür, dass sich mein Unterleib wieder auf diese wohlige und angenehm schmerzhafte Art zusammenzieht, und ich muss schmunzeln.

»Noch eine Überraschung?«

Statt mir zu antworten, geht er rückwärts Richtung Kellertreppe und zieht mich hinter sich her. Ich folge ihm und in diesem Moment wird mir klar, dass es völlig egal ist, wohin wir gehen und was er vorhat. Ich würde mit ihm überall hingehen und mich und mein Schicksal gänzlich in seine Hände legen.

24 – Blake

Als ich mit Ivy die Garage betrete, laufe ich dicht hinter ihr und halte meine Handflächen vor ihre Augen.

»Wo sind wir?«

»Sei nicht so ungeduldig. Wir sind gleich da.«

Sie legt ihre Hände auf meine und befühlt meine Finger. Ich lotse sie langsam in die Mitte des Raumes, wo sich das Segelboot befindet, das ich gestern fertig restauriert habe.

»Okay …«, flüstere ich und zähle bis drei, bevor ich meine Hände vorsichtig von ihrem Gesicht nehme.

Sie blinzelt gegen die Helligkeit an und blickt sich um. Es dauert einige Sekunden, bis sie realisiert, dass wir in der Garage sind, aber dann blickt sie auf das Segelboot, das nun fertig restauriert vor ihr steht. Langsam geht sie darauf zu und lässt ihre Handfläche über die frisch lackierte Holzoberfläche gleiten.

»Wow, es ist fertig …« Ihr Blick wechselt zwischen dem Boot und mir, während sie weitergeht und die Holzoberfläche in Augenschein nimmt, die ich mühevoll bearbeitet habe.

»Seit vorgestern«, erkläre ich und greife nach einem Tuch, um über eine Stelle zu reiben, auf der sich etwas abgesetzt hat.

»Es sieht wunderschön aus, Blake.«

Ich gehe auf sie zu und bleibe direkt vor ihr stehen, greife mit einer Hand nach ihrer und führe die andere zu ihrem Gesicht, um eine Haarsträhne hinter ihr Ohr zu klemmen.

»Das ist noch nicht alles«, sage ich vorsichtig und atme langsam aus. Ich bin nervös, weil ich keine Ahnung habe, was sie zu meiner Überraschung sagen wird, und ich Angst habe, dass ich übers Ziel hinausgeschossen bin, dass es zu viel für sie ist.

»Komm.« Ich nicke in die andere Richtung und führe sie an meiner Hand zur anderen Seite des Bootes.

»Was ist los, du bist so …«

Sie bricht mitten im Satz ab und blickt auf die Backbordseite. Dann bleibt sie abrupt stehen und öffnet den Mund, blickt in mein Gesicht und wieder zurück auf die Holzoberfläche, auf der ihr Name in geschwungenen Lettern prangt.

»Du nennst dein Boot *Ivy*?«

Sie steht so hilflos da, dass mich sofort das Gefühl überkommt, sie beschützen zu müssen. Ich gehe zu ihr, schließe von hinten meine Arme um sie und küsse ihren Hals.

»Nicht ganz.« Ich wiege mich langsam mit ihr von links nach rechts. »Genau genommen ist es nicht mehr mein Boot. Ich würde es dir gerne schenken.«

Sie hält inne und dreht sich zu mir um. Ich kann sehen, wie ihre Augen beginnen zu schwimmen.

»Ich habe es angefangen zu restaurieren, als ich dich getroffen habe. An dem Tag davor habe ich begonnen, das Holz abzuschleifen, und das alles, dieser ganze Prozess ist wie das, was wir beide erlebt haben.«

Sie sieht mich geduldig an und legt mir eine Hand auf die Wange. Ich schlucke schwer und sage ihr all das, was ich seit einigen Tagen mit mir herumgetragen habe.

»Das mit uns beiden ist wie mit diesem alten Boot. Viele haben es aufgegeben. Einfach, weil es Spuren mit sich herumträgt. Aber unter diesem abgeplatzten Lack und diesen … Narben verbirgt sich etwas Wunderschönes. Es hat nur … Zeit gebraucht.«

Sie küsst mich und fährt mit den Händen meinen nackten Rücken entlang, was dafür sorgt, dass ich hörbar die Luft durch die Nase einziehe.

»Es hat mich an dich erinnert, Ivy«, sage ich mühevoll, nachdem ich sie ein Stück von mir weghalte. Einfach, weil ich ihr noch etwas zu sagen habe und es jetzt und hier loswerden muss. »Du bist zurück aufs Wasser, obwohl es vor langer Zeit dein Leben verändert und einen anderen Menschen aus dir gemacht hat. Wie damals das Feuer aus mir, Teddy und Hugo. Und dieses Boot hier muss auch zurück aufs Wasser. Wie du. Du hast mir erzählt, dass dein Dad ein Boot hatte. Und … das hier ist deins. Es gehört dir.«

25 – Ivy

Abends stehe ich in Blakes Zimmer vor dem Spiegel und drücke seinen dunklen Bademantel zur Seite, um das mit Folie abgedeckte Kunstwerk zu betrachten, das meine Haut von nun an für immer zieren wird. Erst jetzt wird mir bewusst, dass es nicht nur ein Andenken an Valéria ist, sondern auch eines an Blake, weil er die Zeichnung nur für mich angefertigt hat. Meine Fingerspitzen berühren vorsichtig die Folienoberfläche und ich ziehe sie schmerzhaft zurück. Es fühlt sich so wund an, dass ich fast schon lachen muss, weil es so gut das Gefühl meines Herzens beschreibt.

Im Spiegel sehe ich, wie er im Hintergrund das Zimmer betritt und zu mir kommt, die Arme um mich schlingt, die Kuhle an meiner Schulter küsst und dort den Atem ausstößt. Er hebt den Kopf und sieht mich im Spiegelbild an.

»Tut es sehr weh?«

Für einen Moment denke ich über die Frage nach.

Das Tattoo? Nein.

Mein Herz? So sehr.

Ich blicke in seine Augen im Spiegelbild und nicke vorsichtig. Ich bin mir sicher, dass er weiß, wovon ich rede. Von meinem Abschied, dem Verlust und ihrem Namen, der fest in meinem Herzen eingeschlossen ist.

»Es wird heilen«, flüstert Blake in mein Haar und fährt währenddessen mit geschlossenen Augen mit seiner Stirn an meinem Hinterkopf entlang. »Der Schmerz wird verschwinden, Krusten werden sich bilden, die Wundheilung setzt ein. Es wird besser.«

Seine Worte beziehen sich auf das Tattoo, das sein Bruder

unter meine Haut gestochen hat, aber ich weiß, dass er eigentlich von mir und Valéria spricht, und es schmerzt mich so sehr, dass er fühlt, wie ich mich fühle. Meinen Schmerz sieht und ihn nicht verdrängen will, sondern ihm Raum gibt und hier ist.

Bei mir.

»Und dann?«, frage ich vorsichtig, weil ich Angst vor der Antwort habe. Wie wird das mit uns weitergehen? Wird es überhaupt weitergehen? Je mehr Zeit ich mit ihm verbringe, desto stärker wird das Gefühl, ihn nie wieder gehen lassen zu können.

»Die Zeit wird dich heilen«, flüstert er und legt beide Hände auf meine Schultern, während er meinen Nacken mit kleinen sachten Küssen bedeckt und seine Lippen von einer Seite zur nächsten wandern, »und ich.«

Ich drehe mich zu ihm um und berühre sein Gesicht. Der Bademantel rutscht mir von den Schultern, aber Blake hält ihn fest und rückt ihn sachte zurück in Position. Ich lege beide Hände auf seine Wangen und ziehe ihn ein Stück zu mir herunter, um ihn küssen zu können. Seine Lippen berühren meinen Mund, als sei ich zerbrechlich. Die Zeit vergeht unendlich langsam und dann, als hätten wir uns abgesprochen, lege ich die Arme um seinen Nacken und Blake hebt mich hoch. Ich schlinge meine Beine um seine Hüften und lasse mich zum Bett tragen, wo er mich vorsichtig ablegt und über mir verharrt, in meine Augen sieht und etwas sagt, das für mich die Zukunft neu schreibt.

»Mein ganzes Leben habe ich auf etwas gewartet, für das sich all das lohnt.«

»... all das?«, frage ich vorsichtig nach und bin kaum in der Lage zu atmen. Meine Nerven fühlen sich an wie Seile, die kurz vor dem Zerreißen sind.

»Die ganzen Schicksalsschläge, die das Leben für einen bereithält. Dann habe ich dich getroffen und ... auch wenn wir Valéria verloren haben, glaube ich, dass jetzt der Himmel aufbricht. Für dich und mich.«

Ich will Luft holen und etwas erwidern, aber er spricht weiter und ich verharre in der Position, während ich den Blick zwischen seinen Augen hin- und herwechseln lasse.

»Ich *brauche* dich.«

Stille zwischen uns. Seine Hände legen meine über meinen Kopf, wo sich seine Finger zwischen meine flechten und zugreifen, als wären wir fest und unwiderruflich miteinander verbunden.

»Ich brauche dich«, flüstert er und küsst meine Nasenspitze. »Ich brauche dich.« Er wiederholt seine Worte und führt seine Nase meine Wange hinab zu meinem Hals.

Ich befreie meine rechte Hand und greife nach seinem Kinn, hebe seinen Kopf an, sodass ich in seine Augen sehen kann.

»Ich brauche *dich*«, antworte ich im gleichen Tonfall. »Und ich komme mit dir, egal, wo es dich hin verschlägt. Mich hält hier nichts mehr.«

Dann küsst er mich und ein unsichtbares Band legt sich um uns beide, verbindet uns miteinander und schreibt in die Geschichte, dass ich jemanden gefunden habe, den ich nie gesucht habe. Aber durch den ich gemerkt habe, dass es genau das ist, was ich brauche.

Blake zieht das Oberteil über den Kopf und wirft es zu Boden, während ich seine Hose öffne und sie bis zu seinen Knien ziehe. Und dann reiße ich fast an der Jeans, die nur noch lose in seiner Kniekehle hängt. Ich kralle mich in seine Haut und kämpfe mich unter ihm heraus, drücke ihn in die Matratze und setze mich auf ihn. In diesem Moment schnellt Blakes Oberkörper mir entgegen und hält mich fest. Wir halten inne und schauen uns stumm an, atmen nur und bewegen uns. Es ist ein wohliger Schmerz, der mich durchzieht und aus mir einen Laut hervorbringt, der einem Wimmern ähnelt. Einfach, weil ich mehr davon will, aber nicht mehr möglich ist als das gerade in diesem Moment. Nicht mehr Nähe, nicht mehr Leidenschaft und nicht mehr von ihm. Er legt seine Handfläche auf meinen Mund und ich atme hinein, halte diesen Augen stand, die mich an Wolkenbrüche erinnern, und verliere mich in diesem Gefühl.

»Das, was du vorhin gesagt hast … ist das so?«

Blake streicht mit einer Hand durch mein Haar und massiert meine Kopfhaut.

Es ist spät am Abend und wir liegen nackt in die dunklen Laken gehüllt in seinem Bett. Musik spielt im Hintergrund und die kleine Nachttischlampe taucht uns und den Rest des Zimmers in ein dämmriges Licht.

»Dass du mich brauchst?«, fragt er nach und ich stütze mich mit dem Ellbogen auf, während ich meinen Kopf in meine Handfläche lege. Mit dem Daumen der anderen Hand fahre ich von links nach rechts über seine Unterlippe und mustere ihn.

»Dass du mit mir überall hingehst«, ergänzt er und lässt seine Fingerspitzen über meine Flanke wandern.

Unsere Blicke treffen sich und ich muss an die Worte von Valéria denken, an das Versprechen, das ich ihr gegeben habe, an die Sache, die ihr so wichtig war. Ich muss an meine letzte Sitzung mit Dr. Mooley denken und daran, dass ich jederzeit neu anfangen kann. An Hugo, der gerade seinen Neustart wagt, an Ada, meine beste Freundin, die in Kürze mit Gus in die USA auswandern wird. Aber was ist mit mir? Die einzige Konstante bildet für mich das Krankenhaus, dabei fühle ich mich gerade so verloren, dass ich nicht weiß, ob ich weiterhin in einem Krankenhaus arbeiten will. Ich will Menschen helfen, aber erstmals kommt mir der Gedanke, dass es da draußen mehr Möglichkeiten und Wege gibt als eine Notaufnahme und weiße Kittel, Versicherungsnachweise und Formulare, die ausgefüllt werden müssen, bevor man Hilfe bekommt. Abrupt setze ich mich auf und sehe ihn an.

»Mich hält nichts mehr in Hartford. Und ich glaube, dass es das ist, was ich brauche. Auch wenn ich mich bisher gegen den Gedanken gewehrt habe, weil ich einfach will, dass alles so bleibt. Aber das geht nicht. Und …«

»Und?«, hakt Blake nach und greift nach meiner Hand.

»… und ich habe es Valéria versprochen.«

»Was genau?«, er streicht eine Haarsträhne aus meinem Gesicht hinter mein Ohr und betrachtet mich.

»Dass ich fortgehe.«

Er sieht mich stirnrunzelnd an und hört mir zu, während ich ihm all das erzähle, was wir beide vor ihrem Tod immer wieder besprochen haben. Von ihrem Wunsch, dass ich das Leben voll auskoste und es nicht in dieser alten Wohnung verbringen soll. Von ihrer Aufforderung, alles hinter mir zu lassen und nur drei Dinge zu behalten, die mich an sie erinnern. Ich erzähle von dem Gespräch mit Dr. Mooley und der Bürokratie, die mich im Krankenhaus oft zur Verzweiflung bringt. Dass alles vielleicht so gekommen ist, wie es kommen sollte, und ich mich auf zu neuen Ufern machen soll – eine Metapher, die voll ins Schwarze trifft, weil ich durch Blake erst wieder zu einem dieser Ufer gelangt bin. Weil er mich gerettet hat, wie in unendlichen Nächten davor von mir geträumt. Dieser Mann ist mein Schicksal und mit ihm irgendwo neu anzufangen, wo auch er die Vergangenheit hinter sich lassen kann, ist das, wovon viele Menschen träumen.

Er setzt sich auf und sieht plötzlich ernst aus. Er spielt mit seinen Händen an meinen Fingern.

»An dem Tag, als … Valéria ins Krankenhaus kam, kam ein Brief hier an.«

»Welcher Brief?«

»Ich kann in acht Wochen auf einer Werft in *Carnaby Hill* anfangen.«

Ich erinnere mich an das Gespräch, in dem er mir von seinen Zukunftsplänen, von seiner Passion und seinen Wünschen erzählt hat, dann durchsuche ich meine Gedanken nach dem Namen, den er mir genannt hat, aber kann mich nicht erinnern, ihn schon einmal gehört zu haben.

»*Carnaby Hill*«, wiederhole ich nachdenklich, zucke dann die Schultern und frage nach. »Wo liegt das? Noch nie gehört.«

Er greift nach dem Tablet, das auf seinem Nachttisch liegt, und gibt den Ort in die Leiste der Suchmaschine ein, während er erzählt, dass es sich um ein kleines Städtchen handelt, das für seinen Hafen und die Fischerei bekannt ist. Blake gerät ins Schwärmen, sodass ich das erste Mal ein Leuchten in seinen Augen erkennen kann, das ihn fast glücklich erscheinen lässt. Der Mann, der bisher ein großes Mysterium für mich war, sieht euphorisch aus und ich liebe es.

»Es ist idyllisch, überall sind Pinien und …« Ich unterbreche ihn, indem ich ihm eine Hand auflege, das Tablet an mich nehme und ihn anlächle.

»Ich kann pendeln. Wir können hier in *Hartford* bleiben, wenn es dir nicht gefällt«, sagt er eilig, als habe er Angst, ich könnte direkt ablehnen.

»Okay«, sage ich bloß und küsse ihn sanft auf die Lippen. »*Carnaby Hill.*«

»Was?«

»Lass es uns tun«, sage ich entschlossen. »Gehen wir nach *Carnaby Hill.*«

»Ist das dein Ernst?« Blake sieht mich entgeistert an und greift nach meinen beiden Händen.

»Mir war es noch nie so ernst mit etwas.«

Blake zieht mich zu sich und setzt mich auf seinen Schoß.

»Das ist absolut verrückt«, sagt er und muss lachen, während er seine Stirn an meine legt und seine Hände mein Gesicht einrahmen.

»Ich weiß«, flüstere ich ihm entgegen und fühle wieder das Ziehen in meinem Unterleib, weil wir uns so nahe sind, dass es mich regelrecht betört und diese Sehnsucht in mir auslöst. »Aber wenn ich eins gelernt habe, dann, dass man Chancen ergreifen muss, weil sie nicht wiederkommen. Dass das Leben jeden Tag vorbei sein kann und ich es in vollen Zügen auskosten will. Mit dir. Lass uns das tun.«

Blake küsst mich hungrig, leidenschaftlich und zieht eines der Laken über meinen Rücken.

In diesem Moment fühlt es sich an, als öffne sich mein Herz

Stück für Stück und lasse Liebe hinein. Ich kann förmlich fühlen, wie Valéria von oben auf uns herablächelt und sich die Hände reibt, weil ihr Plan aufgegangen ist, ich dem Schicksal vertraue und einen Neuanfang wage. Und diese Vorstellung macht mich glücklich.

26 – Ivy

»Einen Toast!«, rufe ich über die lange Tafel und ernte lautes Tischklopfen, sodass das benutzte Geschirr, das sich vor uns auftürmt, klappert. Hugo sitzt neben mir, legt sich die Hände übers Gesicht und lässt seinen Kopf beschämt auf meine Schulter fallen. Zu meiner Rechten sitzt Blake, der eine Hand auf meinem Oberschenkel abgelegt hat und mir damit ein unbeschreibliches Gefühl gibt. Ada sitzt mir gegenüber. Sie weiß, dass damit nicht nur Hugo, sondern auch sie und Gus gemeint sind, denn es ist auch ihre Abschiedsfeier. Teddy sitzt am anderen Ende des Tisches. Links von Gus sitzen seine zwei Freunde, die ich aus der Notaufnahme kenne, außerdem Adas Schwester und ihr Ehemann. Hugo hat durch die Drogen und den Absturz, den er hingelegt hat, sämtliche Freunde verloren, und als er gegen Mittag mit Teddy hier ankam, hat er erstmals darüber gesprochen, wie die Drogen sein Leben verändert haben, was er bereut und wie er neu anfangen will.

Das Klopfen dauert so lange an, bis Hugo sich geschlagen gibt, abwehrend die Hände hochhält und aufsteht. Er räuspert sich und Blake pfeift, indem er zwei Finger zu seinen Lippen führt. »Okay, ich war zwei Wochen weg und … es hat sich einiges verändert«, beginnt Hugo, während er seinen Blick zu mir und Blake wandern lässt, »aber nichts, was ich nicht erwartet hätte.«

Er erntet Gelächter, ich öffne spielerisch empört den Mund und boxe ihn sanft in die Seite.

»Es war von Anfang an klar«, mischt sich Teddy vom anderen Ende aus ein und unterdrückt ein Schmunzeln. »Als Ivy das erste Mal hier war, hat Blake danach …«

»Das sagst du ihr nicht!« Blake ruft scherzhaft über die Tafel hinweg die Drohung aus, die sogar Teddy zum Lachen bringt. Ein Bild, das es selten gibt, weil er immer ernst wirkt und so, als trüge er all die Last der anderen auf seinen Schultern, als sei er für alles und jeden hier verantwortlich. Eher wie ein Vater als wie ein Bruder.

»Jetzt will ich es wissen!«, fordere ich Teddy lachend auf und halte meine Hand über Blakes Mund, sodass er schließlich aufgibt.

»Er sagte, dass sie ihn in den Wahnsinn treibe. Er hat es damals anders gemeint, aber ich wusste, dass das der Beginn einer richtigen Beziehung sein muss.«

Alle lachen laut auf und ich nehme meine Hand von Blakes Mund, ziehe seinen Kopf zu mir heran und küsse ihn leidenschaftlich. Als wir uns voneinander lösen, treffen sich Adas und meine Blicke. Ihre Augen sprechen zu mir, wie jedes Mal, wenn wir keine Worte brauchen, um uns zu verständigen.

Schön, dass du endlich glücklich bist – sagen sie.

Und ich wünsche dir alles Glück dieser Welt. Du hast es verdient – antworten die meinen.

»Ich war ganz unten«, setzt Hugo seine Rede fort und das Gelächter und die ausgelassene Stimmung ebben augenblicklich ab. Alle Blicke sind auf ihn gerichtet, jeder will hören, was er zu sagen hat, und ich streiche ihm sanft über den Rücken, um ihm zu zeigen, dass ich nach wie vor da bin.

»Ich habe viel getan, um mein Leben gegen die Wand zu fahren, meine Brüder angelogen und um viel Geld gebracht. Geld, mit dem sie meine Schulden beglichen haben. Ich weiß nicht, wie ich all das wiedergutmachen kann, was ihr für mich getan habt.«

Teddy und Blake werfen sich einen Blick zu und ich muss sofort an eine Sache denken, die bis jetzt noch offen und nicht geklärt ist – Valérias letzte Worte an die drei. *Seid die Brüder, die ihr sein sollt*. Es klingt, als spielte sie damit auf einen Streit an, der die drei voneinander entfernt hat oder immer noch zwischen ihnen steht, und ich muss noch herausfinden, was es damit auf sich hat.

»Aber dann kam Ivy in mein Leben, weil Blake auch nicht perfekt ist und Mist gebaut hat.«

Das Lachen setzt wieder ein und ich bin froh, dass es nicht mehr so ruhig um mich herum ist, auch wenn alle Blicke auf mich gerichtet sind. Hugo dreht sich in meine Richtung und seine Augen verbinden sich mit meinen.

»Ich bin so dankbar, dass du in mein Leben getreten bist. Durch dich habe ich die Frau wiedersehen können, die mich als Kind und Jugendlicher zu oft aus diesem Sumpf gezogen hat. Das bedeutet mir sehr viel, Ivy. Danke für alles, was du für mich getan hast.«

Seine Stimme hört sich anders an, als er die letzten Worte ausspricht. Als würde sie versagen und ich kann nicht anders, als aufzustehen und ihn zu umarmen. Seine Arme umschließen meinen Rücken und ich habe erstmals das Gefühl, ihn nicht zu umarmen, um ihn zu stützen, ihm Kraft und Halt zu geben, Mut zu machen oder zu beschützen. Sondern ich umarme ihn, um ihm zu zeigen, dass ich genauso fühle wie er gerade und ich ebenso dankbar für diese Begegnung bin. Auch, weil sie Valéria zum Ende so viel gegeben hat. Ich drücke ihm einen Kuss auf die Wange, bevor wir uns voneinander lösen und Hugo sein Glas erhebt, in dem sich nur Wasser befindet.

»Auf euch«, sagt er dann und prostet Teddy, Blake und mir zu. »Und auf Valéria.«

Sein Blick gleitet zum Himmel und er zwinkert, was mir das Herz bricht.

»Auf Valéria«, wiederholt Blake und alle sagen ihren Namen und ich berühre mit meinen Fingerspitzen das Tattoo bestehend aus Geige, Bibel und Rosenkranz.

Und Blake hatte recht mit dem, was er mir gestern Abend erklärt hatte. Es heilt. Stück für Stück, Tag für Tag. Es tut heute bereits weniger weh als gestern und ich bin zuversichtlich, dass der Schmerz irgendwann verblassen wird. Aber niemals die Erinnerung daran.

Als Ada ihre Rede hält, heule ich wie ein Schlosshund. Es sind Freudentränen, als sie zahlreiche lustige Anekdoten unseres gemeinsamen Lebenswegs zum Besten gibt, als sie den Abend im *Drumstick* erwähnt, an dem sie Blake und mich erstmals zusammen gesehen hat. Als sie von unserer gemeinsamen Zeit im Krankenhaus berichtet, unsere Insider mit einfließen lässt. Dann spricht sie von Gus, ihrem besten Freund, Ehemann und Seelenverwandten. Wie oft habe ich mich gefragt, wie es sich anfühlen muss, wenn das Leben es so gut mit einem meint. Jetzt fühle ich, was sie fühlt, und kann verstehen, dass sie ihrem Herzen folgt und mit ihm in ein neues Leben aufbricht. Ihre Rede ist fast eine Hommage an ihn und endet in einem leidenschaftlichen Kuss, der so stürmisch ist, dass ein Glas umgestoßen wird und zu Bruch geht. Aber Scherben bringen bekanntlich Glück und ich sehe es als Sinnbild ihres bevorstehenden Weges. Die beiden gehören zusammen und dabei ist es unwichtig, wo sie sind. Zufrieden und müde kuschle ich mich an Blake, der eine Decke um uns gelegt hat. Mittlerweile ist es dunkel geworden und wir sitzen immer noch an der langen Tafel draußen in der Nähe des Ufers. Auf dem Tisch brennen dicke Blockkerzen und beleuchten unsere Gesichter. Der Sommer hat sich endgültig verabschiedet und ich merke, dass ich etwas Warmes brauche, das mich wach hält. Hugo muss noch heute zurück in die Einrichtung und kindlich denke ich, dass ich wach bleiben will, um diesen Abend nicht früher enden zu lassen, als er eigentlich muss. Also stehe ich auf und klatsche in die Hände.

»Wer will Kaffee?«

»Ich helfe dir«, bietet Ada an und grinst.

Ich weiß, dass sie die Gelegenheit nutzt, um mit mir allein zu sein, und nehme ihre Hilfe dankend an.

»Okay, also alle«, sage ich lachend, als ich die Gesichter sehe, und spare mir das Zählen, lege freundschaftlich den Arm um meine Freundin und gehe mit ihr ins Haus.

Ich lasse die Tür angelehnt und ziehe mir im Flur einen Sweater über, den ich dort an der Garderobe gelassen habe.

»Kalt geworden«, murmle ich und reibe mir die Hände, während ich in die Küche gehe, das Licht anknipse und die Kaffeemaschine mit Wasser und Pulver befülle.

»Lass das«, sagt Ada aufgedreht und stellt sich eng neben mich. »Erzähl schon. Ich will alles wissen.«

Ich muss lachen, und während wir gemeinsam an die Küchenarbeitsplatte gelehnt in Teddys Haus am See stehen und dem Geräusch der Maschine lauschen, die wundervollen Duft im Haus verteilt, erzähle ich ihr die pikanten und intimen Details meiner noch frischen Beziehung zu dem Mann, der einem Kunstwerk gleicht. Sie lauscht meinen Worten und sieht verträumt auf einen Punkt an der gegenüberliegenden Wand, als stelle sie sich bildlich das vor, was ich gerade berichte.

»Wow«, murmelt sie dann und stößt schnell Luft aus der Nase aus. »Dafür hat es sich dann gelohnt, schätze ich.«

»Was gelohnt?«

»Alle anderen abzuweisen und auf etwas Echtes zu warten. Wenn das nicht echt ist, weiß ich auch nicht.«

Ich lächle verträumt vor mich hin und muss ihr recht geben. Es ist echt und genau das, was ich so dringend brauche.

»Da ist noch etwas«, sage ich und kratze mich verlegen am Kopf, während ich mich räuspere und ihr einen Blick von unten herauf zuwerfe, den sie sofort erwidert. Aber Ada schweigt und wartet, dass ich mit der Sprache herausrücke.

»Blake und ich …«, beginne ich zögernd. »Wir gehen weg von hier.«

»Wirklich?« Sie klingt aufgeregt und euphorisch. Ihre Stimme erinnert mich an die einer Person, die im Radio gerade nicht fassen kann, dass sie etwas gewonnen hat, und ich muss lachen.

»Wir fangen neu an. Er hat eine Zusage für einen Job auf einer Werft in einer Stadt namens *Carnaby Hill* und … Boote sind sein Leben. Die Fischfabrik war eine Notlösung und … wir brauchen beide diesen Neustart. Bis Blake die Stelle antritt, bleibt genug Zeit, um die Wohnung zu räumen und sie zu verkaufen. Dadurch habe ich dank Valéria ein kleines finanzielles Polster und kann mich neu orientieren. Ich werde kündigen und sehen, wo es mich hin verschlägt. Also … wird sich Valérias letzter Wunsch erfüllen, schätze ich.«

Sie zieht mich direkt in die Arme und an ihrer Stimme höre ich, dass sie mit den Tränen kämpft, was bei mir automatisch Gleiches auslöst. Weil ich es so wunderbar finde, wie sie sich für mich freuen kann, weil sie mir all dieses Glück der Welt genauso gönnt wie ich ihr. Aber vielleicht auch, weil wir beide merken, dass sich alles verändert und wir nicht wissen, wie es mit *uns* weitergeht. Es fühlt sich fast wie ein Abschied an, obwohl wir uns noch sehen, bevor sie in wenigen Tagen mit Gus in das Flugzeug steigt, das sie über einen ganzen Ozean bringt, der uns dann künftig voneinander trennen wird. Aber mein Unterbewusstsein schickt mir Signale, dass das unser wirkliches Goodbye ist. Ich ignoriere die Warnung in mir, schiebe sie grob beiseite.

Das hier ist *kein* Abschied zwischen Ada und mir.

»Das ist gut«, flüstert sie unter Tränen und streicht mit beiden Händen über meinen Rücken. »Ich bin froh, dass du das machst, Ivy. Wirklich.«

Ich antworte nicht und trotzdem erklärt sie sich.

»Es wäre nicht gut für dich, hierzubleiben und … in dieser Wohnung zu leben. Jeden Tag dort hinzugehen, wo alles zu Ende gegangen ist. Du brauchst eine neue Chance, und das ist sie, schätze ich.«

Ich drücke sie ein Stück von mir weg und blicke in ihr Gesicht, sehe ihre mit Mascara verschmierten Augen und fahre mit einem Finger darunter entlang, um die Spuren so gut es geht zu beseitigen. Wir müssen beide lachen. Dann piept die Maschine neben uns.

»Ich schätze, wir haben, was wir brauchen«, sage ich, zeige auf die vollgelaufene Kanne mit Kaffee und versuche, dem Gespräch mehr Leichtigkeit zu geben. Ada stellt mehrere Tassen auf ein Tablett und greift nach dem Zucker aus dem Regal.

»Das stimmt«, sagt sie dann und zwinkert mir zu, bevor sie einen Blick durch das Fenster nach draußen wirft. »Wir haben alles, was wir brauchen. Lass uns gehen.«

Ada und Gus verlassen als Letzte das Grundstück. Ich drücke Gus und sie an mich und wir verabreden uns für übermorgen, um gemeinsam zum Flughafen zu fahren. Dann gehe ich zurück zum Haus, wo ein weiterer Abschied auf mich wartet. Hugo muss zurück in die Einrichtung und steht bereits mit gepackter Tasche im Flur, wo er in einem Buch liest und es zuschlägt, als er mich sieht.

»*Kafka*?«, frage ich und zeige auf den Einband.

»Gestörte Persönlichkeit«, sagt er und lacht verschmitzt. »Könnte helfen.«

Ich muss mitlachen. Dann stehen wir voreinander und sehen betreten zu Boden.

»Ich muss los, Ivy«, sagt er dann und schließt mich in seine Arme.

»Ich bin stolz auf dich, Hugo«, murmle ich an seine Schulter und drücke ihm einen Kuss auf. »Du hast es bis hierhin geschafft. Du bist clean.«

»Und ich fühle mich großartig.«

Ich löse mich von ihm und sehe ihm ins Gesicht. Man kann förmlich sehen, dass es ihm um Welten besser geht als noch vor wenigen Wochen.

»Jetzt ist es fast geschafft. Es geht darum, dass das ein dauerhafter Zustand wird, dass du in deinem neuen Leben zurechtkommst.«

»Ich weiß.«

Einen Moment stehen wir wortkarg beieinander, bis man Schritte auf der Kellertür hört und kurz darauf Blake und Teddy im Flur stehen.

»Seid ihr so weit?«, fragt Teddy und greift nach dem Autoschlüssel auf der Anrichte. »Wir dürfen nicht zu spät kommen.«

»Ich bleibe hier und beseitige das Chaos«, sage ich und gehe zu Blake, um ihn zu küssen, bevor sie aus der Tür gehen.

»Sei nicht albern«, sagt er und wirkt verwirrt. »Das machen wir morgen. Du kommst natürlich mit.«

»Nein«, sage ich sanft und blicke zu Hugo, dann zu seinen Brüdern. »Macht ihr drei das ohne mich. Wir haben noch viele Momente zu viert. Das ist einer nur unter euch.«

Teddy legt im Vorbeigehen eine Hand auf meine Schulter und drückt leicht. Ich weiß, dass er eher reserviert ist und kaum Nähe zulässt oder zeigt. Daher bedeutet es von ihm umso mehr. Hugo drückt mich noch einmal und geht mit Teddy bereits zum Auto. Nur Blake und ich bleiben zurück. Er trägt diesen schwarzen Hoodie und die aufgerissene Jeans, die mich an den Besuch in der Notaufnahme erinnert. Er sieht mich an und seine Augen schicken dieses Signal, das mich fast um den Verstand bringt. Dann geht er auf mich zu und drückt mich vorsichtig, aber bestimmt gegen den Türrahmen hinter mir. Er küsst mich und ich höre seinen Atem, der schneller geht als sonst, und fühle seine Körperspannung, weil kein Blatt zwischen uns passt.

»Ich liebe dich für all das.«

»Wofür?« Ich öffne die Augen und drücke ihn mit einer Hand etwas von mir, um sein Gesicht ansehen zu können.

Blake macht eine kurze Pause, berührt meine Wange und wiederholt dann genau das, was ich eben gesagt habe. »Ich weiß, dass das verrückt klingt. Es gibt noch so viel, was ich nicht von dir weiß, und trotzdem ziehen wir das hier gemeinsam durch. Aber es stimmt. Ich … bin verrückt nach dir. Ich liebe dich für alles, was du tust. Wo warst du die ganze Zeit, Ivy Sanchéz?«

Dass er meinen vollen Namen sagt, macht diese Sache für mich aus irgendeinem Grund richtig ernst und ein komisches Gefühl überkommt mich. Ich bekomme schwitzige Hände, mein Herzschlag beschleunigt sich, ein Kribbeln durchfährt mich. Und dann realisiere ich, dass es Glück ist. Es ist das Gefühl, glücklich zu sein, und es füllt mich vollkommen aus.

Ich ziehe ihn zu mir und küsse ihn stürmisch, sauge Geschmack und Geruch von ihm mit all meinen Sinnen auf, schiebe meine Hände unter seinen Hoodie. Ein Hupen von draußen lässt uns auseinanderfahren. Ich erinnere mich an Teddy und Hugo, die auf ihn warten, und lege meine Stirn schnaufend an seine Brust, dann müssen wir beide lachen.

»Wenn ich zurück bin, machen wir genau da weiter.« Er gibt mir einen letzten Kuss auf die Stirn und geht dann zur Tür. Seine Hand berührt so lange meine, bis die Entfernung zwischen uns zu groß wird und wir unsere Arme sinken lassen.

»Okay«, flüstere ich und sehe ihn an, bis er die Tür hinter sich zuzieht.

Vor mich hin summend gehe ich tänzelnd in die Küche und räume Geschirr in die Spülmaschine, lasse Wasser ins Waschbecken darüber, schenke mir den Rest Kaffee in eine übergroße Tasse und mache mich ans Werk.

Zehn Minuten später klopft es an der Eingangstür. Ich trockne meine Hände ab, die über und über mit Schaum benetzt sind, und sehe im Flur Hugos Roman von *Kafka*. Intuitiv greife ich danach und öffne die Tür.

»Ich habe eben erst gesehen, dass du ihn …«

Ich lasse die Hand mit dem Buch darin sinken. Vor der Tür steht nicht Hugo.

Vor mir steht Jesús mit drei Gestalten hinter ihm. Als er mich erkennt, verzieht er den Mund zu einem breiten Grinsen, ein Zahnstocher ragt lose zwischen seinen Lippen hervor.

»*Guapa*«, sagt er und legt den Kopf schief. »Wie schön, dass ich dich wiedersehe.«

Panik überkommt mich, weil ich weiß, dass es kein gutes Zeichen ist, wenn er hier auftaucht, und weil ich ihn längst vergessen, die Sache als erledigt und geklärt abgehakt hatte. Erst jetzt dämmert mir, dass ich ganz allein im Haus bin, das so weit abgelegen ist, dass niemand hören kann, wenn ich schreie. Das Telefon ist auf der Anrichte am Ende des Flurs, und bevor ich es hole, muss ich die Tür schließen und mich in Sicherheit bringen. Aber ich begehe einen großen Fehler.

»Teddy und Blake sind nicht da.«

Dann drücke ich mit aller Kraft und so schnell ich kann von innen gegen die Tür, spüre aber sofort einen Widerstand. Als ich nach unten blicke, sehe ich einen dunklen Schuh, der sich blitzschnell auf die Türschwelle geschoben hat. Er gehört zu dem Typen hinter ihm, den ich wiedererkenne. Jesús hat ihn im *El Chapo* mit Diego angeredet.

»Dann warten wir doch einfach zusammen auf sie, *guapa*.«

Der massige Typ im Hintergrund drückt mit beiden Händen die Tür auf und sie gehen ganz selbstverständlich an mir vorbei in Teddys Haus. Sie sehen sich links und rechts um, während sie ins Wohnzimmer schlendern und sich auf die Couch und den Sessel daneben fallen lassen. Der Unbekannte wartet, bis ich an ihm vorbeigehe. Er beobachtet jede Bewegung und jeden Blick von mir, denn als er sieht, dass ich auf das Telefon linse, spricht er mich direkt an.

»Das würde ich lassen, *pequeña*.«

Pequeña – Kleine.

Er nennt mich *Kleine* – ich funkle ihn wütend an und er greift nach meinem Oberarm, um mich zum Weitergehen zu bewegen. Trotzig entreiße ich mich seinem Griff und gehe weiter ins Wohnzimmer, weil ich weiß, dass ich keine andere Wahl habe, als hier mit ihnen auf Teddy und Blake zu warten.

Und ich kann sie nicht warnen.

Mit verschränkten Armen stehe ich im Wohnzimmer und halte Jesús' Blick stand, der süffisant lächelt und den Zahnstocher auf seinen Lippen hin- und herbewegt. Ich kann im Augenwinkel erkennen, dass mich der Massige im Sessel mustert und mit seinen Blicken förmlich auszieht, während der, den sie Diego nennen, neben Jesús mit einem Klappmesser spielt und es mit schnellen Bewegungen durch seine Finger gleiten lässt. Ich weiß nicht, wann ich mich das letzte Mal so unwohl gefühlt habe. Weil ich so dumm war und nicht durch den Spion nachgesehen habe, wer vor der Tür steht. Weil ich so naiv war und dachte, dass Jesús und seine Machenschaften nun Geschichte seien. Weil ich weder Pabló noch Blake erreichen kann und sie nichts ahnend hier ankommen und aus allen Wolken fallen werden. Weil heute ein Tag war, der mich sprichwörtlich noch einmal gerettet hat. Fehlanzeige.

»Wem der drei gehörst du, *guapa*? Blake?«, sagt Jesús in meine Richtung und lässt den Blick über mich schweifen. »Oder teilen sie dich?«

Die vier lachen und ich fühle mich wie ein Stück Vieh bei der Fleischbeschau.

»Ich gehöre *niemandem*«, zische ich ihm aggressiv entgegen. »Zudem geht es dich überhaupt *nichts* an!«

Die vier lachen und Jesús klatscht belustigt in die Hände, als sei das hier sein privates Unterhaltungsprogramm.

»Sie ist köstlich«, sagt er zu Diego und sieht mich dann herausfordernd an. »Ich wusste schon bei unserer ersten Begegnung, dass du Feuer hast, *guapa*.«

Dieser Typ und seine Handlanger ekeln mich an und ich fühle, wie die Wut in mir langsam überkocht. Bilder von dem Moment, als wir Hugo geschunden aus diesem Keller geholt haben, werden zurück in mein Gedächtnis transportiert. Ich muss es schaffen, hier rauszukommen oder zu telefonieren. Koste es, was es wolle.

»Ich muss aufs Klo«, lüge ich daher und gehe in Gedanken bereits den Fluchtweg aus dem kleinen Badfenster über die Rückseite des Hauses bis zu meinem Wagen durch, der in der Einfahrt steht.

»Okay«, sagt Jesús und schnipst dann in Diegos Richtung, »begleite sie. Und lasse sie nicht aus den Augen.«

»Was?!«

»Für wie dumm hältst du mich, *guapa*?«

Ich habe ihn unterschätzt. Aber man merkt, dass das keine neuen Situationen für ihn sind und er mit allen Wassern gewaschen ist. Er weiß, was er tun muss, um zu kontrollieren.

Und zu demütigen.

»Das lasse ich mir nicht entgehen, *patrón*«, antwortet Diego süffisant und erhebt sich.

Ich verziehe das Gesicht und stoße angewidert die Luft aus.

»*Patrón*?«, wiederhole ich. »Sie geben dir den Namen eines Beschützers? Du bist kriminell und ein Dreckschwein. *Mierda* wäre passender. Lieber mache ich in die Hosen, als das zuzulassen.«

Mierda – Scheiße.

Jesús lacht erneut auf, aber dann versteinert sich sein Blick und ich habe Angst, dass ich eine Grenze überschritten habe und dies sofort bereuen würde. Es war dumm von mir, aufmüpfig zu sein. Ich bin ihnen ausgeliefert. Aber ich kann die Wut und Angst nur in solche Dinge transportieren, um hier nicht völlig durchzudrehen.

»Hol mir etwas zu trinken, *guapa*. Etwas Anständiges. Mit viel Eis!«, sagt er und macht eine Handbewegung zu Diego, die diesen sofort aufstehen lässt.

Ich presse meine Zähne so fest ich kann aufeinander und gehe vor Diego zur Küche. Ich habe keine Wahl. Einen von ihnen zu überwältigen ist möglich.

Während ich das Eisfach öffne und einen Klumpen heraushole, aus dem ich Eisbrocken mit einem Pickel brechen werde, lehnt sich Diego seitlich an den Kühlschrank und beobachtet mich. Dabei ist der Abstand zwischen uns so gering, dass ich seinen Atem riechen kann, der nach Alkohol und Schweiß stinkt. Ich verziehe das Gesicht.

»Wer ist es?«, flüstert er mir zu und legt eine Hand an meine Hüfte, wo er seinen Zeigefinger in meinen Hosenbund schiebt und meine nackte Haut berührt. Mein Puls beschleunigt sich, Angst macht sich breit und bringt mich dazu, dass ich zitternd den Eispickel umklammert halte, während ich die Augen schließe und ruhig zu atmen versuche. Und mir wird bewusst, dass ich genau hier und jetzt die Einzige bin, die sich um mich selbst kümmern und mich beschützen kann.

»Wer von den Brüdern darf ran?«

»Fass mich nicht an«, flüstere ich und blicke nach unten, wo ich seine Hand an mir sehe und angewidert die schmutzigen Nägel erkenne.

Und dann bin ich blitzschnell, reiße den Eispickel nach oben, drehe mich in seine Richtung und starre ihn an. Aber bevor ich etwas tun kann, greift er noch schneller nach meinem Handgelenk über seinem Kopf, dreht mich um und drückt mich so stark nach hinten, dass ich mit dem Rücken an den Kühlschrank gepresst bin und zwei Blechdosen, die dort magnetisch befestigt waren, zu Boden reiße. Mit einem klirrenden Geräusch rollen sie über den Küchenboden. Ein Foto von Teddy, Blake und Hugo flattert langsam und wie Laub im Wind nach unten und bleibt dort liegen.

»Ich würde das lassen«, flüstert er in mein Ohr und drückt sich an mich, während er mir den Eispickel mit Leichtigkeit aus den Händen reißt und ins Waschbecken neben uns fallen lässt. »Sonst muss ich dich zur Vernunft bringen.«

Sein Atem berührt meinen Hals, und als er mit seiner Hand über meinen Brustkorb fährt, versuche ich mich aus dem Griff zu befreien und zu treten, aber er hat mich so in Position gebracht, dass ich ihm schlichtweg ausgeliefert bin. Ich drehe angewidert den Kopf zur Seite, um seinen Atem nicht weiter ins Gesicht geblasen zu bekommen.

»Du wehrst dich noch, aber es wird dir gefallen, *guapa*. Komm schon.«

Ich höre seine Gürtelschnalle rascheln und versuche krampfhaft mit einer Hand, seinen Kopf von mir wegzudrücken.

»Fass sie nicht an.«

Als ich die Stimme höre, reiße ich die Augen auf und sehe, wie Blake Diego am Pullover nach hinten reißt, sich auf ihn schmeißt und ihm mit seiner immer noch verbundenen Hand mehrmals ins Gesicht schlägt. Teddy steht plötzlich vor mir und rahmt meinen Kopf mit beiden Händen ein, Panik steht in seinem Blick und er wechselt zwischen der Szene im Hintergrund und mir hin und her.

»Geht es dir gut?«

Ich nicke hektisch und sehe zu Blake, weil ich Angst um ihn habe und Diego nicht der einzige Gast im Haus ist. Aber bevor ich das laut aussprechen kann, höre ich schon Schritte neben uns und Jesús steht mit den anderen beiden Männern am Türrahmen.

»Wie schön, dass ihr endlich da seid«, sagt er gespielt fröhlich und breitet die Arme aus, als sei er der Hausherr hier. »Dann können wir ja ganz ungestört im Wohnzimmer sprechen.«

Blake schlägt immer noch auf Diego ein, der mittlerweile ein blutüberströmtes Gesicht hat. Blake wirkt nicht, als wolle er von ihm ablassen.

»Und ruf deinen Bruder zur Vernunft, Teddy«, sagt Jesús ernst. »Sonst lasse ich ihn aufschlitzen und vor dir ausweiden.«

Ich sitze neben Blake auf der Couch, der sich eine Packung Tiefkühlgemüse auf die Hand gelegt hat. Aber Diego ist wesentlich schlimmer mitgenommen. Er hat den Kopf ins Polster zurückgelegt und hält sich mehrere Tücher unter die Nase, die bereits blutgetränkt sind. Teddy steht an die Fensterseite gelehnt und blickt Jesús konzentriert an.

»Kommen wir zum Geschäftlichen«, sagt Jesús, als handle es sich hierbei um ein ganz normales Treffen unter Partnern. »Ich hätte gerne die nächste Rate meines Geldes, Ted.«

»Wovon sprichst du? Wir haben dir gezahlt, was Hugo dir schuldet. Damit sind wir quitt.«

Jesús lacht hämisch auf und seine Männer stimmen mit ein, außer Diego, der mit sich selbst beschäftigt ist.

»Teddy …«, sagt er und schnalzt tadelnd mit der Zunge. »Das denkst du doch nicht wirklich. Was ist mit *euren* Schulden?«

Ich merke, wie sich mein Körper anspannt und ich panisch von Teddy zu Blake blicke, die aber zu sehr mit Jesús beschäftigt sind, als dass sie mir Aufmerksamkeit schenken.

»Die wurden vor langer Zeit beglichen«, presst Blake hervor und formt die unverletzte Hand zu einer Faust. »Das war damals ein großer Fehler und ich habe dafür bezahlt. Du hast dein Geld vor langer Zeit bekommen und ich habe dafür eingesessen.«

»Denk an die Zinsen, Blake«, sagt Jesús und reibt seine Finger aneinander, da es um Geld geht. Er greift nach dem Zahnstocher, um sich damit die Nägel zu säubern, und wirft dann Teddy einen Blick zu. »Es war doch kein zinsloses Darlehen damals. Dachtest du das wirklich?«

»Du hast alles zurückbekommen«, antwortet Blake und ich blicke ständig von einem zum nächsten, weil ich das Gefühl habe, dass sich die Ereignisse überschlagen, und ich keine Ahnung habe, wovon hier gesprochen wird. Ich muss an das Gespräch bezüglich der Zinsen im *El Chapo* denken und so langsam kommt mir der erschreckende Gedanke auf, dass Hugo nicht der Einzige ist, der sich von Jesús Geld geliehen hat. So viele Situationen und Gesprächsfetzen kommen mir ins Gedächtnis – Blake und Teddy, die gemeinsam beschließen, dass Hugo die Wahrheit nie erfahren darf. Valéria, die auf ihrem Sterbebett gesagt hat, dass sie die Brüder sind, die sie sein sollen. Ich bin überfordert mit der Situation und habe Angst, dass sie außer Kontrolle gerät. Ich habe Angst, dass Blake seine Emotionen nicht kontrollieren kann, und davor, dass Jesús seine Drohung wahr macht, um ein Exempel zu statuieren.

»Wie läuft denn dein Tattoostudio? Habe ich gut investiert?«

Okay, damit ist raus, weshalb Jesús wirklich hier ist. Hat Teddy sich Geld von ihm geliehen, um sein Geschäft aufzubauen? »Das Geld ist nicht in das Studio geflossen.«

Blake presst die Worte wütend zwischen aufeinandergebissenen Zähnen hervor und ich versuche ihn zu beruhigen, indem ich ihm eine Hand auf den Oberschenkel lege. Aber er registriert mich nicht, weil er so auf die Männer fixiert ist, die unser aller Leben gerade auf den Kopf stellen und mich seit Tagen erstmals wieder darüber nachdenken lassen, wo ich hier hineingeraten bin.

»Ich habe sogar lange gewartet, bis ich mit meiner Forderung an euch herantrete«, murmelt Jesús und klingt fast schon gelangweilt. »Immerhin soll es doch richtig schön Geld abwerfen, *nó*?«

Er grinst von Blake zu Teddy und ich verstehe sofort, woran er denkt.

Shit.

»Du hast dein Geld zurückbekommen«, wiederholt Blake langsam und erhebt sich dabei, seine Körperspannung ist auf Angriff ausgerichtet und ich greife verzweifelt nach seiner Hand, um ihn aus der Vergangenheit ins Hier und Jetzt zurückzuholen. »Und Teddy hat keinen Penny davon in das Studio investiert. Es war ganz allein für mich.«

Jesús setzt sich langsam auf und lässt dann seine flache Hand auf die Glasfläche des Wohnzimmertisches herabsausen, wo sie aufschlägt und ein Klirren verursacht.

»Ihr schuldet mir Geld, du und dein Bruder, und ich kriege es. Die Zinsen sind gestiegen, vergiss das nicht. Du hast das Geld bezahlt, aber die Zinsen sind noch offen. Am Dienstag habe ich es. Und dann sehen wir weiter.«

»Dann sehen wir weiter?« Blake geht auf ihn zu, aber Diego und sein Nebenmann sind schneller, stellen sich vor Jesús und halten Blake mit ausgestreckter Hand eine Armlänge entfernt auf sicheren Abstand. »Willst du mich zu deiner Schlampe machen, die dir immer wieder und wieder Geld bringt? Du *hast* es zurückbekommen. Und zwar alles!«

»Dachtest du, es ist ein zinsloses Darlehen? Der Gedanke mit der *puta*, der Schlampe, gefällt mir«, witzelt Jesús und steht auf. Diego stellt sich unmittelbar vor Blake, ihre Gesichter nur Zentimeter voneinander entfernt. Jeder der beiden ist bereit, völlig zu eskalieren.

»Da das Schweigen so teuer war«, sagt Jesús dann und schnalzt verachtend mit der Zunge, »ist er euch so viel wert, euer Hugo?«

Ich stehe auf, als Teddys und meine Blicke sich treffen. Welches Schweigen? Worum geht es hier verdammt noch mal? Ist es das, was Hugo nie erfahren darf? Teddy geht an Blakes Seite und gemeinsam wirken sie wie eine Einheit, fast schon wie eine Mauer. Er legt ihm die Hand auf die Schulter und ich glaube, er tut es, um ihn kontrollieren zu können, falls Blake doch noch dem Drang nachgibt, auf Jesús einzuprügeln.

Jesús schnipst und geht an ihnen vorbei. Seine drei Männer folgen ihm. Als er am Sessel angekommen ist, bleibt er jedoch vor mir stehen. Ich stehe auf, weil es bedrohlich wirkt, dass er sich vor mir aufbaut, und ich sitzend dagegen so klein wirke. Weil ich ihm die Stirn bieten will, obwohl ich Angst habe. Vor dem, was passiert. Aber das will und werde ich ihm nicht zeigen. Er fährt mir mit den Fingern über die rechte Wange und ich drehe den Kopf weg.

»Fass sie nicht an«, sagt Blake im Hintergrund und stellt sich neben mich, um Jesús die Hand herunterzuschlagen.

»Sie ist ausgesprochen hübsch«, sagt er und greift in der Hosentasche nach einem neuen Zahnstocher, den er sich lüstern zwischen die Zähne klemmt und mich angrinst. »Es wäre jammerschade, wenn ihr schönes Gesicht entstellt wird. Du solltest gut auf sie aufpassen. Vor allem, wenn ihr euch nicht an den Deal haltet.«

Blake schnellt nach vorne, aber der massige Typ drückt ihn mit beiden Händen an der Brust zurück.

»Wir finden allein raus«, sagt Jesús und geht mit seinem Gefolge zur Eingangstür, tritt wortlos in die Nacht hinaus und lässt die Tür mit einem Knall ins Schloss fallen.

»Es tut mir so leid, dass das passiert ist. Dafür wird er büßen, das verspreche ich dir.«

Blake steht vor mir und hält mein Gesicht in seinen Händen, küsst meine Lippen immer und immer wieder und zieht mich in seine Arme. Und obwohl ich diese Nähe und Vertrautheit aufsauge wie ein Schwamm, weil es das ist, was ich gerade brauche, drücke ich ihn von mir weg, weil der Autopilot übernimmt und ich nun mit dem Kopf denken muss statt mit dem Herzen.

»Ich sehe mir jetzt deine Hand an«, sage ich entschlossen und fixiere ihn mit meinen Augen. »Und dann sagt ihr mir endlich die Wahrheit. Die *ganze* Wahrheit.«

Weder Teddy noch Blake widersprechen.

Während ich Blakes Hand schweigend untersuche, desinfiziere und frisch verbinde, setzt Teddy frischen Kaffee auf. Noch spricht niemand und es fühlt sich kühl und fremd an, stupiden Tätigkeiten nachzugehen, nach allem, was die letzte Stunde passiert ist. Mein Blick fällt immer wieder auf den Kühlschrank und ich muss an Diego denken und die Worte, die er mir zugeraunt hat, seine Finger, die mich angefasst haben, und in Kombination mit Jesús' Worten am Schluss bekomme ich ein mulmiges Gefühl. Wie soll das alles weitergehen und wie um Himmels willen soll Blake je neu anfangen können, wenn so etwas in seinem Leben so viel Platz einnimmt? Wie sollen *wir* uns unter diesen Bedingungen eine gemeinsame Zukunft aufbauen?

Ich packe das Verbandszeug in den Kasten aus dem Keller und nehme von Teddy eine dampfende Tasse entgegen, als er sich zu uns an den Küchentisch setzt.

»Ihr sagt mir jetzt sofort, was hier los ist.«

Mein Blick wechselt von Blake zu Teddy und wieder zurück. Sie sehen sich an und ich kann aus ihren Blicken lesen, dass sie mit sich hadern. Aber hier wird nicht mehr verhandelt. Ich muss die Wahrheit wissen, um einschätzen zu können, was wir tun sollen. Denn hier geht es längst nicht mehr um Blake und Teddy. Um Hugo. Hier geht es auch um mich. Um uns und ich will schützen, was ich liebe. Teddy faltet die Hände und senkt den Kopf, während Blake mich ansieht und schweigt. Ich gebe ihm die Zeit, die er braucht, aber er weiß, dass er mich heute nicht vertrösten oder mit einem Bruchteil abspeisen kann. Ich will alles wissen.

»Ich habe mir … vor einigen Jahren bei Jesús Geld geliehen.«

»Bei so einem wie *dem*? Nimmst du doch Drogen? Welche Geschäfte machst du mit ihm, von denen ich nichts weiß? Ich hatte dich danach gefragt und du hast mir versprochen, dass du keine krummen Geschäfte gemacht hast, Blake!« Es sprudelt aus mir heraus und ich habe das Gefühl, dass das Kartenhaus in sich zusammenstürzt und mein Luftschloss verpufft. All die Euphorie, die sich nach dem heutigen Tag in mir angesammelt und mich zuversichtlich in eine Zukunft mit diesem Mann blicken lassen hat, verlässt mich gerade und ich komme mir dumm vor. Töricht und naiv.

»Nein«, sagt er bestimmt und legt eine Hand auf meine, »ich nehme keine Drogen und habe nie welche genommen. Ich habe dich nie angelogen, Ivy. Das schwöre ich.«

Den letzten Satz zischt er mir entgegen und ich habe das Gefühl, dass er gegen Tränen kämpft.

»Er war damals die einfachste und schnellste Art, an Geld zu kommen, ohne erklären zu müssen, wofür ich es brauche.«

»Wofür war es dann?«, frage ich kampflustig und ziehe meine Hand unter seiner weg. »Aus welchem Grund hast du dir bei einem Kriminellen, einem Drogenboss, Geld geliehen?«

»Für Hugo«, sagt er plötzlich und überfährt mich damit.

Weil er nicht wie erwartet um den heißen Brei herumredet und Ausreden erfindet. Weil er mir anscheinend einfach die Wahrheit erzählt und so meiner Bitte nachkommt.

Er reibt sich kurz mit beiden Handflächen über das Gesicht und atmet hörbar aus, bevor er weiterspricht.

»Ich habe jemandem Geld bezahlt, damit er aus Hugos Leben verschwindet.«

»Wem?«, frage ich tonlos und es klingt eher wie eine Aufforderung als nach einer Frage. Teddy sitzt schweigend neben Blake auf der Bank und spricht nicht.

Und dann lässt dieser die Bombe platzen.

»Seinem Vater. Ich habe ihm Geld bezahlt, damit er verschwindet und sich von Hugo fernhält.«

»Eurem Dad?«, frage ich verwirrt und stelle die Tasse ab, die ich die ganze Zeit in der Hand gehalten habe. »Aber …«

»Ivy.« Es wirkt wie ein Beil, das herabsaust, als Blake meinen Namen ausspricht. »Hugo ist nicht unser Bruder. Valéria hat ihn zu diesem gemacht.«

Schweigend höre ich mir die Wahrheit und die Geschichte von Teddy, Blake und Hugo an und kann nicht glauben, wie sich die Ereignisse überschlagen und in meinem Kopf eine wahre Achterbahn der Gefühle hervorrufen. Die Familie von Teddy und Blake lebte Tür an Tür mit Hugo in einem Wohnblock aus zehn Wohneinheiten. Blake war sieben, Teddy zwölf Jahre alt, als es zu dem Brand kam. Ein Brand, an dem Hugos leiblicher Vater schuld war, der damit Menschen auf dem Gewissen hat, die den Unfall nicht überlebt haben. Wie Teddys und Blakes Mutter. Einen Vater gab es nicht mehr, sodass er sie beide zu Waisen machte, indem er betrunken mit brennender Zigarre einschlief.

»Hugo war erst zwei«, sagt Teddy nachdenklich. Während er spricht, fixiert er einen Punkt auf der Tischplatte und reibt gedankenverloren die Hände aneinander. »Die Mutter tot und der versoffene Vater, der für das Ganze verantwortlich ist, überlebt.«

Ich versuche dem Ganzen zu folgen, meine Emotionen zu drosseln, die hochkochen, und will wissen, wie das überhaupt möglich war und was Valéria damit zu tun hat.

»Wie …« Bevor ich die Frage aussprechen kann, erklärt mir Teddy, was ich so dringend wissen will.

»Valéria kannte Hugo und seine Mutter von der Kirchengemeinde. Sie wollte ihn mit Hugo verlassen.« Seine Stimme wird leiser und ich kann die Wut förmlich hören, die er hineinlegt. »Er war ein schlechter Mensch.«

Blake sieht mich an und sucht nach einer Reaktion in meinem Gesicht. Ich stütze den Kopf in die Hände und lasse die Finger dann durch meine Haare fahren. Das hier macht mich völlig fertig, weil ich mit allem gerechnet habe, aber nicht damit, dass die drei gar keine Brüder sind.

»Valéria hat ihm das Angebot gemacht, neu anzufangen, wenn er von Hugo ablässt.«

»Von seinem Sohn?«

»Er war abhängig und krank«, schließt Teddy, steht abrupt auf und stellt sich mit dem Rücken zu uns ans Fenster. Er verschränkt die Arme und lässt den Blick schweifen. »Sie hat Hugo eine neue Chance gegeben. Er war fortan unser Bruder und Valéria hat alles in ihrer Macht Stehende getan, um diesen Schein aufrechtzuerhalten.«

Und genau das, was er hier beschreibt, was er jetzt gerade sagt, ist Valéria. All das. So war sie schon immer und genau so habe ich sie kennengelernt. Ich weiß eins – auch wenn ich nicht alle Einzelheiten kenne, muss sie triftige Gründe dafür gehabt haben, diese Entscheidung zu treffen und mit ins Grab zu nehmen.

»Was hat das mit dem Geld zu tun, dass du Jesús schuldest?«, frage ich und reibe meine Augen. Die Müdigkeit macht sich langsam breit, obwohl genug Adrenalin durch meinen Körper peitscht, um mich wach zu halten. Aber ich bin emotional erschöpft von all dem, was die letzten Stunden auf mich eingeprasselt ist und mein Leben völlig auf den Kopf gestellt hat.

»Als Hugo vierzehn war, ist sein Vater wieder aufgetaucht und wollte alles wiedergutmachen. Er wollte seinen Sohn zurück und sich ein neues Leben aufbauen.«

Mein Herz beginnt zu rasen und die Müdigkeit ist wie weggeblasen, weil ich langsam eins und eins zusammenzähle und die noch ungeklärten Fakten kombiniere.

»Was hast du getan, Blake?«

»Ich habe getan, was ich tun musste, was das Beste für Hugo ist«, sagt er etwas zu laut, sodass ich zusammenzucke und er sich durch die Haare streicht, weil er merkt, dass er über das Ziel hinausschießt. »Ich habe ihn beobachtet und abgefangen. Ich habe ihm das Geld angeboten, das ich mir von Jesús geliehen habe. Mit einer Bedingung: Dass er wieder aus Hugos Leben verschwindet und nie mehr zurückkommt. Und er hat eingewilligt, weil er der Gleiche war wie damals. Das zeigt schon, dass Hugo ihm scheißegal war. Und dass es richtig war.«

»Aber er hat sich nicht dran gehalten, was zeigt, dass er es bereut hat«, mischt sich Teddy ein und dreht sich in unsere Richtung.

»Verteidigst du ihn etwa?«, ruft Blake und steht auf, um rastlos in der Küche auf- und abzugehen. »Es wäre für Hugo das Ende in dieser Pflegefamilie gewesen, wenn er in sein Leben getreten wäre! Er war alt genug, über sein Schicksal zu entscheiden. Was wäre gewesen, wenn …?«

Teddy wehrt ab und reibt sich mit einer Hand über die Bartstoppeln.

»Ich weiß doch …«, murmelt er müde in Blakes Richtung. »Ich weiß das doch alles, Blake.«

Sie stehen voreinander und sehen hilflos aus. Ich würde gerne etwas sagen oder tun, um diese Situation aufzulösen, aber bin immer noch unter Schock und neben diesem großen Familiengeheimnis sitzt uns Jesús im Nacken, den die beiden wohl völlig vergessen haben. Blake dreht sich um und sieht mich einen Moment lang stumm an. Dann kommt er auf mich zu und geht vor mir in die Hocke, greift meine Hände und blickt mir in die Augen.

»Ivy, all das habe ich für Hugo getan. Für uns drei Brüder, die wir immer hätten sein sollen«, flüstert er und es schmerzt mich richtig, Valérias Worte aus seinem Mund zu hören, die nun endlich einen Sinn ergeben. »Als er den Herzanfall erlitten hat, als ich ihm aufgelauert habe, weil er sich nicht an die Abmachung hielt, war es die einzige Chance, ihn für immer aus dem Weg zu räumen, ohne aktiv etwas zu unternehmen. Verstehst du?«

Tränen sammeln sich in seinen Augen und er sieht gebrochen aus. Ich lege eine Hand an seine Wange und streichle mit dem Daumen sanft über die Stelle, wo eine Träne sich den Weg bahnt.

»Blake, heißt das, der Mann ... der den Herzanfall erlitten hat ...«

Er nickt und hört in diesem Moment auf, gegen die Tränen anzukämpfen.

»... war Hugos Vater«, beendet er meinen Satz und legt dann den Kopf in meinem Schoß ab, während er weint wie ein hilfloses Kind.

In dieser Nacht wache ich immer wieder auf und werde von Albträumen heimgesucht. Schmutzige Finger, die mich begrapschen, und Stimmen, die mir Dinge zuraunen, die mich zusammenzucken lassen. Ich sehe Jesús lachend und selbstgefällig mit seinem Zahnstocher auf der Couch in Teddys Wohnzimmer sitzen, breitbeinig und von seinen Männern umgeben. Sehe Blake, der in der Küche auf Diego einschlägt, und werde dann in ein brennendes Haus katapultiert, in dem ich einen zweijährigen Jungen auf dem Arm halte, dessen Vater alkoholisiert durch die Wohnung schreit, während ich versuche, mit dem Kleinen durch das Fenster zu flüchten. Teddy wartet auf der Feuertreppe an der Rückseite des Hauses und nimmt ihn mir aus den Armen. Dann springt er in Fluten, die das Haus umgeben, und hinterlässt schäumende Wellen, die gegen die Hauswand schlagen und immer höher kommen, bis sie mich regelrecht aus dem Fenster spülen und ich in ihnen ertrinke. Ich schreie und fühle sofort Blakes

Arme, die mich halten und mir Laute zuflüstern, die mich beruhigen und mir das Gefühl geben, das er mir in so vielen zahlreichen Träumen davor beschert hat – dass er mich rettet.

Und obwohl ich weiß, dass er vor Jahren einen Fehler gemacht hat, hat er es getan, um Gutes zu tun. Um Hugo ein neues Leben zu ermöglichen, um das zu beenden, was Valéria begonnen hat. Und er hat dafür bezahlt.

»Wenn wir das Geld bezahlen, wird ihn das nur für eine Weile ruhigstellen«, spricht Teddy seine Gedanken laut aus und sagt damit das, was wir alle drei denken. »Wir müssen ihn stoppen. Sonst werden wir nie wieder frei sein.«

»Und Hugo erfährt die Wahrheit, was für immer einen Keil zwischen uns treiben wird«, ergänzt Blake abwesend.

»Ihr habt es ihm nie gesagt?« Erst jetzt wird mir bewusst, dass er völlig im Dunkeln tappt, was seine wahre Herkunft angeht. »Selbst später nicht?«

»Wann denn?«, wirft Blake ein und hebt die Hände überfordert zum Himmel. »Zwischen einer weiteren Abschiebung der Pflegefamilie und seinem neuen Freund, den Drogen?«

»Blake«, tadelt ihn Teddy und wirft ihm einen ernsten Blick zu.

»Tut mir leid.« Er setzt sich auf den Sessel und stützt den Kopf in die Hände, die Ellenbogen auf den Knien aufgelegt. »Ich … Das ist einfach zu viel gerade. Ich weiß nicht weiter.«

»Ich weiß auch nicht, wie es weitergeht«, sage ich dann und gehe in den Flur, um mein Mobiltelefon in meiner Handtasche zu suchen. »Aber ich weiß, wer uns dabei helfen kann.«

»Wen rufst du an?«, fragt Blake und sieht auf, als er die Tastentöne wahrnimmt.

»Pablo«, sage ich, weil ich weiß, dass die beiden ihn unter einem anderen Namen kennen und nicht wissen, von wem ich rede. »Wenn uns jemand helfen kann mit Jesús, dann er.«

Als Blake die Tür öffnet und ihn in einer schwarzen Jacke mit Kapuze versteckt am Türrahmen gelehnt sieht, will er die Tür direkt wieder zuschlagen, aber ich halte ihn mit der Hand zurück und greife nach seinem Arm, um zu ihm durchzudringen.

»Lass ihn rein«, sage ich sanft und ziehe die Tür auf, während Blake mich entgeistert ansieht. »Ich habe ihn angerufen.«

»Bist du von allen guten Geistern verlassen?«

»Er ist nicht der, für den ihr ihn haltet!« Mein Blick wechselt zwischen Teddy, der im Hintergrund steht, und Blake neben mir hin und her. »Bitte. Hört ihn an.«

Einige Sekunden fixiert mich Blake mit seinen dunkelgrauen Augen. Es wirkt, als wisse er nicht, was richtig oder falsch ist, was er tun oder lassen soll. Und das hat nichts mit Vertrauen zu mir zu tun, sondern mit der Angst, mich und das, was ihm heilig ist, ein weiteres Mal nicht beschützen zu können. Dass Diego mich bedroht und belästigt hat, nagt an ihm. Mehr als an mir und ich weiß es, weil er in der letzten Nacht im Schlaf mehrmals gemurmelt hat, dass mir nichts passieren werde, solange er bei mir ist.

»Ich bin keiner von denen und arbeite nicht für Jesús Mendez«, sagt er an Teddy und Blake gerichtet. Er greift in seine hintere Hosentasche, zieht seine Dienstmarke hervor und hält sie vor sich. »Ich kann euch helfen, Jesús aus dem Weg zu schaffen. Wenn ihr mit uns kooperiert.«

Einige Sekunden wirkt die Szene wie eingefroren. Ich habe Angst, dass Blake oder Teddy ihn wegschicken und diese einzige Chance, die Sinn ergibt, verstreicht. Aber dann tritt Blake zur Seite und bittet ihn mit einer ausladenden Handbewegung ins Haus.

Kurze Zeit später sitzen wir mit Pablo im Wohnzimmer und er erzählt den beiden das, was er mir bereits bei unserem letzten Treffen im Hauseingang berichtet hat. Wer er ist und worum es geht. Er berichtet auch von unserem ersten Treffen, als wir den

Gottesdienst besucht haben, und spricht über die Nacht im *Drumstick* und seine eigentliche Absicht, Blake im Blick zu haben, um eine mögliche Verbindung zu Jesús' Drogengeschäften zu erkennen, die wohl zum Großteil in den Diskotheken der Stadt stattfinden. Blake sieht mich immer wieder an und mustert mich. Ich weiß, dass ihn beschäftigt, dass ich Geheimnisse vor ihm hatte, aber er ist der Letzte, der mir hier Vorwürfe machen kann, schließlich hat auch er mir Dinge verheimlicht. Wir sind wohl quitt.

Vorsichtig platziert Pablo ein Aufnahmegerät auf dem Tisch vor uns, fast so, als würde es niemand wahrnehmen, wenn er es ohne jeglichen Laut dort ablegt. Aber niemand widerspricht, weil es mittlerweile so wirkt, als klammere sich jeder von uns an diesen Strohhalm, um endlich einen Neustart möglich zu machen. Dann fasst Teddy die Ereignisse des gestrigen Abends zusammen und lässt kein Detail aus. Pablo bittet mich, alles genau wiederzugeben, was sich vor der Ankunft von Teddy und Blake ereignet hat, und ich lasse nichts aus. Auch die Szene zwischen mir und Diego in der Küche erzähle ich so, wie sie sich abgespielt hat, und versuche, Emotionen zu unterdrücken, die hochkommen, wenn ich an die Situation denke. Ich verdränge die Vorstellung davon, was passiert wäre, wenn Blake und Teddy zehn Minuten später zurückgekehrt wären, und schüttle mich, weil mich der Ekel überkommt und mir schlecht wird. Als ich mit meinen Ausführungen fertig bin, stoppt Pablo die Aufnahme und sieht von Teddy zu Blake.

»Ich bin schon Monate an dem Fall dran und mit euren Aussagen kriegen wir ihn und seine Handlanger endlich dahin, wo sie hingehören«, sagt er und lässt sich zurück in das Kissen sinken.

»Und wieso erst jetzt?«, entfährt es mir, weil es mich wütend macht, dass Pablo die ganze Zeit dabei zugesehen hat, wie Jesús mit Menschen umgeht, und ich mich an Hugo erinnere, der verprügelt aus dem Zimmer getragen und uns praktisch vor die Füße geworfen wurde.

»Weil wir sichergehen mussten, wer alles mit drinhängt«, sagt Pablo wütend und ich sehe ihm erstmals in die Augen, erkenne, dass auch er viele schlaflose Nächte erlebt hat, und frage mich, wer zu Hause auf ihn wartet und immer wieder um sein Leben bangen muss, bei dem Job, den er macht. Vielleicht hat er eine Frau und Kinder. Er könnte Ehemann und Vater sein. Und riskiert sein Leben, indem er Männern wie Jesús Mendez das Handwerk legt.

»Du hast ja keine Ahnung, wer da alles mit drinhängt«, flüstert er mit geschlossenen Augen in meine Richtung. »Es geht nicht nur um Mendez, es geht nicht nur um diese Bar. Es geht um so viele Menschen, die darüber Geschäfte machen, und ich wollte so viele wie möglich von ihnen kriegen. Verstehst du das?«

Er ist ernst und ich fühle mich augenblicklich schlecht, weil ich nachgefragt habe.

»Es gibt dabei nur ein Problem«, sagt Pablo langsam und hebt den Blick, fixiert mich damit und legt die Hände wie zum Gebet vor die Lippen.

»Und das wäre?«, frage ich, obwohl ich Angst vor der Antwort habe.

»Du.«

»Ich?«

Ich weiß nicht, was das heißen soll oder was er mir damit sagen will. Aber mir bricht der Schweiß aus, weil ich Angst um meine und Blakes Geschichte habe, die noch gar nicht richtig begonnen hat.

»Nach der Nacht im Keller hat er dich beobachten lassen und …« Er macht eine Pause und reibt langsam die Handflächen aneinander, die er gedankenverloren begutachtet. »Er weiß so gut wie alles über dich, Ivy. Nach dem, was du mir jetzt erzählt hast, glaube ich, dass du in Gefahr bist.«

»In Gefahr?« Ich klinge leicht hysterisch, weil meine Stimme piepsig ist und ich übertrieben auflache, um meine aufkommende Angst und Unsicherheit zu überspielen. »Was soll das heißen?«

»Fuck!«, schreit Blake und steht auf, läuft umher, setzt sich neben mich und legt eine Hand auf seinen Mund.

»Wir müssen dich in Sicherheit bringen, bis wir alles unter Kontrolle haben.«

»In Sicherheit bringen?«, frage ich panisch und blicke von Blake zu Pablo. »Das heißt, ich soll weg?«

»Ich muss kurz telefonieren, dann können wir besprechen, wie es weitergeht«, antwortet er und kramt sein Handy aus der Hosentasche, steht auf und geht zur Tür. »Wo kann ich …«

Teddy begleitet ihn nach draußen und zeigt ihm, wo er ungestört sprechen kann. Wie seltsam es doch ist – gestern Abend haben wir noch fröhlich und vor allem glücklich zusammen gesessen, mit Hugo, Ada und Gus, um das Leben zu feiern und die Dinge, die es für uns alle nach Regen bereithält. Aber so schnell ziehen Gewitterwolken auf und überschatten alles, durchnässen Pläne und lassen uns machtlos in riesigen Pfützen stehen.

Mein Blick sucht den von Blake, der gedankenverloren mit seinen Fingern spielt. Ich greife danach und seine Augen suchen meine, dann zieht er mich zu sich und legt seine Stirn an meinen Kopf, schließt die Augen, atmet und lässt mich seinen typischen Geruch aus Erde und Minze inhalieren.

»Ich will nicht weg von dir«, flüstere ich fast lautlos und fühle den Kloß, der sich wie ein alter Freund in meinem Hals so präsent und schnell bemerkbar macht, dass ich krampfhaft wiederholt schlucken muss, um den Schluchzer zu unterdrücken, der so dringend raus will.

»Ich werde nicht zulassen, dass dir etwas passiert«, antwortet er mir und ich schrecke zurück. Sollte es nicht heißen, ich lasse nicht zu, dass dir etwas passiert, solange ich bei dir bin? Was ist daraus geworden? Er weiß genau, was mir durch den Kopf geht, und setzt dort an.

»Ich«, setzt er an und korrigiert sich dann, »wir … werden alles tun, damit du in Sicherheit bist. Egal, was das für Konsequenzen mit sich bringt. Hörst du?«

»Auch wenn die Konsequenz ist, dass ich weg von dir muss? Was ist mit …«

Pablo kommt zurück ins Zimmer und ich verstumme. Weil das hier zwischen uns so intim ist, dass ich es mit niemandem außer Blake teilen will. Und obwohl ich nicht weiß, was nun auf mich, auf uns zukommt, fühlt es sich so an, als wäre es einer der letzten intimen Momente, die wir miteinander teilen werden.

»Ich habe einen unserer Kontakte angerufen«, sagt er und tippt wild auf dem Display seines Handys herum. »In einer Stadt etwa zwei Stunden von hier kannst du untertauchen, bis sich alles beruhigt hat. Es sind nur Wochen.«

»Wochen?!«, entfährt es mir und nun bin ich diejenige, die rastlos im Zimmer auf- und abläuft und nicht weiß, wohin mit sich.

»Ich verstehe dich«, sagt er und kommt zu mir, legt mir eine Hand auf die Schulter, merkt jedoch, wie befremdlich die Situation ist, und entfernt sie unsicher wieder. »Aber es geht um deine Sicherheit und dort haben Jesús und seine Männer keine Chance, an dich heranzukommen. Ich bringe das mit meinem Team in Ordnung und dann … kommst du zurück.«

Blake und ich werfen uns einen Blick zu.

Wir werden nicht hierher zurückkommen, sagen seine Augen.

Ich gehe mit dir dorthin, wo wir neu anfangen können, antworten meine.

Und spätestens jetzt, als ich weinend an Blakes Brust sinke und das geschehen lasse, was ich eigentlich überhaupt nicht will, nämlich irgendetwas zwischen uns kommen lasse, realisiere ich, dass genau das der einzige Weg ist, um mit der Vergangenheit aufzuräumen. Als Blake aufhört, mein Haar mit vielen kleinen Küssen zu bedecken, schiebt er mich so weit weg, dass er meine Augen sehen kann. Mein Blick gleitet zu seinem Schlüsselbein und liest die Zeilen, die dort in kleinen geschwungenen Lettern auf seiner Haut verewigt sind – *lass niemals den Schmerz aus deiner Vergangenheit deine Gegenwart bestrafen und deine Zukunft lähmen.*

Es fühlt sich an, als reiße mir jemand mein Herz bei lebendigem Leib in Stücke und ließe sie vor meinen Augen liegen, damit ich ja genau sehe, was hier angerichtet wird.

»Okay«, sage ich dann lediglich, während ich Blakes Blick nicht loslasse. »Wo ist es genau?«

Teddy kommt zurück ins Zimmer und stellt sich mit dem Rücken zur Fensterbank. Er gibt Pablo unaufgefordert einen Notizblock und Stift, weil dieser sich auf meine Frage hin suchend umsieht. Dann notiert er etwas, reißt den Zettel ab und gibt ihn Blake in die Hand. Dieser öffnet ihn wortlos und schaut mit mir gemeinsam auf die Wörter, die er aufgekritzelt hat.

»*Carries*?«, lese ich stirnrunzelnd vor. »Was ist das? Klingt wie eine Imbissbude.«

»Ein Frauenhaus«, erklärt Pablo und öffnet auf seinem Handy eine mobile Karte, die er uns hinhält. »Es liegt in *Livingshire*. Hier.«

Ich nehme ihm das Gerät aus der Hand und ziehe mit Zeige- und Mittelfinger die Umgebung der Karte größer, um mich daran zu orientieren, was sich in der Nähe befindet. Aber ich erkenne nichts Bekanntes.

»Dort bist du sicher. Männer haben keinen Zutritt, also kann er überhaupt nicht an dich herankommen. Niemand von ihnen. Und niemand wird dich dort vermuten. Wir bringen normalerweise Frauen dorthin, die Opfer von häuslicher Gewalt sind. Frag nach unserem Kontakt. Sie heißt Grace und weiß, dass du kommst.«

»Warte«, sagt Blake plötzlich und nimmt mir das Mobiltelefon aus der Hand. »Sieh mal.«

Sein Finger tippt auf einen Punkt auf der Karte und vergrößert ihn damit.

»*Carnaby Hill*«, lese ich murmelnd und sehe ihn perplex an. »Das *Carnaby Hill*? Mit der Werft? Das *Carnaby Hill* für unseren Neuanfang?«

»Scheint so«, murmelt er und sieht dann auf in mein Gesicht. »Es ist nur eine halbe Stunde entfernt.«

Und immer, wenn sich eine Tür schließt …«, sagt Teddy leise und läuft an Blake und mir vorbei, während er beide Hände auf die Schultern seines Bruders legt und sie kurz massiert. Dann klopft er ihm mit der flachen Hand auf den Rücken. Eine Geste, die ich genauso verstehe, wie sie gemeint ist – es gibt kein Zurück.

Ein Telefon klingelt, aber ich kann den Ton nicht zuordnen. Dann sehe ich Pablo aus seiner Hosentasche ein zweites Mobiltelefon herauskramen. Er bedeutet uns mit einem Zeigefinger an den Lippen, ruhig zu sein, und antwortet auf Spanisch. Er spricht einsilbig und ernst. Als er auflegt, greift er zum anderen Telefon und tippt wild auf den Bildschirm.

»Du musst heute noch hier weg«, murmelt er und hält das Handy ans Ohr.

»Was?!«

Ich weiß nicht, was gerade passiert ist, aber habe das Gefühl, dass alles schnell gehen muss. Pablo wirkt hektisch und verlässt telefonierend den Raum. Ich ahne, dass er mit Jesús gesprochen hat und das nicht gut ist.

»Aber …« Blake schließt mich in die Arme und macht beruhigende Geräusche, die zwar bei mir ankommen, aber irgendwie nicht durchdringen. Ich dachte, wir haben wenigstens noch ein bis zwei Tage miteinander. Dass ich sofort von ihm wegmuss, überfordert mich schlichtweg.

»Was ist passiert?« Blake überfällt ihn direkt, als Pablo zurück ins Zimmer kommt. Dieser stemmt seine Hände in die Hüften und atmet hörbar die Luft aus.

»Noch nichts. Aber Jesús setzt mich auf dich an. Ich soll dich vor deiner Wohnung beobachten. Für den Fall, dass …« Er bricht ab und sieht von mir zu Blake und Teddy.

»… dass was? Woher weiß er, wo ich wohne?«, frage ich zittrig nach und lasse meinen Blick zwischen den dreien hin- und herwechseln.

»Für den Fall, dass er sein Geld nicht bekommt.«

Dann lacht er verächtlich und schüttelt den Kopf, was mich naiv und dumm wirken lässt.

»Du hast keine Ahnung, wer da alles mit drinhängt«, wiederholt er und sieht dabei todernst aus. »Jesús hat überall seine Leute. Er weiß, wo du arbeitest.«

Aufgeregt bewege ich mich hin und her, laufe zwischen Sessel und Fensterbank auf und ab, lege meine Hände an meine Lippen und versuche mich selbst zu beruhigen. Zwecklos.

Bitte jetzt keine Panikattacke.

Nicht jetzt.

»Was soll das heißen?«

Teddy mischt sich erstmals ein und stellt sich neben seinen Bruder. Während er ernst und konzentriert wirkt, die Arme vor der Brust verschränkt, sieht Blake mich an und fährt sich mit beiden Händen durch die Haare. Wieso kann ich immer und immer wieder diesen Schmerz in seinen Augen sehen? Und es ist fast schon so, als übertrage er sich auf mich, weil ich ihn fühlen kann.

»Du bist in Gefahr«, wiederholt Pablo, hebt kurz die Hände und lässt sie wieder sinken. »Jesús Mendez ist die Art von Mann, die Drohungen wahr macht. Er ist gefährlich, Ivy. Und wir müssen dich und dein Leben schützen. Das ist mein Job.«

Ich lege meine Handflächen über mein Gesicht und breche in Tränen aus. Das Schluchzen, das den Raum erfüllt, ist eine Mischung aus all den Gefühlen, die mich gerade überrollen – Angst, Trauer, Wut, Verzweiflung, Trotz.

Eine Weile spricht niemand. Pablo läuft immer wieder mit dem Telefon aus dem Zimmer und kehrt zurück, tippt Dinge ein und spricht leise mit Teddy, während ich an Blakes Brust gelehnt bin und nur das wiederkehrende Streichen seiner Finger durch mein Haar an meinem Kopf spüre. Als er zurückkommt, bleibt er im Türrahmen stehen. Seine Stimme und das, was er sagt, wirken wie eine Hand, die mich von Blakes Brust fortzieht.

»Du solltest ein paar Dinge packen … und dann los.«

»Ich fahre sie hin«, sagt Blake, und während sie über meinen Kopf hinweg miteinander sprechen, kommt es mir vor, als wäre ich gar nicht mehr wirklich anwesend. Wie paralysiert setze ich mich in den Sessel und lasse mich erschöpft in die Lehne sinken.

»Aber … die Wohnung, die Möbel, ich …«

Nun stehen wir hier in diesem Wohnzimmer mit Pablo, dem Cop, der undercover Jesús Mendez und dem *El Chapo* das Handwerk legen will, und lassen unsere Pläne über Bord werfen. Ich sehe an seinem Blick, dass ich den Satz gar nicht beenden muss und er mir keine Antwort oder Erklärung schuldet. Ich weiß, dass der Plan, in den nächsten Wochen und Monaten die Wohnung auszuräumen und zu verkaufen, bis Blake seine Stelle auf der Werft antritt, nicht mehr umsetzbar ist.

Blake greift mein Gesicht mit seinen Händen und bedeckt damit meine Wangen. Er zwingt mich zärtlich, den Kopf so zu heben, dass ich ihm in die Augen sehen muss.

»Brauchst du noch etwas aus der Wohnung? Sag es mir und ich hole es dir. Jetzt sofort.«

Als ich meine Augen schließe, laufen die Tränen unaufhörlich über mein Gesicht und benetzen es vollständig. Langsam schüttle ich den Kopf und kämpfe gegen den alten Freund, der sich in meinem Hals bemerkbar macht – den Kloß, der mir das Sprechen schwermacht.

»Drei Dinge, hat sie gesagt«, stammle ich dann flüsternd vor mich hin. »Die Bibel, die Geige und den Rosenkranz.«

Dann drücke ich das Kinn nach unten und erinnere mich an Valérias Schätze, die Teddy mir unter die Haut geritzt hat. All das, was ihr wichtig war, trage ich für immer bei mir. Nah am Herzen. Genau da, wo der richtige Platz für sie ist und sie hingehört.

»Das Wichtigste ist, dass du in Sicherheit bist. Bis hier alles geklärt ist und Jesús keine Gefahr mehr darstellt«, erklärt Blake mehr sich selbst als mir, während er das Lenkrad fest umklammert hält und auf der Schnellstraße fährt. Ich sitze schweigend auf dem Beifahrersitz, versunken in einen schlabbrigen und zu großen Hoodie, den ich aus seinem Kleiderschrank gegriffen habe. Weil es mir das Gefühl von Vertrautheit gibt, weil ich diesen Geruch brauche und das Gefühl, von ihm umarmt und geliebt zu werden, und der Hoodie das Einzige sein wird, was mir genau dieses Gefühl zumindest in Ansätzen für eine Zeit geben wird. Das Radio ist ausgestellt. Die Ansagen des Navigationsgerätes laufen leise im Hintergrund und erinnern mich daran, dass wir an einen Ort fahren, der mir völlig unbekannt ist. In ein Frauenhaus, in dem ich untertauchen soll, bis Pablo und sein Team ihren Job erledigt haben, bis Blake und Teddy Aussagen bei der Polizei gemacht haben und alles seinen Weg geht. In meinen Gedanken versuche ich paradoxerweise zu errechnen, wie lange das dauern wird, obwohl ich absolut keine Ahnung habe, letztendlich den Kopf schüttle und meine Stirn mit geschlossenen Augen gegen die kühle Fensterscheibe lege. Es ist mittlerweile Nachmittag und das Navigationsgerät datiert die Ankunft auf achtzehn Uhr, und obwohl ich letzte Nacht schlecht und nur kaum geschlafen habe, bin ich nicht müde. Eher ist es Erschöpfung, die sich breitmacht. Blakes Hand findet den Weg auf meinen Oberschenkel.

»Hey«, flüstert er in meine Richtung und ich öffne die Augen, um seinen Blick zu suchen, »das ist nur für kurze Zeit. Das verspreche ich dir.«

»Was ist aus dem Versprechen geworden, dass mir nichts passiert, wenn ich bei dir bin? Wie kannst du das einhalten, wenn du nicht da bist?«

Ich weiß nicht, wieso ich das überhaupt sage, und bereue meine kindischen Worte in dem Moment, als sie meine Lippen verlassen. Laut seufzend lege ich die Hände über mein Gesicht und atme ein paar Mal langsam und tief, um meine Emotionen wieder unter Kontrolle zu kriegen.

»Ich würde dich mit meinem Leben beschützen, aber in der Sache kann ich es nicht. Ich kann dir kein Versprechen geben, dass dich in Schwierigkeiten bringt und bei dem ich weiß, dass ich nicht die Macht dazu habe, es einzuhalten. Verstehst du?«

»Es tut mir leid«, flüstere ich durch meine Finger hindurch und verflechte sie mit den seinen. »Das ist nur einfach alles etwas viel im Moment.«

»Für jeden von uns«, antwortet er nachdenklich und sieht auf die Straße, die vor uns liegt. »Aber es ist die einzige Möglichkeit, diese Sache ein für alle Mal zu beenden. Für uns alle. Nur dann können wir beide einen Neuanfang wagen. Nur dann, Ivy.«

Ich weiß, dass er recht hat. Ich weiß, dass es das einzig Vernünftige ist, auf Pablo zu hören. Mein Kopf weiß all das und bejaht brav jede der Forderungen. Aber mein Herz wird in Stücke gerissen und blutet aus, wenn ich an diese Trennung denke, die ich einfach nicht will.

»Hey«, sagt er dann, nimmt unsere verflochtenen Hände und führt sie zu seinen Lippen. »Ich verspreche dir etwas anderes. Wenn all das vorbei ist, kümmern wir uns um die Wohnung und machen genau das, was wir vorhatten. Das verspreche ich dir. Ich brauche dich.«

Unsere Blicke treffen sich kurz, bevor er wieder konzentriert nach vorne schaut.

»Und ich brauche dich«, antworte ich und lächle ihm gequält von der Seite aus zu.

Die Fahrt dauert länger als berechnet. Weil ein Unfall die Spur blockiert und wir nicht weiterkommen. Und ich bin weder genervt noch wütend deswegen, weil es uns Zeit schenkt. Zeit, in der ich ihn ansehen und seinen Geruch inhalieren kann. Und wieder einmal fällt mir auf, wie kostbar Zeit wirklich ist. Während wir im Stau stehen, schreibe ich Ada eine Nachricht. Ich tippe die Kurzversion dessen ein, was sich gestern im Haus am See ereignet hat, und dass ich in einem Frauenhaus untergebracht werden soll, bis Jesús uns nichts mehr anhaben kann. Dass ich sie und Gus nicht am Flughafen verabschieden kann und wir uns vermutlich lange Zeit nicht sehen werden. Bevor ich auf *Senden* drücke, lasse ich das Handy in meinen Händen sinken und blicke auf die dunkle Straße vor uns. Das kann ich ihr nicht schreiben, schießt es mir durch den Kopf und ich fixiere wieder das beleuchtete Display, um all die Zeilen und Worte zu löschen, die ich gerade erst eingetippt habe. Stattdessen lüge ich. Ich lüge meine beste Freundin an, um sie zu schützen. Um ihr das Herz nicht schwer zu machen, wenn sie weggeht. Um ihr die Vorfreude auf diesen Neustart nicht zu nehmen. Und ein Stück weit hasse ich mich dafür, als ich ihr mitteile, dass ich überraschend eine von Valérias Ordensschwestern besuche, die nur für ein paar Tage in der Gegend ist und mir etwas von meiner toten Ziehmutter übergeben will. Dass es mir leidtue und ich ihr und Gus einen guten Flug wünsche. Dass ich sie lieb habe. Und dabei bricht mein Herz ein kleines Stück. Einfach, weil ich mir das anders vorgestellt habe.

Wie so vieles in letzter Zeit.

Als wir das Ortsschild von *Livingshire* passieren, wirkt es, als wären wir an einem dieser Filmorte gelandet, die harmonisch und entschleunigend wirken: Waldstücke, Ruhe, kleine alte Häuser und Cottages, Kopfsteinpflaster, wenige Autos und Menschen formen das Bild der Stadt, die mir bisher völlig unbekannt war. Als wir eine Brücke passieren, kann man hinunter in ein grünes Tal sehen, das an einen Nationalpark erinnert. Auf einer Tafel am Seitenrand sind große Vögel aufgedruckt, die ihre Kreise ziehen.

»Kranichreservat und -aufzucht«, murmle ich stirnrunzelnd vor mich hin und recke meinen Kopf in die Höhe, um mehr erkennen zu können. Als Blake das Auto Minuten später am Straßenrand vor einem Gebäude parkt, das wie ein Wohnungskomplex wirkt, und den Motor abstellt, greift er das Bild der Vögel noch einmal auf.

»Du weißt, was man über Kraniche sagt?«, fragt er, löst den Anschnallgurt und zieht den Schlüssel aus der Zündung. Ich schüttle den Kopf.

»Sie sind die Vögel des Glücks«, flüstert er und beugt sich zu mir, um mich zu küssen.

Ich zwinge mich zu einem Lächeln, obwohl mir überhaupt nicht danach zumute ist. Ganz im Gegenteil. Dann greift er nach meinen Händen, führt sie zu seinen Lippen und küsst sie immer und immer wieder, beugt sich zu mir und legt seine Stirn gegen meine.

»Und Glück ist genau das, was wir beide verdient haben. Und wir werden es uns holen.«

Ich sehe mich nervös um, während ich meinen Kopf wie eine Schildkröte noch ein Stück mehr im Inneren von Blakes Hoodie versinken lasse. Es ist kalt und ich verfluche mich selbst, dass ich keine Jacke angezogen habe. Blake und ich stehen nebeneinander vor der Tür des Wohnkomplexes und warten, dass jemand auf die Klingel reagiert. Er trägt die gepackte Tasche über der Schulter, mit der anderen Hand hält er die meine und streicht dabei mit seinem Daumen über meinen Handrücken. Ich schniefe, weil es mich so sehr fröstelt, und bewege mich unruhig von einem Fuß auf den anderen.

»Hey«, sagt er und unsere Blicke treffen sich. »Alles wird gut.«

Bevor ich antworten kann, öffnet sich die Tür vor uns und eine zierliche Frau steht im Türrahmen. Ihre Augen sind hellblau und sie sprechen sofort mit mir. Ich fühle eine Verbindung, obwohl ich noch kein Wort mit ihr gewechselt habe, und als sie einen Schritt auf uns zukommt und zögerlich eine Hand auf meinen Arm legt, sie dann aber wieder wegzieht, bestätigt sich mein Gefühl. Um ihren Kopf trägt sie ein Seidentuch, das im Nacken zu einem Knoten gebunden ist.

»Ivy?«, fragt sie und ich nicke. Dann streckt sie mir ihre Hand entgegen und lächelt.

»Ich bin Grace.« Sie legt ihre zweite Hand auf unsere Verbindung, während Blake sich vorstellt und sie ihm zunickt. »Grace Oley. Pablo hatte mich angerufen. Komm rein.«

Blake hebt meine Tasche vom Boden auf und setzt sich in Bewegung, als er von Grace mit der flachen Hand gestoppt wird. »Das geht nicht«, sagt sie leise und verfolgt meinen Blick mit ihrem, weil sie direkt erkennt, was mir durch den Kopf geht. »Männer haben keinen Zutritt im *Carries*. Tut mir leid.«

Blakes und meine Blicke treffen sich und wieder meldet sich diese innere Stimme, die mir laut und deutlich sagt, dass ich das nicht will, aber keine Wahl habe. Keine Wahl, wenn ich diesen Neustart möchte.

»Lasst euch Zeit, euch zu verabschieden«, sagt sie und geht rückwärts in den Eingang zurück. »Und klingle einfach, wenn du so weit bist, okay?«

Ich nicke stumm und sie lächelt gequält, während sie die Tür hinter sich zuzieht.

Und dann stehen wir dort. Vor dem Eingang des Frauenhauses *Carries* in *Livingshire*, und als ich etwas sagen will, schieben sich die Wolken über uns mehr und mehr zusammen und ein Grollen ertönt so laut, dass ich zusammenschrecke. Der Regen prasselt innerhalb von Sekunden auf uns herab und es sieht aus, als hüpften die Tropfen wild auf und ab, als sie auf dem Asphalt aufkommen. Blake räuspert sich und zieht mich dann langsam an seine Brust, umarmt mich mit beiden Armen und wiegt mich vorsichtig von links nach rechts.

»Fast wie in der Nacht im *Drumstick*.«

»Fast«, murmle ich und muss in Erinnerung an den letzten Wolkenbruch, den wir gemeinsam erlebt haben, schmunzeln.

»Es ist nur für eine kurze Zeit«, sagt er dann wieder, zieht mir die Kapuze vom Kopf und streicht mir mit der Hand über mein zerzaustes blondes Haar. Ich kann nicht antworten, weil ich mich fühle, als reiße mir jemand das Herz aus der Brust. Weil mich dieser Schmerz völlig einnimmt und ich mich darauf konzentrieren muss, ihn auszuhalten, ohne laut zu schreien.

»Hey«, sagt er und sucht meinen Blick, hält mich dann so weit von sich weg, dass er mir ins Gesicht sehen kann, umrahmt es mit beiden Händen und ich beginne sofort, seine Finger mit kleinen Küssen zu bedecken. »Sobald dir keine Gefahr mehr droht und … die Sache erledigt ist, komme ich. Das verspreche ich dir. Wir fangen neu an. Nur du und ich.«

Als wir uns in die Augen sehen, erkenne ich sofort, dass er genauso wenig wie ich weiß, wann das sein wird. Aber wir beide reden uns ein, dass es bald ist, beruhigen so unsere Herzen, unsere Seelen und stillen diese Sehnsucht, die schon da ist, obwohl er mich noch gar nicht verlassen hat.

Unsere Lippen berühren sich, der Regen fällt auf uns herab und diesmal retten wir uns in keinen Hauseingang, stellen uns nicht unter, sondern ignorieren das aufziehende Unwetter und küssen uns einfach.

»Ich brauche dich«, flüstert er mir zu und ich weiß, dass es sein *ich liebe dich* ist und sogar darüber hinausgeht.

»Ich brauche dich«, sage ich leise zurück.

Dann löst er sich von mir und geht ein paar Schritte rückwärts, bis unsere letzte Berührung abreißt und er durch den Regen zum Wagen zurückläuft.

Ich sehe dem Auto nach, bis es auf der Schnellstraße verschwunden ist. Dann klingle ich erneut, und als Grace mir wieder öffnet und mich mit diesem Blick ansieht, breche ich in Tränen aus, weil ich es nicht mehr halten kann.

»Komm erst einmal rein«, sagt sie tröstlich, hebt meine Tasche vom Boden auf und führt mich mit einem Arm um meine Schultern in das Gebäude, das mein neues Zuhause auf Zeit werden soll.

»Du hast hier alles, was du fürs Erste brauchst. Ein eigenes kleines Badezimmer, eine Küchenzeile, eine Sitzgruppe und natürlich ein Schlafzimmer. Drüben im Haupthaus findest du eine Cafeteria und einen Innenhof, falls du Gesellschaft möchtest.«

Grace steht mit verschränkten Armen an den Türrahmen gelehnt und hält mir den Schlüssel mit einem silbernen Anhänger hin.

»Danke«, sage ich und nehme ihn entgegen.

»Wenn du über das reden möchtest, was in deinem Leben gerade passiert ist, kannst du an einer der Sitzungen teilnehmen.« Sie zeigt mit der Hand über den Flur in die andere Richtung. »Die Frauen hier sind zwar aus anderen Gründen hier als du, aber … es kann nie schlecht sein, sich das von der Seele zu reden, was uns belastet.«

Sie hat keine Ahnung, wie sehr sie damit ins Schwarze trifft. Dann setzt sie nochmals an und sagt etwas, das mir Hoffnung und Vertrauen schenkt. Genau die Kombination, die ich gerade so dringend brauche.

»Du schaffst das, wenn du möchtest. Wenn du denkst, du kannst, dann bist du unterwegs.«

Sie lächelt mich an, und obwohl mir nicht danach zumute ist, muss ich ebenfalls lächeln.

»Danke. Für alles. Dass ich hier für eine Zeit bleiben kann und für deine Hilfe.«

»Das *Carries* ist ein Ort für jede Frau«, erklärt sie mir und rückt das Tuch an der Stirn gerade, da es verrutscht ist. Als sie merkt, dass sie es verschlimmert, zieht sie es ganz aus und ich sehe sie erstmals ohne – sie hat keine Haare. Ich spüre, wie ich auf ihren kahlen Kopf starre, und als sie mich ansieht, fühle ich mich ertappt, suche schnell einen Punkt an der Wand in der Wohnung und räuspere mich.

»Krebs«, seufzt sie und bindet das Tuch neu um ihren Kopf. »Ich bin das, was die Ärzte als *austherapiert* beschreiben.«

Ich weiß nicht, was ich sagen soll, und sehe betreten auf meine Schuhe.

»Ich könnte also Hilfe hier gebrauchen. Wir suchen immer Menschen, deren Berufung es ist, anderen zu helfen. Du bist doch Krankenschwester?«

Ich nicke und bin ihr dankbar dafür, dass sie mich teilhaben lassen will und ich einer sinnvollen Beschäftigung nachgehen kann, solange ich hier bin.

»Eine arbeitslose Krankenschwester trifft es wohl besser«, sage ich und blicke sie von unten herauf an. »Ich gehe nicht mehr zurück.«

Als verstünde die Welt meinen Ärger, hören wir ein Grollen von draußen und den Regen gegen das gegenüberliegende Fenster peitschen.

Grace fragt nicht nach, sondern nickt nachdenklich.

»Das kenne ich …«

Während sie diesen Satz sagt, habe ich das Gefühl, dass er mehrere Bedeutungen für sie hat, und obwohl ich nichts von Grace weiß, fühlt es sich so an, als habe sie auch ihr Päckchen zu tragen.

Während wir schweigen, schweift mein Blick umher und bleibt auf einem Bild an der Wand bei der Sitzgruppe haften – Kraniche in einer Moorlandschaft, die die Flügel spreizen.

»Was hat es mit den Kranichen hier auf sich?«, frage ich und zeige darauf. »Ich habe vorhin das Schild am Ortseingang gesehen.«

Ihr Gesicht hellt sich augenblicklich auf und nimmt einen Glanz an, der sie in einem völlig anderen Licht dastehen lässt.

»Die Kraniche sind fast schon das Wahrzeichen *Livingshires*«, sagt sie dann sanft und ihr Blick hängt verträumt an dem Bild an der Wand. »Man sagt, dass die Stadt dich in ihren Bann zieht und du nicht mehr wegkannst, wenn du einmal hier Fuß gefasst hast. Die Kraniche bringen das Glück und die Menschen … nun ja, sie bringen den Rest. All das, was du für dein persönliches Glück brauchst.«

Es berührt mich tief, was sie sagt. Es klingt, als spräche sie nur von mir. Von mir und Blake und davon, wie sehr wir beide diesen Neuanfang brauchen und wollen. Das schmerzhafte Gefühl in meiner Kehle schnürt mir die Luft ab und ich atme durch den geöffneten Mund, weil ich mich so besser beruhigen kann und ich diese Technik anwende, seit Dr. Mooley sie mir vor einer Ewigkeit gezeigt hat. Dabei fällt mir ein, dass sie nicht davon weiß, dass ich in einer Nacht- und Nebelaktion weg bin und ich mich bei ihr melden muss, wenn sie aus ihrem Urlaub zurückkommt.

»Jetzt komm erst einmal in Ruhe an. Schlaf dich aus und … wenn du etwas brauchst, rufst du an, okay?«

Als ich anfange zu weinen, drückt sie meinen rechten Oberarm sanft mit ihrer Hand.

»Du hast einen Vorteil gegenüber all diesen Frauen, Ivy, vergiss das nicht«, flüstert sie mir entgegen. »Du hast diesen Mann an deiner Seite, der dein Wohlergehen über alles andere stellt. Das klingt, als sei es selbstverständlich, aber das ist es nicht. Die meisten von uns würden sprichwörtlich über Leichen gehen, um das von sich behaupten zu können.«

Ich zwinge mich zu einem Lächeln und fange die Tränen mit dem Ärmel von Blakes Hoodie auf. Sie sinken in den schwarzen Stoff und verschwinden darin, lassen aber seinen Duft zurück, was mir in diesem Moment unfassbar wehtut.

Erst als Grace bereits den Flur hinuntergeht und ich die Tür hinter ihr schließe, um mich an die Wand zu lehnen und für einen Moment die Augen zu schließen, registriere ich, dass sie sich selbst mit einbezogen hat, als sie von den Frauen des *Carries* sprach.

Als ich mich kurz darauf völlig erschöpft ins Bett lege, schicken die Blitze in regelmäßigen Abständen Helligkeit durchs Zimmer. Mein Handy vibriert auf dem Nachttisch neben mir und ich greife hastig danach, um zu sehen, wer mir eine Nachricht geschrieben hat. Als ich Blakes Namen sehe, fühle ich erneut den Druck in meiner Brust. Ich öffne sie und flüstere die Worte, die er mir geschickt hat, leise in die Dunkelheit, wie ein Versprechen dafür, dass wir in eine gemeinsame Zukunft steuern, wenn diese Zeit überstanden ist:

Kein Sehnen bleibt unerfüllt – Khalil Gibran.

27 – Ivy

Acht Monate später

»Ich lasse Ihnen beiden kurz Zeit, um das unter vier Augen zu besprechen. Ich warte vor der Tür.«

Als der Makler die Wohnungstür hinter sich zuzieht, schnappt mich Blake und hebt mich mit einem Ruck auf die Arbeitsplatte des Küchenblocks, wo er mich absetzt und sich zwischen meine Beine stellt. Ich muss lachen und versuche ihn zu bändigen, aber er denkt gar nicht daran, damit aufzuhören, mein Dekolleté mit Küssen zu bedecken und sich über meinen Hals zu meinem Mund hochzuarbeiten.

»Was soll er von uns denken?«, presse ich zwischen seinen Zärtlichkeiten hervor, obwohl es mir gefällt, was er tut. Ich habe das Gefühl, dass wir so viel aufholen müssen, was wir die letzten Monate verpasst haben, und fühle mich wie ausgehungert, was das angeht. Obwohl wir uns seit drei Monaten regelmäßig sehen und Tage sowie Nächte miteinander teilen, macht es einen Unterschied, nun in eine gemeinsame Wohnung zu ziehen.

Nachdem Hugo, Blake und Teddy kurz nach meinem Weggang ihre Aussagen bei der Polizei gemacht haben und Jesús den fatalen Fehler begangen hat, Pablo von dem Plan in Kenntnis zu setzen, einen Menschen zu töten, um ihn aus dem Weg zu räumen, konnte er mit genügend Beweisen in Untersuchungshaft gebracht werden und ihm wurde der Prozess gemacht. Blake fuhr noch am gleichen Tag nach *Livingshire*, holte mich und verbrachte mit mir die Nacht in einer kleinen Pension am Stadtrand. Eine Nacht, die mir all das gab, wonach ich mich sehnte. Ich hatte das Gefühl, sein Name würde in mein Herz gebrannt. Rückblickend verstand ich nicht mehr, dass ich diese Zeit ohne ihn überstanden habe. Aber Autopiloten sind dafür da, dass sie für uns übernehmen, wenn wir das Gefühl haben, einfach nur funktionieren zu müssen.

»Er denkt, dass ich verrückt nach dir bin«, flüstert er in mein Haar und greift mit der rechten Hand fest hinein, was mich das Ziehen in meinem Unterleib spüren lässt, für das er so oft verantwortlich ist. Ich mobilisiere alle Kräfte, die ich habe, lasse die Vernunft über mein Verlangen siegen, drücke ihn sanft von mir und sehe ihn an.

»Ist das nicht verrückt, dass wir wirklich diese gemeinsame Wohnung mieten werden?«

»Ich würde es eher perfekt nennen statt verrückt«, ergänzt er und legt seine Hände auf meine Hüfte.

»Bis auf den Punkt, dass Teddy und Hugo zwei Stunden entfernt sind«, flüstere ich und runzle die Stirn, während ich mit der rechten Hand an seiner Wange entlangfahre.

»Hugo hat sein Studium angefangen, er hat genug zu tun und besucht uns in den Semesterferien. Ich bin nur froh, dass er all das hinter sich lassen kann und den Entzug geschafft hat. Ich bin wahnsinnig stolz auf ihn. Auf uns alle.«

Ich lächle und drücke ihm grinsend einen Kuss auf.

»*Livingshire* ist nicht aus der Welt«, ergänze ich dann und hüpfe von der Arbeitsplatte. »Ted und Daria können uns besuchen. Oder wir sie. Oder beides.«

Ich muss lachen und habe das Gefühl, dass sich so das Glück anfühlt, auf das ich so lange hingefiebert habe.

»Das müssen wir sogar«, ergänzt Blake und stellt sich neben mich. »Ich will meinen Neffen aufwachsen sehen. Ihm eine unbeschwerte Kindheit schenken, daran mitwirken, dass er alles hat, was er braucht. Verstehst du?«

Ich nicke und greife nach seiner Hand. Ich freue mich für Teddy, dass er Daria hat. Der Mann, der sein ganzes Leben für seine beiden Brüder gelebt und immer zurückgesteckt hat. Wobei streng genommen nur einer der beiden sein leiblicher Bruder ist.

»Das wirst du«, sage ich. »Wir fahren los, sobald er geboren ist. Du hast noch viel Zeit, bis du den Spaßonkel spielen darfst«, witzele ich und lehne mich an seine Schulter. Gemeinsam betrachten wir die Landschaft, die vor uns liegt.

»Werdet ihr es Hugo sagen?«, frage ich zögerlich, weil ich weiß, dass das sein wunder Punkt ist. Hugo hat bis heute keine Ahnung, welchen Pakt Valéria mit Teddy und Blake vor langer Zeit eingegangen ist. Sie hat dieses Geheimnis mit ins Grab genommen und die beiden haben es für sie weiter verwahrt. Über die Grenzen des Todes hinaus.

»Er hat ein Recht darauf, schätze ich«, murmelt er gedankenverloren. »Aber ich habe Angst, dass er mich hasst, weil ich ihm nicht geholfen habe.«

Er spricht von Hugos leiblichem Vater und hängt dem Tag nach, der sein Leben auf ein Neues grundlegend verändert hat.

»Hey«, sage ich und stelle mich vor ihn, um seinen Blick aufzufangen. »Du hast das getan, was für Hugo das Beste war. Wenn du einen Krankenwagen gerufen hättest und er gerettet worden wäre, hätte Hugo eine andere Zukunft gehabt. Es war ein Fehler, ihm nicht zu helfen, aber es war kein Fehler, Hugo diese Chance zu geben.«

Mein Handy klingelt und ich bedeute Blake, kurz zu warten, als ich antworte. Es ist Dr. Poleski, der mir das weitere Vorgehen erklärt. Ich bin immer noch überfordert mit der Situation, dass Grace nicht mehr da ist und mir die Aufgabe übertragen hat, ihr einen letzten Wunsch zu erfüllen. Ich wusste seit meiner Ankunft, dass sie an Krebs erkrankt war, dass aber Monate später schon alles vorbei war, überrollte mich und ließ mich ratlos zurück. Sie hatte mich im *Carries* aufgenommen und mir ein Zuhause auf Zeit geschenkt, mir und damit auch Blake, Teddy und Hugo in einer schwierigen Lage geholfen sowie vielen weiteren Frauen, die ich nach und nach durch meine Arbeit im Frauenhaus kennenlernte. Sie erinnerte mich an Valéria, da ihre Lebenswerke sich so ähnelten. Und irgendwie ist es das Gefühl einer warmen Decke an kalten Tagen, dass ich das Erbe von Valéria und auch von Grace weiterführe, indem ich im *Carries* eine neue Beschäftigung gefunden habe. Eine Beschäftigung, die mich komplett erfüllt und mir das gibt, was mir im Krankenhaus stets gefehlt hat – mehr Menschlichkeit, weniger Bürokratie und einen Ort für jeden da draußen. Es hat etwas Tröstliches und vielleicht ist es genau das, was mich hier schnell ankommen ließ. Ich musste daran denken, was sie in der Nacht zu mir sagte, als ich das Zimmer im *Carries* bezog – dass *Livingshire* einen in den Bann zieht, sobald man einmal hier Fuß gefasst hatte. Und sie hatte recht. Ich will hier nicht weg. Es ist zu meinem festen Zuhause geworden und die Tatsache, dass die Werft, auf der Blake arbeitet, nur eine halbe Stunde entfernt in *Carnaby Hill* ist, macht es nahezu perfekt.

Ich lege auf und gehe zu Blake zurück. Meine Absätze hallen wider, weil die Wohnung bis auf die Küchenausstattung leer ist. Ich stelle mich vor die große Fensterfront, blicke auf die Altstadt von Livingshire und die dahinterliegende Moorlandschaft des Naturschutzgebietes.

»Es war Grace' Anwalt«, erkläre ich, verschränke die Arme und lehne mich seitlich gegen das Fenster vor uns. »Er fährt nächste Woche zu ihrer Nichte Reese und überbringt ihr die Nachricht und die Testamentsauflagen. Wenn alles läuft, wie Grace es sich gewünscht hat, wird sie herkommen und ich kann ihr dann den Wunsch erfüllen, den sie hatte.«

»Die Briefe?«, fragt er vorsichtig und streicht über meine Schulter.

Ich nicke und muss an den Tag denken, an dem Grace mir erklärte, dass ihre Nichte Reese ihr Cottage erben soll. Sie hat ihr Briefe hinterlassen, die ich verwahre.

»Ich habe keine Ahnung, was mich erwartet, wenn sie kommt«, flüstere ich gegen die Scheibe. »Falls sie kommt.«

»Du musst das nicht tun, Ivy«, beschwichtigt er, aber ich würge ihn sofort ab.

»O doch, das muss ich. Das will ich. Ich bin es Grace schuldig. Durch sie habe ich neu anfangen können. Sie hat mir den Job im *Carries* verschafft. Ich habe mich neu verwirklichen können und bin glücklich so, wie es ist. Hier in Livingshire. Mit dir.«

»Okay«, sagt er bloß, küsst meine Stirn und zieht mich zu sich heran. »Okay.«

Wir schweigen eine Weile und genießen den Ausblick. Das hier ist zu schön, um wahr zu sein, und es ist einer der Momente, in denen ich fest an das Schicksal glaube. Dass es der Plan des Lebens war, mich hierherzubringen. Dass es genau so sein soll.

»Ich werde dieses Angebot ablehnen, auf das ich mich bei der Werft beworben habe«, sagt er dann plötzlich und wechselt damit abrupt das Thema.

»Was? Wieso?«, ich fahre herum und sehe ihn direkt an. »Es ist genau das, was du wolltest. Kommt gar nicht infrage, du gehst, Blake McBoyd.«

»Der Zeitraum wurde verlängert und ich wäre drei Monate auf diesem Schiff, Ivy.«

Meine Euphorie wird gedämpft und ich lasse die Arme hängen.

»So lange? Ich dachte, wir sprechen hier von drei oder vier Wochen.«

»Das dachte ich auch, so war auch der ursprüngliche Plan«, ergänzt er und greift nach seinem Handy, um mir eine E-Mail unter die Nase zu halten. Mein Blick fliegt über die Zeilen und ich gebe es ihm schweigend zurück.

»Ich sage ab und bleibe hier. Es kommen neue Angebote. Irgendwann.«

»Nein«, sage ich dann entschlossen und greife nach seinen beiden Händen, »du gehst auf dieses Schiff. Das ist das, wofür dein Herz schlägt und …«

»Mein Herz schlägt für dich.«

»Blake«, ich ermahne ihn mit gespielt hochgezogenen Augenbrauen, »es sind drei Monate. Es wäre ein Sprungbrett für dich. Ein Traum. Du solltest es tun. Wir haben eine ganze Zukunft vor uns und so viel geschafft. Was sind schon drei Monate im Vergleich zu dem, was hinter uns liegt?«

Er setzt an, zu widersprechen, aber ich lege ihm meine Handfläche auf die Lippen und spüre, wie sie mich wieder liebkosen.

»Ich werde mit dem *Carries* und der neuen Stelle so beschäftigt sein, dass die Tage und Wochen nur so dahinfliegen«, besänftige ich ihn und entferne meine Hand von seinem Gesicht. Wir schweigen, bis ich sein Kinn zwischen meine Finger nehme und ihn angrinse.

»Du gehst auf dieses verdammte Schiff und ich werde genau hier auf dich warten.«

Es klopft im Hintergrund auf Holz und wir fahren herum. Der Makler streckt den Kopf zur Tür herein.

»Ich will nicht stören, aber …«

Bevor er den Satz beenden kann, ergreift Blake das Wort.

»Wir nehmen sie«, ruft er ihm über den Flur hinweg zu. »Wo müssen wir unterschreiben?

ENDE

Danksagung

Ich kann noch gar nicht glauben, dass *New Start in Livingshire* mein drittes Buch ist. Ich habe schon immer geschrieben und mein Traum war es, seit ich das erste Wort mit einem Stift aufschreiben konnte, dass meine Geschichten gelesen und gehört werden. Und um sich Träume zu erfüllen, braucht es mehr, als nur zur richtigen Zeit am richtigen Ort das Richtige zu tun. Es braucht auch die richtigen Menschen um einen herum. Also …

Danke an die Mädels von VAJONA, die in dieser Geschichte etwas gesehen und sie letztendlich in ein Buch transportiert haben! Danke für die tolle Zusammenarbeit mit euch. Ich hoffe, dass da noch einiges kommen wird!

Marcus. Du bist mein Clyde, mein *partner in crime*. Egal, mit welcher Schnapsidee ich schon um die Ecke kam, du hast zwar erst geschmunzelt und deine Stirn in Furchen gelegt, aber bist immer mitgezogen. Ich weiß, dass ich oft impulsiv bin und brenne, wenn sich so eine Idee in meinem Kopf und Herzen manifestiert, aber genau das braucht es! Und einen Mann wie dich, der mit mir alle Wege geht. Ich liebe dich so so so so sehr. Dafür gibt es eigentlich keine Worte. Danke, dass du in meinem Leben bist. Du und ich gegen den Rest der Welt. Und das hier ist für alle, die nicht an uns geglaubt haben: *Eat this*! Denn das ist unsere Geschichte.

Noah. Wie großartig du bist, Stöpsel. Du hast mich zu einem besseren Menschen gemacht, weil du die beste Version von mir zum Vorschein gebracht hast. Danke für deine Liebe. Ich liebe nichts und niemanden auf der Welt so sehr wie dich. Danke für all die Inspiration und die Fragen, wie viel Sterne Penny, Rosa oder all die anderen meiner Protagonisten nun bekommen haben. *Mama, wir wollen einen Bestseller* – ja, Baby, das wollen wir. Und wir werden das schaffen. Irgendwann. Du bist ein wunderbarer Junge und ich bin so stolz auf dich! Und dass du mir sagst, dass du auch stolz auf mich bist, macht mich sehr glücklich. Danke, dass du fest daran glaubst, dass deine Mama alles schafft.

Du wirst so sehr geliebt, Noah! Vergiss das niemals.

Bella, Lena, Laura – wie viele Stunden habt ihr damit verbracht, die Geschichte um Ivy und Blake zu lesen? Durch euch hat Blake erst eine eigene Stimme bekommen (danke, Bella!). Ihr habt durchweg an mich und meine Geschichte geglaubt und dafür bin ich sehr dankbar. Ich hoffe, viele weitere Geschichten wandern durch eure Hände und werden so noch lebendiger werden. Danke für alles!

Und natürlich danke an alle, die das hier lesen. Für eure Worte, eure Wertschätzung, eure Rezensionen, eure Storys und Posts auf Instagram. Das bedeutet mir sehr viel und ich bin stolz darauf, solch eine Community zu haben, die fühlt, was ich fühle, und einfach mitmacht.

Quellen

Bibelzitate:
Die Bibel. Einheitsübersetzung der Heiligen Schrift. Gesamtausgabe. Psalmen und Neues Testament. Ökumenischer Text. Verlag: Katholisches Bibelwerk, 2012.

Songauszüge/Passagen:
The Unforgiven II von Metallica
Sharped Dressed Men von ZZ Top
By my side von Andrew Neal

Zitate von Khalil Gibran (Dichter und Philosoph), 1883 – 1931 als solche im Text gekennzeichnet.

Du möchtest mehr lesen von

Jane Aiven?

Erscheinungstermin: 13. November 2024

Folge uns auf:

Instagram: www.instagram.com/vajona_verlag
Facebook: www.facebook.com/vajona.verlag
TikTok: www.tiktok.com/vajona_verlag
Website: www.vajona.de